作者简介：

杨恩智，1978年生，云南昭阳人。中国作家协会会员。在《散文》《散文百家》《长城》《大家》《啄木鸟》《边疆文学》《山东文学》《西湖》《特区文学》《滇池》《小说林》等刊物发表过中短篇小说、散文作品，出版有散文集《被风吹净的村路》、短篇小说集《如画似书》。

新中国成立七十周年献礼丛书

普家河边

杨恩智 / 著

云南出版集团 云南人民出版社

图书在版编目（CIP）数据

普家河边 / 杨恩智著. -- 昆明 ：云南人民出版社，2019.12（2020.12重印）
（新中国成立七十周年献礼丛书）
ISBN 978-7-222-18664-4

Ⅰ. ①普… Ⅱ. ①杨… Ⅲ. ①长篇小说－中国－当代
Ⅳ. ①I247.5

中国版本图书馆CIP数据核字(2019)第256741号

策　　划：云南省作家协会

责任编辑：苏映华　雷敁星
助理编辑：李　平
装帧设计：李乐乐　熊小熊
责任校对：姚实名
责任印制：窦雪松

新中国成立七十周年献礼丛书

PUJIA HE BIAN
普家河边
杨恩智/著

出　版　云南出版集团　云南人民出版社
发　行　云南人民出版社
社　址　昆明市环城西路609号
邮　编　650034
网　址　www.ynpph.com.cn
E-mail　ynrms@sina.com
开　本　889mm×1194mm　1/32
印　张　14.5
字　数　310千
版　次　2019年12月第1版第1次印刷　2020年12月第1版第2次印刷
印　刷　昆明美林彩印包装有限公司
书　号　ISBN 978-7-222-18664-4
定　价　59.00元

如需购买图书、反馈意见，请与我社联系
总编室：0871-64109126　发行部：0871-64108507　审校部：0871-64164626　印制部：0871-64191534

云南人民出版社微信公众号

目 录

第一章　没见李仁芬

在病房里没有见到李仁芬的时候，张德伟以为她又逃院了。

“这死婆娘真是不要命啦！”张德伟嘀咕道，“这次还像脚被崴？”

张德伟转身出了病房，被鬼追着的样子，在过道上来来往往的人群中，左一个侧身右一个侧身，避让着行人走向了护士站。一个一个穿着白大褂的护士，从柜台旁的过道里，往柜台后的配液室风行往来，将那月牙一般的柜台周围煮成了一锅粥。张德伟几次开口想问，可没等他的话问出口，他想问的那护士已离去三四步远。

终于有一个护士在柜台里面的电脑前坐了下来，张德伟赶紧扑到圆柜上，问：“医生，你好。”

“啥事？”那护士也不抬头，边点击着鼠标边问。

“我想问一下二十九床是不是出院了？”

“叫啥名字？什么时候生的？”

“李仁芬。还没生。”

护士终是抬起了头来。护士一张圆圆的脸，那眼睛不大，这时还又眯着，眯成一条缝似的望着张德伟。

“她是因为出血住的院。”张德伟赶紧说。

“哦，是她。没有出。她咋可能这么快出院？”护士又把目光投到了电脑上，眼睛又眯成一条缝的样子。

“哦，咋没在病房里呢？”

“应该在心脑血管科。好像是她父亲住在那儿。记得告诉她，不能多动，必须好好躺着静养。”

“谢谢。”说着，张德伟已转身离开妇产科护士站。

妇产科在老住院大楼，心脑血管科在新住院大楼。出了老住院大楼，穿过一个花园就来到了新住院大楼。上着楼梯的时候，他掏出电话，拨出了李仁芬的号码。

“在哪儿呢？”张德伟问。

“医院的哪儿？我就在医院呢！”张德伟又问。

气喘吁吁地到了李仁芬说的病房门口，张德伟才放慢脚步。门是开着的。在门边往里看去时，李仁芬的样子让张德伟停下了脚步。李仁芬枕着一床被子，卧躺在靠墙而摆的陪护床上。一沓 A3 纸表册，垫在一个档案盒上，置于她的膝头。她正拿着一份，左手放在表册上，右手夹着一支圆珠笔，缓慢地移动着目光看那表册。似乎，那表册上有着什么东西，通过她的目光，在牵引着她的头，让她的头一下往左，一下往右，只是往右移动得缓慢，往左却是突然地一下，像是发现了什么。李仁芬闭了一下眼，左手的几根手指还在那纸上弹琴似的敲击了几下，然后探了一下身子，用笔在表册上涂了一下，又写了一下。张德伟知道她在做什么了。张德伟的眼里，倏地就有了一种湿润感。他举起右手，往脸上自上而下地抹了一把，抹到鼻孔下，让手掌蒙住了嘴，紧紧地蒙着。从他的鼻孔里，发出了深深的一阵吸气声。这一口气，他吸进去很长时间，仿佛已不想让它呼出来。随着他肚腹的一起一落，他的右手握成了一支话筒状，筒口含住了他的嘴唇。那阵传递到话筒内里的湿气，只有他自己能感觉得到。

是李仁芬的丈夫先发现张德伟的。李仁芬的丈夫叫陆登鸿，张德伟以前就认识。张德伟进了病房，陆登鸿已起身，站在一张病床的旁边，像迎接张德伟的样子。那张病床上，躺着一个人。那人背对张德伟睡着。从后面望去，只能看到他头上降了霜的枯草一般花白的短发。陆登鸿想要说话，但张德伟的表情让他没能说出啥来。张德伟甚至像是没有看出他想和自己打招呼的意思。张德伟将目光从老人身上移开，看着李仁芬，幽灵一样无声无息地往李仁芬身边走去。

“主任从哪儿来，这么快就到了？坐！坐！”李仁芬蓦然抬头，发现旁边站着张德伟，吓了一跳。她愣了一下后，边往里挪动身子，边叫张德伟坐。

张德伟没坐。他这时才向陆登鸿看去。“都这样了，怎么还让她这样？”张德伟说。张德伟的目光里含有责怪，含有不忍，还含有一种疼痛。陆登鸿张了张嘴，想说什么，却还是没有说出来。看着他的表情，张德伟知道，他的责怪和不忍，以及疼痛，远远超过了自己。

“没事。看你，多大点事儿呀！我这不是躺着的吗！”倒是李仁芬说了话。

“可你这叫静养吗？”张德伟说。

“当然叫了。这还不叫吗？难道硬是要躺着动都不动一下才叫静养？那样躺着，我还躺不住呢。这不，平日里没时间整理这些表册，现在来整理一下，当打发时间呢。你还别说，现在来检查一下这些表册，因为有时间，不像填的时候急，所以就发现很多小问题。空着没填的，我就给它补上；填了，但逻辑上有错误的，我就梳理一下。这些问题，最终都得解决的。要不完善好，下一步录入系统照着错录进去，就会导致一步错步步错。”

“还有理得很啊，你，现在情况怎么样了？”

“没啥事儿。都检查了，发育都正常。领导大人你就别咸吃萝卜淡操心了。”

“都这样了，你还说没事儿。你可得高度重视，这不是开玩笑。听医生的。”

“好。好。我听医生的。医生这不是给我保胎了吗？”

“这是李叔吧？”张德伟扭头，就看到刚才只见一片花白头发的老人，不知什么时候已坐起了身。

“是我爹。”李仁芬说，“这是我们张主任，我的领导。”

“李叔是哪儿不好呢？”

“他血压高。本来一直吃着药，都控制着的。前几天他淋着雨去挖一块秧田，冷感冒了，喊头疼。在村上输了几天液不见好，这才进城来检查，一检查，发现高压都一百八十多了。我们早就叫他不要种那田地了，但他不听。你说，他种一年的庄稼，哪挣得到这样住一次院的钱？”李仁芬说。

张德伟“哦”了一声，转过头望着李仁芬父亲问：“李叔住院几天了？”

李仁芬父亲歪着头，耳朵侧向张德伟，但他还是没听清张德伟的问话。他乐呵呵的样子，望着张德伟说：“啥？你说啥？我耳朵背了，听不见。”

张德伟探了一下身子，扑向老人耳边又问了一次。

老人说：“今天是第七天了。”

“现在好些了吧？”张德伟又一次扑到老人身边，对着他的耳朵问。

“好了。好了。”老人还是乐呵呵地看着张德伟说。他的声音很大。他的脸上，除了那笑，似乎还有一种不过意。

“谢谢你们的关心了。”老人又说。

“你们？”“关心？”这话让张德伟有一种无地自容的感觉。他觉得老人这话，像是在挖苦他，在讽刺他。

“你是哪天发生的事儿？”张德伟又转过头问李仁芬。

“前天呢。当时倒是把我吓狠了。李章林，你知道的，那个副主任，他拉着我们进村的。回来的路上，车开进一个路中间的坑塘，又没减着速度，就颠簸了一下，车子一跳一跌，就弄成这样了。”

“孩子多长时间了？”

“四个多月。”

“老人家住院了，你都没回来？”

“没呢。我那儿事情多，走不开，只能让我哥他们照顾了。这不，像是这孩子有意见，”李仁芬摸了摸她的肚子，接着说，“让我也住进了院。也好，我可以趁机来陪陪我爹了。”

张德伟不知道说什么好。他站起身来，从裤包里掏出钱夹，取出五百块钱，递向老人。他说：“来的时候也没有买点啥，李叔想吃啥，让小李他们给你买点去。”老人双手推着，推却几次，还是接了，然后乐呵呵地说：“谢谢你们的关心了。”

“李叔好好休息着，我就走了。”张德伟又转向李仁芬。李仁芬想站起身来，他说：“你就好好躺着吧。照顾好自己和孩子，是你现在最大的任务。”

“保证完成任务，领导放心。”李仁芬也乐呵呵的，一副孩子样。

以往在单位，张德伟时不时地就会对李仁芬说：“都快三十的人了，还像个孩子，长不大样，你不要嘻嘻哈哈的可以不？”李仁芬向他做上一个鬼脸，说：“咋啦？我嘻嘻哈哈的咋啦？犯哪条纪律哪条规定啦？”这话常常弄得张德伟笑也不是，气也不是。

替李仁芬下村将她换回来的决定，是张德伟在离开医院的路上做出的。

“得让她好好地把孩子生下来，这才是大事。”张德伟想，“下村去工作可以替换，而她生孩子这事，却是没有人能替换的。当初她替自己下去，现在自己必须得换她回来了。”

开始派人时，科协领导班子的决定是派张德伟到普家河村任驻村工作队第一书记，但那段时间张德伟的妻子陈晓宇刚怀上二胎。陈晓宇已经三十八岁。年龄大了，生育的风险也就大。孕检时，其他都正常，只有黄体酮偏低，医生开了些黄体酮药让陈晓宇吃，并左叮嘱右叮嘱，前三个月一定要卧床静养。这

样一来，她不但照顾不了他们家大的孩子乐乐，连她自己都随时需要人照顾。为避免发生意外造成遗憾，张德伟向蒋主席说了情况后，蒋主席就找李仁芬谈话，希望她能替换张德伟下村去。

“没事。我服从组织安排。我一定不辜负领导的期望，不给单位丢脸。”李仁芬说。

“虽然将两个孩子都丢给陈晓宇，她可能会照顾不过来，但这只是困难，而不是像当初的陈晓宇和现在的李仁芬，存在着极大的风险。这是一旦发生就不可挽回，就无法弥补的风险啊！”一想着可能出现的风险，张德伟就恨不得立马将这换人的事落实。他知道这人不是他们单位自己说换就换的，特别是换第一书记，需要通过市扶贫攻坚联席办和市委组织部的批准，需要经过一系列程序。想着那些程序不知要多长时间才能走完，张德伟更是等不得了。他掏出手机看了看时间，离下班还有半个多小时。他想蒋主席应该还在办公室，便给蒋主席打了个电话。

“在的。啥事？”蒋主席在电话里说。

“麻烦主席在办公室等我一下，我十分钟左右就到了。有件事在电话里一下两下说不清，我到办公室向主席汇报。”

蒋主席同意了张德伟下村替换李仁芬。

替换请示的批复发来时，是星期五，看着那批复，张德伟心里五味杂陈。他不知道如何向陈晓宇说这事。决定将李仁芬替换回来时，他没和陈晓宇说过。在办理替换手续的过程中，他也没和陈晓宇说。他一直没想出，如何和她说。这时，他是不得不和她说了。周一，他就得去普家河。他到离城七十多公里外的普家河，连他自己，也不知道陈晓宇应该怎么带两个孩子。

陈晓宇产假满的时候，张德伟曾提出是不是请岳母或者岳父来帮着带悦悦，但陈晓宇想都没想，随口就拒绝了。

陈晓宇说："这个就想都不要想了。他们哪个来带？来了要是再有个三病两痛，我招呼哪头？"

张德伟的母亲已于十多年前去世，他父亲现在也已七十多岁，不但耳朵、眼睛都不太好，还高血压。要不是因为他们每天没时间照管，他早就想把父亲从乡下接进城来跟他们一起生活。每天要上班、要接送孩子，接来就没时间陪。不但没时间陪，还担心他出去发生什么意外，所以他才任父亲住在乡下老家。张德伟知道父亲是帮不了他们带悦悦的，他也接送不了乐乐。岳父岳母稍年轻些，但也都六十多岁了。而且陈晓宇的兄弟陈晓刚家，早已把一个一岁不到的孩子丢给老人，夫妇双双外出打工了。他们要照看那个家，要照管那个孙子。

现在，是不是必须将岳父岳母中的一个请来带悦悦了？张德伟不知道。要请，肯定得让陈晓宇去请。毕竟，那是她的父亲母亲。但如何向陈晓宇开这个口？

这天是周六，起得床来，阳光已照进屋里，从墙上和地板上反射过来的光，亮得有些刺眼。张德伟突然想带妻子和孩子们去大龙洞玩玩。大龙洞是一个省级自然保护区，主要保护大龙洞水源和周围的古建筑以及森林，位于城区北郊十余公里处。那儿有山有箐有大片林木，层峦叠嶂，林木荫翳，山脚箐底林荫深处一大石洞内，有一潭清泉流出。大龙洞是这儿的人们休闲的一个主要去处。那儿有过山车、碰碰车、蹦极跳床等种种孩子们玩乐的地方，更有林荫下可以随地而坐的厚厚的松针。去那儿，说不定能找到和陈晓宇说事儿的氛围。

蹦极跳床是乐乐最喜欢玩的。听说要去大龙洞，可以玩蹦极跳床，他把一只手伸出被子“耶”地叫了一声，然后一骨碌翻爬起床，开始穿起衣服来，还边穿衣服边问张德伟：“啥时候去？”

张德伟说：“起来我们吃了早点就去。”

乐乐更加高兴了，这时他开始穿起裤子来。他看着裤管将脚伸进去后，仰起头探向卧室门外，尖声尖气地喊起来：“妈妈！妈妈！”

陈晓宇还在斜对面的主卧里睡着。从那儿，传来了她的应声：“喊啥？”

乐乐说：“爸爸说带我们去大龙洞玩！”

张德伟来到主卧，陈晓宇还在侧身往里睡着。在她的前方，悦悦平睡着，一张红红的小脸露在被子外。听到张德伟进门来，陈晓宇翻了个身，问：“真要去啊？”

张德伟说：“天气好，带他去玩玩。都好久没去了。”

陈晓宇说：“他的作业还有很多没做呢。”

“回来让他抓紧时间做就是了。起了。我煮好面条你们起来吃。”

张德伟用一口锑锅接了一锅水放在电磁炉上煨起后，趄身进了卫生间，开始了洗漱。洗漱完毕来到厨房，锅里的水已沸了起来。他从橱柜里拿出面条，抽了一把放进锅里。他用筷子将面条搅开后，转身从冰箱里取出几棵葱，捡了，洗了，又切了。紧接着，取出三个碗，放油，放油辣子，放酱油，放醋，放盐。放好作料，加了开水，做好了汤，他才用筷子去搅面。在搅的过程中，他感觉到面已差不多好了。他关了电磁炉，将锅抬到摆放着碗的菜板旁，准备往碗里分面条。

这时，他的手机响了起来。

他将筷子换到左手上，用右手从裤包里取出手机，想接了电话再继续分面。他拿出手机来一看，电话是李仁芬打来的。

“主任，你是不是把我给换了？”

李仁芬一来就说的这话，让张德伟吃了一惊。按计划，主席他们是准备星期一才将这事告诉她的。他们还说星期一要去医院看看她。看她的时候，再跟她说。蒋主席还说，一起去看她和她说了后，接着就送张德伟到村上去，正式接替她。她是怎么知道的呢？谁会告诉她呢？张德伟想不出来。

“你知道啦？哪个跟你说的？”张德伟说得很平静。

“刚才李章林打电话来跟我说的啊。他问我是不是出了啥意外，我说没有，再过两天我就出院，就可以回村上去了，你说他咋说，他说家门你可别谎我，平时你一声一个兄弟地叫，我可是真把你当姐看的，孩子是不是没保住？现在你人都换掉了，还在谎我说过两天就出院，就来村上了！”李仁芬说。

“是啊，换了。市委组织部都已经批了。这下你可以好好地养养身体，保护好孩子了。”张德伟说，“主席我们还说星期一来医院看你才告诉你的。扶贫工作我可以换你，生孩子这事，我可是换不了你的。”

电话那头的李仁芬竟然没有接话。

张德伟不知道她这时是啥想法。她不会怪自己吧？

“可是你下去了，嫂子一个人在家忙得过来吗？她一个人带着两个孩子，还要上班。”李仁芬的声音变得细细的了，如一股清泉，如一股山间的溪流。

她的声音一小，张德伟的声音倒大了起来，他说：“没事，多大点事儿呀。你不想想你嫂子是谁，是我媳妇呢！”

“明天市委督查组的要下去检查，村支书耿世兵让我联系你，你能不能下去？”

“我还打算等星期一才去报到，现在看来得提前了。好，我安排一下事情就去。”

“如果还有事情没处理好，也不一定下去，他们村上的会处理。他们可以说我住院了，新换的第一书记还没到位。下去后就照管不到家了，你还是先把家里的事安排好了再去。”

“嗯，我看看吧。能下去我就尽量下去。我得把你的班接好。”

“是啊。我也会把你的班接好的，出院后我就回单位。”

不知不觉地，张德伟已放下了分面条的筷子，打着电话绕到了客厅里。陈晓宇是什么时候站在他身旁的，他浑然不知。当他看到陈晓宇捧着洗脸毛巾正在愣愣地看着他时，他也愣了一下。陈晓宇还在穿着一身宽松的花格子粉色睡衣，披散着一头被烫过、微微卷曲的头发。他又对着电话说：“好吧，我跟他们联系一下看。你先好好休息，办公室的事，昨天我已安排得差不多了，你不用太操心。”挂了电话，张德伟望着陈晓宇，有些难堪地说：“起来了！”

“星期一去报到？你要去哪？”陈晓宇一脸吃惊地问张德伟。

“我要去普家河了，去扶贫。”张德伟像是做了错事，把头低了下去，不敢迎接陈晓宇那询问的目光。自决定替换李仁芬下村后，他就开始想过种种方式，试图找到一种最适合的来告诉陈晓宇，没想到，最后会是这样。蓄谋已久，现在这结果却让他有些猝不及防。也好，无论怎样，终究还是已经说了。

张德伟的心里竟然升起一种轻松感来。

张德伟抬起头来，装出一副坦然的样子望着陈晓宇。但看到陈晓宇那像要吃人的眼神时，他的心里还是充满了胆怯，甚至掠过了一丝对自己做这个决定的后悔。他在心里问自己：我是不是因为一时的冲动而下的这个决定？当他认为下这个决定不只是因为冲动后，他的勇气又慢慢升了起来。

“什么时候决定的？”陈晓宇说得很慢，声音也很低。

“组织部星期五批复下来的。”

“批复？星期五批复下来，星期一就要去报到，你把我当什么人了？这是你一个人的事啊？你申请的时候为啥不告诉我？为啥不和我商量？你想当官想疯啦？”

陈晓宇连珠炮似的话语，噼噼啪啪地向张德伟砸来。一股火气，在张德伟的心头翻滚。乐乐从卫生间里探出头来，惊恐地望着张德伟和陈晓宇。

“我下村去扶贫，不是因为想当啥官。”张德伟努力地控制着情绪，说话的声音如同蚊蝇细语。

“不是？我看你就是！”陈晓宇的声音依然老高。

“你冷静一点好不好？你不知道当初李仁芬是咋下去的吗？她是因为你怀孕，我去了你没人照顾，乐乐没人接送，才替我下去的！现在她怀孕了，还大出血住院了，你觉得我不应该把她换回来啊？”

张德伟要陈晓宇冷静，他却不再冷静了。他的这些话，比陈晓宇的还大声。

乐乐跑到陈晓宇身旁，双手抱着陈晓宇的大腿。刚读小学二年级的他，不知道张德伟怎么了。他似乎还没看见爸爸这样凶过。眼泪，无声地滑落在他惊恐的脸上。他想哭，却又不敢哭出来。他就那样带着一副惊恐的表情，紧紧地咬着嘴唇睁着双眼看着张德伟。

也许是张德伟这一吼，把陈晓宇的愤怒火气压下去了。也许又不是。陈晓宇伸手抓起乐乐的小手，说："早点认得，还不如流掉的好。现在生了，你倒好，一溜烟走了，丢给我一个人。你说，你说我咋带？"

问题终于回到最本质的点上来了。

"你去也行，我们各负责一个，随你选。"陈晓宇又说。

"这可能吗？你说我负责哪个？我能带着哪个下去？"张德伟说。

"这个我不管。"

"要不，我们请个人吧，请个人来帮着带悦悦？"

"请人？你说着倒好听，倒轻松，你拿啥来请？"

张德伟确实产生过这种想法。他在决定换李仁芬下村去的时候就这样想过。但他知道他们真是请不起的。请一个人，一个月至少也得两三千块钱。而他和陈晓宇的工资，历来都是精打细算着用的。张德伟的工资负责还房贷和车贷，陈晓宇的工资负责一家人的生活开支。两人的工资，一直都处于捉襟见肘的状态。特别是生了悦悦后，他们更是感觉到了经济的紧张。每次遇上两边的老人有哪个生了病住了院，他们还得借钱。所以，张德伟产生这个想法时，也只是作为一个念头，在他的心间一滑而过。现在他之所以又说出来，不过是想借这个口，表达另外一种想法而已。

“要不，还是请她外公或者外婆来帮着带带吧？”张德伟的心里没有一点底气，感觉像做贼一样心虚。

“要咋请你自己去请！”

没办法，张德伟只好自己打电话给岳母。

陈晓宇的老家在另一个县，离他们在的市区有两百多公里路，陈晓宇的母亲答应了后，张德伟把去大龙洞的计划忘得一干二净，说走就走，一个人开上车，就往老岳母家去了。

张德伟星期一如期来到了普家河。

走进村委会办公室，张德伟感觉到了一种异样的气氛。人倒是多，是聚在一起欢迎他的样子。但那些人歪的歪在沙发上，扑的扑在电脑前。看着他进去，只有耿世兵站起来，说：“队长来了！”其他人不但没打招呼，倒像是讨厌他的到来，不想理他，连看都不想看他样，歪的继续在那儿歪着，扑的继续在那儿扑着。张德伟不知道这是怎么了。难道他们不欢迎他？或者，他们是怪他昨天没来，今天才来？或者，是他这样独自下来，不值他们有欢迎的热情？

要是主席送自己来，还会这样吗？

或许是他们太留恋李仁芬了吧！

“这是我们办公室主任张德伟同志，早上我们主席已打来电话，说从今天起，由张主任来接替李副主任，任我们普家河村驻村扶贫工作队队长、第一书记。蒋主席原本要亲自送他来的，但因为有会议走不开，就没来了。”陈光彪站起身来说，“我们主席说，希望大家像支持李队长一样支持张队长。”陈光彪说完也坐了下去，用拇指和食指夹了一支没点燃的烟，捻着转着玩。

“大家还是鼓掌欢迎张队长的到来吧！不要因为其他事，让张队长觉得我们像不欢迎他似的！这样不好！”耿世兵带头鼓起掌来。

虽然掌声零零落落，软软绵绵拖拖沓沓，但从耿世兵的话里，张德伟还是知道了他们并不是不欢迎他。知道这一点后，张德伟的心里轻松了一些。

“谢谢大家。我们李副主任因为身体的原因，她不能再在这儿工作了。知道她和大家相处融洽，工作也得到了大家的认可，我非常高兴。今天我正式来接替她的工作，加入这支队伍，客套话就不多讲，我只表个态，既然来了，我就把我的身心整个儿交付在这里了，不敢说我会做得比李队长好，但我会尽我的心尽我的力，和大家一起，为普家河的脱贫攻坚工作努力，做出自己应有的贡献。”

张德伟说完想坐下，才发现他因为一进来就一直站着，身边还没有他坐的位子。略显尴尬后，他有点儿夸张地转过头往沙发那边看去。

“新队长的欢迎仪式就到此结束吧！大家继续处理自己手头上的事，我带张队长放他的行李去！”

没等张德伟找到座位坐下，耿世兵已起身往门边走来。

说是放行李，其实也没多少行李可放，就只有一个黑色的拉链提包，里面装了些换洗衣服，还有就是点洗漱工具。床上用品张德伟先还想买一些，但与陈光彪联系后，陈光彪说不用了，李副主任要回去，将她那套先用着就行，反正都是单位上置办的。

宿舍在村委会办公楼的一楼，是一间十一二个平方米的屋子。里面摆有两张床，一张床上铺了被子等一应床上用品，耿世兵说那是陈光彪的；另一张床上除了床板和几张硬纸板外，还是空的，耿世兵说这是昨晚他们才搬来摆上，准备让张德伟住的，被子什么的，因为陈光彪说要将就李仁芬的用，所以还没搬来。

“队长，我们出去转转。”张德伟将包放到那张空床上后，耿世兵说。

“好。”张德伟感觉到耿世兵有话要对他说，所以毫不犹豫地就答应了。

耿世兵给张德伟递了支烟，然后自己也抽上一支，虾着个腰，勾着个头，散步样就往村委会门外走去。张德伟点燃烟，缓跟其后。耿世兵不说话，张德伟也不好说什么。在沉默中沿着村前的水泥路走了一段，遇上三辆微型车、两辆小轿车从身边驶过。路边有一小百货店，张德伟往里望了一眼，一个女人正坐在货柜前的一条凳子上奶孩子。那女人披着一头长长的秀发。那头发从女人的头上铺下来，水帘似的，挂在女人的胸前。张德伟想起了陈晓宇来，想她现在是在上班，还是提前回家去了？想她还在不在生他的闷气？张德伟也想起了女儿悦悦来，不知道她外婆带着，她乖不乖？如果陈晓宇没回去，吃不到奶，她哭没哭？看着耿世兵已走出好几步，张德伟转身跟了上去。跟上后，张德伟想问问近期的扶贫工作，想以此打开话口。但耿世兵像是没感觉到他走上来，没有要说话的意思，走在稍前的位置，头也没回一个。张德伟只好一边随意望着路旁的房屋、村人和土地，一边揣摩耿世兵是在想啥。

路两边那些地里，大都长着绿油油的烤烟。下了差不多两天的雨，现在已经放晴了。天空透彻，空气清新。那一片一片还附着水珠的烟叶，看去实在是惹人喜爱。

普家河是一个以烤烟为主要经济作物的行政村。张德伟不知道普家河村的烤烟种植量是多少。现在他想问问，忍忍又没问。本来要问这个问题，是很好问的，而且也可以借机打破沉默，但他看着耿世兵的背影，实在摸不准耿世兵的心情，也就不好胡乱张口了。

难不成，村上的这潭水还有些深？还是耿世兵这个人心里的那潭水有些深？张德伟的心里蓦地产生了这样的想法。别多想，或许这只是他的性格所致呢。张德伟觉得自己不应该一来就对村上的人产生不好的想法。他甚至想，恐怕耿世兵是一个不善言辞的实干人呢。

“我们到梁子上去走一趟！”

一条泥土路从他们身前的水泥路边分了出去。耿世兵站在泥土路边，回过身来说。张德伟赶上去两步，在把目光沿着泥土路看去的同时，说了一声“好”。

在张德伟的目光里，那泥土路，先是在两边都是烤烟地的中间穿插了进去，进去没多远，就消失在一片一片扇子样的烤烟叶片里。往后没多远，就是山了。那山蜿蜒着，像是断开的一座一座，又像是连着的一座，起伏着一直往后向上连绵而去。那些山上，还是满山遍野的烤烟，只偶尔间杂着一块若有若无的苞谷地。在那些烤烟叶中，张德伟没有找到泥土路延伸上去的地方。泥土路在某处的烟叶中消失了，让他找不到它的去处。只是突然地，又会在某处，钻出一段来。那钻出来的路段，这儿一处，那儿一处，或长或短，或隐或现。尽管张德伟费了很大劲，想寻出它们是如何连起来的，如何绕去的，但终究没能寻通。他没能理出那路从隐去的地方，经过了哪些地儿，才又接到那再次呈现出来的地方。理不通路的来龙去脉，他也就不理了。他把目光投到了那一片一片的烟叶上。

“这烤烟看着长得还不错啊！”张德伟说。

“今年还好。雨水相对小些。就看最后这两个月了，只要接下来的这两个月不经常下雨，不被淋起斑点来，加上不要下白雨，今年的收成就应该没问题了。”耿世兵说。

“烤烟最怕的应该就是白雨了吧？”

“是啊，一场白雨下下来，这些地里的烤烟完全有可能全泡汤。像前年的‘6·23’灾害，就是一场白雨造成的。那年我们村的烤烟，从这条路往那边的，基本全部被打完掉。要说，这白雨也怪得很，从那边下着过来，下到这条路这儿，就没下过去了，所以这边的一点没伤着，而那边的，又被打得没剩一片是好的。”耿世兵边说边举着他的右手，一下指往这边，一下指往那边。

沉默一经打破，耿世兵竟然说了这么多。张德伟有些意外。

“普家河的烤烟有多少？”张德伟终于问了这个问题。问了这话后，他先迈出步子，向泥土路上走了出去。路上有着一个又一个的小水洼，里面汪着浑浊的水。为此，他不得不低着头看着路，绕开汪水的地方，选择那些露着石块的地方踩。耿世兵跟了上来，说："按合同面积，是一万七千多亩，但实际种植的，应该有两万多亩。"

"还有合同面积和实际种植面积的区别？"张德伟有些不解。

"按正常情况，是你家有八亩的合同，就只能种八亩的烤烟；有十亩的合同，就只能种十亩的烤烟。但实际种的，基本都没跟合同面积统一。有些有合同面积的人家一棵烟都没种，有些没有合同面积的人家呢，却种了。有些有三亩的合同面积，却种了五亩。"

"咋会这样呢？这合同面积不是根据种植的情况来签的？"

"最初是根据种植情况来签的。只是签了后，就一直按那面积算下来了。这样一来，原来种的现在不种了，原来没种的现在又种了，就导致有的拿着合同没种烟，有的种了烟又没合同。"

"为啥不调整呢？"

"调？哈哈，我们哪个能调？哪个敢来调？"

"敢？这还存在敢不敢的事儿？为啥不敢？"

"当然啦。你说，如果是你家，你家现在不种烟了，但有着十亩烤烟合同，你会不会拿出来？哪个来把你家的调掉，你会同意？"

"有啥不同意的呢。烟都不种了，我拿着干啥？"

"拿着卖啊。一亩合同差不多能卖一千来块钱呢，一年一年的，还会卖到一千多，你说你会舍得？这合同可是钱呢。"

"合同还是钱？这合同还可以卖钱？哪个来买这合同？"

“就是那些种了烟又没合同的人来买了嘛。”

“他们为啥要买这合同呢？”

“没有合同，他们的烟就卖不进烟站去啊！烟站收烟，都是按合同来收的！”

没有合同就卖不掉烟？烟站收烟是按合同来收的？张德伟一下被搅糊涂了。一时间，他难以厘清这逻辑。他想再问，又担心自己问的都是些小儿科似的常识问题，让耿世兵笑话。所以他决定不问了。他站了下来，把目光投向前方的山上。山上，是一埂一埂的烤烟地，烟叶上沾着一滴一滴的水珠。烟叶随着微风的吹拂，一晃一晃的，那些水珠在上面，有些滴落到下面的烟叶上，有些滴落到地里，有些呢，却是欲落而又未落。船到桥头自然直，车到山前必有路。真是，先前往这边看来，一点路的影子都看不到，现在站在这里，虽然被两边的烟叶长得撑出来占据了一定的空间，但这路，还是有着两三米宽的。

路开始爬坡了。路上的土，是黏性较强的红泥土。踩上去不但粘鞋，而且滑。不时，他们的鞋上就粘上厚厚的泥，这让他们提起脚步来很是沉重，踩下脚步去呢，又滑。在他们一步一滑的爬行中，就没有了话语。爬行着这样的山路，常常是走一步滑回来半步，有时步子虽然迈上前去了，但因为没有踩稳，滑了回来时，还会往下滑去三步五步的距离。有几次，张德伟甚至被滑得差点儿摔倒在地，是他在情急之中，双手着地帮着，让自己往路中间车轮碾压出来的车辙中滑去，滑到汪了水的车辙里后，才稳住了身子。

把全部的注意力都用在了路上和脚上，不觉间，张德伟抬起头一看，就看到了展现在眼前的村庄。

张德伟举起沾满泥泞的右手，手心往外，用衣袖抹了一下脸上的汗水说：“终于要到了哈？”

“九社就在前面这个村子头。”耿世兵说。

张德伟没管那村子是几社。现在他只想有个凳子来让自己舒舒服服地坐下去休息一下，就是有块干净点的地儿让他坐下去也好。但没有。虽然村子已在眼前，但去村子里，还有最后一道小坡。这小坡看上去就十来米的距离。小坡的两边，上边是高高的地埂，地埂上的泥土，被往里挖进去很深，挖成了一个卧儿棚，似乎人都可以钻进去躲雨了；下边呢，也有一道不算高的坎，坎下是一块烤烟地，那地里的烤烟被踩倒了一小片，有三四十棵的样子，那些烟叶上，被踩上了一坨一坨的红泥。在被人踩得像板地样的地里，还有车轮辗出的痕迹。难道有人把车开翻下去啦？张德伟想。或许是因为这一路爬来，张德伟太累，他没有过多去想那是不是有车翻下去的事。现在他最关心的，是如何爬上这最后一道小坡。

这道小坡，像被车轮刨过一次又一次的样子。那车辙往这边弯过来一下，往那边扭过去一下，有刨出的坑，也有刨得溜光的地方。那些被刨得溜光的地方，显然是硬土。那些被刨出的坑的边缘，有着或高或矮的泥浆。那泥浆的颜色，与路上的土的颜色不同，红得似乎要鲜艳一些。那是地埂上的泥被挖下来垫了路，又被车碾压了、刨了，搅成那样的。

耿世兵已经爬上这道小坡，站在坡顶的边上往后看了过来。张德伟不知道他是在看山下的风景，还是在看自己将如何爬上这道坡。难不成他以为我爬不上去，想看我笑话？狗日的！张德伟以为再咋的，看着他这个样子，他也应该来拉自己一把。

但他就没有要拉自己的意思。他站在那儿，完全就是小看人的样子呢。他不知道耿世兵带他来这儿干啥。难道就是要让自己来走一趟这路？走这路是什么意思？是要给自己个下马威？

一股怒气，在张德伟的心头缓缓升起。

一狠心，张德伟也顾不了什么，一弯腰，勾着身子双手着地，四肢并用，几下就爬上了那道坡。

“走吧！走哪？”张德伟的语气里有了一种挑衅。

“就到这儿了。改天再带队长进村。”耿世兵的话显得异常的冷静。这冷冷的一句话，差点让张德伟开口骂起娘来。

张德伟没有骂。站在这里往下望去，那一片一片的烤烟地，随山就势，或起或落。一排电线杆，架着电线悠悠晃晃地在空中飘着。几只不知名的鸟，一会儿落在电线上，一会儿飞离。远远近近的山上，缀了高高矮矮的房屋。这景确实是有些美，但张德伟没能拥有欣赏美景的心情。难不成他是带我来看这景的？还是带我来这儿，先对普家河有个大体印象？看景，显然不是。站在这儿，产生一个对普家河的大体印象，或许可能。看吧，那些大大小小的村落，都已差不多入了眼。除了看地图能更全面，恐怕这里真是俯瞰整个村的最好位置了。张德伟将目光随着那弯弯绕绕，时而看得见时而看不见的路回看过去，回看到山脚的水泥路上。目光拉直了看，水泥路离这儿似乎也不远，但这一路走来，却已让他够呛。

“昨天那小张就是在这儿滑了滚着的。”耿世兵说。

“小张？哪个小张？”

张德伟不知道耿世兵为啥要跟他讲这个滑了滚着的小张。他看着自己四肢并用才爬上来的这道小坡，觉得在这儿滑了摔上一跤，也没啥，最多就是弄个一身泥而已。就算滚到下面的烤烟地里，也伤不到哪去。看着那一片被踩得东倒西歪的烤烟，他以为这只是耿世兵要说其他事的铺垫，他最终要说的恐怕是翻车的事。但耿世兵没有说翻车的事。

“昨天你不是没来吗？市委督查组的下来抽查我们的C、D级危房，当时李章林在城里卖他的番茄。昨天早上你说你这儿还下不来后，我就只好把他叫回来了。”耿世兵说，“我们先是安排公路边的几家农户给他们去抽查的，但李章林从城里回到村上后，死咬干挣着硬要带到这梁子上来。他也是心头有火。早早地从城里赶回来，他儿子发烧了都没能送去看。”

昨天，是星期天。督查组一行到普家河时已过午饭时候。雨还在下着。他们开来的是一辆越野，车打滑，爬到中段，就被滑得往后倒了。看着车往后倒去，驾驶员缓慢地调整着方向盘，让车尾斜着靠向了上埂边，车轮滑到比路高的地埂边，车尾抵在地埂上，才停了下来。

督查组的人都从车上下来了。他们一个个撑起小伞，一步一滑地挪到路的边上，边走边说着从这边走好些，或者从那边走好些。驾驶员也下了车，他爬一步退半步地上了小坡，回过头去盯盯地看着小坡，又想了一会儿，像是找到了爬上这坡的办法，又回到了车上。他试着踩了几脚油门，然后像是踩着半离合器，让车鼓足了劲，往上不急不缓地开来了。大家都以为这次会万事大吉地爬上来。但爬到中途，车轮又一次打起滑来，滑上几下，又往后滑着退去了。

当越野车终于爬上来，大家都一步一滑地低着头往停在小坡上方的车边走去的时候，突然听见后面传来一声尖叫。回过头去，他们看到小张弓着个身子，双手抱着肚子躺在路坎下的烤烟地里。

“当时她只说肚子疼。我们还认不得她怀孕。倒是他们洪组长，立马叫他们的驾驶员将车掉过头去，又安排了一个人跟着驾驶员，送小张进城去了。”耿世兵对张德伟说，“因为我们一身都被淋湿了，所以也就没过多去想小张的事。我们甚至想，他们因为这个不进村去查更好。但洪组长还是带着他们留下来的人，坐着李章林的车跟我们走完了九社、十一社的四家人。”

“小张被这一跤摔流产掉，是晚上乡长打电话来说的。”耿世兵又说，“你不知道，我被他在电话里那个骂，骂得恨不得找个地缝钻进去躲了。我甚至都不敢说这主意是李章林出的，不敢说我最先也是安排路边的人家给他们查的。我只跟他说我们是想在普家河村，梁子上的条件差，C、D 级危房多，而路边的房子基本都已改造完，没啥 C、D 级危房了，所以才决定带着上梁子来的。你说，李章林这一闹，害了别人，也害了他自己，他昨天被那雨淋了，昨晚回去就感冒，还发起高烧来，现在都还在卫生室，跟他儿子在一起输液。要说，对这检查啊督查啊的，我也是被弄烦了，才同意了李章林的这个提议。要是早知道会弄成这样，我咋都不会同意的。”

张德伟的心里一阵怅然。他不知道说点什么好。他想，如果他昨天就赶下来，这事儿还会不会发生？他不知道自己昨天赶下来，会不会阻止李章林要带督查组一行上梁子来的这个提议。如果不带着到梁子上来，这出悲剧，就肯定不会发生。关键是，他会不会阻止？他能不能阻止？他不敢肯定。自己初来乍到，恐怕也是会任村上安排的。再说了，这不是连耿世兵都同意的吗？张德伟的心里有些愧疚，但感觉更多的是无奈和怅然。要是昨天不下雨，要是这路不这么陡，不这么滑，那肯定也就不会发生这事了。

“之所以带队长来这儿，一是想跟队长解释一下今天村上的人为啥没热情欢迎队长的到来，让队长别产生啥想法。二呢，是想请队长为我们想想办法，看看能不能争取项目来把这条路硬化了。这条路，关乎三个社两百多户一千多人的生活。我们已经上报过多次规划，但一直没得到解决。这条路不通，你说，这上面的人家，咋个脱贫？虽然按‘两不愁、三保障’的要求，这路不通，这里的贫困户也能脱贫，但那样脱贫，让我都于心不忍。”耿世兵说，“如果按‘两不愁、三保障’来要求脱贫工作，可以说我们普家河就只差一样，就是住房保障了。而且，我们村还没有安全住房的人家也已不多。只是，我觉得解决住房什么的，都是眼前的脱贫，或者说小脱贫。从长远来考虑，从大处来考虑，我觉得一是需要发展一些产业，让他们有收入渠道，这一点，目前的普家河还有烤烟撑着；二是需要解决基础设施建设，比如这路的问题，要致富，先修路，如果这路的问题一直得不到解决，如何谈发展？”

张德伟走到耿世兵的身边，拍了拍耿世兵的肩膀，说：“我们一起努力吧！”

张德伟的心里，有了几分感动。

张德伟甚至暗暗地佩服起耿世兵来。

他没想到来时的路上看着死不温暾不声不响的耿世兵，心里竟有着这样的一种情怀，有着这样的一种思考和抱负。不说耿世兵的想法最后能不能实现，光是这些想法，就已让他对耿世兵刮目相看。

一起努力吧。虽然他还不知道自己能如何努力，去往哪里努力，但为之努力的心，他已经有了。

第二章　男人请举手

普家河村十五组贫困对象动态管理评议会在他们的集群烤房里举行。烤房建于机耕路旁，说是机耕路，其实也是这个小村庄的通组公路。公路五米来宽，是清一色的水泥路。

这时离下午一点半的会还有半个多小时，村民们三个一群五个一伙的，已来了很多。他们在烤房周边，有的漫无目的地游着，有的站在公路上，有的站到仓库房里，有的靠墙抽着烟，有的蹲在路沿嘀咕着话，还有人三三两两地从下面的村庄方向走来。

“来了这么多，肯定过半了吧？”张德伟看着人群，对一同往会议地点走去的耿世兵说，“来了就好。来了应该就没啥问题了。”

“问题肯定还是有的。”耿世兵说。

“我们最担心的不就是怕群众不来参加吗？”

“不来参加有问题，来得太积极了也有问题呢。”

张德伟摸不清耿世兵这话啥意思。

十五组位于村委会所在地后面的一片平缓山包上，小地名叫绿竹林。这里视野开阔，空气通透，加上有这条水泥路从村子的中间穿过，再穿过几乎整个山包，蜿蜒着从村子的两头绕到山下，接上了村委会前面的通村公路，可谓四通八达。虽然是初次来到这里，但张德伟觉得这个村子的基础设施条件在普家河村不但遥遥领先，而且领先得像跟其他组不是一个村的样子。如果说普家河的十五个组，每个组就是普家河的一个孩子，那么普家河这个娘对十五组这个孩子实在是太过于偏心，什么好的都给了它。这里不但土地平缓，而且道路宽阔，还是清一色的水泥路。远远望去，在村子的下方有一片水域，像是一个水库。顺着水库库尾往后面的山望去，那是一片辽阔的松山。松山平坦，恐怕有上千亩，看上去像是一片绿色的海洋。

张德伟的心里不经意间就喜欢上了这个地方，喜欢上了这个地方的名字。“绿竹林”，张德伟不知道这名字因何而来。看去，这儿连竹的影子都没有。难不成，以前这里是竹的海洋？就着眼前的山势，张德伟把到四川蜀南竹海看到的景致移至这儿想象了一番。这一想，又让眼前的景，在张德伟的心里多了一份美。

这是普家河村贫困对象动态管理评议会的第一场。将第一场评议会选在绿竹林这个组进行，是耿世兵他们经过精心考虑的。为啥开这评议会，就是让群众自己评出他们组的贫困对象，最后将扶贫对象精准化。精准扶贫工作已经开展了一年多，但最先锁定的建档立卡贫困对象，是从二○一四年的贫困对象中确定的。耿世兵说，二○一四年确定的那些贫困对象，在确定的过程中，是带有很大随意性的，差不多就是把名额分到组，你这个组多少家，他那个组多少家，由社长统筹了报来，村上汇总了往上报的。而二〇一五年九月份开展精准扶贫时，所谓的建档立卡户，用的就是这些数据。从某种程度上来说，这扶贫对象，首先就不精准。对象都不精准，如何开展精准扶贫？而且，在开展工作的过程中，村民们的意见也越来越大，特别是听说建档立卡户建房有多少多少补助后，那些不是建档立卡户的人们，就开始跳出来了。有人说谁谁谁家哪儿穷了，他家都穷，这全村的人就都算穷的了；也有人说我一点烂瓦房，我婆娘还是一个残废的人，为啥我家不是建档立卡户。或许，这样的现象成了一种普遍现象，所以从市上就下发了文件通知，规定了相关程序，要进行一次全面的入户摸底调查，不卯一家，不落一户，调查后将每一家每一户的人口、住房、收入等情况进行公示，再按综合情况确定初步的建档立卡户名单。而这确定还不是最终的。这样确定后，还要拿到群众中去评，评的过程中，有不符合的，剔除掉；有漏掉的，群众提出来，进行入户复核，符合规定的，再纳入进来。摸底调查和公示工作已经完成。现在的评议会，要做的就是进一步让群众评定建档立卡户。

想到摸底调查，张德伟不由地就想到了李仁芬。她就是在摸底调查的过程中出的事儿，也不知道她现在情况如何了。

“他们肯定要说松山的事。队长一会儿准备好纸和笔，做好记录。”耿世兵走过来低声对张德伟说。

“松山的事？咋回事？”

“现在一下两下也跟你说不清，到时我让他们来找你反映，他们反映了你就认得了。”

李章林在仓库房里的一张桌子上招呼着参会的群众签到。有些去签了，零零散散的；大多的，却不去签，像约好的一样。

“签啥签？签了做啥的？事情都还没整清楚就叫签字，难道我们上了一回的当，还要上一回？”

“就是。要开啥会，都先把我们的事情说好了再开。”

“就是，先说事。”

人群中相继有人附和了起来。

走进会场，看着搂着手抱着这儿一个那儿一个坐着的汉子，看着背上背着一个娃手里牵着一个娃的婆娘，看着豁牙缺齿的老大爷老大妈，听着他们火气冲天的吼声，张德伟感觉到了形势的严峻。这样闹下去，还如何开这评议会？

“各位父老乡亲，在外面的，全部进来了。开会了。”村主任陈正强的声音，从一个小蜜蜂扩音器里尖声尖气地传了出来，炸啦啦地在会场周围响起，“请大家安静，我先说两句。”陈正强虽然是去年才选上来的主任，但老把式还是在的。他是村上原来的老领导，不但当过好些届的村主任，还当过两届村支书。是在当村支书的时候被选落掉的。去年，因为原来的那个村主任拿村民危房改造的补助回扣，拿得多了，村民一个传一个地传开，就起了怨声，告到了乡上，最后经过调查落实，将他的村主任职务撤了。这样一来，陈正强参加了去年换届时的村主任竞选，并选上了。

“先把我们的事说清了再说其他的。”人群中有人说。

“开啥会都先把我们的事说了再开。”又有人附和说。

"我先请你们，安静一下。我知道你们要说的，是啥事。今天，我们来开这个会，主题是评议建档立卡户，不是来解决你们说的那事的。当然，你们所要说的事，我们已安排了专人，就是站在你们旁边的那位，"陈正强用手往张德伟站的地方指了指，说，"他是市科协的，刚来我们村，替换李队长，任我们村扶贫工作队队长、第一书记的张德伟同志，等把今天开这个会要办的事办了，由他负责听取你们的反映，他做好记录后，我们做成材料往上反映。现在，请你们安静下来，把今天必须要办的事，要开的会开掉，然后再由你们派出代表，向张队长反映。"

"就是。笔和本子我都准备好了。等开完这个会，是啥事你们来跟我说，我会负责任地对待，请大家放心。现在还是先开会。"张德伟说。

"开啥会。这个事情都不解决掉，还评什么建档立卡户！"群众中又有人吼了起来，而且附和者不少。

"老黄，请你发句话！"陈正强一副要破口大骂的样子，嘴都张开了，最后却憋出了这么一句来。他的脸涨得红红的。虽然五十来岁了，但他长得瘦，长得单薄，此时，作为一个村主任，他显得无比的无奈和弱小。他侧身，从旁边的桌子上拾起茶杯来，狠狠地喝了一口茶水。

"既然陈主任和张队长都这样说了，大家就安静安静吧。你们要反映的事，要咋反映，都等开了这个评议会再说。今天这个评议会，也是关乎着我们一大部分人的切身利益的。"陈正强所说的这个老黄其实不老，看去就三十来岁的样子，个儿不算太高，但也不矮，一米六五来的，理了一个短碎发型。这个年轻的老黄是十五社的社长，叫黄启波。他双手抱着一个玻璃茶杯，站在靠窗子的墙边。他双手依然把那个杯子抱在胸前，只是侧了一下身子，面对着大多群众接着说："关于松山的事，今天借这个机会，一会儿也请大家想咋反映的，能咋反映的，反映透彻掉，今天过后，就不要再说我不帮大家反映，不要再说啥难听的话。"

骚动停了下来。

"今天的会议，内容就是普家河村十五组贫困对象动态管理评议会，我背后这条横幅上，已经写得很清楚，我就不再多说，"陈正强说，"我只跟大家解释一下啥叫贫困对象动态管理。说白了，就是贫困对象不是一成不变的，是动态的，你家昨天穷，是贫困户，因为你的勤劳，或者其他原因，今天不穷了，就不是贫困户了；他家呢，昨天不穷，但因为天灾啊人祸啊的，因为哪个家庭成员得了大一点的病了什么的，今天又穷了，成了贫困户。就因为这种变，所以我们的管理也要跟上，不能一成不变。咋个管，就是把昨天不穷今天穷了的，纳进来；把昨天穷今天不穷了的，剔出去。前段时间，大家都知道，我们是用了一个多月的时间，一家一户地跑过了，调查过了，调查的情况，也做过公示了。今天我们要做的，就是根据我们的调查，把我们初步确定的贫困对象念给大家听，大家看看，这家人，是不是符合建档立卡贫困户的标准？在你们这个组，是不是算穷的？我们要一家一家地进行确认。为确保评议的公平、公正，我们乡上的刘副乡长也参加了这个评议会。还有村支书耿世兵，以及张队长和其他工作队员、工作人员。下面，我们先请刘副乡长给大家讲话。"

刘副乡长是个年轻小伙，个儿矮，却有点儿小胖。他从靠里面的侧墙边往布标下方走去，轻轻地咳了两声，讲了起来。他的话音不高，说的内容除了陈正强已经说过的目的，还讲了一些所谓的原则，要求大家公平、公正地进行表态，是穷的，就是穷的；不是穷的，就不是穷的。他还说了一通要杜绝因为关系亲疏而乱表态的行为之类的话。

刘副乡长讲了后，耿世兵又上去讲了一段。

耿世兵说："这次会议的内容，陈主任和刘副乡长都讲得很全面了，我不再多讲，我只想讲一点，那就是，以前你们有人说这建档立卡户是我们乱整的，说我们只整什么沾亲带故的，说我们的眼睛被贼整瞎了什么的，这次请你们评，就是要你们睁开眼睛好好评，不要让你们的眼睛也被贼整瞎掉！"

在一阵呵呵的笑声中，李章林开始念起了卡户建议名单。

他首先念到的是一个叫陆开学的人。他念了姓名后，还念了家庭人口、房屋、人均纯收入等情况。念完后，要大家举手表态。但大家并没有举手。这出乎他们的意料。

陆开学是一个眼睛随时斜瞟斜瞟的人，他拿正眼看人也让人觉得他是在瞅人。媳妇跟人跑了后，他带着一儿一女两个孩子过了多年。去年，一个孩子，且是那个儿子，到村子下面的水库里洗澡，又被泡了。女儿呢，小学还未毕业，就去城里，在馆子里帮人端盘子，不久前，还不到十五岁的她，竟然一个人背着一个孩子回到了家。回来后，不见她再出去，也不见有人来过问，陆开学问她那孩子是哪个跟她生的，她也不说。看着这个本来就还是孩子的人带着一个娃在村子里走过，村里的人常常会产生一些说不清的情感。时间长了，陆开学也不再问她那孩子的事。女儿不再出去，再加上那孩子时不时地哭闹，倒让他觉得家里有了一份热气。他就带着女儿和那不知父亲是谁的外孙，该下地的下地，该吃饭的吃饭。这样，陆开学家一年的收入，除了种着三四亩烤烟，再无其他，住的也是土墙房子。按情况，这是一个特殊的家庭，耿世兵他们把他放在第一个来评议，就是觉得让他家成为建档立卡户，村里的人不会有意见，想用陆开学来开个好头。

但结果成了这样，让他们不能不感到意外。

“同意他家成为建档立卡户的请举手！”李章林又喊了一遍。

张德伟、陈光彪及其他队员站在人群后面的不同角落，举着手机，等待着抓拍举手的镜头。他们举手机的手都举酸了，群众还是没有一个举手。

“是不是大家觉得他家不能当贫困户？是不是大家都比他家穷？婆娘嫁人儿子死了的，把名单说来，我让他们全部成为贫困户！”耿世兵站到人群前面说。

人群里还是没有人举手，也没有人说话。

“不同意陆开学成为贫困户的举手！”李章林又喊了起来。

也没有人举手。

“弃权的举手。”

没有。

“怪了，是男人的举手。”李章林甩着手膀子说。

人群里的村民们有些莫名其妙起来，但还是有一部分人举起了手。站在后面不同角度的人竟也嚓嚓嚓地按下了许多照片。李章林没停，又喊：“是女人的举手！”又有一些人举了手。

周围又是一阵嚓嚓嚓的照相声。“不是男人也不是女人的请举手！”会场里出现了或强或弱的笑声。“还真是啊，有那么多的人，就既不是男人也不是女人，是不是着阉割掉的？”李章林说。会场里又出现了一阵笑声。“再来一遍，同意陆开学成为贫困户的举手！”李章林喊道。

刷刷刷地，这一下竟然基本都举了手。

“陆开学成为贫困户我们没啥说的。”群众中有人边举手边说。

“他肯定是贫困户。”又有人说。

周围的照相声此起彼落地响着。

“好。那陆开学通过。第二个，游发向。请同意的举手。”李章林念出了第二个评议户。

要说穷，游发向比陆开学还穷。陆开学虽然媳妇跟人跑了，但毕竟有过。而游发向呢，却是从来就没有过。游发向今年四十六岁，跟他母亲一起生活，居住在一间瓦房里。要说，他是从小就走出家门，走出普家河去走村串寨，见过世面的。他父亲是一个骟猪匠，曾背着一个小包，用一个小锣叮叮当当地敲着，想去哪就去哪，走到哪骟到哪。说是骟猪匠，除骟猪为主营外，小到鸡，大到牛，他都能把它们的腰子割下来炒了下酒。一路走一路骟，不但好吃好玩，还最先在绿竹林把他家的草房换成了瓦房。游发向七八岁的时候，便跟着他的父亲到处跑。跑得多了，看得多了，渐渐地，他的父亲从鸡从猪开始，由小而大地让他试起了手脚。他的父亲不但让他在骟猪手艺上试了手脚，还让他在女人的身体上也试了手脚。对于游发向，同骟猪手艺一起进步的，还有哄那些或大或小的媳妇睡觉的本事，以及他的酒量。他父亲曾说：“我家发向，要想说媳妇，多得是。”这话是在他请媒人向谁家提了亲被拒绝了后说的。这话先说的时候，大家也觉得没啥，但说得多了，大家便拿来开起了玩笑，说：“你家发向啊，要想说媳妇么，有得是的嘛！”随着村寨的人外出务工的越来越多，一个一个的村寨里喂猪喂鸡喂牛的人家越来越少，游发向父子外出一趟，慢慢地就变得像讨口的乞丐了。行剸事业见微后，游发向的父亲干脆不再带着他出去走行剸路了，而闲游惯了的人，也不像别人一样去种烤烟，不像别人一样去打工，依旧闲游，只是闲游的地点，只能是这个小小的村庄和不远处的乡场了。家庭的进账没有，父子俩的酒量却与日见长。或父亲或儿子的，去乡场一趟，也大都是为打酒而去。最后，游发向的父亲在一顿畅饮后，含笑而去，留下游发向一个人在家，常常在醉眼蒙眬中看着恍恍惚惚的母亲举瓶自饮。

在村人的眼里，游发向一天不是从天黑睡到天亮再睡到天黑，就是从村头逛到村尾，从村尾再逛到村头，哪里有热闹哪里钻。睡着就睡着也好，去逛逛或者钻钻也就罢了，偏偏，他的手里离不了那二两黄汤。二两黄汤一下肚，偶有人问他：“发向，你狗日的还不讨个媳妇？你狗日的发向到底在哪？你一天还喝啥酒，不去你爹坟上看看，冒青烟了没有？”游发向也不火，说：“老子讨不讨媳妇，关、关你啥事？媳妇没讨咋啦？玩过的，比、比你狗日的见、见过的多！”

一天早上，村里的人在水泥路的挡墙下看到了游发向。挡墙有三米来高。挡墙下的地，是一块荒地。荒着的地里，横七竖八有着一些石头，也不知是从路上滚下去的，还是它们在路上挡了人挡了车，被人推下去的。那石头支着棱着，凸着凹着，就像要吃人的牙或口似的。这不，当发现游发向的人叫了他的母亲和几个村人来到他躺着的地方，首先看到的是他顺着脸庞流过，已经凝固了的血迹。他侧着身子趴着，一只手还在身子下，一只手伸在侧边，像是要爬起来的样子。但这时他没有爬起来的动作。他静静地躺在那儿。当人们在他母亲的哭喊声中把他翻过身来后，竟然发现他还有气息。人们又在他母亲的哭喊声中把他送进了医院。

终归，游发向又活过来了。为了医治他，他母亲把他家在路边的几块地给卖了。大家以为有了这一次经历，他该把那尿汤给断了，但他出院没多久，又像没发生过这次差点送了命的事样，该逛的照样逛，该钻的照样钻，该喝的照样喝。

有人说："狗日么，早晚肯定要送在这条路上。"

有人说："早认得这样么，还不如那天就让狗日的早死早超生。"

平日里，无论游发向怎么过，大家最多也就是偶尔拿来当当闲谈而已，觉得与他们没啥关系。但现在，李章林把游发向的名字念出来，是要他们表态，要他们同意还是不同意游发向成为贫困户了。

"干脆把村子里有残疾的人家和懒汉人家都整成贫困户算了。我看这扶贫，就是扶这样的人的。"有人说。

"哪个说的？谁说扶贫就是扶残疾人家和懒汉人家啦？政策可没有这样规定哈！政策只有一条，就是扶穷的，不管你是不是残疾，是不是懒汉！"刘副乡长说。

"这明摆着就是嘛，还用说？"人群中又有人说。

“不要扯远了。先对游发向做个表态。同意的把手举起来。”李章林说。

“同意，有啥不同意的。举手，大家举手。几下举了整完掉，我们好反映我们的事。”有人说。

这次的手举得齐刷刷的。站在不同角落照相的人又嚓嚓嚓地按了起来。

评议会评到第五家的时候卡了壳。这户人家叫李绍兵。李绍兵家的情况既不像陆开学家，也不像游发向家，他家没有任何的特殊性，不但没有特殊性，而且在村里得罪过不少人。而他得罪村人的原因，是李绍兵曾偷过一些人家的牛，偷过一些人家的猪，甚至连人家的鸡啊火腿啊都偷过。他不但偷，还因为一户人家在没有找到证据的情况下，和人闲谈时说过一句，“我家那鸡么，就是狗日的李绍兵偷的嘛”，这话说出的当天晚上，李绍兵就提着菜刀上了这家的门，扬言不给他个交代，他就要叫这家人死人，最后弄得这家人赔了他一千块钱的名誉损失费才算了事。在村人的眼里，这就是茅坑里的石头，又臭又硬。现在，李绍兵虽然因为偷盗之事被抓进牢房里去了，但村人们对这家人，还是有着一种又恨又怕的情结。

“要咋定你们定去，还拿来给我们评啥？呵，好人你们做，让我们来做坏人？”有人说。

“你们废话太多了。念出来让你们评，同意的就举手，不同意的就算了，哪里来那么多废话？”耿世兵有些冒火了，他说，“下一家。”

李章林又念了下一家的名字，让同意的举手，没有人举手。

喊不同意的举手，还是没有人举手。喊弃权的举手，依然没有人举手。

李章林把剩下的几家一一念了，结果还是一样态度都没人表。

“我们组就先那几家了，其他的没得了。”有人说。

“哦，你们组欢得很了嘛！你们组真是欢得尥蹶子了啊，家家都大平房的修起来了，都不愁吃不愁穿，啥都有保障了！”李章林说。

“不是我们组欢，是那些真的穷的你们都没有整。”有人说。

“真的穷的？哪些？你们说出来！”

“比如张泽刚家，比如吴家武家。”

“像他们两家这种，早就跟你们说过，他们因为享受过危房改造补助了，纳不进来。”耿世兵说。

“那危房改造的补助你们又不是认不得是咋给的，我们只认得他们就是穷，是村子里的人公认的穷，房子也还是要垮了的土墙房，按说，他们才是最适合成为贫困户的。”

“像张泽刚家、吴家武家这种情况，一会儿你们找代表把情况向张队长说清楚掉，看看总的有几家，都是些啥情况，请他记录起，我们统一向上面反映，看看有没有啥办法。这是你们这个村子出现的一种特殊情况。”刘副乡长站出来说，“大家先把其他几家评掉。李章林，你再把刚才他们没表态的那几家念一遍。我们现在提出来让大家评的这些人家，都是在充分走访和调查的基础上，开了会研究提出来的，他们在你们村都是相对较贫困的。现在国家有了这个政策，我们都是尽可能地为大家考虑，希望大家能享受到这种政策的扶持，过上更好的日子。所以，该表态的，还是要表态。”

李章林又开始念起了先前念了没人表态的名单。“既然这样么，就举手嘛！”李章林念了李绍兵的名字后，还没喊举手，就有人说着并举起手来。接着的几个，也是李章林一念完名字，人们此起彼落地说着“同意同意”的话就举了手。

评议完毕，张德伟在一张木桌前坐了下来，开始记录村民代表反映的问题。他们反映的问题，起源于一片松山。村民们派出来的代表，是一个看去七十来岁的老人，他留着一头花白的短发，眼眶有些凹进去了，脸庞没啥肉的样子。老人穿的是一件四个口袋的蓝色布衣。他在木桌的对面坐下来，把双手放在桌上，也不急着说话，只微微地笑着，像是要等张德伟问了他才说似的。张德伟摆好笔和本子，也不急着问，掏出烟来，先递给老人一支，然后往站在老人背后的村民递去。他把坐在那儿看得见的男人都问了，抽烟的都递发了，然后才用打火机为老人和他自己点燃了烟。吸了一口烟后，他说：“老人家高寿？”

“七十二刚满过呢。”

“都七十二了？老人家看着精神好啊！”

“还可以。”

“老人家贵姓？”

“我叫陈世相。”

“嗯，老陈，我就这样称呼您老人家了。就麻烦老陈跟我说说你们要反映的，是个啥事儿。”

“其实嘛，也不是啥大事儿。要说，从我个人角度来看，我觉得也没啥的。我觉得我们现在已经够好的了。无论是国家政策，还是我们的日子，跟以前比啊，真是没得说的。当然，像他们说的不公平，也确实是存在的。这松山地的事儿，我倒是能说清。我就给你说说吧。”

“嗯。好。”

“我们村子对面那儿不是有一片松山地吗？那片地有一千六百多亩。二〇一三年，被政府征去做公墓地了。征地嘛，很正常的。征去又是做公墓。现在这殡葬改革，是大势所趋嘛。这个你们当领导的，比我们懂。而且那地当时也没有分到户，算是集体土地。但是他们在征地的过程中，给我们说我们的地才有八百来亩。我敢肯定，我们那地不可能才八百多亩，一九八〇年土地下户的时候，我是参与采地的呢。后来我们就去乡政府问，一问才知道另外的八百多亩被划成月亮湾的了。月亮湾你知道的，就是那边那个村。这个怎么行嘛？我们的地被划给别个村，哪能这样？虽然不是我们个人的，但也是我们这个集体的啊。为这个问题，我们找了乡上的，也找了县上的，县上让我们找证据，证明那地是我们的。但是我们去哪找呢？没法找啊！我们说那地是我们的，月亮湾的人也说那地是他们的，又哪边都找不出证据来。最后，县委黄书记说，既然两边都找不出证据，那片地就不算给哪一边了。虽然没算给哪一边，但他答应把我们村的水接通、电拉通、路修通。他说，既然确定不了是哪边的，又是集体的，就拿来做集体的事好了。要说，这也是可以的。另外能确定的那八百来亩，他们也没具体确定个标准给我们征收款，只是给我们每家人一万块钱，说是给我们修房子。所以，那时，我们这个村子里的人家，只要是有户口本的，都得到了一万块钱。要说，土地是国家的、集体的，但因为这地，我们还是得到了很大实惠。不但得到了一万块钱，还水也接到家门前来了，路也修进村子来了。还有电，当时，我们社在普家河村是第一个全社通电的地方呢。像彭家梁子，现在虽然也通电了，但是是在我们后面三四年才通的呢。虽然黄书记答应的路到现在还有两条没修，但总体上看，我们这个社的条件已经很好了。这个，不凭别的，就凭这村里的路，你也可以看出来。现在，别的地方不说，就拿普家河这个村来说，哪个小村子的交通条件有我们的好？所以我们也还是很满足的。”

“就是啊，这不是很好吗？”

“问题就出在，我们得到的这一万块钱，统统被定成了危房改造的补助。这些年来，不是在大力实施危房改造吗？后来进行危房改造的，说补助最少是一万零两百，多的有两万多，而且这好像是没啥条件的，只要你修了房子，能得到指标，就有了。而我们村子的人呢，因为以前得到过那一万块钱，所以就不能再享受这危房改造的补助。说我们已经享受过，不能重复享受。同志你想想，我们那一万块钱，从某种程度上来说，是因为那松山地得来的，不是什么危房改造的补助。那一万块钱，在当时可是修不修房子都可以得到的呢。但他们说，那笔款以前就是以这名目给我们的。这就让我们村里的人不服了。我们咋会服呢？我们不但出了那么大的一片地，而且得到的补助还是最少的。这两年不是又开始搞这扶贫工作吗？村里的人听说别处的人修房子有四万块的补助，而我们这儿还是享受不到，村里人们的怨气就更大了。要说，我们村里的人，土墙房子也还多啊，穷的也还多啊，但因为那一万块钱，既享受不到危房改造的补助，就连现在你们说的建档立卡户也纳入不了。同志你说，这是不是有点不对头？”

“嗯。这倒确实是个问题。”

“你看看我们绿竹林原来的贫困户名单，你看看就知道，那些人家，基本是后来才分出户来的年轻人，他们不但有劳力，甚至是有技术的，而且还有当着小老板的。比起其他人来，他们哪能叫贫困？”

“怎么会把这样的人弄成贫困户呢？”

“以前不是分名额吗？我们组分着二十八家贫困户的名额，因为村上的人交代过，享受过那一万块补助的不能纳入，所以就只有照着后来分户出来的人家点了。后来分户出来的人家，只要没修起砖房就行，也顾不了贫穷不贫穷了。”站在旁边的黄启波说。

“当时为凑满这二十八家人，我们还很是费了一番劲儿呢。”陈世相说。

“说白了，就是真正穷的没纳入，纳入的反倒是不穷的。”黄启波说。

“那你们是想得到怎样的解决呢？”张德伟问陈世相。

“我们大家的想法是，我们也不要什么特殊的照顾，因为那片地黄书记答应我们的还没修通的两条路也不说了，以后有机会修就修，没机会修就算了，毕竟现在他已经……”说到这儿，陈世相停了一下。

张德伟知道他为啥没说。他们所说的黄书记，现在已经因为贪腐问题蹲在监狱里了。

陈世相接着说："我们只想现在这贫困户的确定和危房改造的补助不要受到那一万块钱的影响。根据你们调查的实际情况，能成为贫困户的就成为贫困户，享受到相应的国家政策；不能成为贫困户的，现在还在住着土墙房子的，人家想修房子了，该给的危改补助，还能给。"

事情听起来其实很简单，张德伟已经听清了。其实，在他们最初拟定卡户建议名单时，陈光彪已经提出过这个问题。他说像耿昭红家，住着的是一间土木结构的耳房，而且看去要垮得很了。不但房子是这样，关键是两个大人，男人和婆娘都是有智障的，原来两口子生的一个娃娃被一次高烧烧死了，现在带着一个，才七八岁，还是捡来带的。这家人的收入，有两个低保，男的在村子上面的一个果园里帮人看果园，一天五十块钱。陈光彪说："在遍访的时候，我曾对他家不是贫困户感到疑惑，后来问了在场的村民，才知道他家是享受过一万块钱补助的。"陈光彪还说："在绿竹林，像耿昭红家这种情况，实实在在是贫困，又不是建档立卡户的，还有好几家。"当时，张德伟还想问问具体情况，但没等他问出来，耿世兵就说："这个是没得办法的，那些穷的又不是建档立卡户的，都是因为享受过危房改造补贴的。"张德伟纳闷，既然都享受过危房改造的补贴了，怎么还会住着土墙房子？按他的理解和了解，这些年来的危房改造补贴，都是要修了房子，甚至还要争取到了补贴指标才有的。不但不修房子不可能得，就是修了房子也不一定能得到的，还要有指标。因为指标有限，所以像普家河原来的村主任，才会因为这危房改造款出事儿。当时他不知道这绿竹林的人家，怎么会没修房子就能得到危改补贴？

现在他知道了。要说，那一万块钱，还真不是危房改造的补贴。如果陈世相所说都属实，他觉得这个问题还真得想办法来处理。这次遍访了重新评定贫困户的目的，就是要做到应纳尽纳，应退尽退，要做到帮扶对象的精准。如果因为这一万块钱，绿竹林真正穷的人家纳不进去，最后或许会出事儿。但怎么来处理，这又是一个问题。现在所有农户的基本情况，都已进入了系统。哪家享受了什么，特别是这危房改造的补贴啊、低保啊什么的，相关部门一查，就能查出来。而按政策，享受了危房改造补贴的人家，确实又是不能纳入的。怎么办？张德伟觉得，应该形成一个报告，将这情况向上级反映。这是一个特殊现象、特殊问题。面对这特殊问题，是不是就得有特殊的办法来解决？

想是这样想了，但他张德伟毕竟不能做最后决定。他想等散会后再和村上、乡上的人商量。所以，他也就不能向陈世相及这里的村民们说什么具体的。他又给陈世相及围在那儿的汉子们发了一转烟，说："情况我清楚了。关于你们这个问题，我现在不能答应你们啥，但我在这里给你们的保证是，我们一定及时把这个情况反映上去，争取政策来解决这个问题。请大家相信我们。"

"好。我们就只有等着你们的消息了。"站在陈世相背后的一个村民说。

"在这儿，请老黄下来给我们统计一个名单，统计的对象就是你们这个组真正穷，因为享受了一万块钱而没能进入贫困户的，统计了给我。今晚上就给我。我下来先写报告。将准备工作做好后，我们再商量怎样去反映？"张德伟相继望了一眼刘副乡长和耿世兵说，“刘副、支书看看这样处理恰不恰当？”

“可以，就按张队长说的做。请大家相信，我们会努力为大家去反映，去争取。”刘副乡长说，“我们现在先要着手解决的是争取把真正贫困的这些人家纳进卡户来，至于危房改造补贴的事，我们也会努力争取。但在这里，大家也要有个思想准备，这事恐怕很难。毕竟，大家是实实在在得到过这补贴的。再说了，虽然现在别的人家修房子得到的补贴可能比一万块钱要多点，但大家也要想得通，想想，你们得到一万块钱是什么时候，那时除了你们这个村子里的人家，其他哪里有人得到过这补贴了？那时的一万块钱，相当于现在的多少钱了？不要说你们这个是实实在在得到的，你们可能认不得，九组有一户人家，因为户主把身份证拿给别人去买了一张面包车，所以也被上面查了出来，说有机动车的不能成为贫困户。要说冤，他那个才叫冤。”

“刘副说的这个是事实。大家要相信的一点就是，不是我们不想让大家享受相关的政策，是因为你们得过那一万块钱，受到了限制。要说，这也是一个特殊情况。我们会及时把这情况反映上去。老黄就按张队长说的，先把名单拿起一个来。”耿世兵说。

张德伟喝了一口茶水，收了纸笔，说：“就这样嘛，我们回去及时准备了反映，有啥情况再跟你们联系。”说着往外看了看，刘副乡长、耿世兵他们一干人马都在仓库外面的院坝里，像在跟围着他们的群众说着些什么。

“像我这种，就直接不能成为贫困户了？”

走出仓库房，张德伟听到人群中有一个男子问。

“肯定不能了。你房子修起那么大一幢，还能算贫困户？”耿世兵说。

“我只是问问。不能就不能了。只是不知道我修那房子还能不能得到补助？”

往说话的人看去，这人竟是张德伟认识的黄忠国。黄忠国就是村民们说的那种当了小老板的贫困户。以前李仁芬不但给张德伟介绍过黄忠国的情况，还陪他去过黄忠国家。三十岁不到的黄忠国，才结婚两年多，是结了婚后，才拨了户口分了家，单独成为一家人的。前些年，他到城里的建筑工地去打过工，学会了砌砖，成了一名泥工。村子里修砖房的人家多了起来后，他就回来了，先是按天算工钱，专门帮人家砌砖，渐渐地，就开始将建房人家要建的房子承包过来，然后自个儿请上些小工，组建起了一个小施工队。这样，他不但可以挣下一份工钱，还可以赚上些差价。因为是新分户，以前没享受过一万块钱的补助，加上他从老人那儿分得的也是一间瓦房，所以他就成了最初的贫困户。去年，村上的人和工作队的人都动员过他修房子，说：“别只顾修别人家的房子，自己的也该修得了。趁现在，修了还可以得到四万块的补助。”他们说：“过了这村就没这店了。四万块，哪怕你是个老板，也不是一天两天就能挣到的。”黄忠国当时虽然说自己不是啥老板，手头没啥钱，还说自己不修就不修，要修就要修得像样点，但去年还是把房子修起来了。他修的房子是一幢两层半的小洋楼。面积也不小，占地一百二十多平方米。外墙还贴了瓷砖。张德伟还没下来当队长的时候，因为入户调查，就曾走进过他家的小洋楼。里面的装修，地板是地板的贴了，乳胶漆是乳胶漆的刮了，沙发、电视、洗衣机、电冰箱，家用电器一应俱全。“这也算贫困户？”当时张德伟曾惊讶地对同他一起走访的李仁芬说。李仁芬问他咋啦？张德伟说：“他这样都是贫困户，我就更是贫困户了。”

“你还缺那点补助？”曾丽说。

“曾姐也是，难道这钱还会嫌多？还担心它会咬手？再说，我肯定是缺的，我还欠着十多万的账呢。”黄忠国说。

“你还欠着十多万的账？你说了哄鬼，看鬼会不会信？”方芳说。

“看嘛，连小芳同志这样老实的人都不信，我真是白说了。算了吧，我没欠，行了吧？那补助，没有就没有了，打铁还靠本身硬，我还是自个儿苦去好了。”

“人家小芳说的是事实嘛。你说你还欠账，你问问你们村子里的人，哪个会信？”曾丽说。

“不管你们信不信，我说的也是事实。”

“你修那房子修掉多少钱啊？你还欠十多万？”

“连装修，也就三十多万，四十万不到。”

“就是啊，你这些年才挣着三四十万？”

“曾姐啊，你就认不得，好些人家的建房款，都还没付，连工钱，我都是自个儿借来垫付出去的。”

“那是人家还没付给你嘛。没付给你，那账是还在的啊。”

“是了。在的，在的。我不当贫困户了，不要那补助了还不行吗？”

“就是嘛。老板就要有个老板的派头，还来跟着争啥贫困户当，争啥补助嘛。”

“我可没争呢，我只是问问，曾姐可别冤枉我。”

一帮人嘻嘻哈哈地说着，刚走到水泥路上，就有几个汉子迎面走了过来，他们的脸上像结了霜似的。带头一个汉子四十来岁的样子，穿着一件短袖T恤，趿着一双泥土一般颜色的胶拖鞋，冷冷地问：“我们修房子的那补助咋说呢？”

“啥补助？”耿世兵也冷冷地回问道。

“我们那房子，是去年你们催了几次，才到处借了钱来修的，到现在，补助的钱还一分没有得到，这贫困户，倒是你们说我们不是就不是了。”旁边的又一个汉子说。

“不是我们说不是就不是了。是根据政策的规定，你们这样的人家，有了安全住房，不能纳进去。”

“我们不管什么政策，我们现在要的，是你们去年说的那四万块钱。”又一个汉子说。

“你们问哪个要？你们看看，现在我们哪个能给你们一家四万块钱？”李章林往前走了一步说。

“曾丽，我那房子是你到我家去说了几遍，我才修的，你说，这事咋整？”一个汉子望着曾丽说。

“你啥子意思？你是不是要我来给你这四万块钱？当时去劝你修房子，我还劝错了？我那是催你？我咋催你啦？你不修我还能强迫你修？”那汉子指名道姓地来讨说法，让曾丽突然地冒起了火来。

“不要在这儿吼了，吼了也不起作用。你们也不要怪人家劝你们修房子，人家劝你们是为你们好，希望你们能借助这补助政策，把房子修起来。这补助政策又不是随时都有，你们也知道，我们村今年要脱贫出列，人家是担心你们错过了机会享受不到。你们这样吼了，以后哪个还敢跟你们说啥？再说了，我们只负责宣传政策，又没负责制定政策，当时的政策就是这样的，我们没宣传错。对于我们来说，还不是希望你们都能得到那四万块的补助。”村上的监委会主任高家鹏跨到曾丽身前对着几个汉子说。

“不要跟他们吼了，曾姐。”方芳则站到曾丽身边，牵着曾丽的一只手说。

“鬼火冒啊！老子吃饱了撑的，没事一趟一趟朝他家跑？”曾丽说。

“不管咋说，我们修那房子就是因为你们说过有四万块的补助，才借了钱来修的，我借的还有三万是高利贷，现在贫困户也不是了，如果这四万块得不到，我拿啥子来还？要说，我不修这房子，好歹也还有间瓦房住着，吃的穿的虽然差点，也还饿不着冷不着，但现在欠下这么多钱，你们叫我咋过？”一个汉子说。

“算了，几位。你们在这里吼一场闹一场也解决不了问题。像你们这种情况，不说在我们乡，就是在全县，甚至全市，肯定都普遍存在。我想，各级党委、政府，不可能会因为你们接下来不是贫困户，就不管你们了。就像刚才这位老乡讲的，你们因为修房子，欠下了一些债务。我相信，这是事实。我们的政策，是要大家有饭吃，有衣穿，有房住，是要大家脱贫，而不是致贫。从某种程度上来说，因为修房的事，已经让一部分人欠债了，这一点，我虽然不能说，也不知道最后能咋处理，但我相信，也请大家相信，党委、政府不会不管的。”刘副乡长也站了出来，抑扬顿挫地说道。

“政策是啥样，我们认不得。反正得不到这四万块钱，我们就没完。不说县上、市上，省上、北京我们都得去上访上访的。”一个汉子说。

“该有的，你们不上访也会有；没有的，你们跑到北京去，还照样没有。”耿世兵说。

“反正得不到解决，我们就只有去上访。”又一个汉子说。

“你们看着办吧，该说的我已经都说了。”耿世兵说着，就做出要走的意思。

“就这样嘛，该做啥的做啥去。政策明确了，我们会及时告诉大家的。”

刘副乡长说了这句话，来搞评议会的乡村干部和工作队人员就往村委会走了。“刚才他们说的这个，是咋回事？”走了一段路后，张德伟问耿世兵。耿世兵说：“我们乡不是今年要脱贫出列吗？要脱贫，这安全住房是一大指标。所以，去年我们就进行了大面积的宣传动员，希望贫困户都趁机把房子修了。这一来，确实就有一大部分人，是借钱来修的，包括他们说的借高利贷，确实都是事实。现在，当时宣传的建房补助款还没兑现，建档立卡户又要重新评议了确定，这一评议，按政策，这些有了砖房的人家就又不能再评为贫困户了。”

“那对这批建房户的补助，现在是咋说的呢？”张德伟又问。

“现在就是没得说法啊，要有说法，我们倒好处理了。”

“按说，当初是说过的，应该没问题啊？”

“如果不重新评定卡户，这笔补助早晚肯定是有的。关键是，通过这次评定后，他们又不是卡户了。不是卡户，这补助有还是没有，就不好说了。”

“如果这笔补助以后真没有了，大家再进村去宣传啥，恐怕就不太好宣传了。”

“我担心的正是这个呢。以前一宣传一动员，他们还就积极地动起来了。这批建房户要真没了补助，下一步的卡户建房问题，还不知道怎么弄呢。”

“管他了，先集中精力把这次评议会开完了再说。”耿世兵又说。

说着讲着，一行人就到了村委会。一阵孩子的哭声迎面撞了上来。哭声已经有些嘶哑，由隐而现，便看到方芳妈背着孩子，像个瘸子，摇着晃着从办公楼的玻璃门处走了出来。出了玻璃门，看到一帮人进去，方芳妈便走下台阶来，站在旁边，还边晃着她背上的孩子边说：“狗儿不哭了，狗儿不哭了，妈妈来了！”方芳已赶在前面，站在她妈身旁，一边说着：“宝宝饿了，不哭了，不哭了。”一边伸开双手，抱起她妈背上的孩子。方芳妈解开背带，几拉几扯，背带便松散开，蛇一般绕着盘在了地上。方芳一手抱着孩子，一手理着背带，边理边往村委会里面走去。

“饭熟了，支书你们吃饭了。”方芳妈还在门边，对正在往里走的人说。

普家河村共有五名工作队员，张德伟他们市科协的两人，原来是李仁芬和陈光彪，现在是张德伟和陈光彪了；按每个村要五名工作队员的要求，因为市科协人少，配不齐一支队伍，只能派出两个人来，所以乡政府就配备了他们的工作人员曾丽、方芳和赵熊。方芳年前才生小孩，现在孩子还在吃奶。她在村上一个人带不了孩子，又不能把孩子丢在城里的家头，所以就将她妈叫到村上来帮着带孩子。她妈来了后，耿世兵与方芳商量了一下，让方芳妈在帮她带孩子的同时，给大家做做饭，说一个月给她一千五百块钱的工资。方芳说不要，但耿世兵说不要钱就不请她做了后，方芳只好答应了。

“好。熟了，我们就吃了。”刘副乡长说。

正往楼上吃饭的地方走，从楼上又下来五个人，三个婆娘，两个汉子。走在前面的张德伟往楼梯一边让，想让他们走下去。几个人却没有往让出来的楼梯边下去的意思，而是在楼梯的上方停了下来。

“领导些回来啦？”一个婆娘说。

“啥事？”张德伟后面的陈正强问。

“我来向领导些反映一下，你们在公示表上写的那个，说我家那两个娃娃在外面打工，一年有四万几的收入，实际上没有得。”另一个婆娘接着说。

“实际上一年有多少呢？”张德伟问。

“有啥子？有时候路费都还要叫家里给！”

“你的意思是一分都没得了？”

“哪里有？他们苦点用点，一双肩头扛一张嘴，还扛不住呢！”

“这个不是你说有就有，说没有就没有的。我们是按他在哪里打工，打啥工来算的。一个月的收入是多少，是有测算标准的。”李章林说。

“我也要反映一下，我家去年喂的两个猪，都是宰了吃掉的，没有卖，但你们都算成收入了。还有我家喂着的一头牛，也是没有卖的。卖都没有卖，哪里来的收入？一年倒还要花掉多少饲料钱呢！”又一个婆娘说。

“这种情况就不要说了。这个算法，我们都是按上面的规定来算的。像喂的猪，是宰了自己吃掉，都要算成收入的。至于牛，如果真没有卖，我们可以改一下，标注成‘未出栏’，可以不算。是哪家？说名字来，我们一会儿去改。其他还有啥情况？说了。我们要吃饭了，饿得很了。”耿世兵说。

“我也要向领导些问一下，听说这次我不是卡户了，是咋的？为啥要把我剔掉？”一个汉子说。

“你是哪个社的？”刘副乡长问。

“十社的。”汉子说。

“哪个给你说你不是卡户了？”

“他们说的。”

“他们？他们是哪们？”

汉子低下头去，没有说。

“扯淡，哪个给你说的？你说出来，我找他问去！十社的评议会都还没开，我都不敢说哪家是卡户，哪家不是卡户，他们就能说了！是不是卡户是他们定的？”刘副乡长说，“该做的事不去做，扇阴风点鬼火倒厉害，你说出来，是哪个说的我去找他算账！”

汉子还是没有说是谁跟他说的。

“还有啥事？没事我们要吃饭了！”刘副乡长说着虎着个脸领先往楼上走了去。那几个人也悻悻地往一边让了，然后相继往楼下走去。

吵也吵了，闹也闹了。终归，绿竹林小组的评议会还是开了。虽然开得不是那么圆满，但毕竟该评的，评出来了，该取的照片，也取了。所以，吃饭的时候，耿世兵提议喝点酒，庆祝一下首战告捷。刘副乡长同意后，大家便用吃饭的碗，或多或少地倒了酒。除了方芳没喝，连曾丽也倒了些，而且是主动要的，她说：“今天真是太气人了，那杂种竟然指着我，点名道姓的，要我给他说法。我给他啥说法？我还能说明天就给他拨款？”耿世兵赶紧给曾丽倒上酒，说：“喝点酒消消气。有啥好气的？这个都要气，怕你气不起那么多！”

一帮人喝着酒，说起了绿竹林评议会上的这样那样。一下说这个人的可恨，一下说那个人的欺祖。

陈光彪端起酒碗，伸向耿世兵说：“来，支书我们整一口。真没想到，支书今天能说出火药味那么重的话来。”

耿世兵也将酒碗端了起来，和陈光彪的碰在一起，说：“啥话火药味重了？”

陈光彪说：“你说，以前我们定的贫困户，村民们说是乱定的，眼睛被整瞎了，这次拿给他们去评，要他们别让自己的眼睛也被整瞎掉，听你说出来的时候，我真是觉得有些意外，想不到你能说出这种话来。”

耿世兵说：“就是嘛，我以前就听见有人骂我们，说我们是乱整的，说我们眼睛被整瞎了，所以这次拿给他们去评，肯定要还给他们！”

“还有李章林，他说那话也是让我躲在后面肚子都笑疼掉，真不知道他是咋想着说出来的。”方芳插进来说。

“我说的啥话？”李章林望着方芳问。

“就是喊他们举手表态的时候，说他们男人也不是，女人也不是，问他们是不是被阉割掉的那话！”说着，方芳将碗摆在饭桌上，将筷子横担在碗上，双手捧腹，又控制不住地笑着，说：“现在想起来，我都还忍不住想笑。”

“真是的。这些人不拿几句重话搡搡他们，就不知道锅儿是铁铸的。我觉得李章林那话，骂得实在是太过瘾了。”曾丽说。

“也只有你们才想得出这些话来，要是我，打死都想不出来。”张德伟说。

“干农村工作就这样，要说粗话可以跟他们说，要讲理，也可以跟他们讲。不讲理不行，但好多时候，跟他们一味地讲理，又是讲不通的。”刘副乡长说。

看着一个个饶有兴趣地喝着酒说着笑，张德伟的心里，却一直在想着那由于一万块钱而不能进入贫困户的几家人，而且越想越觉得不踏实。他觉得如果绿竹林的建档立卡户就确定为评出来的这些人家，便有背“应纳尽纳”的原则。他说：“今天他们说的那几家人咋处理好？”

耿世兵说：“不怕。等社长报来了，队长整成材料，我们报上去，到时也请刘副跟书记、乡长他们多说说，能咋整尽量整尽量争取就是了。”

晚饭后，黄启波就将得到过一万块钱，没能纳为贫困户的名单报了来，一共有九家。这九户人家，黄启波还在名单后面分别简单地写了一些基本情况。

村上的人回家去了。曾丽、方芳她们，也有的去了宿舍，有的去了外面散步。张德伟来到办公室，独自坐在电脑桌前，看着这些人家的户主姓名和他们的基本情况，他恨不得立马将报告写出来，将情况反映上去。他想，如果能将这些人家纳进去，就要在公示评议结果前确定下来。公示了，再将公示名单报到乡上、县上后，要增加，恐怕就难了。

夜已经黑了下来。一天的热闹，此时归了平静。心里虽急，张德伟却又一时不知该从何写起。他将目光投向窗外，看到一群一群的蚊蝇，在扑撞着窗玻璃，发出或轻或重的响声。看向屋顶的那管电棒处，也有一群蚊蝇在周围飞着舞着。

正不知如何开头，陈光彪来到了办公室。

“写得咋样了？”陈光彪问。

“还没开头呢，不知咋写好！”张德伟说。

“我想，只要将情况说清楚掉就行了，也没必要考虑得太多。”

“嗯。”

“你发没发现今天刘副乡长是在骂哪个？”陈光彪边递烟给张德伟边说。

“刘副乡长？哪个时候骂了？”

“就是今天我们回来的时候，村民说有人跟他们说他们不是卡户了，刘副问是哪个说的，要找他算账的那人。”

“他不是在骂那村民吗？难道他是在骂我们里面的人？”

“他骂的就是村上的人啊。对那个副支书彭家洪，你还不了解。他就是十社的，说这家是卡户那家不是卡户的，除了他，还有哪个会说！”

“呵呵，我还很少见到他呢，还真不了解。他为啥要说呢？说了起啥用？”

“对这个人，以后你会慢慢知道的。今晚我要跟你说的是，他有个儿子，现在还在卡户名单里。按规定，村三委人员的家属，是不能进入卡户的。”

“他还有个儿子在卡户里？哪家？”

“彭德能家。”

“哦。十社的名单里好像是有彭德能。当时村上议定的时候，怎么还会放在里面呢？”张德伟看过那些名单，对“彭德能”这个名字有一点印象，但他从未想过彭德能是彭家洪的儿子。既然是彭家洪的儿子，他不知道怎么还会在卡户名单里。

“你不知道，当时拿出来讨论的时候，彭德能就是含混留下的。他原来就是卡户，对十社的人家进行摸底调查的又是赵熊他们。讨论那天，负责提供十社卡户建议名单并介绍情况的又是老陈，他虎虎杂杂地一气念了、介绍了，最后刘副问他的想法，他又说建议都留下来，就都留下来了。”

“主任认不得彭德能是彭家洪的儿子？”

“你也是，他咋会认不得！他们是老搭档呢！他原来当支书的时候，老彭就是副主任。”

“他也肯定认得村三委的家属是不能纳入卡户的啊？”

“他咋会不知道？他也是不好说呢！那天开会，老彭也在。你说，他还会自个儿去得罪老彭，说彭德能不能成为卡户？”

“彭德能家情况咋样呢？看老彭的样子，他儿子家应该也不会太穷吧？”

“穷啥！虽然是离掉婚的，但一个人，还在外面打工，有个儿子都是丢在家头，老彭家老两个给带着的，你说能穷到哪去？”

“按说，老彭应该主动提出来，让他儿子退出来才是呢。”

“要是他能这样，彭家洪就不是彭家洪了。他去年修了一幢房子，还就是以他儿子的名字报的，他还在等着得到一笔补助呢。”

“嗯。这彭家洪还真有意思嘛。他到底是咋的？”

“怎么说呢？有点像刘副骂的，扇阴风点鬼火不是一般的厉害。”

“哈哈，还有这种人？竟然还是副支书！耿世兵呢？他也没说话？”

“他？他敢说？在彭家洪面前，他纯粹就是个嫩薹薹了。你没听说过，他的小学就是老彭教的？”

“彭家洪还当过老师？当过老师还是这个样？”

“以前在普家河小学当代课老师的，后来不是不要代课老师了吗？那几年，代课教师上访的事你听说过了吧？他可是这个县的得力代表呢！”

“是啊。前几年，代课教师倒是闹了一段时间。因为规模大，通过他们的上访，后来好像都得到一次性补偿了的。”

“是啊，都得到补偿了的。通过补偿，代课教师的问题可以说是结束了。只是，像老彭这种人，他上访的经验，可还在继续用着呢。你说，你在几个村看见过有副支书这个岗位？我倒是只在普家河乡看见过。普家河乡的村，都有。你更想不到的是，普家河乡所有村都设了副支书这个岗位，还都是因为老彭。”

“因为老彭？”

“你想象不到吧？他没当代课老师后，就参加了村上的副主任竞选，而且选上了，只是才当了一届，因为找他盖个章没得点东西送去就盖不着，惹起了群众的众怒，所以在后来一届的换届中，就被选脱掉了。按正常情况，选脱就选脱了，但他就有本事，又将上访路走了起来，闹得乡上没办法，只好设了个副支书的岗位，安排他任了这个副支书。乡上领导考虑不能单独只让普家河村有副支书，所以就在普家河乡的所有村都设了个副支书的岗位。”

“确实够厉害的。但是现在在卡户这事上，恐怕不能再让他这样了。看看，他儿子这事，咋处理才好？”

“我的想法是，你也不用跟耿世兵和陈正强说，你直接跟刘副说一声，让他知道这个情况，看他有没有啥办法来处理。不好直接剔除，我觉得可以在群众评议的时候，通过群众的态度来否定掉。我想，在他们社上，也不会有多少人赏他脸。只要到时不让他在现场，不要让群众怕得罪他就行。”

第三章　这水还没满

陈光彪离开的时候，夜已经深了。张德伟虽然也感到了疲倦，但他还是独自留在办公室，开始写起了反映绿竹林情况的报告。

夜，越来越幽静。

写着写着，似乎陈世相又来坐在了他的旁边，开始对他讲起了松山的事，讲起了公墓的事，讲起了水的事、路的事、电的事。写着写着，那夫妇均有智障，有一个孩子还被高烧烧死了，现在是带着一个捡来的孩子艰难度日的耿昭红家的情景也浮现在了他的眼前。那媳妇跑了，儿子被水泡了，女儿才十五岁就生了娃，当父亲的还不知道女儿是跟谁生了娃的陆开学，也钻出来，争着抢着，似乎要张德伟一一地将他的情况写上。

当他在电脑上敲出报告的年月日，然后又往电脑右下角的时间显示看去时，才发现已经过了凌晨三点。再看那报告结尾处的落款日期，已然成了昨天。他也没再去更改，而是伸了个懒腰，扭头往窗外看去。窗外的玻璃处，还在有成群的蚊虫不停地往玻璃上扑，往玻璃上撞，大有不撞个头破血流或者不把玻璃撞破了飞进来，便不罢休的劲头。

第二天张德伟起得晚了些，他起来时发现陈光彪没在，便知道他已经跑步去了。

张德伟往他们煮鸡蛋的那个小电器看去，电源灯没亮，他以为陈光彪没煮。张德伟走过去揭开那小电器的盖子，一阵热气弥漫开来，看到里面已煮好了鸡蛋，才知道是电源跳了。稀饭他也应该是煮起了吧？张德伟这样想着，就往一张摆于墙边的小桌上看去。在那儿，他看到了两个平躺着的杯子。

他们的早点很简单，除了偶尔煮面条吃外，多数时候就是一碗稀饭、两个鸡蛋。稀饭是用一种保温杯煮的。那杯子说来有些怪，不用火，不用电，往里倒上开水，就能把倒进去的米煮成稀饭。杯子不高，却粗，外面漆了或蓝或粉的颜色。因为这杯子是以前单位上统一买的，所以张德伟用那个，是以前李仁芬用的，粉色；陈光彪用那个，蓝色。杯子的里面是银灰色，不知道具体用的是什么材料。煮起稀饭来，先用配备的量米杯将米量一小杯倒进去，用开水淘一下，然后再倒进开水去，拧紧杯盖便完事。只是煮时需要将杯子放平，而且煮的时间要得长，要七个小时以上。所以张德伟他们都是头晚睡时便将这稀饭煮上，第二天早上起来，用从网上购来的一种专门煮鸡蛋的小电器煮上四个鸡蛋，就出去跑步瞎逛了，逛回来，洗漱一番，就开始吃起这早点来。

张德伟洗漱的时候，要下村去开评议会的人也相继到村委会来了。刘副乡长来的时候，张德伟刚好漱完口。他将刘副乡长叫进宿舍，把彭德能的情况向刘副乡长说了，又将自己今天打算带上陈光彪再去绿竹林走访一遍，以完善报告及时上报的想法也说了。“行，你们就去做这事。彭德能家那事，今天我跟着去十社参加评议会，到时我根据情况处理。”刘副乡长说。

刘副乡长走后，想着陈光彪差不多应该回来了，张德伟便开始从桌下拿他们吃早点的碗筷，拿稀饭杯，他准备先把它们搬到会议室里。

正搬着，陈光彪就回来了。

“看着你睡得正香，就没叫你了。都不知道你昨晚是啥时才来睡的。”陈光彪说。

他们的早点都在会议室里吃。会议室就在他们的宿舍隔壁。里面摆放了四排会议桌，每排有九张的，也有七张的。最前面，横着摆了四张，是主席台座位。靠进门处的后方，放了七八袋米。不知是哪次发下来的慰问品，发了留下来的。有两袋，已被老鼠将口袋啃烂，漏在地上的米，沾上了灰尘，已是土黄色。

米袋的后面，还堆着一堆铁皮圈，铁皮圈一圈一圈地码在那儿，看去像是一堆废铁皮。

张德伟已将碗筷和鸡蛋都拿来摆在后排的会议桌上。陈光彪进来时，他正在往碗里倒稀饭。陈光彪说：“他们是不是不等我们了？我看他们都开始出去了呢！”

张德伟说：“今天我两个不去参加他们的评议会了。我们去绿竹林再走一趟，看看黄启波说的那几家人的情况。”

“也好。省得听他几爷仔吵得烦。”

张德伟往那堆铁皮圈看了看说：“这铁皮东西哪弄来的？

恐怕是废了？”

陈光彪说：“没有，好的。去年我们这儿的扶贫工作总队长不是省粮食局下派来的吗？是他弄来的。”

说着，陈光彪虾着腰，已几步迈到粮仓旁，用手扶着粮仓说：“你别小看这铁皮，安逸得很。你我都是种过庄稼的人，要是以前有个这东西，你想，可以装多少粮食啊。你们老家那儿我认不得，我们那儿，一到收苞谷、割谷子的时候，那口袋，就像金宝卵样，哪儿有个烂的，老人都要搜来补了用。你看，这个只要安装起来，一个小粮仓足以抵十多二十个蛇皮袋，能装一千多斤。虽然看着有点变形，其实是好的。”

张德伟说：“关键是现在还有多少人家像以前那样种庄稼？就是你们老家那儿，恐怕也难找到几家一年还能收那么多粮食的了，何况像普家河，这儿的地，差不多都种成了烤烟，哪家还种有多少庄稼？”

陈光彪说：“这个是事实。所以这粮仓才会放了摆在这村上。要是以前，村民们听说有这东西，不挤破门地来争来抢才怪。”

哧溜哧溜的声音，从陈光彪的口中传来。那稀饭，让陈光彪吃得像是在吃蜜样。张德伟已开始剥起鸡蛋。鸡蛋是绿皮鸡蛋，是他们从村里的农户家买来的。这鸡蛋小，他正在剥的那个，用食指和拇指就可以箍过来。现在，张德伟正用右手的食指和拇指箍着那个鸡蛋。他没急着吃。他在感觉着那鸡蛋的温润、瓷实、柔滑。他连捏都不忍用力捏一下那鸡蛋，似乎那鸡蛋只要稍稍用力捏捏就会破。他将左手里的蛋壳放到桌子上，扒着，弄了玩儿样地说：“这鸡蛋也怪得很，会是绿的。原来我还以为是鸡下出来后，用人加工过的，哪晓得竟是下出来就这样。彪哥，你说，这是咋回事？”

“品种就是这样，也没啥怪不怪的。在我们看来，很多东西都是怪的，都是想象不到的。但只要去了解，就会发现，那些千奇百怪的东西，都是正常的。”

“也倒是。”

因为不去参加评议会，张德伟就也不急了。他边吃鸡蛋，边把目光投向靠墙摆放着的那一排档案柜。那档案柜张德伟已打开看过。档案柜有三个，均是双开门的，每个档案柜有五层。里面整整齐齐地摆放着五百多个档案盒，有四百九十二个是建档立卡户的户档案资料，有十多个是村级脱贫攻坚的相关资料。张德伟曾打开几盒看过，在户档案资料里，有贫困户的申请书、贫困户调查登记表、遍访表、回访表、乡级和村级的贫困户确认书、户主和家庭成员的身份证及户口簿的复印件、住房和家庭成员照片、家庭成员人均纯收入核算表等；在村级档案盒里，又分综合管理类和精准识别类，单是综合管理类又包括文件类、会议类、培训类、综合类、宣传类、影像类。表上有着很多涂改。那些表上，也还有很多空白处。张德伟不知道那些空白处为什么没填。他曾试图从表里的数字上去弄清那户人家的情况，但感觉很难。虽然那家人有几口人，每个人的年龄、现状是啥，住的是多大的房，种了几亩苞谷、几亩洋芋、几亩烤烟，喂了几头猪、几头牛，连喂了多少只鸡或者鸭都有了，但将那些资料一一看下来，那家人的状况，给张德伟的还是一种模糊的状态。虽然年收入和人均纯收入都有了，但看着那些数字，张德伟还是感到一种无比的空洞。他甚至能看出，那些数字本身的虚无。而从那些改过，甚至反复改过的数字中，张德伟看到了填表人为自圆其说所做出的努力。

张德伟和陈光彪按黄启波提供的名单，将原来填的那几户人家的调查表找了出来，又一次到了绿竹林社。

走到村口，黄启波已经在那儿等着他们了。

“能不能起效？”黄启波问张德伟。

“反映上去再看吧。”张德伟说。

“如果没得把握，队长你们可不能给他们许下啥把子。”黄启波说。

“肯定的。我们又不能做决定，哪敢许诺他们啥。”

“我主要是担心答应了他们啥，又给不了他们。这样一来，他们会天天来盯着我的。”

“好，知道了。我们就将实际情况调查了，反映上去。”

说着，黄启波已带他们来到了一间烤烟房前。烤烟房是泥土舂起来的，十多个平方米的样子，却有十来米高。墙上的泥土已脱落不少，到处坑坑洼洼的，墙角处还坍塌过一堵的样子，只是坍塌的地方塞了一个大大的石头，用泥浆敷过。几块木板钉在一起，钉成了一道门。一块木板与另一块木板之间，裂着能伸进手指头去的缝。在这烤烟房前站下来的时候，张德伟以为黄启波是要在这儿等人。但黄启波走上前去，抓着木门上的一把小挂锁晃了晃说：“门还是锁着的，没在家呢。”黄启波这样一说，张德伟便明白，这烤烟房里是住着一家人的。黄启波往烤烟房后面绕了过去，张德伟还没弄清他去做啥，就听到他在后面看不见的地方说：“看没看见耿昭红家的人去哪儿了？”

“耿昭红恐怕是在苹果园，他媳妇刚才都还在的嘛。会不会是逛到路边去了？”是一个女人的声音。

“在小卖部那里。刚才我看着。”是一个小孩的声音。

“去帮我把她喊回来！”黄启波说。

“你不会自己去喊？”又是那个小孩的声音。

“小死娃娃你还对嘴对舌的！老子还喊不动你啦？我给你两窝心脚，看你还敢不？”张德伟寻声转过烤烟房，看到黄启波弯着腰跺着脚，边说边做出要去踢那孩子的样子。那孩子正在地上趴着，摆弄一支玩具枪，看着黄启波快到身边了，双手着地，一撑，还顺手抓了玩具枪，随着整个身子便弹了起来，一溜烟跑开了。这时，在前面一个院坝里洗着衣服的女人说：“去嘛，去帮你大爹他们喊一下！”

“我才从那儿回来，又要我去，不难跑啊？”孩子不愿意去的样，但还是往前面的一条巷道里走去了。

“快点哦，五分钟叫不来，老子就给你一顿跳脚米线吃！”黄启波又往看不见人影的巷道口吼着说。

“要喊来做啥？”洗着衣服的女人问。

“他们来了解一下他家的情况。以前不是因为那一万块钱的事，整不成贫困户吗？他们说要了解了，向上面反映一下，看看能不能把他家整成贫困户。”黄启波说着，将下颚往张德伟这边抬了抬。

“在我们这里，耿昭红家倒真是很穷的，要说贫困户，他家才是贫困户。我们看着，都觉得可怜呢。那个婆娘，连点饭，都做不熟吃。”女人边揉着盆里的衣服边说。

“连饭都做不熟吃？那他们是咋吃的呢？”张德伟问。

“哎呀，煮干吃干，煮稀吃稀了嘛，半生不熟的，还不是要吃。”女人说。

正说着，刚才跑去的那小孩已风一样地回来了。“鬼追着啦？你叫的人呢？”黄启波吼着说。

小孩大口大口地喘着粗气，说：“你叫我快点的嘛！你那跳脚米线，比鬼追着还叫人怕！”

黄启波呵呵笑着说：“你还认得怕啊？是不是你爹你妈经常拿跳脚米线给你吃？”

小孩双手掰着眼皮做了个鬼脸，说：“你爹你妈才经常拿跳脚米线给你吃哦！”

“憨包！没大没小的，乱说！你说得了啊？”女人用手抓了一把盆里的水，向孩子砸去，欲怒欲笑地说。

这时，一个女人歪偏歪偏地从前面的一条巷道里走了来。女人矮小，一米三四高的样子，头上还包了一块红色的风巾。在她旁边，跟着一个小女孩，拎着她的衣角。

“整啥子去啊？”黄启波转向走来的女人问。

“到路边去玩嘛。”

“耿昭红呢？”

“哪个？”

“你老者啊！”

“他说到苹果园去嘛。”

越来越近的时候，张德伟看到女人的脸上，长了一个一个的包，那包让张德伟的心里产生了一阵麻酥酥的感觉。他再看向那小女孩，小女孩怯怯地，躲在女人的背后，跟在后面，亦步亦趋地挪动着脚步。

“走，到你家去。”黄启波说。

“要整啥子？”女人已经站在了黄启波的前面。

“整啥子？难说还会把你吃掉？”

咯吱一阵响后，木板门打开了。亮光虽然从门里透了进来，但整个屋里，还是给人一种黑黢黢的感觉。过了一会儿，张德伟才看到一个歪偏偏的草墩，两条断了脚的漆黑的小木凳，歪歪倒倒地摆在一个火塘边。现在还在用这种火塘，让张德伟有些不敢相信。在他的记忆里，二十多年前，他还在很小的时候，他们家用的就是这种火塘。再看，就看到了墙角处这儿摆着的盆，那儿摆着的锅，有几个碗，这儿三个，那儿两个，都一律是黑漆漆的。往头上看去，有几根楼枕，上面铺有一些木板，在木板的缝隙里，一些稻谷草露出来，长一根短一根的，飘在楼板下。

张德伟将耿昭红家的调查表抽了出来。表上填着的是三个人。“你家是三个人嘛？”张德伟问。

“啥子？我认不得嘛！”女人说。

“她认得个鬼！”刚才洗衣服的女人也跟了过来，她站在门边说。

“你家的户口册呢？找来我看看。”张德伟又说。

“户口册？啥户口册？”

“户口册啊，前段时间你不是还拿给他们填吗？”

“哦。”

耿昭红家媳妇在墙上的一个裂缝里找出了户口册来，张德伟看着户口册，对着调查表，核实了一遍。张德伟又问了几句，什么种地没有？种着多少地？耿昭红一个月有多少钱？女人一概不知。黄启波说：“不要问了，问也白问的。我看他们填的那调查表上，基本都清楚的了。”

“请你们去我家看看嘛，我家那房子也要垮了。”张德伟他们刚走出耿昭红家来，门口就有一个女人站到他们面前来说。

张德伟和陈光彪没有回到村上来吃午饭。走访完那九户人家，因为村民的临时要求，他们又走访了四家。回到村上，已是下午四点多。

“那报告我来完善，你先休息一下，补一觉，我保证在晚上做好拿给你，你们明早报乡上去。”陈光彪说。

张德伟躺在床上闭上眼，想好好睡一觉，却睡不着，甚至越想睡头脑越清醒。他的脑海里，老是在回放着今天看到的那些场景。除了耿昭红家，还有三四家人，虽然不像耿昭红家夫妇都有智障问题，但贫穷程度却不相上下。走进这些人家的屋里时，张德伟产生过一阵一阵的心酸，还有心痛。“这才是真正的贫困户啊！”张德伟在心里对自己说。说是将情况反映上去，那是对村民们说的。但反映上去后，希望得到什么样的解决呢？如果仅仅是反映上去，那似乎就成了只是应付村民的一种说法。反映问题，本质上是为了解决问题。而反映的问题要得到解决，首先需要具备的，就是解决的可能性，或者说可操作性。解决绿竹林村民小组这个问题的可能性在哪里？可操作性在哪里？

一万块钱，松山。这两个词，不时地被张德伟在心里念出。因为一万块钱，这些人家没能成为这次扶贫的对象，这实在是说不过去。而且，这一万块钱，是因为那一片松山他们才得到的。脱贫了，不是还会返贫吗？张德伟想，就算这些人家已经享受了国家危改指标，得到过补助，但因为他们现在依然贫困，是不是可以将这些人家作为返贫户，来纳为扶贫对象呢？只是他又想，返贫户是指原来是贫困户，已经脱贫了，因为天灾或者人祸什么的，重新导致贫困的，才能算返贫户。而这些人家，说到底，是一开始就没进入贫困户名单的。这样一想，他又不知道该怎么办了。既然他们不能成为扶贫对象的根源在那一万块钱，那能不能将那一万块钱的性质改变一下呢？再说，那一万块钱本身，是因为他们的松山被征用才得到的，是他们得到的征地款。只要将那一万块钱的补助名目变更了，不再是危房改造的补助，将他们纳为卡户就顺理成章了。但按耿世兵他们说的，这笔款，在省上、市上等相关部门的系统里，都是被录为危房改造补助的。为了这么一个村庄，这么几家人，要去县上、市上，甚至省上的系统里变更一万块钱的性质，可能性真没多大。他不知道国家相关部门的系统里，是不是也录入了这个小村庄这一万块钱的使用情况。如果录入了，对于变更的事，他连想都不敢想了。

想来想去，张德伟对于这个问题的可操作性，依然没能想出头绪来。

先反映上去吧，反映上去再说。张德伟翻了个身，想丢下这事不想了，好好睡一睡。但他依然没能睡着，这个问题在他的脑海里挥之不去。在这个问题的萦绕中，他还想起了走访过的另几家人的情况。

有一户人家，是他们从那儿经过时，随便进去看看了解到的。这户人家，两个大人都到江苏打工去了，家里只有四个孩子。四个孩子中，最大的一个十二岁，读小学六年级。另外三个，一个四年级，一个三年级，一个一年级。这家人修起了一间砖房，有两个套间，但门窗都还没安装。窗是用蛇皮口袋缝了蒙着的。门呢，是用一块漆了红色油漆的层板挡着的。张德伟先以为这几个孩子是跟着他们的爷爷奶奶或者外公外婆在家，问后才知道不是，这个家里就四个孩子。因为那时大概是下午快三点钟的时候，所以张德伟还惊讶地问他们怎么没去读书？也是因为看着这个年龄段的孩子，这个时候应该是在学校里，但却在那儿玩，所以他才走过去问的。一问才知道，那天是星期六。“看我，现在只知道几号要交啥材料，要完成啥事儿，都把星期几全忘了。”当时，张德伟呵呵地笑了笑说，然后就同几个孩子聊了起来。知道这几个孩子没有大人在家，而最大的一个孩子也才十二岁，张德伟很是惊讶。他不知道他们是怎样生活的。在他的问话中，孩子们说他们哪个负责煮饭，哪个负责洗碗，哪个负责扫地，哪个负责做菜，都一样一样地分了工。最小的那个孩子是个男孩，他姐姐说他有七岁多了。他说：“我的最安逸，洗碗。”几个孩子常常抢着回答张德伟的问题，还在抢答中，因为对某个话题的意见不一致，一个追着另一个在院坝里跑，要追来打的意思。张德伟看着这几个活泼的没有一点压抑感的孩子，竟生发出一阵感慨。他又问了他们的学习情况，这下，除了最大的那个女孩不说话，其他几个又抢着说了。三年级那个指着四年级那个说：“前次考试我的语文八十六分，比他高三分。”四年级那个也不示弱，说：“有本事来比数学嘛，我的数学比你高七分。”一年级的那个说：“我姐姐的奖状最多。”“还有奖状啊？在哪？带我们看看去。”张德伟说。那小男孩蹦着跳着，就往屋里去了。跟随小男孩走进那连墙体都没有抿糊过的屋子，张德伟他们在那毛糙糙的一堵墙上，看到了半堵墙的奖状，那些奖状贴得不够整齐，也贴得不够平整，因为墙体的毛糙，一张一张的奖状，被砖的棱角硌破了。屋里的家什也没啥，有一台小电视，摆在靠墙的一张木桌上。电视的旁边，还摆了一个电饭煲。或许是因为这房子的大，又或许是因为这屋里的东西实在太少，让整个屋里感觉起来空空荡荡的。环视整个屋里，那半堵墙上的奖状，成了最亮丽的一道风景。

这样的人家，是不是也可以成为扶贫的对象？张德伟想。按说，扶贫不只是要让那些住着土墙房子的人家住上砖房，不只是要解决住房问题。虽然说现在义务教育阶段都已经免费了，读小学和初中的时候还有营养餐吃，但以后读高中呢？高中学校不像小学，每个村都有，离他们都不远；也不像初中，到乡镇上就有了。普家河乡，可是连个高中学校都还没有的。这儿的孩子们要读高中，就只能根据中考的成绩，看能录取到哪儿去读。无论是到县上的学校去读，还是到其他乡镇上的学校去读，报名费是一笔钱，生活费是一笔更多的钱。还有来往坐车的费用，虽然每次要不了多少，可每个星期都要呢。教育扶贫，也是一项扶贫的重要内容。张德伟觉得，对于这个家庭，或许也是需要被关注的。

而更需要关注的还有一家。这家人的户主叫刘仁平，其妻叫高家兰。当时，是高家兰拄着一根棍子在路边拦了，让张德伟他们去她家的。刘仁平家的房子是间瓦房，走进去，屋里连水泥地皮也没打，还是泥土地皮。墙上也没用水泥浆抿糊过，只是用报纸贴了。刘仁平没在家。进屋后，高家兰到靠墙的碗柜抽屉里找出一个袋子来，然后从里面找出一大沓票据。那是她一次又一次住院的票据。高家兰说，七八年前，一次挂苞谷的时候，她从走廊上摔了下来，腰椎、股椎，都摔成了粉碎性骨折。从那以后，她就做不起任何重活了。现在，她还得了腰椎间盘突出。她的病，说起来多得让张德伟都难以记住。她还说了她家现在欠着多少多少钱，那数字，张德伟听来，都是一个大数目。张德伟问她咋会欠那么多钱。高家兰说："我治病啊，你们看，去年，我就住了三次院，每次都上万呢。还有，几个娃娃读书，一年也要不少啊。"从高家兰的话语中，张德伟知道高家兰家有三个娃娃，而这三个娃娃都还在读着书，一个在湖南读，大三了，一个在四川读，大一，最小这个，还在县一中，读高二。听了几个娃娃的读书情况，张德伟的心里有些激动。如果不是高家兰说，走进这样的家里，没有人会想到，有两个大学生和一个高中生是从这里走出去的。而看着这样的家庭，想着在外面读书的三个学生，张德伟的心里又涌起了一阵心酸。

张德伟说："那两个读大学的，一个月要多少钱？他们有没有打打工做做兼职啥的？"

高家兰说："大的那个现在都几乎没给她钱了，都靠她自己打工挣了用。只是在四川这个，才去，还没找到事情做，一个月还要存四五百给他。"

张德伟"嗯"了一声，说："这就好。从农村出去读大学的人，就是要鼓励他们在读好书的同时，做做兼职，打打工，这样下来，一个月挣点生活费是没问题的，而且，这也可以锻炼他们。"

高家兰叹了一口气说："也是没得办法啊！"

陈光彪说："困难是暂时的，像你家这种情况，再过一两年，就好了。"

高家兰说："说倒这样说，但这一两年咋过？我是有苦说不出啊！"

张德伟说："供着三个娃娃读书，困难肯定是有的，加上你的身体又不好。"

高家兰说："同志你还说，有时候，我真是想死了算了，免得给他们添加负担！"

陈光彪说："你才是乱想！再过几年，你就可以过上好日子了，都磨到了这程度，你就不想享清福了？"

张德伟说："你可千万别这样想。你要真这样做了，你让几个娃娃以后咋想？你要让他们以后背着一辈子的心理负担，认为你是为了省钱给他们读书死的？"

高家兰说："就是了嘛，他就是这样说我的。要不是他这样说，我肯定早就死了。"

高家兰所说的"他"，张德伟知道指的是她丈夫刘仁平。张德伟问他到哪里去了，高家兰说："烟地头去了。要不是他去了烟地，不在家，我哪敢去喊你们来看？"

"为啥不敢？"

"还不是因为他嘛。他啥都藏在心头，还不让我说。"

出了高家兰家的门，黄启波说："这家人不但有几个大学生在读书，还有病人，倒真是困难得很。"

"对这样的人家，我们真是应该想办法帮帮。"张德伟说。

"是啊。以前我还不知道这情况呢。像他家这种情况，三个娃娃，两个读大学一个读高中，在普家河全村应该都没几家。"

陈光彪说。

“其他人家都只有叫穷叫苦，特别是开始扶贫以来，但他家，却从来没有来跟我叫过一次。最初要拟贫困户的名单时，我都想把他家拟上，但我查了一下，他家也是得过那一万块钱的，就没拟了。”黄启波说。

“我觉得我们可以先向乡上反映一下，帮他申请一份民政救助，那钱虽然不多，但对于这样的家庭，也是雪中送炭，是可以解一点燃眉之急的。”陈光彪说。

宿舍外面，响起了杂乱的脚步声。张德伟还听到了耿世兵的说话声。说了什么，他没听清。他想去看看是不是他们已经开完评议会回来了，想去问问他们在十社开的情况如何，顺不顺利，但撑了一下身子，又顿觉无力，便懒得起床，继续躺了下去。按计划，他们今天总的要开完六个社的评议会。他们是将所有工作人员分成三个组，一个组早上开一个社的，下午开一个社的。因为中午没回来吃饭，没跟他们会过面，张德伟就不知道具体情况。不知道具体情况，他的心里就有些不踏实。应该没啥问题吧？如果有，他们肯定会联系的！张德伟想。

“醒了没？”宿舍门咯吱一声被推开，没等张德伟看清是谁进来，陈光彪的话已说了出来。

“就没睡着！”张德伟懒懒地说。

“早点认得睡不着么，还不如赶去跟他们开会。”陈光彪说，“听他们说下来，实在是精彩至极。哈哈，我还形容不来。哪时候让他们讲给你听。不过，我先给你说一个结果，彭德能被评脱掉了。”

“评脱了？咋评脱掉的？”

“具体的，我也说不清。他们也还没跟我讲清。不过，从我听说的来看，我觉得这刘副还真有一套。”

“说点你知道的来听听。”

“据说，在他们念到彭德能，叫表态的时候，人们没举手。倒是那个社长，说要先问刘副几个问题。刘副让他问了。你猜他问了啥？”陈光彪说。

“听村上的人说社长不能被评为卡户，这是不是真的？”陈光彪扮成他说的那个社长说。

“这是全乡统一的，社长都不能评为卡户。”陈光彪又扮成刘副乡长说。

“社长都不能评为卡户，那村上的领导能不能评？”陈光彪又扮成那个社长说。

“不能，肯定不能，不但村上的干部不能评为卡户，连村三委班子成员的家属都不能评，这是全市统一的。”陈光彪又扮成刘副乡长说。

“既然都这样统一了，还拿来给我们评啥呢！”陈光彪扮成一个村民说。

“啥意思？”陈光彪又扮成刘副乡长说。

“这个村民不说是啥意思，倒反问刘副乡长：‘村上的副支书算不算村三委的班子成员？’”

“肯定算的，副支书呢，咋不算？”

“这时候又有一个村民插进来说：‘像彭副支书家的儿子能不能评？’”

“彭副支书家的儿子，就是村三委班子成员的家属，肯定不能评。”

“那彭德能家就不用评了嘛。”

“彭德能是彭副支书家儿子？”陈光彪扮成刘副乡长，露出一脸的惊讶说。

“你们去问问彭副支书嘛，问问彭德能是不是他儿子！”陈光彪扮成一个村民说了这句后，又回到他自己的角色说，“这个时候，听他们说，下面的群众，有笑了在地上打滚的。”

“更搞笑的是，这时候有个村民说：‘我们年纪也要小点，认不得是不是亲生的。’这时候，下面那些人那个笑，让耿世兵他们觉得没让老彭参加，倒成了遗憾。”陈光彪说。

“这样一来，连赞成不赞成的举手都免了，就否定了。”陈光彪又说。

在陈光彪自导自演的这场戏里，张德伟几次发笑。他就坐在床上，靠着床后的墙，当了一次完全的观众。当陈光彪的表演完了，他才插嘴问：“这会不会是刘副他们提前安排了的？”

“这还用问？你以为那些村民是乱说的？”

绿竹林的情况报告上报了后，张德伟和陈光彪又参加了一天评议会。评议会完后，大家都觉得轻松了很多。原计划评议完了，就要将评议结果公示出去，但张德伟说要等等，看看上级部门对绿竹林那情况的回复。他说：“如果那些人家能纳进去，就等确定了一起公示。不然，以后要直接纳入，恐怕会有麻烦；要再来进行公示，恐怕又会产生一些不必要的影响。”

这天天气晴好，一大早起来，一轮太阳已快要钻出对面梁子上的那个山垭来了，看去，像喷着火似的。那太阳的光辉，在村委会的门口洒了一地的金黄。陈光彪刚撑起身来，还坐在床上，说：“又有几天没去跑步了，今天去溜一趟。”

“好啊。”张德伟已穿了衣服下了床。

张德伟拿着煮鸡蛋的小电器去接水，出了宿舍门看着这轮太阳，突然决定往梁子上跑。似乎只是眨眼的工夫，张德伟来到普家河已两个多月。这两个多月里，他差不多走遍了全村的十五个社。说是差不多，是因为除了梁子上的这三个社，他都一一地走过了。只有这三个社，他只在刚来的那天和耿世兵一起到过村子边上。因为入户做相关工作，他们都是按片区分工去做的，这三个社划为一个片区，归其他人负责，所以他一直没能下去走过。作为一个村的工作队长，没将全村走遍，这实在是不称职的。为此，他早就想专门下去走一趟了，但因为忙他负责片区这样那样的事，忙填这样那样的表册，忙开这样那样的会，他总没找到时间去走。

吃完早点出了村委会，张德伟和陈光彪沿着水泥路走了一段。他们走得急，身子儿夸张地扭着、颠着，手也夸张地伸着、甩着。从水泥路岔上去彭家梁子的土路后，陈光彪先小跑了起来。“在这路上跑，不硌脚！还接地气！”陈光彪说。

“这烤烟开始回红了，快要开始烤了吧？”张德伟也让身子颠起来跑着说。

“嗯，快了。应该再是个把月就有人开始烤了。”

“今年这烤烟看着倒好，叶片上没啥斑点，就是看着棵苗有些小。”

“这是新品种。不像我们以前种的那些。你别看着它棵苗小，叶片也小，这地里铺着的可全是钱呢。一棵烟就在五块钱左右。你想想，五块钱的票子像这烟叶样铺在这地里，是啥概念？”陈光彪边将视线望向烟地，边用手在空中画了一个弧形说，“我们的贫困户，真是够欢的了！”

“一亩烤烟能卖多少钱？”张德伟问。

“一般情况差不多就是五六千吧。你算嘛，一亩烤烟他们大都是按一千棵左右来栽的，有些栽得还要多点。”

“一家人有五六亩烤烟，卖上两三万，一年的开支基本就能维持了哈！”

“栽五六亩烤烟简直是太少了，在普家河，栽十几二十亩烤烟的人家，多的是。”

“十几二十亩？也就是说，卖烤烟卖得上十万的人家还不少？”

“当然。你看我们十三社那社长开的是啥车？你我还不一定开得起！他种的烤烟哪年掉下二十亩来？”

“哈哈，干脆在这儿一边扶村民们的贫，一边也整片地来种点烤烟，扶一下自个儿的贫算了。”

“这烤烟也不是说种你就种得了的，而且也存在着风险。”

“风险？还有啥风险？”

“做啥没风险啊？种苞谷、洋芋还怕刮风下雨或者天干呢。这烤烟要多娇气就有多娇气。别的不说，光说雨水，没雨水不行，雨水多了也不行。没雨水棵苗长不起来；雨水多了，烟叶长得满是斑点。而最怕的，是白雨。哪年遇上一场白雨，就完全可能整得烟农们竹篮打水一场空，分文无收了。”

“这倒是。说到底，种烤烟的人，也还是靠天吃饭。”

散聊着慢跑着，不觉间，张德伟和陈光彪已经来到了彭家梁子。彭家梁子就是他们说的梁子上，其实也是一个相对大些的地名，它包括了小地名叫坡头的九社、叫彭家梁子的十社和叫山背后的十一社。

张德伟轻轻松松地就爬上了那段他曾四肢并用才爬上来的坡。回身望去，他又想起了耿世兵说过的那小张，那个他没见过面的家门；他也想起了耿世兵要他为这路想办法的话。他当时说一起努力，到现在，因为这样那样地忙，他对这路，还一点儿力都没努过呢。如此一想，一种若有若无的愧意，在他的心里掠过。找个时间先回单位向蒋主席他们汇报一下，看看能不能找到突破口。张德伟想。

刚进村口，陈光彪便离开进村的土公路，往旁边的一户人家门口走去。陈光彪走得大摇大摆的，那里就像是他的家样。张德伟还没弄清陈光彪去干啥，还在边想边歪着头，从路旁的墙角处看里面有没有狗的时候，陈光彪已趴到场院里一个高出地面来的水泥圆圈上望了起来。张德伟依然不知道陈光彪是趴在那儿看啥。陈光彪的样子，倒引起了他的好奇。见没狗，他也就跟着往陈光彪那边走去了。

“是陈老师啊？回家来！这么早的你们就进村来啦！”

张德伟刚转过墙角，就看到一个老头披着一件四个口袋的蓝色衣服，边从门里出来边说。那房子是两个开间的砖房，虽然才一层，但门面这边，却贴了从底到顶的粉白色瓷砖。

“这水还没满嘛，老彭！”陈光彪还在往那水泥圈里望着，连头都没抬起来。他甚至还虾着腰，双手把置于水泥圈口的一块圆形水泥板往旁边移了移。

“没有满啊。今年这雨水，怕是整不满了。”

张德伟差不多是和这个叫老彭的老头一块儿到陈光彪身旁

的。走近了他才看清，在陈光彪跟前的那个水泥圆圈里，其实是一口井。而刚才陈光彪移动的那块水泥板，是井盖。这井看上去是口老井了，不像才挖出来的。张德伟不知道陈光彪为啥会趴在那儿看。要是才挖出来的，陈光彪去看看出水情况也倒正常。但这又分明不像才挖出来的，看看那井沿，看看那井边的水泥地皮就可以肯定。那井边的水泥地皮，连着整个场院的地皮，好些地方都已变了形，下沉出了一个又一个的坑塘，凹了下去。在那水泥地皮靠边儿的地方，张德伟还看到了一条小沟。小沟从房子的两边蜿蜒着，包抄了整个场院，然后蜿蜒到了这井边来。更主要的是，小沟蜿蜒到井边后的地方，竟然是这个场院的最低点，而井的边沿处，面对着两边的小沟合拢来的地方，还开了一个口，口边置了一个筛子样的用钢筋焊成的网。那口，像是张着嘴在对着往两边蜿蜒而去的小沟说着什么。这是怎么回事？一下雨，场院上的水必然会顺着这小沟，淌到这井里去。按说，捋这条小沟，是应该把场院上的水排到别处去，绕开这井的。但现在那沟不但没绕开井，还在井的边沿开了一条口，这不是明摆着要让场院里的水汇聚在一起，并让它们顺着这条小沟淌进这井里去吗？雨水一淌进井里去，这井里的水还怎么吃？怎么用？

“后面还有雨水的。说不定还会有大雨。蓄满应该没得问题。”陈光彪说。

“看了。天大由天。”老彭边给陈光彪和张德伟递烟边说。

陈光彪爬起身来，又弯腰拍了拍裤子上的泥，接过老彭递来的烟说：“这位是我的领导，也是现在我们普家河村的扶贫工作队队长。这老人家姓彭，是个非常了不起的老人。人家四个娃娃，现在全部大学毕业了，有在省城的，有在上海、在浙江的。”

“陈老师，你还说，都混得不好意思见人了！你们看这房子，就这么点。现在哪家不是两层三层的大幢大幢的。”老彭说是这样说，但他的脸上，却笑得很是灿烂。

“要是你老彭都叫不好意思见人，那普家河还有几个好意思见人？虽然对普家河我可能没你老彭熟悉，但也还是可以说基本熟悉的了。我就没发现哪家像你老彭一样供出这么多的大学生来。而且，还有研究生啊。不说在彭家梁子，就是在整个普家河，能数出几个研究生来？”

“娃娃能读书肯定先让娃娃读书啊，房子嘛，有住着的就行了，要修也不在三年两年，娃娃读书可是错过那三年两年就没机会了的。”张德伟说。

“按说倒是这样。要说，就是这点房子我都不想整的。但大的两个娃娃咋都要叫整，说住原来那瓦房他们回来都找不到住处，有个朋友要跟着来都不好意思带着来。”

“他们叫整就整啊，反正他们会拿钱给你整。”

“还说。他们也没钱啊。他们要买房子要生活，在城里哪像我在这。滴滴点点的钱，在他们手里，哪叫钱？”

“在这里修一幢房子，才够他们在那些地方买几个平方。要我说，当时你就该再修它半层，修成小别墅。”

“他们当时也叫再修半层，说那样既好看，也好用。是我没同意。你知道，我们这儿的水，比油还金贵。按他们的意思，是占地面积可以再小点，整体上修成一幢你说的那种小别墅。可我答应他们修砖房的目的，是想着平房的顶上可以接水。就是想着接水的事，所以我要修成两间，面积稍大点，修一层就行。对于接水，修一层修两层都一样，能接住的就是那一片雨水。”

“你想的也是事实。对了，队长可能还不太认得，我向队长汇报一下，梁子上这几个社，除了你已经认得的路的问题，水也是一个问题，而且可以说，水对他们来说，是一个比路还更需要解决的问题。你看，他们用的都是啥水啊？”陈光彪说，“是下雨天，把能卷的都卷进来，蓄在这水窖里的雨水。”

“你们就吃这里面的水？”张德伟充满了惊讶。

“这个水窖里的水主要是用来喂牲口和洗东西，我们吃的是上面那个水窖里的，那里面是将平房顶上的用管子接进去蓄着的。”老彭转了一下身，用手指了指房子旁边的一个地方。

顺着老彭指的方向，张德伟又在那房子的旁边看到了一个高出地面的水泥圆圈。那圆圈上盖着一块水泥板，板上放有一只灰色的胶桶。张德伟抢先走向那儿，没等陈光彪赶过去，就弯下腰，张开手臂，将水泥板挪开，勾着头往“井”里看去。正好有一束阳光照进了“井”里，让张德伟看到了那“井”里蓄得离“井”口还有一米多、两米来高的水。在水面上，张德伟看到了一层灰尘，在有一下无一下地晃动着。他真不敢相信，这样的水是用来吃的。

“咋不打口井，整井水来用呢？”张德伟脱口而问。

“要是能打出井水来，哪个还不打？你看，他们这水窖，也不算浅了吧？他们挖这水窖花费掉的代价，恐怕比在别处打一口井还大。关键的是，这里就无法打出水来。没得水。”陈光彪说。

“没得水？”张德伟不解，或者说不相信会没水，在他走过的地方，似乎就没见过哪儿会打不出水来，又问，“是不是挖得还不够深？”

“就是没得水。挖好深都没得。”老彭说。

“挖不出水来。在你我们的老家，要挖下像他们这水窖的深度，水早就出来了。但在他们这里，你再挖下十米二十米去，也照样不会有一滴水浸出来。我是亲眼看到过他们挖这水窖的。”陈光彪说。

“是咋的呢？咋会没水呢？”

“就是啊。起初听说没水，我也觉得怪。但看他们挖过水窖后，我觉得可能是土质的原因。他们这儿，你往下挖去，一律是泥夹石的土质，像回填土。就是挖到了石头的地方，那石头，也像是断层的样。挖好深都这个样子。”

泥夹石的土质，难道是这土质的原因？想着泥夹石的土质，张德伟相信打不出水来的可能了。想想，像回填土样的泥夹石土质，怎么蓄得住水呢？恐怕是有点儿水，都往下漏去了。一想到漏，张德伟就想起了这山下的那片洼地。

那片洼地就位于村委会前面，宽广，甚至可以说是辽阔，而且平坦，算得上是普家河最好的一片肥地。那片地宽有一两千米，从村委会那边，一直铺到这梁子的山脚。长呢，恐怕有四五千米吧，从村委会下面的进村口起，一直铺到小地名叫板栗园的四社那儿的山脚。那是一片群山包围中的平地。从板栗园那儿下来，那片平地的中间有一条河蜿蜒着下来。河就叫普家河。也不知道这河是因村而得的名，还是普家河村因这河而得的名。张德伟走过这条河。河两边的挡墙都是用石头砌了，用水泥灰浆抿得棱角分明、光溜水滑的。但这条河里的水流到村委会前面的进村口那儿，却秃了。准确地说，是这条河秃了。河床蜿蜒到了这儿，周边的山势就又高了上去。似乎，这条河也已找不到去向了。就是在这儿，张德伟见到了他有生以来第一次见识到的落水洞。

落水洞也被用石头和水泥灰浆砌得像个抗旱塘似的。只是，这个塘子的围子靠山势的半边，没用石头、水泥、灰浆砌严实，从口到底，留了一条一条的缝。塘的底部，也没打成水泥地皮。似乎，那石头围子，仅仅是砌来拦住周围的泥土，不让它们坍塌下来填了这个塘。虽如此，整个塘子看去跟张德伟印象中的抗旱塘没什么区别。以前的一些抗旱塘，还一点水泥都没用，甚至石头都没用，完全是泥土围子泥土底。但这个不是抗旱塘，而是一个落水洞。

去看这落水洞的时候，张德伟约上了李章林。在李章林指着塘子向他说这就是落水洞时，张德伟往塘子的边沿绕着找了一圈，也没能在哪儿找到一个洞。他问李章林洞在哪儿？“这个就是啊。”李章林说。看来看去，张德伟也没看清楚水是从哪儿落去的。最后，李章林指着“洞”的周边泥土给张德伟看，说：“你看那些土，基本都是碎石夹着泥土积起来的，看着松松散散的，这些碎石间有着无数的缝隙；那儿，你看，是不是还有条大裂缝？水就是从这些缝隙和裂缝里淌走的。”当时河沟里虽然有水在流淌着，但不大，缓缓悠悠的。淌进这“洞”里后，“洞”里的水位没见上涨，张德伟也没能看清它们是从哪儿淌走的。“这段时间水小，底下的那些缝隙被淤泥塞掉了。雨水大了，淌来的水多了，那些缝就会被冲开，还会越冲越大。”

李章林说。

张德伟顺着蜿蜒下来的河床往上看去，然后又往这个坝子周围的山看去，他不知道，在雨季，这河沟里会有多大的水流淌而来。河沟里的水一大，这“洞”的排水功能跟得上吗？缝隙会越冲越大？能冲多大？张德伟对李章林的话产生了怀疑。

“这就是个问题了啊。这几年，雨水一大，这片地里的烤烟，特别是地势矮点的这一片，”李章林用手往周边指了一指，接着说，“几乎就无收。烤烟是最经不住水泡的，只要淹上两天，被淹的烟就全部泡汤了。”

“经常会被淹吗？”

“也倒没有，只是最近这几年才偶尔会被淹一次。记得我们小的时候，就从来没被淹过。按说，那些年的雨水要比这些年的大，那时候植被好嘛，但认不得咋的，这些年，雨只要相对大点，这里的水就会淹起来了。”

“能不能从哪儿修条沟排出去呢？”

“这个直接没办法的。你看，这周边，哪儿都比这儿高，能从哪儿修？”

张德伟将目光移向周边，确实找不到比这儿低的地方，找不到可以开一条沟路排出水去的地方。张德伟在心里感叹起大自然的神奇力量来。他想，恐怕这落水洞，就是上天安排给这片土地的唯一排水口了；是在排水上，上天为这片土地打开的唯一一扇窗了。按李章林的说法，这儿原来是没这个塘子的，也没有这么宽的河床，两边还是泥土挡墙，是河水的自然冲刷形成的，河沟到了这山边，就自然秃了，里面的水淌到这儿，也就自然地消失了。因为这些年这儿时不时就会汪起水来，所以政府才将这河沟的挡墙砌成了现在这个样子，并在河沟的最后这地方挖出这个塘子，围了起来，抿糊成了现在这个样子。

“没想到的是，这样整了，不但没能更好排洪，倒整得这一片地时不时地就会被水淹上一次。”李章林说。

“破坏了。自然形成的排泄功能被石头水泥灰浆破坏了。”张德伟说。

“应该是吧。”

“知不知道这水排出去是排到哪儿的？”

“具体地点我也说不清楚。以前有人拿谷糠从这儿撒下去，最后是从山那边的四川地盘上漂出来的。”

想起落水洞的事，张德伟不再怀疑这儿打不出水来的可能性了。这儿的水，恐怕都沿着那些缝隙渗走了。

张德伟说：“这儿的人家都这样蓄雨水来用？”

“我不敢说全部。但我走到过的人家，基本都是这样蓄水来用的。”陈光彪说。

“全部都是这样整了用的。不这样整，还能有啥办法？”老彭说。

“这附近能不能找到水源，能引过来的？”张德伟望着老彭问。

“没得。要有，我们早都整了拉来了。”

“这座山已经够高了，下边那些山上，有没有水还不知道，即使有，也引不过来。”陈光彪往村子那边布满沟壑的群山指了指，接着又指向村子背后很远，看去一片山影的方向说，“除非去那大黑山上找。那儿比这儿高，如果有，就应该能引过来。只是从那儿引来，恐怕没个一二百万想都不要想。这线路，起码不会少下十五公里的距离来。”

“嗯。”张德伟把目光又一次投向他身旁的小水窖，心情显得很是沉重。他不知道说什么好。“找个时间，我们去看看吧。先不管要多少钱，先看看有没有水源，如果有，再看看有没有可能引过来。”

“要给我们拉水啊？”一个老人从墙角拐了进来。老人恐怕有七八十岁了，弯着腰，提着一把镰刀，也不知要整啥。张德伟刚想说只是有这种想法，还没说出口，老彭却先说了。老彭说：“要拉了嘛。老者要不要吃？”

“要吃嘛，咋个不吃？”老人说。

“要吃的一家出五千块钱！”老彭说。

“有鬼的钱。老子哪里去找五千块钱？”老人说。

“又想吃又没钱，哪里有那么好的事？”老彭说。

“你狗日有钱，拉来了老子来接点吃算了。难不成你要望着老子被干死掉？”老人又说。

“老人家是在哪儿？”张德伟问。

老人举起拿着镰刀的手，那镰刀在他手里弯成一弯月牙，刀背指向了路旁的一间瓦房。老人说：“就那儿嘛。”顺着老人指去的方向，张德伟还在那瓦房的前面看到了一块空地，空地很宽，从房子前面一直延展到了路边，靠路边栽得有两棵白杨树。树后，临路的边沿，还有一堵垮得乱翻翻的土墙。那树倒不小，铜壶样粗了。靠着那两棵白杨树，堆了些干松树枝。张德伟说：“你家那儿宽得很嘛！”

老人说：“宽的嘛。”

“走了。”陈光彪用手拐子拐了拐张德伟说，那意思，是要张德伟别再继续和老人说下去。

走出老彭家的场院，从陈光彪的话中，张德伟知道了这老人叫吴世良。

陈光彪说："这老者有点讨嫌的，你再跟他说几句，他就要叫你给他儿子整低保了。"

张德伟说："咋的？他儿子有啥特殊情况？"

陈光彪说："要说特殊情况，倒是有，脚有点瘸，还三十几岁了没讨着媳妇。"

张德伟说："哈哈，这个好像还没构成必须要给低保的条件啊。要说，看他这样大的年纪，如果家庭条件差，给他争取一个倒还有可能。"

陈光彪说："他的早就有了。就像他认得自己要死了样，还想着把他的低保名额转给他儿子呢。我们几乎是上来一次，只要遇着，他就要说一次。"

张德伟说："他儿子在整啥呢？"

陈光彪说："在外面打工。"

张德伟说："他就一个儿子？"

陈光彪说："好像是。"

张德伟说："转低保名额，这人还真会想啊。"

说着，张德伟和陈光彪来到了真正的彭家梁子。虽然这梁子上九社、十社农户的房屋交叉着修，但十社的村民主要居住在这正梁子上。站在这梁子上，回头不但可以望遍山下的那片平地，连村公所后面的绿竹林地盘也可以一览无余。下面那些或高或矮的楼房，包括村委会那幢三层楼的房子，也显得小了、矮了。在阳光的照射下，那些房屋、林木，以及种植了烤烟或者苞谷的土地，仿佛被笼罩在了一层金黄里。在这层金黄里，最耀人眼目的依然是那一片连着一片的烤烟地。本来已经开始返黄的烤烟，被这阳光一照，便有了辉煌的感觉，有了灿烂的感觉，有了磅礴的感觉。只是，这时看着这番景象，张德伟兴奋不起来。他的目光被顺着山脚蜿蜒上来的那条路牵引着，在那路的上空游移过来游移过去。游移中，他再次想起了那个没见过面的小张，那个耿世兵跟他讲过的流了产的小张。他不知道那小张的情况现在如何了。继而，他又想到了李仁芬。李仁芬差不多要生了吧？还是已经生了？得找个时间问候一声，要是生了，得送份礼，表示一下恭喜和祝贺。

“我带你去个贫困户家看看。”陈光彪的话把张德伟的思绪拉了回来。

“哦。好嘛。”张德伟似乎一下没反应过来。等反应过来后，他又问陈光彪说：“去哪家？有多远？”

“就那儿，路边那家。”陈光彪往前方不远处指了指。

远远看去，顺着陈光彪指的方向，在路上坎的地方张德伟看见了两间瓦房。瓦房背靠一片林地，铜壶般粗的、胳膊般粗的松树，正长得蓊蓊郁郁。房子的旁边，有一小块苞谷地，里面的苞谷，长得绿茵茵的。快要到时，在苞谷地的后面，张德伟又看到了一小块菜地，里面种有白菜，有葱葱和蒜苗。

“这儿修起幢小别墅来，感觉就不一样了。这位置视野开阔。”张德伟说。

“关键是没得一二十万，你咋个修小别墅？”陈光彪说。

说的也是。修幢像样点的小别墅，至少也要二十来万。

二十来万，可不像这房背后那松树林里的松毛，一搂一背篓，几下就能搂来的。小别墅，哪能说修就修。

“四章在家啊，难得遇上你在家呢？”还没爬上路坎，就看到一个穿着一件黑色T恤衫、一条绿色迷彩裤的男子从瓦房里走了出来。男子四十来岁的样子，头发留得倒长，还梳成个两片瓦，像是才洗过的。听到陈光彪的声音，男子笑着说：“陈老师又进村来啊？这么早？回来坐！”

“先整支烟，”陈光彪边递烟边走上前去，说，“今天没有帮他们整房子去啦？”

“要开家长会，没去了。”男子接过烟说，“回家来坐，回家来坐。”

“不坐了。你要去开家长会，就不耽误你了。跟你介绍一下，这是我们的新队长，张队长，他是来替换李队长的，李队长你认得的嘛？”

“李队长不在我们这儿啦？”

“她回单位去了。张队长来换她。”

“哦。”男子若有所失的样子。

“他是我们的建档立卡户，彭四章。”陈光彪又向张德伟介绍这个男子。

“要去哪儿开家长会？孩子在哪读书？”张德伟问彭四章。

“县一中呢。昨晚上打电话来，叫今天下午两点半到学校去，说要开家长会。”

“哦。是读高中啊？高几啦？”

“上个学期才去的。高一。”

“好嘛。娃娃都上高中了，看着你还年轻得很嘛。有几个娃娃？”

“就两个。”彭四章倒被弄得有些不好意思了的样子。

“还有一个在读书了没呢？”

“在读的。就在村公所旁边那学校，才读六年级。”

“向队长汇报一下，四章这个人你别看着他这样，我是非常佩服他的。人家一个人带着两个娃娃，还把这个家打理得像模像样的，恐怕换成你我，都没他做得好。两个娃娃又争气，学习都好得很。小的这个不说了，光大的那个，单从能考进县一中去读高中，你就知道。县一中的高中，可不是谁想考进去就能考进去的。”

“媳妇呢？”听陈光彪说彭四章是一个人，张德伟有些不解。

“队长你就不要提了嘛。”陈光彪弯了一下腰，使劲儿地将右手拍到右腿的膝盖上说，“都是这鸡巴路这鸡巴水惹的祸，就因为这儿路烂水缺，这么好的一个男人都留不住婆娘，让婆娘爬起来跑掉了。”

彭四章低着个头，用脚在地上搓着什么东西的样子。他脸上的表情里，有一种羞涩，有一种无奈，更有一种凄然。

“听李章林他们说，四章的那个婆娘，那个漂亮，恐怕真是你我都难以想象的。按他们的说法，在普家河这个村子里，不说数一数二，也是数三数四的。” 陈光彪又说。

彭四章依然用脚在地上搓着。他的脸上有了一种凄苦的笑。他像在回味着什么。不知道他媳妇的身影和声音，这时候是不是又闪现在了他的眼前，回响在了他的耳旁。

“听说以前你婆娘隔不了好长时间就要煨水来洗一次澡，是不是真的？”陈光彪问彭四章。

彭四章抬起头来张了几次嘴，才挤出一句话来，说：“人家洗洗澡么，正常嘛。”

“肯定正常的嘛，我又没说不正常。为了他婆娘洗澡，人家四章用摩托车去村委会下面驮水来给她洗。队长，如果你家屋头没得水，你婆娘要洗澡，你能不能像四章去那么远的地方驮水来给她洗？反正我是不能。哈哈。”

“四章对她这么好的，她咋还会跑了呢？”张德伟问。

“我就是想不通了嘛。如果我是他婆娘，他对我那么好，我就不可能舍得离开。四章，你说说，她咋会跑了呢？”陈光彪问。

“她在这里遭罪。她离开了好。”彭四章说这话的样子，像是他媳妇跑了才正常似的。似乎，他在为她的离开感到庆幸。

“她是哪儿的人啊？”张德伟问。

“贵州那边的。”

“你们咋认识的？”

“在浙江打工的时候认识的。”

“就算她舍得离开你，没有被你对她的好感化，她舍得丢下两个孩子走掉？这两个孩子是她跟你生的不是？”

“是的嘛。”

“她会不会回来看两个娃娃？”

“看倒没有回来看过，只是经常会问我要他们的照片，会给他们买些衣裳啥的寄来。”

“我担心她哪天还会回来找你！”陈光彪说。

“担心？她回来找，四章恐怕是疤脖子的妈，巴不得的，你倒还担心起来，你担心啥？如果真这样，我们也应该替四章高兴高兴才是啊！”

“哈哈，是我用词不当。咋说呢？就是一种猜测吧，这种可能不是不会发生。”

“来啥？人家都已经重新嫁人了。”彭四章说。

“嫁人了咋啦？原来她不是已经嫁你了，然后又不跟你过了吗？现在就算她又嫁了人，咋就不可能又不跟那个人过，要来跟你过呢？原来她不跟你过，不就是因为你家梁子上这路这水的问题吗？现在国家在大力实施扶贫工作，对水啊路啊这些基础设施建设，投入大得很。说不定，过年把自来水的水管就接到你家屋头来了，她回来，不说隔一段时间要洗一次澡，就是天天要洗澡都没问题了。嘿嘿，说不定到那时，她要天天都洗得干干净净的，把她走掉这些年让你单身落下的都补上呢。”

陈光彪这一说，把彭四章说得嘴一瘪一瘪的，那样子，像笑，又像哭。

陈光彪又接着说：“还有，你看你家就在这公路旁边，下一步，这梁子上宽宽敞敞的水泥路一通，就通到你家大门口来了，就像专门为你家修的样。你再好好地把房子修起来，你说，还有啥不好的？到时，恐怕就不只是她想不想回来，还得看你要不要她回来了！”

“咋个可能？”彭四章说。

“咋个可能？你是不相信通路，不相信通水，还是不相信你婆娘会回来？”陈光彪说。

彭四章的嘴又是一瘪一瘪地笑了笑。

“队长，这梁子上的路和水就要靠你了。这可是关乎梁子上一大片男人的媳妇问题的。你问问四章，我不骗你，这梁子上的男人，现在三四十岁了还当光杆司令的，多得很。就是讨了，媳妇又跑掉的也是一大片，光是我认得的，都有七八个。你说，媳妇讨不着一个，或者讨个媳妇来还放跑掉，这贫咋脱？”

张德伟被陈光彪这话说得想笑，却又笑不出来。虽然他来普家河的时间不算太长，但这梁子上的光棍男人的故事，张德伟已听过不少。而山背后的，更多。李章林说过十一社的一户人家，那户人家的户主叫李章华，比彭四章大些，五十挨边了。他们的共同点，就是媳妇都跟人跑掉了。李章华的媳妇，为他生了四个孩子，两个姑娘两个儿子。虽然最小的那个姑娘才十六岁，但已经在打工的过程中，认识一男的，跟着到人家去了。大点的那个姑娘，也才二十二岁，都当妈了。两个儿子呢，小学没读到毕业，就出去打工了。张德伟曾以为，有两个儿子在外面打工，李章华家的经济收入应该不会太差，但按李章华的说法，两个儿子在外面连他们自个儿的嘴都糊不住，苦着点，还不够他们用，从来就没带过一分钱回来给他。更主要的是，李章华一天差不多都是泡在酒里的，按村里人说的，是他都懒得烧死老麻蛇吃了，挣着一分钱，他不会只花半分，一厘都不会剩下的。他没种烤烟，就只栽了几棵苞谷。据说，那苞谷是他栽来吃嫩苞谷的。问他咋不种烤烟，他反问：“一个人，咋种？”问他咋不去好好地打打工，他说：“有啥意思？”

“真是丢俺们李家人的脸啊！”李章林说。

在李章华家的调查表上，陈光彪在“致贫原因”一栏里选择了“因婚”，县上的邹副县长来普家河调研时，刚好翻看到这份，问是咋回事，咋可能是因婚致贫？是讨个媳妇花了多少钱，欠了多少债，还是咋的？李章林将李章华家的情况向邹副县长做了详细的汇报，说这样填，是说得通的，也可以说是实情。乡上陪同来的领导是乡党委肖书记。肖书记是个女的，剪着一头短发，穿着一件白色T恤衫，外套一件黄色披肩，她说："要不得，咋个能说是因婚致贫嘛，他这个就像邹县长说的，又不是因为讨媳妇欠了多少钱，因为讨媳妇致的贫，这样填肯定是不准确的，改掉。"

当时高家鹏笑着说："书记，我倒觉得这样选也是说得通的，一个男人，媳妇都跑掉了，他的干劲，恐怕就真的没了。一个人做啥没了干劲，要做好，也就难了。"

"就是啊。"赵熊也附和着说。

"我们常说家和万事兴，这所谓的家和，从某种程度上来说，还主要是指夫妻之和，夫妻都不和了，一个家庭恐怕也就不和了。一个家庭不和，一个人要有多大的干劲，去苦去挣，恐怕还真就难了。媳妇都跑掉了，还哪来谈和？我觉得也可以不改。而且这个表上选的'因婚'不是主要致贫原因，而是其他致贫原因。虽然不能确定李章华是因为媳妇跑了才懒的，还是因为他懒了媳妇才跑的，但他的现状，和婚姻，和媳妇跑掉，应该还是有联系的。"张德伟欠了欠身子说。

"只要你们说得出理由，填的内容站得住脚，不改就不改了。"邹副县长将手中的表翻了一下说。虽然大家都知道他是副县长，但肖书记提到他时都称他为邹县长。而邹副县长又是挂钩普家河乡扶贫工作的一位县领导，他一发话，肖书记也就不再让改了。

虽然媳妇跑掉可能会导致一家人贫穷，但更大的可能则是，因为这家人贫穷了，媳妇才会跑掉。看着彭四章家的情况，张德伟想，如果他媳妇不离开他，恐怕他现在就不会是他们扶贫的对象，不会成为建档立卡户了。无论他们的媳妇是因为他们穷了才跑掉的，还是因为媳妇跑了他们才穷的，为他们提供生活的方便，提供致富的可能，改善生活的环境，让他们能讨上媳妇，对他们的脱贫毫无疑问是有着巨大帮助的。虽然不可能像陈光彪说的，水通了，路通了，这里的光棍们的媳妇问题就能解决了，但也是能起到一定作用的。

“我们争取吧，能解决一样解决一样。”张德伟没有底。虽然现在国家在水啊路啊这些基础设施上的投入是大，但像彭家梁子这样的地方，还得慢慢来。国家投入再大，也不可能一蹴而就，把所有地方需要解决的这些问题都解决掉。好在，现在普家河作为一个穷困村，有着争取这些项目的前提条件。

“你的房子打算哪时候修？”陈光彪又给彭四章递了一根烟。

“想倒想整了，就是手头没多大点钱，还差得多。”彭四章说。

“要抓紧时间整了。我们村计划今年脱贫出列，时间不多了，以后对卡户的补助政策不知道会不会有变动。错过了这个机会，你去哪里找这笔补助。”

“补助还是四万吗？”彭四章问。

“昨天他们来评的时候，你被评上的嘛？”陈光彪说。

“评上的。”彭四章有些勉强地说。

“现在补助标准据说有变动。我现在还不好跟你说有多少。以前我们宣传的是每户补助四万，是按户补助的。但现在，据初步了解，可能会变成按人头来补助，具体按人头补助会咋补，文件还没有发下来，所以我也不知道。”

“咋又改成按人头来补了呢？”彭四章有些惊讶地问。

“这样来补，更公平。你可能认不得，因为以前定的是按户头来补，所以有很多人家，就想方设法去分户，爹一个户口，妈一个户口，姑娘儿子些，讨的没讨媳妇，嫁的也没嫁人，也都去把户口分开了，各人一个户口掌着。本来是一家人，我们一去统计，却抱来四五个户口本。你说，这样分了户口，再按户头来补，咋补？”张德伟说。

“还有这样整的？”彭四章显得更惊讶。

“你以为个个像你，还会为自己是贫困户感到害羞？昨天你们社的评议会你没参加？没看到为争当贫困户吵架？”

“我在帮他们砌墙呢。”彭四章说。

“也只有你了。自己要评贫困户，还去帮人砌墙。你一天能砌出多少钱来？整个贫困户当着，补助再少，恐怕也不止你一天的工钱吧？”陈光彪说。

“能评，就评；不能评，就算了。”彭四章说。

“不管多少，补助肯定是有的。就算你帮人家修房子，是泥工，挣几万块钱也不容易。你还是抓紧时间，考虑一下自己的房子咋修。”陈光彪又说。

“是倒是，本来就要修的，有这点补助更好。要是自己一点都没有，光靠这点补助，也修不了啥。”

“就这样嘛。像陈老师说的，抓紧时间修了。你也要去开家长会，就不耽误你了。我们走了。”张德伟说。

“好嘛。有时间上来坐。”

离开彭四章家回到公路上，张德伟和陈光彪顺着公路继续往村子里走去。越往里走，村子里的人家越密集。遇上的人，似乎跟陈光彪都很熟的样子，给他们递烟，说：“陈老师，上来啊！”

陈光彪说：“是了嘛，来看看你家饭熟了没？”有人说：“快了，快了。”

也有人只是哈哈笑笑，说：“煮都还没煮啊，你要来，也不早点说一声！”

陈光彪说：“你倒是别乱说呢，这位是我们的新队长，你这样一说，说得像是我经常跟你说我要来你家吃饭样，这样我不是专给群众添乱了吗？回去我被收拾，你要负责哈。”

“领导啊，领导来了好，我们还正想找领导反映反映呢。”有人说。

“反映嘛，要咋反映，你们现在就可以反映了。”陈光彪说。

“啥领导？我就是一个为你们服务的兵兵！有啥事儿，你们尽管说，说了我们能解决的，一定解决；解决不了的，也会努力往上面反映，努力争取的。”张德伟说。

这时已来到村子中，那儿有一片空地。说是空地，其实也就是路宽些，形成了一个小场院。场院的两旁，挤挤挨挨地建了村民们的房屋。有瓦房，也有砖房。一幢两层半的砖房里，在一楼开了个小商店，摆了林林总总花里胡哨的小百货。砖房的屋檐下，还摆了三张小木桌，四个人围坐在一张桌旁，正在打着长牌。在每张桌子的周围，又或站或坐参差不齐地挤了些人，在那儿指手画脚着，有说那把牌这样出好的，也有说那把牌要那样出才好的。

“队长啊？我记得以前在我们村的队长是个女的嘛？”一个站在旁边看打牌的六十来岁的老头转过身来说。

“换了，他是我们的新队长——张队长，我们单位的，我的领导。”陈光彪说。

“哦。那新队长来了，可得给我们想想办法了。”有人说。

“啥事儿？说说，我不敢打包票，但只要合理，我会努力的。”

“我以前就跟陈老师说过，跟李队长也说过，我们嘛，要说，吃的、穿的，好点孬点，都已经有了，可以说冷不着饿不着了；要说扶贫，只要把我们这儿的路修通掉，再想办法把我们这儿的吃水问题解决掉，我们就脱贫啦，只要把这两个问题解决掉，要签啥字，我们二话不说一句，就签了。”一个坐在那儿将身上的T恤衫下摆高高搂起，肚子上的肉堆成一堆的汉子说。

“就是啊。要不，你们说，哪家修点房子，就补助哪家点，不说要交通条件没交通条件，就是吃点水，都是脏兮兮的，还得看老天爷给不给，就算家家都住上大平房又咋个？住着平房就脱贫啦？说得不好听点，那无非就是罩了笼帐子遮了个羞而已，解决不了根本问题。”有人附和着说。

“要像你说的，修了路通了水就解决根本问题啦？不说那路不可能修成高速路到你们村子头来，就算修进高速路来，你们也不可能啃那路去吧？再说那水，就算拉通仙水来给你们，恐怕你们也不可能一天只管喝水，不吃饭、不吃菜吧？啥才能解决根本问题？你们一天蹲在这墙根角晒晒太阳打打长牌就能解决根本问题啦？”张德伟最看不惯的人，就是这种一天正事不做，只会聚在一起打牌晒日头混日子的。

“你们有知识有文化的人不是说，要讲究调节，要讲究劳逸结合嘛，我们还不就是趁这烤烟还不能烤的时候，娱乐娱乐。你不知道，再过几天烤起烟来，觉都不得个好觉睡呢。”有人说。

张德伟不想再说什么了。他不知道这人说的是真话呢，还是说了逗他玩儿的。连招呼都没打一声，他就叫陈光彪走了。陈光彪问他，“是回了还是继续往前？”张德伟说：“前面还有没有看场？”陈光彪说：“要不，去十一社看看，反正都到这儿了。”张德伟说：“好。”

刚走出十社的村子，山势就像一件绸子衣服的皱褶似的，哗啦啦地往下滑。那些山脉没有悬崖峭壁，却也是陡的。一袭一袭的山脉，从他们脚下的这山顶上分岔而去，像一座水库里的水，从坝埂上的无数条泄洪闸里奔腾出来，一起往下，跌落下去。而这些奔腾出来的水流，又跌落得是那么的深。往它们跌落的底部看去，张德伟感觉到一阵晕眩。他不由地越过那些底部，越过后面的一片坝子，往更远的地方看去。在更远的地方，他看到一道道缓缓高上去的山坡，那些山坡高到一定程度后，在远处与天相接，形成一条天际线。

回过头来再看脚下的那些山，张德伟不再感到晕眩了。面对眼前的这景，他甚至感觉到一种壮观。因为这种壮观，他的内心竟有了几分激动。

“要不要下去走走？”陈光彪说。

“去看看嘛。这个社的生活条件看来更差。”

“肯定的。在普家河村，这个社的条件是最差的。你看，那些山上有几间砖房？基本还是瓦房。光凭这点，就能看出来。”

放眼望去，那或建于山坡上或建于山梁上的房屋，真的基本都是瓦房，难得寻见一幢像样的砖房。

“这路太恼火了。你看，就这么一条小路下去，骑摩托车都还得考技术。要修砖房，光运砖、运水泥、运钢筋的钱，人背马驮的，就得多花好多人力、物力和财力。”陈光彪说。

“像这种，就算按原来的规定，每户人家补助四万块，恐怕都补助在运费上了。一家补助四万，全社的集中起来，恐怕不止修一条路的钱了。”

“不够。一个社能有多少人家？你看，要从这点把路修下去，哪是百把两百万就够的。主要的是，这路就基本没可能修下去。就算修下去了，这种陡法，恐怕大车、重车也是下不去的。”

“嗯，这倒是。管他，我们下去看看吧。”

他们刚迈开脚步连跑带滑地往下走，张德伟的电话就响了。他一时不能让身子停下来，还在连跑带滑地往下走，到了一埂地的地坎边，才将脚抵上去让身子稳住，然后从裤包里掏出电话来接。

“去不成了，回村上。耿世兵说要填啥劳动力登记表，明天要交。”张德伟挂了电话对陈光彪说。

“陈老师，等一下。”

张德伟和陈光彪刚走过那群打牌的人，就听后面有人跟上来喊他们。回头，看到一个披着一件花格子衬衣，光着个胸脯的汉子跟了上来。

“啥事？”陈光彪问。

“听说你们都是上面派下来的，不是我们村上的，是吧？”

张德伟不知道这人是啥意思。他不知道这人是谁。他以为陈光彪认得。陈光彪说：“我们是市科协派下来的驻村扶贫工作队员，这是我们的张队长。有啥事？”

“哦。好。我坚决要求撤换我们的社长。”

汉子这话让张德伟和陈光彪的心头都愣了一下。“撤换你们的社长？”他们几乎是异口同声地问出了这句话，然后还不约而同地转过身子来，看向汉子。汉子个儿不高，瘦瘦的，那袒露在外的肋巴骨，一匹一匹凸显着。头发留得倒长，披到了肩上。陈光彪似乎从未见过这个人，他问汉子：“你是哪个社的？”

“十社嘛。”

“我咋没见过你？你叫啥名字？”

“陈老师没见过我，是因为我基本都在外面打工。我叫彭忠贵，站不改名坐不改姓，我就要实名举报这个狗日的杂种。”

“嗯。你说说，咋回事？”

“你们前不久不是进行了一次调查，一家一户地走了吗？那几天我刚好在家。我这个人嘛，除了这只手秃了，”彭忠贵从披着的衬衣里伸出了右手来，右手果真没有手指，连手掌都没有，只见那只手到了手腕处，便结成了一个肉球，让人不忍多看，他把那只手收回衬衣里后，接着说，“两只肩头扛一张嘴，还是扛得住的，人穷志不穷，没想过靠低保靠救济粮来过日子的，给我再多的低保再多的救济粮，我讨不着媳妇的还是讨不着，但我不能让狗日些拿我披着皮皮去吃去占。”

“哪个咋了？”张德伟说。

“还有哪个？就是那个狗杂种的社长了嘛！”

“到底是咋回事？”陈光彪问。

“前段时间你们公示那调查表的时候，我也是瞎猫碰死耗子走那儿过了一趟，玩儿样凑上去找到我的情况瞟了一眼。看着我的打工收入那么多，我还想着要是一年真能挣下那几万，恐怕我现在就不是一个人过了。不说能讨上三个五个媳妇，至少一个还是能讨上的。虽然跟实际收入有出入，但我还是高兴的。只是看着那表上说我有低保，一年的低保收入是两千多块，我就窝火了。我可从来就没得过一分的低保钱。我按公示栏上的电话打过去问，也不知道那人是哪个，只从声音里听出是个女的，她说一般不会错的，关于低保，公示的有无和金额的多少，是根据调查的情况和啥民政局发下来的情况确定的，她答应我落实了回复我。也不知道他们是咋整的，后来我的一个二叔竟然跑来跟我说我是有低保的，是他跟社长多次反映，说我秃着一只手，是有残疾证的，才争取来的，已经争取到两年多了，只是因为我没在家，所以低保本是他拿着的，钱也被他领了，还把本本拿给我看，按上面领取的记录把四千来块钱拿给我。当时我还以为真是这样，但过后一想，越想越觉得不对劲。要说我经常在外面，也是对的，但这两年多来，我至少回家来过三四次吧？如果真是我二叔拿着的这个低保本，他咋会不给我？我就跑去问我这二叔，问他究竟是啥鸡巴回事。你们说我这二叔咋说，他说：‘本本也给你了，钱也补了，你就别吃饱了撑着，一天瞎嚷嚷，最后给嚷脱了。’我知道他跟我们社长的关系好，还是亲家关系，他的一个儿媳妇是社长家姑娘。他这样一说，我就差不多敢肯定，他这是在替我们社长背黑锅了。我直接问他是不是社长整的，他没说是，也没说不是，只叫我不要乱想。这事你们可以去查。我觉得这样的鸡巴社长，是必须得换掉的。”

“换社长也不是我们说换就换的，还得村上的人来处理。就是村上的人想换他，恐怕也还得通过你们社上的人来选。”陈光彪说。

“我们回去了解一下情况再说嘛。现在我们也不好答复你。虽然我们没有换社长的权力，但如果你说的这情况是真的，我们也可以跟支书和主任他们说，然后再来解决。”张德伟说。

“昨天村上的人来开啥评议会的时候，我也跟他们说过了。他们说他们会下来调查，但哪个认得他们下来会不会调查，咋个调查？反正我把情况反映在这儿，要怎么处理，你们看着办。我就是心头窝着这股火。说到底，换不换，换谁来当，跟我都没啥鸡巴关系。我只是觉得连别人的低保都要吃的人，来当社长实在是丢底。”

“也不能说没啥关系。关系肯定是有的。谁来当你们的社长，你们的情况他要往上反映，上面的政策他也还要向你们传达。”陈光彪说。

“好嘛。你说的情况我们知道了。以后有啥我们又联系。”张德伟说。

走出村子，张德伟才问陈光彪说：“彭忠贵说的这事会不会是真的？”

陈光彪说：“可能是真的。”

“怎么会这样？”

“正常。如果你走访得多了，就会发现这种情况还不少。前段时间走访的时候，我们就是拿着民政局发下来的低保名册去走的，名册上有的人家，我们都会去落实。一趟走下来，发现好些人家名册上有，但实际上又没得到。”

“会不会是民政局的统计有问题？”

“不是民政局的统计有问题，而是这些人家根本就认不得自己有低保，是被人用他们的户头办了低保。民政局发的低保肯定是按照这名册发来的，只是发下来后，被别人领了。”

“都是社长领掉的？他们胆子也太大了吧！”

“也不只是社长些。村上的人，也有。”

“村上的人？他们也敢？”

“以前的低保，都是分名额的，有多少个低保，村上的人就会一人分几个，让他们各自去安排。有的人会实实际际地落实到农户家去，有的呢，干脆自个儿把某家某家的名报了，该要身份证户口簿复印件的，以这样那样的理由让人家拿来，办了发下本本来的时候，就自个儿捏了。也有的，把名额给社上，让社长去评了报来。社长去评，同样是有的评了，有的自个儿暗自以别家的名报了。”

“那彭忠贵的会不会是村上的哪个捏掉的呢？”

“按他说的，可能还就是社长捏掉的。”

“那这事儿还要不要跟村上的人说？要不要处理一下？”

“彭忠贵不是已经跟他们说过了吗？我们去说了也没啥意思的。这种情况你以为村上的人认不得？耿世兵清楚得很！就是乡上，也是知道这情况的。前段时间不是清理低保吗？乡上开会时肖书记还在大会上说村上的人，哪个手头借鸡生蛋拿着别人低保的，最好抓紧时间提前退出来，别等查出来吃不了兜着走呢。那段时间，村上有人为这烫手洋芋，还费了不少劲呢。”

因是下坡路，还有话聊着，不觉间张德伟和陈光彪已走进村委会。远远地，就听见会议室里传来此起彼伏的说话声。走进会议室，只见这里在喊：“这个要咋填？”那里也在喊：“这个要咋填？”问的声音不断，有的还一会儿跑到这人身旁去看，一会儿跑到那人身旁去看，乱成一锅粥的样子。而坐在桌子前的人，却只捏着个笔，交头接耳间，不见填写。面对问话的人，也说：“我也不知道咋填呢。”

细看，会议室里不但村委委员都到了，几个写字儿勉强点的社长，也到了，还多了几个乡计生站的人。“今早上才接到乡上的通知，说明天十二点以前交。我盘点了一下，全村十六岁到六十岁的，也就是理论上有劳动力的人，都要填，每人一份，上千份呢。没得办法，能填表的村委委员都叫来了，还把他们也请了来。”耿世兵说。

张德伟从桌上拿起一张表来，看到那表需要填写的内容很多。不是按户填写，而是按人填写。十六岁到六十岁的，一人一份。本人姓名，性别，出生年月，身份证号，家庭住址，户主姓名，与户主关系，这个人在哪儿，在做什么，有什么样的劳动技能，务工时间，月收入，有什么需求……一项项填写信息都很具体。耿世兵说：“按要求，这表本来是要入户调查了填的，但来不及了，只能按我们摸底调查采集到的信息来填。反正每家人的表上都有电话，实在整不清的，打电话问。”

桌子上摆满了一垛一垛的档案盒，一沓一沓的表册也横七竖八地摆在了一排一排的桌子上。

“务工的要填到所在地的县份和公司名称，这个我们的调查表上好像没有。”张德伟说。

“这个是没有。看到调查表上面填的是在外务工的，就只有打电话问了填。”耿世兵说。

“都打电话问，恐怕电话都要被打爆掉！”曾丽说。

“不怕，遇着要打电话问的，说来我打。我这电话经用得很！打停机掉，我请队长给我交话费就行。”陈光彪说。

“好，好。现在你就打一个彭忠德家的。他家有个儿子在广东打工，问问具体是在哪儿？在做啥？我遇着要打电话的就交给你了，电话费也不用队长给你交，我给你交算了。”曾丽说。

“哈哈，我这下欢了，电话费都有人承包了。说号码来，我立马就打。”

曾丽念了一串号码后，陈光彪在手机上边拨边念，像是在与曾丽核对号码，又像是证明他确实在拨打。不时电话就通了，他的问话有些夸张地在会议室里回响。

“喂，喂。你是不是彭忠德？”

“我是村上的陈老师啊。”

“你是不是有个儿子在广东打工？”

“我们要统计一下普家河村的人在外面打工的具体情况，要看看他们具体在哪个地方，在哪家公司，你跟我说一下你儿子是在广东的哪里？是在哪个县哪条街多少号？”

“认不得是哪条街多少号？认不认得是在哪个县呢？”

“也认不得啊？认不认得他一个月是多少工资？”

“认不得？他一年给家头带回多少钱来？”

“没带？他出去多长时间了？”

“三四年了？都在那里打了三四年的工了，你还认不得他是在哪家公司？”

“他今年才去的广东？那他以前在哪里呢？”

“去年像是在昆明？还去过贵州？哦，又在过浙江啊？”

“算了，你说不清，那你给我一个他的电话号码，我打了问他。”

“他的电话你也记不得啊？你没存得有他的号码吗？”

“翻不成？那拿着你的电话去找个人帮忙翻一下，翻出来给我一个，我问他。”

“好。你找人翻出来了，就打这个电话来给我说。”

陈光彪挂了电话，说：“出师不利嘛，第一家就没问落实，继续说来，我接着打。”填着表的人争相报了要联系的人家。陈光彪继续打电话。遗憾的是，他几乎没从打工人员的家人电话里问清楚一个打工人员的具体地址和收入情况，好在有几家人能一口说出在外打工人员的电话，他按那电话打过去，问到了几个的具体情况。但就是问到打工者本人，也大都说不清自己在的是哪条街多少号，只能说出个县份和公司名称或者店名来。

“算了，干脆不问了。这样问下来，恐怕三五天你都问不完，还问不到准确信息。他们自己都说不清楚，问了也白问，倒耽误时间。彪哥还是跟着填表算了，大体填一个，啥具体地点我们暂时不填，以后实在要补，我们再想办法。要不，时间来不及了。”耿世兵说。

“好嘛，就不要填具体的了。让彪哥继续这样打，恐怕把彪哥的某些功能都要打没掉。最后弄得像我们那因婚致贫的贫困户样，又来个因那特殊功能缺失致贫。”高家鹏说。

“家鹏，你就不要说了嘛，我的好些功能都没得的了。特别是有一样，四五年前就没得了。要说，这是我这生人的最大悲哀，平日里还都不好意思说。你说我，真是哑巴吃黄连，有苦说不出啊。”

“不会吧，彪哥？你才好大点鸡冠子年纪！”彭家洪说。

“悲哀就悲哀在这了嘛。如果你老洪像我样，才四十来岁就没得那功能了，恐怕比我还为自己感到悲哀。”

“但我看你一天下村还老是想跟我们的小方一个组呢，不像没那功能的人嘛？”李章林说。

“章林，你倒不要乱说，你以为我跟小方一起下村，就是想那个，你这可是有辱我的人格的！小方是年轻，是漂亮，可是正因为这样，我才不放心让她跟着你们去！她跟着我，她自己都感觉安全。不相信，你们问她？”

“是不是这样，小方？跟着彪哥是不是安全得很？”赵熊说。

一个会议室里笑声不断，男的女的，都忍俊不禁，有几个甚至都站起身子、弯起腰杆捧起腹来。

“彪哥，你的眼睛还好的嘛？”李章林边笑边问。

“眼睛啊？说起眼睛来，我就有点欣慰了。我这身干巴上，眼睛功能是最好的。特别是看美女，更是能发挥到极致！”陈光彪说得认真，感觉他真在为自己的眼睛好而自豪似的。

“彪哥你可得注意着点，小方可是我们乡上的人，现在你是在我们地盘上哦。你得罪了我们乡上的人，怕你吃不了兜着走！”陈正强比陈光彪年龄大得多，但在村上，大家都习惯叫陈光彪为彪哥，所以他也就这样叫了。

“主任，你跟彪哥盘没盘过辈分？你们都姓陈，光字辈和正字辈，是不是，一辈的？”赵熊话未说完，笑已出口。这么一句话，都差点儿被笑得说不全了。

这时张德伟靠在墙角，蹲在地上，把头夹到双膝间，双手匍匐到了地上，笑岔了气似的，以至于电话响起来的时候他都没听到。听到电话响，歪着倒着掏出来，铃声已停。翻看记录，电话是陈晓宇打来的，他便赶紧回了过去。

“你是不要这个家了啊？打电话都不接？”接通电话后，陈晓宇劈头盖脸地来了这么一句。

张德伟脸上的笑瞬间僵硬了下来。他赶紧伸出另一只手捧到嘴前，似乎想蒙住电话的话筒不让陈晓宇听到会议室里依然还在缭绕的笑声，然后疾步往会议室外走去。

“咋啦？这不是才要接，你就挂了吗？”

“我妈病了。刚检查完，医生说要住院，我忙不过来，你赶紧回来一下。”

“住院？她咋啦？”

“你要来不来，不来就算了！”陈晓宇没有告诉张德伟老岳母咋了，字字带火地摞下这一声后，便挂了电话。

张德伟刚返身进会议室，方芳妈便背着外孙把头探了进来，像是怕影响到里面的人工作，怯怯地喊了一声“方芳”，说：“你们的活路要不要做完了？可以吃饭了。”

“好，我们接着就来吃。”耿世兵说。

张德伟回了宿舍，速速写下一张假条，转身出来，看耿世兵还在会议室的桌前坐着弯腰弓背填着表，便蹭了上去，趴在耿世兵身旁，将假条递上去，低声说："世兵，我要回城一趟，老岳母住院了。暂时请今天下午的假。去了看情况，若能回来，我晚上或者明早就回来。若明早回不来，我再向乡上、县上的领导去请。我就走了。"

"饭都熟了，你先去吃了再走。"耿世兵望着张德伟的背影喊。

张德伟听到耿世兵的喊声，身子顿了一下，接着说了一声好，然后就听到他疾步走向吃饭那间小屋的声音。

吃饭的地方窄小，十二三个平方米的样子，是将以前的图书室收拾出来做食堂的。靠墙一方，还摆有一个书柜，上面两台柜里横七竖八杂乱摆有关于烤烟种植、烘烤、病虫预防和苹果树修枝、根腐病预防、套袋等内容的科技实用手册，也有《钢铁是怎样炼成的》《我的母亲》《我的大学》《白鹿原》等文学书籍。一些书上，还叠堆了从书柜下面一台里撤出来的书。书柜的下面一台，撤了书摆了碗筷和锅盆。书柜里尽其碗筷摆放，摆不了的锅盆，置于墙角的一只方桌下。方桌上，放了两个圆圆的电饭煲。一个大的，一个小的。小的是临时从村民家借来用的。临窗之墙下，又摆了米口袋，油罐，几颗白菜，两朵花菜，一捆葱蒜。一张条形木质茶几，摆在小屋所剩空间的正中，周边空出的空间，只能供人促坐或穿行。

菜已摆上桌，饭还未盛。张德伟自个儿用一菜碗盛了大半碗饭放桌上，然后端起小炒肉、炒菜芯、酸菜红豆汤，分别扒了些堆在饭上，然后端起，抡着筷子，扒了囫囵吞咽起来。不时，一海碗饭菜已见了底。他也不再续添，将碗筷置于菜板旁的桌上，转身下楼，进了宿舍，拾了手机充电器，便往院坝里走。这时，会议室里填表的人们呼着：“吃饭了！吃饭了！”甩的甩着膀，扭的扭着腰，似跳似跃，从会议室里拥将出来。见张德伟已背着个肩包出了村委会的玻璃门，便有人问：“队长不吃饭啦？要去哪？”张德伟回首说：“吃了。我有点事，要进城一趟。”他话说着，步子却没停下，再转过头去时，脚步已到了车的车门边。

第四章　哪能不辛苦

张德伟到城里后，先电话问了陈晓宇，得知她在医院里，便打算径直去医院。但陈晓宇说：“我正准备去接乐乐，你去接他算了。妈妈还在输液，我在这儿看着。”这时张德伟刚到一个红绿灯处，他答应着，打着方向盘，将车开到直行道上。若要去医院，就要左转，转往进城的方向，但要去学校，就得直走。挂了电话，在手机上看了一下时间，离放学还有三十多分钟。

乐乐就读的是市实验小学。学校在城市的北边，是才从老城区搬迁到这儿的。临近学校，路上开始堵起车来。好在没堵死，只是因为接学生的车辆多了，行得缓，移得慢。倒是那些骑自行车的，骑电瓶车和摩托车的，从汽车与汽车之间的缝隙里呼呼地往前钻。张德伟又从车载屏幕上看了一下时间，离放学时间还有二十来分钟。应该不会迟到，张德伟想。虽然这样想，但好久没来接乐乐了，他还是不希望自己去晚了，让乐乐在学校里等。他情愿自己先到学校门口一段时间，情愿自己去等乐乐。

终于在停车场找到一个车位停了车，还有五分钟才放学。张德伟松了一口气。

张德伟径直来到了学校门前。那道电动闸门还在关着。两个保安，戴着头盔，穿着臃肿制服，各自手提一根短棒，已站在闸门里面，时而望望外面的人群，时而望望里面一堵墙上悬挂着的电视显示屏。在门外，已摩肩接踵地站了人，男的，女的，老的，少的。抱的将双手抱在胸前，举的举着把太阳伞。或低头看地，或闭目养神。也有三个两个站在一起，在说着话儿。那儿有人在抽叶子烟，那烟味儿弥漫开来，呛人，有人转着头去寻。张德伟也在寻，但没能寻到。

“你也来接？好久没看到你来接了，这段时间忙得很？”

声音有些熟，寻声望去，张德伟看到了日报社的江记者，江记者正举着手向他晃。“我下村去了。今天有事回来，才来接一次。”张德伟侧着身子，边移向江记者身旁边说。

“下村？去驻村做扶贫工作？”

“就是了嘛。好久没遇上你了，你们忙不忙？”

“忙嘛。这段时间，还不是都在跑县份，跑乡镇，甚至跑村上，到处跑，在做扶贫工作的系列报道。”

“到处跑，好玩嘛。”

“好玩啥，你倒认不得，像去乐山那种地方，那路有多艰难！”

“对你这是好事啊。一方面是完成工作任务，另一方面也可以当作体验生活，积累写小说的素材。”江记者职业是名记者，但平日里写了很多文学作品。张德伟在日报上经常看到他写的散文，听说他还写了很多小说在外面的刊物上发过。

“要体验生活，还是得像你们一样驻村，直接去干具体工作。我们的采访，还是飘着的，深入不下去。特别是情感，需要直接体验才能积累。”

“这样说，我还有优势了？可惜我不会写。啥时你教教我，我也学着写一点！”

“还我教你呢？你那公文干得多好的，写这个，哪有那公文难。特别是在下面干这扶贫工作，肯定有无数的酸甜苦辣，你又亲身经历了的，你写起来，我哪能比？”

“这倒是假的，再有多少酸甜苦辣，我也不知道怎么写。你若要，我倒可以给你。”

“好啊，找个时间，听你聊聊。我觉得你们在下面，真是挺辛苦的。”

“是啊，扶贫攻坚战嘛，哪能不辛苦？”

放学的小广播叫了起来。电动闸门也哐哐哐地往两边梭开。学校门外的人群，洪水样从闸门处漫进了学校。刚才用纸板垫了坐在围墙角纳鞋底、织毛线的大妈大婶们，也拍着裤子上的灰尘，边往购物袋、食品袋里面装东西，边跟着人群往学校里走。“接学生去了，有时间再聊。”江记者说。张德伟说了一声“好”，然后站到进门处的花台边。以往，他都是在这儿等乐乐的。

进门不远处，有一道台阶，六梯。上了台阶，是学校的操场。学校的操场虽然很大，但学生家长一进去，却几乎到处都站了人。在台阶上，开始有大大小小的孩子站在那儿张望。一些孩子看到了家长，便小鸟一般飞跑着下来。“慢点”“慢点”的叮嘱声，在人群中响起。

张德伟向台阶上看着，努力地寻找着乐乐的身影。

“你家的也还没出来？”听见背后有人问，张德伟转过身，看到一个面熟但一时想不起名字来的人。

“是啊。你家的出来了没有？”

“没有啊。我姑娘实在是磨蹭得很，每天都要磨到最后才会出来。”

“我儿子也是，出来了，还要跟着同学摆着说着慢慢游着下来。”

“听李仁芬说你下村去了？”

“是啊。她回来后，我就下去了。”听这人说出李仁芬的名字，张德伟边说边想了一下，但还是没能想出这人叫啥，是哪个单位的，甚至想不出他们是在哪儿认识的。

“你下去干两年有好处，这扶贫工作锻炼人。”

张德伟笑着说：“有啥好处？都是工作，在哪都一样！”想不出这人是谁，张德伟便不好说啥。又因为这人知道李仁芬，证明他们肯定是认识的，所以也不能不答话。

“肯定会有的。”

张德伟的心里有点不舒服的感觉。他能听出这人这话的意思，似乎，他下村就是为了去挣资本，图回来得到提拔。他只是笑笑。

往台阶上看去，刚好看到乐乐在那儿张望。“乐乐！”张德伟叫了一声，同时举起手来挥了挥。乐乐看到张德伟，显得有些意外，又有些激动和兴奋，颠着奔着，跑了过来。“今天咋是你来接我？我还一直站在那儿找妈妈呢！”乐乐扑在张德伟的身上说。

“哈哈，不想要我来接你啊？”

“想的嘛，都想死我了。”

“好，跟叔叔拜拜，我们先走。”

“叔叔，拜拜！”乐乐举起小手来，往旁边的那人挥了挥。

“我们先走了！”张德伟打了声招呼，牵着乐乐的手就往停车场走了去。

“没想到是爸爸来接你吧？”张德伟将乐乐的书包从乐乐的背上卸了下来，挎到自个儿的肩上，然后揽着乐乐的肩，让乐乐靠在他的身旁边走边说。

“就是嘛。你也不先跟我说一声，让我都有点——那叫啥？啥防？”

“是不是猝不及防？”

“对对对，你就是让我有点猝不及防！”

“哈哈，你在哪儿学来的这词。”

“《淘气包马小跳》啊。”

“你还在看《淘气包马小跳》？”

“当然啦，你以为我一天两天就能看完啦？你知不知道这套书有二十本来的，大哥？”

“无老无少的，哪个是你大哥？”张德伟抬起揽乐乐肩的手，在乐乐的头上拍了一下。乐乐歪了一下头，随着嘟了一下嘴，做了一个鬼脸，说：“你啊，你就是我大哥嘛！”

“我一脚！”张德伟放开揽乐乐的手，抬起脚来做出要踢乐乐的样子。乐乐跑开，弓起个小屁股，拿一只手拍着，说：“来呀！来呀！我看你踢！”

张德伟没有踢，走过去又将乐乐揽了过来。乐乐靠在张德伟腋下，说：“我爹，有个事儿，不知道该不该给你说？”

“啥事儿？”

“我怕说了你生气，骂我。”

“是做啥错事啦？”

“没有。”

“又没做错事，我为啥要骂你？说来我听听！”

“就是，就是，你来接我，我又高兴，又有点小遗憾。”

“哈哈，是啥遗憾？”

“我不敢说。是买东西的事。”

“买东西？啥东西？”

“我不敢说嘛。虽然妈妈答应给我买了，但我还是觉得有点，有点那个。”

“有点啥？是啥玩具吗？说来，我看看有意思没，有意思的话我也答应买给你。”

“也不是玩具。”

“不是玩具，就是学习用品了。是学习用品，就更应该买啦。”

“怎么说呢？也算是跟学习有关的吧！”

“跟学习有关的东西，你说要的，老爸我可没拒绝过你呢。”

“我怕你说我又浪费嘛。”

说着，他们已走至车旁。张德伟停下来，说：“赶快说，说了我带你去买，要不说，可就要上车走了。”

"你不要说我浪费哈！"

"好，我不说。只要是该买的，我一定买给你。是啥？"

"我的卡纸用完了，明天美术课要用。"

"我还以为是啥呢。要用，买了就是。走。"

"我就怕你说我浪费嘛。你不要以为我是浪费，好不好？"乐乐这下不再靠在张德伟的腋下了，只丢一只手给张德伟牵着，身子小鸟一般时而弯腰时而偏头地在张德伟的身旁蹦着跳着跑着，看到有同学走过，不时地呼喊着他们的名字，还举起另一只手挥着，说着"拜拜""拜拜"的话语。

到公路边的学习用品店买了卡纸，回至车上，他们径直往医院开去。路上，张德伟要乐乐给他说说这段时间他遇到的事，乐乐说："我不是都在电话里给你说了吗？"两个多月来，虽然他没回过家，但却常常打回电话来。虽然没能一天一次，但两天三天总要打一个。而每一次打回电话来，话说得最多的不是陈晓宇，倒是乐乐。陈晓宇只略略地应付样，用一种冷冷的语气，在他问"还没睡嘛"时，答"没有"；在他问"悦悦乖的嘛"时，答"乖的"；在他问"乐乐的作业做完了没有"时，答"正在做"或者"做掉了"，听着这样的回答，张德伟的心头万般不畅，只好叫乐乐接电话。电话里，乐乐就开始和他说他在学校里遇到的事，说他和哪个同学又发生了啥事，哪个老师又如何如何地表扬了他。甚至是家里的事，也更多是乐乐告诉他的。张德伟已经开始害怕听到陈晓宇的冰言冷语，让他起了连电话都不给陈晓宇打的念头。"我这一下村，是把家里的负担都丢给了你，你是辛苦。但我这下村是来玩的？我不辛苦？"张德伟的心里愈发不好受。一次，他终于对着电话说："你不要这样有气无力的样子行不行？”不说还好，一说了，电话里立即传来陈晓宇呐喊一般的声音：“你要我咋说？我除了还有这口气，做正事的力气都没得了，你还要我有激情来跟你说话？”张德伟真是欲辩而无言。这一次，张德伟没让陈晓宇把电话拿给乐乐，听乐乐说，像是怕陈晓宇再吼出什么话来，一下把电话挂了。后来，张德伟再给家里打电话，在陈晓宇冷冷地问出“啥事”后，他便直接让陈晓宇将电话拿给乐乐。这一来，乐乐在学校里遇上的事，真是差不多都跟他说了；家里的很多事，他也都从乐乐口里听到过了。

“老爸，跟你说个事。”

“说。”

“你不要说我一天只知道乱想哈。”

“呵呵。恐怕你还就是乱想呢。”

“没有，是真的。我真是这样感觉的。”

“嗯。说来我听听，看看是不是你乱想的。”

“哎呀。我又有点不好意思说。”

“不好意思？有啥不好意思？”

“真的啊，说来还有点丢脸。”

“你捡了同学的东西没还？”

“不是，不是。”

“那是啥？”

“我发现我们班有两个女同学喜欢我！”

“有女同学喜欢你？还两个？狗屁大点的娃娃，还就有女同学喜欢你了！”

“真的啊，骗你是小狗。反正我就是这样感觉的。”

“好嘛，有女同学喜欢你，证明你还有点小魅力，说明我儿子还不错。”

“看吧，你又打击我的自尊了。”

学校离医院不算远，不觉间，他们已进了医院。张德伟问乐乐找不找得到去外婆病房的路，乐乐说：“找得到，中午妈妈就接我来过了。”下了电梯，乐乐径直把张德伟带到了病房。“妈妈！”张德伟还没走进病房，前面跑去的乐乐就喊了起来。张德伟仿佛是被乐乐的这一声喊带进病房的。他看到陈晓宇正坐在陪护床上喂悦悦吃奶。

“妈，好没好点了？是哪儿咋的？”张德伟走到床边，喊了一声陈晓宇妈妈。陈晓宇妈妈侧着身躺着，听见喊声，翻过身来，咬着牙，蹙着眉，很是吃力地说：“头疼呀，刀削样的。”接着她又说：“又害你跑回来，你又忙！呀！”说着，吸了一口凉气。

陈晓宇妈妈说话时的痛苦样子，让张德伟不忍多看。他转过身看了一下其他病床，这间病房有三张病床，陈晓宇妈妈住的是最外面这张，另外两张病床，中间那张没人，最里面那张有一个六七十岁样子的老人睡着，一个年轻些的妇女，也用一床毛毯盖了，睡在靠墙边的陪护床上。张德伟转身问陈晓宇：“是哪儿的问题？”陈晓宇说：“带状疱疹。”对陈晓宇说出的这病，张德伟还没听说过，他甚至不知道这病是否严重，会不会有生命危险。

“要咋整呢？”张德伟问。

“我认得要咋整啊？我又不是医生！”

陈晓宇的一句话，又呛得张德伟够受。他在陈晓宇妈妈病床对面的那张病床上坐了下来，定定的看着陈晓宇妈妈。陈晓宇妈妈这时正好迎朝他，侧着身躺着，闭着眼，咬着牙，嗞嗞地吸着气，像是在以此方式抵抗着疼痛。输液管里的液体，慢慢地蓄了一会儿，才咚地，滴落下一滴来，然后又慢慢地蓄了一会儿，再咚地滴落下一滴来，滴得他的心都跟着着急。

“你带乐乐他们回去吧！晚上我在这儿招呼！”过了不知多久，张德伟站起身来说。

陈晓宇张了张嘴，像是想说什么，又没说出来，过了一会，才说：“明天你要来招呼，我不能请假，有检查组的要去我们单位。”

“你去上你的班，这儿交给我就是。”张德伟说，“如果不能带去，悦悦我也带在这儿。”

“她要吃奶，我带着去。”

“那你就带着悦悦好了，乐乐只要你早上送了，中午我去接到医院来。下午你去接了回去就行。”

“饭你们就在医院里打了吃，我没时间送来。”

“这个我会处理。”

“明天早上要做大小便检查。血检今天已经做了。”陈晓宇直起身，将奶头从悦悦的嘴里扯了出来。

“好，没事，这儿就放心交给我好了。去吧，乐乐还要做作业。”张德伟走过去，伸出手去抱陈晓宇怀里的悦悦，趁机偷摸了一把陈晓宇还没牵衣服盖上的乳房，说：“来，爸爸抱抱，都好久没抱这小宝贝了！想死老张了！”陈晓宇边将悦悦让给张德伟，边抽出手来掐了一把张德伟伸去摸她的手，说：“死过去！你还知道好久没抱了？还认得有这个娃娃？”

“不要丧着个脸好不好？说点不伤人的话行不行？”

“我想笑，可要我笑得起来！”

“好了，好了，不说了。”

陈晓宇从陪护床上将一块大黄披毡和一根背带拾起，散开裹向悦悦，张德伟配合着用披毡裹了悦悦，然后将悦悦翻过身，放到了陈晓宇的背上。陈晓宇将背带在她的肩上、腰上和背上的悦悦身上几弯几绕后，在她的腹前打了个结，叫了一声乐乐，又站到她妈床前，说：“妈，我们回去了！”

“你们去嘛！”陈晓宇妈妈依然是咬着牙，蹙着眉，很是吃力地说。

陈晓宇转过身就往病房外走了。乐乐错过张德伟往外走的时候，又回过头来，边走边说：“婆婆拜拜！爸爸拜拜！”

这一夜，是漫长的。

张德伟先是坐在陪护床上，看着陈晓宇妈妈，一会儿问要不要吃点啥，一会儿问要不要上厕所，一会儿问是哪里疼。输完液后，张德伟又问陈晓宇妈妈要吃啥，陈晓宇妈妈说啥都不想吃。

“不吃点东西不行呢。”

“吃不下去啊！”

“鼓着劲吃点吧，吃点下去，才会好得更快。”

“那买点稀饭来吃吃看吧，看能不能吃点下去。”

张德伟到医院食堂自个儿打了两个菜吃了饭，然后用快餐盒打了份稀饭回来，陈晓宇妈妈没吃几勺就不再吃了。那时，天还没黑下来。那时，张德伟盼着天快些黑下来。病房外的过道里，是热闹着的。但这病房里，里面那张床上的病人也输完液就回去了，现在只有他和陈晓宇妈妈。陈晓宇妈妈那咝咝吸气的声音，虽然轻，虽然弱，在这空旷又寂静的病房里，却像一阵阵刺骨的风吹过他的心。他希望黑夜来临，陈晓宇妈妈睡着掉。希望她不再发出那种咝咝的声，带起那种刺骨的风。他不知道她会不会打呼噜。他希望听到她打呼噜。甚至他还想，呼噜声越大越好，那至少说明她还好睡觉。

但黑夜真正来了后，张德伟却又盼着天亮了。夜里，陈晓宇妈妈那咝咝的吸气声不但没有停止，反而响得更加频繁了。似乎，她就一直没有停过，是一直都在咬着牙，都在那样吸着气。她不但没有睡着，反而在咝咝的吸气声中，又加了一种“啊啊”的呻吟声，以及一种“唏唏”的出气声。

再没有比听着亲人这样的声音又不能做什么更痛苦的事了。张德伟不知道陈晓宇妈妈这样哼着是不是要好过些。他想叫她不要这样哼了，但又不能这样叫。他走过去，问她说：“妈，是不是疼得很？”陈晓宇妈妈只“啊”了一声，没说“是”或者“不是”。张德伟跑到护士站，向值班护士说：“她喊疼呢，看看能不能咋处理一下？”护士先是拿了一颗止疼药给张德伟，让他拿给她吃。吃下止疼药后，她开始好些了。

“儿呀，害着你了。我自己生的儿子都还没来照顾我，倒是让你来照顾了。”陈晓宇妈妈说。

“哪个照顾你不是照顾呢？他们在外面，在上着班，哪能说来就来？”

“你们还不是在上班嘛。”

张德伟不知道说什么好。陈晓宇父母以前有个三病两痛，一要住院治疗，都是往这市里的医院来，也大都是他和陈晓宇照管，现在岳母来帮他们带孩子，他们照管她，就更是理所当然的了。只是，这应了陈晓宇曾经说过的那话——“她要有个三病两痛，我照顾哪头？”当时说请她来带孩子，陈晓宇和他最担心的，就是她生病。原本两个孩子就已经照顾不过来，又加上一个病了的老人，该如何照顾？当时决定去请她老人家，也是没办法的办法，想着车到山前必有路，船到桥头自然直。现在真遇上了这事儿，虽然困难，但在时间面前，该咋还咋，路还是有的。万事均不是时间的对手。交给时间，就没什么过不去的坎。这样想着，张德伟在中间那张病床上睡了起来。躺在床上，陈晓宇的那乳房浮现在了他的眼前。那乳房因为奶孩子的缘故，比以往大了些，饱了些。

张德伟睡得迷迷糊糊的，又听见了呻吟声。在这呻吟声里，他伸手一摸，发现裤裆处湿了一片。“又疼起来啦？妈！”在确认那呻吟声来自旁边的床上，想起自己是在医院里后，张德伟才问了一声。

这时窗外的天空已开始泛白。张德伟下床来，拿过一筒卷纸回了一把，到位于进门旁的卫生间擦拭了一番，又胡乱洗了一把脸，才回到陈晓宇妈妈床边，问：“妈，是不是疼得很？要不要再找医生拿颗药来吃？”

“这时候好些了，不吃了，怕吃多了不好。”陈晓宇妈妈拖声噎气地说。

“嘴干得很，倒点水给我喝。”陈晓宇妈妈又说。

张德伟就倒水给陈晓宇妈妈喝。喝了水，陈晓宇妈妈又想上厕所，张德伟扶着她下了床，到了卫生间门边，张德伟不知自己该不该继续扶着进去，说：“妈，你能蹲稳不？”

“可以的。我可以蹲的。”说着，陈晓宇妈妈抽出张德伟牵着的那只手，挪着步子就要进去。

“妈，你等一下。你要解大手不？”

“想是想。认不得解得出来不？”

“我把那塑料杯拿给你，你就便接一点起来，送去做检查用。”

张德伟转过身，到床头柜的抽屉里拿了塑料杯。他昨晚想着今早要检查大小便，想着应该有这杯子的，到那抽屉里一找就找到了。“有啥你喊我！”将塑料杯递给陈晓宇妈妈后，张德伟说。

陈晓宇妈妈在厕所里蹲了好一会儿。张德伟在外面不时地喊上一声，问上一声。出来时，陈晓宇妈妈只接了小便，说没解大手。张德伟将陈晓宇妈妈扶了躺在床上，说：“你先躺着，我去打水来给你洗脸。”然后在抽屉里将写有陈晓宇妈妈名字的尿检单拿了，拾起热水壶，又到卫生间将盛了尿样的塑料杯捏上，才往开水房走去。在开水房门外的一个台子上将尿检单放了，将塑料杯摆在尿检单上，再到开水房里接了一壶开水，回到病房里便用一塑料盆兑了水，用毛巾给陈晓宇妈妈擦洗起脸来。

“你们打个电话给刚刚，叫他回来服侍一下我，你回去上班算了。”陈晓宇妈妈说。她说的刚刚，是陈晓宇的弟弟陈晓刚。张德伟这时已拉着她的手在用毛巾擦，说：“妈是嫌我服侍得不好啊？”

“儿啊，我哪敢嫌？我是不过意呢。”

"他在得那么远的，回来一趟，路费都得花不少。等他来了，恐怕你都出院了。还有，等你好些了，就是不出院，也可以输了液，晚上就回家去了。"

"这是你儿子呀？"邻床的病人来了，是一个五十岁左右的女人，剪一头短发，还烫卷了。

陈晓宇妈妈说："不是，是我女婿呢。"

那病人坐到中间那张床上后说："给你洗脸这样子，我看着就像是你儿子。"

张德伟呵呵笑了笑说："洗个脸，难道还儿子有儿子的洗法，女婿有女婿的洗法？"

擦洗好后，征得陈晓宇妈妈的同意，张德伟又去食堂自个儿吃了早点，带了稀饭来给陈晓宇妈妈吃。她没吃下多少，每吃一口，都要咝咝吸上一阵凉气。还在吃的时候，查房的医生就来了。从医生的话语中，张德伟知道所谓带状疱疹就是一种急性感染性皮肤病，患者年龄愈大，神经痛愈重。他将昨晚的情况向医生说了，又咨询了一些治疗方式后，心里便轻松了许多。

查房医生走后没多久，输液的护士就来输上了液。刚输上液，张德伟就接到了蒋主席的电话，问他："德伟，在哪儿呢？"

张德伟犹豫了一下，不知道要不要给他说自己在医院，但也才犹豫了一下，还是说："我在医院，主席。"

"知道你在医院。我是问你在哪个科？几楼？哪间病房？"

张德伟有些惊讶。他不知道蒋主席是怎么知道他在医院的。还问他在哪个科几楼哪间病房呢。他知道蒋主席问他这些，是要来医院看望。既然他已经知道自己在医院，那他肯定就知道是哪个住的院了。是谁告诉他们的呢？

张德伟不好再隐瞒，只好说了。没想到蒋主席说：“好，我们在老住院大楼这边，马上过来。”张德伟有些措手不及，看了一眼躺在床上输着液的陈晓宇妈妈，又看了一眼正在给另外一张床上的病人打着针的护士，就转身出了病房，往电梯口赶去。他刚走出过道，往几个电梯口寻着，不知道蒋主席会乘哪个电梯上来，一个电梯已开了门，接着蒋主席领头，他们彭副主席、办公室冯姐等，一共六个人相继走了出来。

蒋主席个子不高，一米六七。他穿着一件咖啡色休闲型西服，里面套了一件灰色衬衣。衬衣掖在牛仔裤的裤腰里，一个不太显眼的小油肚微微隆着。他的头上留一头寸发，戴一副黑边眼镜，看去儒雅，又不失精神。蒋主席原来是一名教师，多年前参加全市副处级干部考试，考到一个县上任副县长；后来，又任一个县的宣传部部长、副书记，然后到市水利局任了党组书记；三年前，到市科协来任了主席。

“主席，你们？”张德伟本想问问蒋主席他们咋知道他在医院，咋这么早就到医院来，但一时又不知怎样问才好。

“昨晚上陈光彪打电话给彭副，说挂联单位的挂包人员这个星期内要下去回访一遍，才知道你请了假，还又问了耿世兵才知道你老岳母住了院。”蒋主席说。

“想着这星期单位上的人全都要下去，等回来，李仁芬可能就出院了，所以主席带着大家先来看看李仁芬，也看看你丈母娘！”彭副主席说。

“李仁芬在医院？她咋啦？”张德伟问。

“她有喜了嘛。这个你还认不得？”

“生啦？”张德伟那高兴样儿，就像生孩子的人是他媳妇似的。

“你这个主任当的，副主任生不生你都认不得？”彭副主席笑道。

“这样说，要知道也是彭副先知道，你是分管办公室的领导呢。”

说着，不觉间已进了病房。尽管说了陈晓宇妈妈也记不住，但张德伟还是向她介绍了蒋主席他们。说，这是我们蒋主席，这是我们彭副主席……他们来看望你。陈晓宇妈妈的脸上，露出了从昨天来张德伟第一次看到的笑，那笑笑得有些夸张。旁边两张床上的病人和家属，也投来了羡慕的目光。蒋主席问起了陈晓宇妈妈的病情，彭副主席他们又就陈晓宇妈妈说的情况讲了些这病是小问题，疼起来虽然厉害，但只要一控制住就没啥了、就好了之类的话。一阵宽慰后，蒋主席带头，掏出红包，说也不知道老人家想吃点啥，没买啥东西，就拿点钱，要吃啥让德伟去买之类的话，递给陈晓宇妈妈。陈晓宇妈妈不接、不要，但蒋主席说一点心意，老人家不要嫌少，然后就将手里的红包塞到了陈晓宇妈妈的枕头旁，彭副主席等人也挨着将红包塞到了那枕头旁。

末了，蒋主席一行让陈晓宇妈妈好好养病，让张德伟好好服侍着老人，然后就走了。张德伟随着往病房外走，蒋主席又让他别出来了，不要送了。张德伟看了一眼陈晓宇妈妈的输液瓶，里面的液体还有大半瓶，还是随着走了出来。

电梯门口站了很多人。蒋主席说：“我们走楼梯下去算了，当散步。”说着往楼梯方向走去，又转身让张德伟回去了。张德伟说：“我送主席你们下去。”然后一同从楼梯上往下走。

“主席，你们哪时候下普家河去呢？”张德伟跟在后面问。

“明天嘛，今天处理一下单位上的事。”

“我有个想法，这次下去，想请主席和彭副你们到彭家梁子去看看。”

“咋的？”

“那儿有两个问题，路的问题和水的问题，太恼火，想请主席去看看，看能不能想办法给他们协调解决一下。”

“路的问题我知道，以前去的时候我看过了。耿世兵他们不是说已经报过计划了吗？”

“计划年年都在报，但却一直没得到解决。主席看了，如果能找到渠道，帮助争取一下。昨早上我还和彪哥去了一趟，那路，是制约他们发展的一大瓶颈；水也是，他们吃的水，竟然都是用水窖蓄起来的雨水。”

“好。我们这次下去先了解一下，根据情况，彭副我们一起想办法。”

“嗯，先谢谢主席，谢谢彭副你们。”

“谢啥，又不是帮你！你也是为了那儿的老百姓。要说帮老百姓办事，我们都是愿意的。”

“还是要感谢主席你们的。没有主席你们的关心和帮助，我在下面可能一样事都做不了，最多就是填填表啥的。”

“你是我们单位派出去的，单位就是你的后家、娘家，不支持你支持哪个？再说了，单位也有责任和义务，想办法把我们挂包村的扶贫工作做好。你在下面，要做好调研，找准问题，理出思路来，然后我们一起努力，好好为老百姓办点事。”

“主席说这个是非常关键的。主席在那么多岗位上工作过，很多项目他是可以去协调、去争取的，但首先得明确目标。你在下面先把问题找出来，主席才能有的放矢。现在国家花那么大的力气来做扶贫工作，对于农村基础设施建设，可以说各方面的项目都是很多的。只要找准方向，想干，在村上是可以做出很多实事来的。”彭副主席说。

“彭副，你也要雄起来，你也是有资源的。你这样说，可以说你是谦虚，也可以说你是推卸责任。比如那路，如果真是报了计划老没动静，你也得去找找你的老后家，请他们帮帮的。我们都去找找我们的老后家，我就不信，他们会置我们于不管不顾！”

经蒋主席这一说，张德伟才想起，彭副主席以前是在他现在在的这个县工作过的，只是不知道他在过县交通局。一听他们这样说，张德伟的心里竟有了些兴奋。

“我这儿是有困难的，主席。我在那儿的时候，啥都不是，而且现在不说领导都基本换了，就是里面那些科室上的人员，也没几个是认得的了。”彭副主席说。

“不怕，实在不行，到时候我们想其他办法。”蒋主席说。

说着，已送至医院门诊部前，张德伟说：“主席你们就慢去了。谢谢主席你们了。又害你们跑。我看看，如果能的话，我明天也跟着回村去。”

“你还是先服侍一下老人，等老人好了再说。你走了，小陈一个人咋忙得过来？村上那儿，我们明天下去，也跟耿世兵他们说说，让他们多辛苦一下。”

“好，我根据情况看吧。谢谢主席。”

“不要一天只知道谢谢谢谢的，该干啥干啥去！”

蒋主席一行离去后，张德伟到旁边的一家超市里买了个红包，然后就回到了陈晓宇妈妈的病房。陈晓宇妈妈顺手递给张德伟两张单子，说是医生送来的，有一张是叫拿去拿药来吃的，有一张是叫拿去排队做检查的。张德伟接过单子看，那要排队做检查的，是张CT检查通知单。张德伟看了看输液瓶里的液体，没多少了。他又掏出手机来看了看，竟然快十一点了。“你拿去排嘛，输完了，我们帮她叫医生来换。”陪邻床输液的一个三四十岁的女人说。

“谢谢，又麻烦你们了。”张德伟望着女人充满感激地说。他又掏出笔来，在一张纸上写了自己的电话号码，说：“我拿去排了，先去接一下孩子，还要麻烦美女帮着照看一下，有啥给我打个电话。”

“要得，要得，你去接你的。”女人说。

将CT检查单交去排了队，张德伟走着路去接了乐乐。回来到病房里看了一眼陈晓宇妈妈，见一切正常后，又带着乐乐到食堂吃饭。吃了饭，让乐乐在陪护床上睡起午觉，张德伟才用小勺舀了喂陈晓宇妈妈吃饭。疼痛减缓后，陈晓宇妈妈能吃些饭了。因为医生交代尽量吃得清淡些，并尽量少吃多餐，所以也没吃上多少。喂她吃好后，张德伟下到一楼，将陈晓宇妈妈的药取了回来。陈晓宇妈妈要上厕所，他又招呼着上了。陈晓宇妈妈解了大便，他用塑料杯取了些，连同检验单送到开水房门口的台阶上放了。陈晓宇妈妈输完液体拔了针，张德伟看了一下时间，一点半了，因为医生让张德伟下午两点半带病人去做 CT 检查，所以张德伟叫醒乐乐，提前将乐乐送去了学校。回来后，又慌忙火急地带上陈晓宇妈妈，赶到了 CT 检查室外。

医院放射科的大厅里，或拄着拐的，或坐着轮椅的，或躺在床车上的，或坐在铁皮椅上的，已赶集样有了很多的人。一个窗口的上方，移动着一排绯红的字，写着请某某到哪儿做检查。原来，医生说的两点半，不是来直接检查，而是来继续排队，等着点名。张德伟领着陈晓宇妈妈在长排椅的一个空位上坐下来，位置靠边，却不在最边上。最边上坐着一个五十来岁的女人，女人眉头微蹙，头半扭半仰地望着外面，一动也不动的。顺着她的目光看去，张德伟透过又高又宽的玻璃墙，看到了外面的绿化树，看到了树后面来来往往的行人。

正不知女人那么出神的样子是在看什么，在想什么，只听她喉咙里咳了一声，随着她嘴唇一尖，嘴巴一张，啪的一声，一口浓痰如飞翔的烟弹，颤巍巍地爬在了玻璃墙上，还像爬不稳似的，缓缓地往下移着。

张德伟一下感到脖嗓眼痒痒的，赶紧扭头转身，顺势往喊号的滚动屏上瞟了一眼，便走出了大厅。在大厅外，也能看到滚动屏上的字，张德伟这才往旁边的绿化带里象征性地吐出了一口痰。他掏出手机看了一下时间，已是下午三点二十八分。他找到耿世兵的电话，给耿世兵打了过去。

“那统计表填完了没？”张德伟问。

“嗯，管他了。那些数据我们本来就没办法保证准确的，时间还又这么紧。”张德伟说。

“我还在医院，暂时还走不了。我跟书记打个电话，假条只能回来后再补了。”张德伟说。

“蒋主席他们明天要来普家河，我不能陪着来了，到时，你带他们去彭家梁子看看，那路和水的事，我已经跟蒋主席说了一下。”

“好。只要有机会，蒋主席会想办法的。我们多方面努力。”

“我也拿不准哪天能回来，你帮我写张临时假条放着吧，遇上检查的来，暂时用用。嗯。好。”

挂了耿世兵的电话，张德伟又翻出肖书记的电话来。看着肖书记的电话号码，张德伟却迟迟没有拨出去。他不知道该怎样跟肖书记说这请假的事。

“书记，你好，我是普家河驻村的张德伟啊！”张德伟说。

“我老岳母生病了，住在医院里没人招呼，想向书记请个假！”

“我昨天来的。她还有个儿子，在外面打工，赶不回来。”

“是，书记。我知道工作任务重，时间紧。”

“是，书记。昨天我想着来一趟就回村上，所以就……”

“好的，书记，我下不为例。”

“好的，如果过两天还回不来，我就找邹县长签字。”

挂了电话，张德伟有了一种轻松感。同时，一种想哭的感觉，也在他的心间升了起来。他想向天高吼，却呻吟都没发出一声。他像被抽了筋，绵软软地甩着握有手机的手，勾着头，往放射科的大厅里走去。临近的时候，一抬头，他就看到那口干了的痰，变得像只蜜蜂的样子，发着琥珀样的光，爬在那玻璃墙上。

这天输完液，倒水让陈晓宇妈妈服了药后，张德伟让她在病床上休息着，他要出去一趟。下了新住院大楼，张德伟往老住院大楼那边走了去。

妇产科出奇地拥挤，过道的两边都床挨床地安放了病床。虽然这里的哭声最多，此起彼也不伏，但笑声和笑脸，却也是这医院里最多的。那哭声有强有弱，却也真是把吃奶的力气都用上了。那笑声笑得倒也收敛，有点得了好处还卖乖的感觉，但那笑容，却是灿烂的，是喜形于色的。笑声没笑出来的喜悦劲儿，都通过那笑容表现了出来。

“恨不得拿命来赌呢！”听见过道上的一个女人说。

“这下好了嘛，多了个千金，你也好好的！看看，胖嘟嘟的，多可爱！值得了！”又一个女人说。

张德伟边把电话置于耳旁，边寻着这说话声望去，见一个四十多的女人穿着一件松松垮垮的睡衣，一只脚曲着伸在靠墙摆于过道里的病床上，一只脚伸着踮在床前的地上，眯着眼灿笑着，望着她床前站着的另一女人怀里抱着的一个婴儿。

“张哥！”电话里传来了李仁芬的声音，声音细小，像说大声点就会震到张德伟耳朵。

“在多少床？是病房里还是过道上？”张德伟问。

虽然声音吵闹，虽然李仁芬的声音依然细小，但张德伟还是听清了李仁芬说的病房号和床号。他转着头又径直往里走了一段，找到了李仁芬在的病房。病房里的光线弱得很，感觉黑洞洞的，一走进去，在靠墙边摆了的陪护床上，有人零零散散地坐着，只是那一个一个的人头，都只能看到轮廓，虽然都仰着，却看不清脸。偏偏那些人都约好了似的不说话。张德伟感觉自己像是走入了另外一个世界。“张哥！”倒是李仁芬看见了他，喊了他一声。听着声音，李仁芬是在最里面靠窗户边的那张床上。张德伟往里走的时候，脚下绊到了啥，吓了他一跳。这时，李仁芬已站起身来，将窗帘拉开了一点。借着透进来的光低头一看，张德伟看到一个人歪着头，躺在一把躺椅里正在睡觉，那脚长长地伸到了他的脚前。再看，那几个坐在陪护床上的人，也都靠着墙闭着眼似睡非睡。这时，张德伟本想对李仁芬说上一句恭喜的话，却没能说出来，不由噤了声。“他们这时候都在睡觉。”李仁芬说。李仁芬拉了拉床上的被子，要张德伟坐，张德伟却一时没了坐的念头。他将手伸进衣服的里间，把装好的红包拿了出来，递向李仁芬，克制着声音说：“我就不影响他们休息了，恭喜你一下，你也好好休息！”

“坐一下嘛！”李仁芬推辞了一下，收了红包，说，“又让主任破费，谢谢了！”

张德伟其实是想坐的。说到底，他的心里，对李仁芬，还是有着一种牵挂的。现在知道她是平安的，孩子也已经平安地出世，张德伟感觉轻松了许多。“算了。”张德伟转身说着，往外走了。

李仁芬举起步子，也缓缓地跟了出来。

“小陆呢？”张德伟问。

“回家去了。”李仁芬说。

“哪个在这儿照顾你？”

“我妈呢。这时候也是在眯瞌睡。”李仁芬说，“你在下面都好的吧？我看你好像变黑了些。”

“黑点算啥？健康色嘛！”

“也是，看着确实是要帅点了。好像也瘦了点？”李仁芬歪着头做出端详样。

“不会吧？都这个样的。”

“你还是要注意身体。”

“没事。不是说了嘛，我们要让自己通过蜕皮，来帮助老百姓脱贫。”

“会的。你这皮肯定不止会蜕掉一层。”

“尽力吧。如果那些老百姓都脱贫了，我们来蜕几层皮也没啥。”

“嫂子那儿都好的吧？”

“还行。只是怨气重了些。”

“正常。两个娃娃，一个家，说着没多少事，其实够她忙的。你得多理解。”

“是啊。我肯定理解她。”

外面连着响起了轰隆隆的雷声，先是脆响，接着又像是有几个巨石在天空滚动，哐啷哐啷个不停。“刚才还好好的，难不成要下雨了？”张德伟转着头往两边望，但这医院的过道里，是清一色的日光灯照着，除了那雷声能传进来，看不到一点要下雨的征兆。病房里接着响起了婴儿的啼哭声。“赶紧去看看，是不是被吓着了！”张德伟说。李仁芬往病房里望了望，回过头来看了看张德伟，想说啥，又没说。张德伟说：“你去忙吧，我也要走了。”说着，就迈开步子，边走边回头向李仁芬挥了挥手。

刚出了老住院大楼的电梯，一片晕天黑地中，哗啦哗啦的雨声，和着呼呼呼的风声扑面而来。冷。张德伟不由地弓起背，将双手交叉着抱了自己的臂膀。恍惚中，张德伟有一种不知身在何处的感觉。往外走，来到露台的遮挡处，刷地，一波像桶装了倒过来的雨水，便被风吹了进来。避闪中，脚上滑了一下，双手抱臂的张德伟差点儿一跤摔在那地板砖上。终是没摔下去。往后退了几步，才和挤在那儿避雨的人一起，朝外张望起来。一道闪电，划过昏暗的天空，刺啦啦地将天空解得支离破碎，也将外面的地皮照得白花花一片。只见那地面已都汪起水来，无数的箭镞，噼噼啪啪地从水里射出来。在又一阵炸啦啦的雷声中，外面的那些树影像在统一地向着什么东西弯腰行礼，呜呜呜的，也不知是树在叫，还是风在吼。

“像有白雨啊！”张德伟背后的一个人说。

“这时候好像没啥了。才下时还大得很，落地上滚豆样。”又有一个人说。

“这么大的风，地头那苞谷，肯定没站着的了。”有人说。声音轻，却粗。

“你看那树，这么矮的都扯成这样，不知我们房子背后那些，会不会被刮断，别倒到房上去！”

“都啥时节了，还下这样的雨！这天……”

“天大由天，它要下，你能咋？”

张德伟掏出手机，一看时间，快到乐乐放学的时候了。他不知道陈晓宇去到学校没有，不知道她带雨伞了没有。如果在路上，这么大的雨，那伞带了也跟没带一样，她背着悦悦，恐怕被淋成落汤鸡了。他找到陈晓宇电话，准备打去问问，但这时又一个炸雷响了起来。他不敢再拨出去。陈晓宇她们单位离学校不远，走路也就十来分钟的路程，虽然从学校回家得坐公交车，但只要她能按时到学校接上乐乐，即便坐不上公交车，待在学校晚些回家也没啥。管她，有啥她会打电话来的。正这样想着，陈晓宇的电话就打来了。

陈晓宇问：“他外婆的液输完了没有？”

“输完了。”

“雨大得很啊，走都走不到路边，走不到站台去。你把他外婆带上，来接我们回去算了。让她晚上回去睡算了。跟医生说一声。”

“你在哪儿呢？”

“我在学校嘛。”

“你咋去的？没被雨淋嘛？”

“刚从单位出来，看着黑天洞地的，我就打出租车来了。”

“好嘛，你先接上乐乐，我过来了给你打电话。”

张德伟将外衣脱了下来顶在头上，双手撑着搭成一个雨棚便冲进了雨里。张德伟也顾不了密集的子弹一样噼噼啪啪射在他衣服上、手臂上的雨柱，顾不了脚下不知深浅的水洼和溅起的水帘钻没钻进裤管里、鞋里，只盯着那花台间的小径，随形就势，扭着腰身，控着方向，往新住院大楼奔去。

走出电梯，边走边将刚扭了水的衣服提着，张德伟径直来到护士站向医生说要带陈晓宇妈妈回家去。医生准了。听了医生的叮嘱后，张德伟到了病房，陈晓宇妈妈正呆呆地躺在床上，看到张德伟才撑起身来，望着一身湿漉漉的张德伟说：“去哪儿回来呢？咋淋成这样啊？咋不找地方躲躲？下这大的雨，你等雨停了再来嘛！”

“没事。这雨太大了，一会儿就淋成了这样。起来，我们回家去了，明早再来。”张德伟勾着头，用一只手理着头发甩着头上的雨水说。

“回去啊？医生准不准呢？明早上你难得跑嘛！”

“我跟医生说过了。晓宇她们还在学校，要去接，接了一起回去。”

“哦。”

陈晓宇妈妈从被子里伸出双脚，转动着臀部，然后将双脚趿了拖鞋，站起身来从枕头处拿了衣服穿起来。穿好衣服又换了鞋，将病床上的物什收拾一番，带了要吃的药，他们便走出病房，乘了电梯，往负一楼的地下停车场去了。

回到家，乐乐换了鞋便做作业去了。张德伟准备洗澡换衣服，陈晓宇也说要洗了换，但看着张德伟的湿得更凶，便让张德伟先去洗，只说：“洗快点，别把热水给用完了，我没得用的。”

陈晓宇的衣服虽然也湿了些，但主要是外衣的袖子和鞋子、裤管。张德伟去洗澡后，她将悦悦交给她妈妈，然后到卧室换穿了一套花格子睡衣。出来后，也没去抱悦悦，跟她妈说：“你带她玩着，我先把饭煮了。”

“你去做嘛。”陈晓宇妈妈说，“我都有好几天没抱这孙女了，笑一个，叫我一声，叫，叫外婆。”悦悦像不认识她外婆了似的，睁着一双审视和辨认的眼睛望着她外婆。

陈晓宇进到厨房，用电饭煲将米淘了煮上，从冰箱里拿出一坨肉，让其解冻着，然后又开始拿出一棵白菜、一根莴笋、几根葱、一个番茄，从厨柜旁边的一个篮子里拣出两个洋芋，开始削，开始洗，开始切。刚把洋芋削出来，她妈妈就在外面喊了起来，说：“电话！晓宇，电话响！”陈晓宇顺手抓起一块洗碗毛巾擦了擦手，就走到客厅，从电视柜上拿起电话来，一看，是她弟弟陈晓刚打来的。

“喂，刚刚。”陈晓宇抹了一下屏幕，说。

“你们在医院没有？”陈晓刚在电话里问。

陈晓宇愣了一下，这愣的过程中，她也回想了一下。通过回想，她在心里肯定，她妈住院的事，她还没跟他说过。她是连她爸爸都没说的。“我们在家里嘛，咋说？”陈晓宇这样说着的时候，心里以为是张德伟跟她弟弟说的。她爸爸又不知道，除了他，还有谁会把这事告诉她弟弟呢？“真是没事找事！说了起啥用！”陈晓宇自个儿在心里嘀咕了一下。

“妈妈呢？她一个人在医院吗？”陈晓刚问。

“没在医院，在家里呢。”

“哦。那我直接来你家，不去医院了？”

“来我家？你在哪里啊？”

“刚出火车站。我看看能不能打到车，雨大得很。”

“疯掉啦！”陈晓宇不由地低声说道，还往卫生间睃了一眼。

“啥？姐，你说啥？这点闹得很！”

“你就在火车站等着，我叫你姐夫来接你！”陈晓宇说着往卫生间门边走去，到了门边，听见里面的水还在哗哗地响着，便提高嗓门喊着说：“要不要洗好了？”里面张德伟没有回答，她只好推开卫生间的门，对着张德伟立在水帘下的裸体说：“好了没有？”张德伟转过头来，边搓着肋下边说：“快了，咋的？”

“快点，整了去把陈晓刚接来？”

“接晓刚？去哪儿接呀？”

“还有哪儿？火车站嘛！”

也不等张德伟再说啥，陈晓宇转身又进到了厨房。她妈在客厅里问：“是不是晓刚回来了？”陈晓宇像是没听见，又像是听见了，只是没回答。陈晓宇妈妈看着陈晓宇进到厨房后的背影，也没再追问，倒显得有些高兴，自顾自地逗起趴在她身边沙发上的悦悦玩了起来。

才照顾两天，就照顾不起了？就像得了啥了不起的病样，那么远的，你还要叫他回来？你要上班，人家就不上班啦？几个月不管这个家，才来两天，就像被鬼撵着了？要这样，干脆婚都别结了，老人、孩子啥的都别要了！

陈晓宇边在心里嘀咕着，边有一下无一下地洗着菜。这时张德伟已洗了澡穿了衣出来，来到她身后问她：“刚刚是哪时候到？”

“他没跟你说？他都在那儿等着的了！”陈晓宇的话里，没一点儿好气。

张德伟也不知她哪儿来的气，想回过去，但又忍了，转身拾了电话揣到裤兜里，换鞋开门，又在鞋柜上拿了把雨伞，出门来了。

在小区路灯的照射中，雨还像帘子一般在眼前的空中挂着。走进雨里，簌簌簌的声音在伞顶上响起。张德伟东一步西一步地让着积起的水洼，迈着步子，往小区的停车场走去。上到车里启动了车子，他才翻出陈晓刚的电话，边开着车走边给陈晓刚打了电话。知道陈晓刚还在站台，他便让他等着，说他已经在路上了，半个小时左右到。

张德伟出门后，陈晓宇放下洗着的菜，去洗了澡，出来用吹风机吹了头发。在她梳头的时候，她妈又问："是不是晓刚来了？"

陈晓宇"嗯"了一声，说："到火车站了。"顿了顿她又说："这个张德伟实在是没道理，明知他在得那么远的，还跟他说，还叫他回来！"

"小伟没跟他说吧？"陈晓宇妈愣了一下说。

"他不跟他说，他咋知道你病了，知道你住院了？"

"是昨早我给他打的电话。他问我严不严重，他要不要回来。我也没说要他回来嘛！"

陈晓宇心头的火气，顿时消了大半。但她还是说："你跟他说了做啥呢？你都说住院了，他能不回来？他要认不得，还以为是我们让你给他打的电话！"

"回来就回来了，我病了他还不应该回来？小伟还就是我的一个姑爷，他可是我儿子呢！"

"姑爷咋了？姑爷就不该照管你了？"

"人家不是已经照管了嘛。他又那么忙的。"

乐乐站在小卧室门边，伸出头来"妈妈""妈妈"地喊了两声。陈晓宇问他啥事，他说有道题不会做。陈晓宇转身进了小卧室，给乐乐讲了题，再出来开始洗菜、切菜。开始炒菜的时候，她的心情似乎已好了许多，只听那嚓嚓嚓的炒菜声，在厨房里似跳动的音符样响起。不时，陈晓宇妈妈抱着悦悦进到厨房，说找个碗来，先弄一点喂悦悦。说着，自行在放碗的地方，取了专给悦悦用的小锑碗，舀了饭，倒了点白菜汤，选了两小片肥而切得薄的肉，然后转身出了厨房。

乐乐突然从卧室里蹿出来，往厨房里蹿去，吼着说：“妈妈，你做啥好吃的啦？闻着咋这么香？”

刚从厨房里出来的陈晓宇妈妈说：“饿了没有？要不要先吃点？”

乐乐扑到厨台上，看着上面的菜兴奋地说：“哇，今天吃的都是新鲜的啊，都好久没吃到新鲜菜了！”

“你简直是放屁呢。就这两天忙得没现炒菜来吃，有好久了？让开！”陈晓宇抬了炒锅，正要往厨台上的一个盘子里倒酸菜红豆汤。

“这汤是油的还是淡的？”乐乐问。

“淡的。”

“哎呀，人家想吃油的嘛！”

“你自己来炒嘛！”

“你骗人，这明明就是油的嘛！”

正在这时，门被打开，张德伟接陈晓刚回来了。“你去看，哪个来了？”陈晓宇对乐乐说。

乐乐说：“是爸爸吧？他又去哪了？”

“你去看嘛！”

“舅舅！”乐乐出了厨房，看到跟在张德伟身后进门来的陈晓刚，边喊着边扑了过去，叫了起来。待从陈晓刚怀中退回来后，他又转过身，对着正端菜出来的陈晓宇说：“妈妈，妈妈，是舅舅，舅舅来我们家了！”

陈晓宇的脸上已是一脸的笑，说：“你叫舅舅了没的？”

“叫了的，我一进来他就叫了。乐乐又长高好一大截了。”陈晓刚边把一个背包往沙发旁的地上放，边说。他顺势坐到沙发上，望着他妈说："我妈好啦？"

"好得多了。我都说出院算了，医生让再观察几天。又害你跑回来。"

"你病了住院了，我能不回来？我不回来，不被人骂死？"

"你回来做啥嘛！那么远的，好跑得很？跑着好玩？"陈晓宇往餐桌上摆着菜说。

"远啥啊，现在要来要去，这么方便的。昨早妈妈打电话给我的时候，我本来想买今天的机票回来的，昨天的飞机已经停止卖票了，但是今天又没得航班，要明天才有。查了一下，坐昨下午的火车今天就能到，所以我就坐火车来了。"

说着，饭菜已摆好。"吃饭了。"陈晓宇喊了一声。张德伟从厨房里端着两碗饭，抓着一把筷子来到餐桌旁坐下来，说："晓刚来了也好，他招呼着妈妈，我明天早上下村去。"

"你倒巴不得呢。他一来，你就丢给他了。你才照顾几天？"

"普家河的烤烟被白雨打了，村上的打电话来说严重得很，你不信问晓刚，他们打电话来的时候他都听着的。那儿发生了灾害，我能不去？他们还想叫我今晚上就下去呢。"

"白雨打了？今天下午我还坐着出租车的时候，倒是看着这城里都下得有白雨的。"陈晓宇已端了饭，夹了一筷菜吃着说。

陈晓刚说："张哥，你去忙，老妈的事交给我就行。"

"听他们说，这次不但被白雨打，还被风吹了，那些没被白雨打烂的，都基本被风吹平了。"

"管你的，反正晓刚也来了，要去去你的。你也不用把事儿说得有多严重。"

第五章　老天照顾人

听着窗外唰唰唰的雨声和陈晓宇呼呼呼的鼾声，张德伟不知道自己是什么时候睡着的。第二天早上，他又在唰唰唰的雨声中醒来。“这天，恐怕漏掉了。”张德伟独自念叨道。“也好，有这一场雨，那些水窖里的水应该都蓄满了。”这样想着，他轻身下了床，拿过充着电的手机，摁亮看了一下时间，六点十二分。张德伟拔了充电器就进了卫生间。解了手，洗漱一番出来，张德伟站到客厅的阳台上，听了一番朦胧夜色中的雨声，然后转身进了厨房，用一口锅接了水，放到电磁炉上煨了，从冰箱里取了几根葱，洗了，切了，看着水还没开，才回到卧室，叫醒陈晓宇，说：“差不多起了，起来洗了脸，我煮面条给你们吃。”出卧室时他又看了一下时间，六点三十八分，他这才去到小卧室，叫醒了乐乐，说：“起床了，咪渣。”乐乐“嗯”地哼了一声，说：“闹钟好像还没响嘛。”张德伟说：“还差一分钟。”乐乐翻了一下身，又闭了眼睡着说：“那我再眯一分钟。”

和乐乐睡一张床上的陈晓刚也醒了，说："要起啦？"张德伟说："差不多了。起来吃了早点，送了乐乐，再送你们到医院，差不多就到医生查房的时候了。"出了小卧室，看到陈晓宇妈妈正往卫生间去，张德伟说："妈，起来啦？"

面条一碗一碗地端上餐桌，洗漱好的人相继来吃了后，他们一人拿了一把伞出了家门。先送乐乐到了学校，接着又送陈晓刚他们去医院，张德伟停了车要陈晓宇在车里等他，说："我送他们上去，将就带晓刚熟悉一下。"

陈晓宇说："算了，今早我跟着在医院，我请个假。"

陈晓刚撑着伞，招呼着他妈下了车撑起她的伞后，他又来到陈晓宇这边，撑着伞避着雨让他姐抱着悦悦下车。等他们走进医院住院大楼后，张德伟如释重负一般，重新启动车子，调头出医院开往普家河方向。

雨还没停，但也不大了，飞絮一般，飘飘洒洒的，落在挡风玻璃上，簌簌簌的，和着车轮上的声音，像一首轻缓的抒情曲。雨刮在挡风玻璃上，时不时就呼地来一下，刮过后又纹丝不动地停在那儿，像从来没动过，但那挡风玻璃展现给张德伟的风景，还是明亮了起来。渐而，上面又慢慢地蓄起了水珠，然后滑落成一根一根的线样挂在挡风玻璃上。当前面的路和景开始模糊起来，那雨刮才又呼地在玻璃上刮上那么一次，冷不丁地，倒吓了张德伟一下。

张德伟顺手将车载收音机打开，频道是地方频道，里面刚开始播放由市交警支队与广播电台合办的《乡村安全行》节目。

收音里"滴滴滴"地报过整点时间后，一阵简短的音乐响过，便是《整点新闻播报》节目。市内新闻的播报中，好几条都是关于扶贫工作的，说某县某乡某村通过规划和打造，将当地零散的茶树种植进行了包装和推介，为当地群众找到了一条脱贫致富路；某县某乡某村，大力发动群众养殖蜜蜂，为群众增收扩宽了路子；某县某乡某村，又是抓规划、重质量，围绕老百姓搬得起住得住，以易地搬迁集中安置，促进脱贫攻坚工作；接着又是市委召开了什么大会，市委书记、市长出席了会议，市直各部门主要领导和各县区委书记、县长、副书记、扶贫办主任参加了会议，总结了近期脱贫攻坚工作，部署了下一步工作。最后一条新闻里，播报说："据记者刚发回的报道，因为昨天我市大部分地区有强降雨，局部地区还夹杂了冰雹，对老百姓的生产生活造成了重大影响。特别是……"接着说到了普家河村，称那儿因为以烤烟为主要经济作物，昨天的雨和冰雹对其造成了重大的灾害，现在那里的群众情绪比较激动，市、县主要领导已作出重要批示，要求相关部门做好群众思想工作，做好灾情统计，做好各种救灾工作，确保群众的生命和财产安全，尽可能地减少群众的经济损失，要举全市、全县之力，帮助受灾群众渡过难关。

张德伟往车窗外看去。路边的地里，大都种着苞谷，也偶有一块两块地里种的是烤烟。真是不看不知道，一看吓一跳。那些苞谷，哪里还有一棵是直着的，像被用赶板顺着赶压过，一溜儿一溜儿地顺着一个方向匍匐着，大多匍匐到了地面，只有少部分还微微地欠着个身子。而那些烤烟，则几乎都从腰断了，横七竖八地躺在了地里。那哪像是被风吹断的，倒像是被人拿了镰刀，疯狂地一阵挨着砍了，摆在地里的。

张德伟不由地加大了油门。他不知道普家河的情况会怎样。

现在已到普家河的边界处，这儿都成这个样子，普家河恐怕也好不到哪儿去了。会不会因为这儿是坡地，当风了才这样？这样一想，张德伟又心存侥幸，觉得普家河那边毕竟有很多地是在山湾里，就是村前的那一大片地，也都比周围低，应该会好些。这样想着，他觉得那落水洞的形成，周围的高地在那儿围了个坝子，是上天对普家河的眷顾。但想起刚才电台的播报中没提这个村的灾情，提的却是普家河的，这种侥幸又只是在张德伟的心里一闪而过。

转过一道弯，入了普家河辖区。下了一小段坡路后，眼前的景象让张德伟瞬间吸了一口凉气。路的右边，那一埂一埂的高上去的台地里的烤烟，断倒没断多少，但那些烟棵上，烟叶像是已经被烟农们收了，几乎都成了光杆杆，就是还有几片在上面，也完全被打得洞洞眼眼、筋筋絮絮的，仿佛是烟农们嫌其不好，收时遗弃在上面的。倒是那些烟棵下的地里，铺了厚厚的同样洞洞眼眼、筋筋絮絮的烟叶。什么叫惨不忍睹，这就是了。

张德伟将车靠边停了下来。他被路下方的景象震住了。以往那绿里透红一眼难以望到边的壮观景象，现在也还壮观，也还是一眼难以望到边，但已不是烤烟，而是一片汪洋了。怎么会这样？怎么会汪起这么多的水来？落水洞。张德伟想起了落水洞来。这一定是落水洞排泄不过昨天那雨水的注入，让这水汪起来的。他从车上拿了伞，撑开，打着，站在下方路沿旁，抬眼往这片汪洋的上空看去。只见一片浑黄的水顺着路下不远的地方，往上一直漫延而去，除了这边的路和对面的山，往上，真是看不到边儿。星星点点的绿漂浮在水面上，那是烤烟的尖叶。

再看路坎下，那些没被水淹到的烤烟，还好好地立着，一片一片的烟叶，还撑开着，将那一棵一棵的烟撑成一把一把的伞状。张德伟怔了一下，禁不住扭头往路的上方看去。那烟地里的烟，依然是他印象中没有了烟叶的烟棵。他还以为是他记错了。他以为他印象中的景象只是他一时的幻觉。但不是。公路上方那地里的烟，被白雨打了；而公路下方的，却没有。张德伟理清了这事实。刚到普家河来的那天，耿世兵跟他说白雨怪得很，隔着一条路，或者一埂地埂，说不下过去就不下过去，当时他还有些不信，或者说不敢想象，但现在这景象，却真真切切地摆在了他眼前。

一时之间，张德伟不知道是该为老天的这种安排感到不公，还是该为老天的这种安排感到庆幸。

想来，普家河的烤烟也可能还剩下一些的，一些村民的烤烟还是好的。要是全部都被打掉，那今年那些等着卖烤烟来修房子的人家，还拿啥来修？不说修房子，在这普家河，一家人的生活以及孩子们的读书，几乎所有开支都靠烤烟收入来维持的村民们，接下来的一年该如何来应对？那些读书的孩子们，他们的生活费、报名费，去哪儿找？

遇上这样的灾害，他们还如何脱贫？

现在那些烤烟被打了的人们，面对一年的希望成了泡影，会是一种怎样的心情？绝望？悲痛？还是哀伤？

想着遇上了这灾害的村民，张德伟也不再蹲在那儿看了，想赶紧到村上去。他站起身来，只感一阵晕眩，天在转地在旋似的。他不得不暂停了一下，摇了摇头。待头眼不再晕眩了，才迈开步子要走时，又感双脚麻疼，抽筋样。他知道，这都是蹲久了的缘故。他控制住身子，待平衡了、站稳了，才又慢慢挪着往车边走去。

再上路后，张德伟遇上一处又一处被水淹了的路。所淹路段不算长的时候，张德伟还看着前方，从目测后估计出的公路中间走。他将挡位调至二挡，缓缓地加着油门。车子经过处，水花在车身旁哗哗地卷成了两道高高的水帘。快要到村委会的时候，那段路有二三十米是被淹了的。张德伟记得那段路有几处已经被过往的车辆特别是重车压得往下凹了些，还有两处，是有坑塘的。看着汪在路上不知深浅的水，想着那路留在记忆里的状况，张德伟不敢再往前开了。

张德伟拨通了耿世兵的电话，电话响了好一会儿才接通。还没听到耿世兵的说话声，倒先听到了一团嘈杂的吼声。那声音快而杂乱，此已起，彼却不伏，听不清吼的啥。

“喂，队长。”耿世兵说，“我们在十五社，你到哪了？”

“你就在那儿找个地方把车停了，不要开过去了。”在张德伟告诉他自己快到村委会，不敢开这段路的时候，耿世兵说，“我们在集群烤房下面的地里，你上来嘛！”

没等张德伟再说，耿世兵已经把电话挂了。张德伟将车倒了停在路边，然后撑起雨伞，往绿竹林集群烤房的方向走去。

转入去绿竹林的水泥路后，张德伟先还走走停停，不时地下到路旁的地边，弯下腰来看看那被白雨打得不堪入目的烤烟，看着烟棵下堆叠起来的烟叶，想着它们原本是可以变成钞票的，现在却连废纸都不如了。拿手机远景近景地照上一通照片后，他也就不再看了。

再看，这烟叶也不会回到烟棵上去。

那些报了计划的建房户，还建啥房啊！

远远地看见一个人，戴着一顶篾帽站在公路边，塑像一般，面对着路旁的烟地，一动不动。张德伟先还以为是村民们扎在那儿的一个草人，但走近了，这人却像是听到了他的脚步声，转过了身来。这人也不说话，只看着张德伟。这人四五十岁的样子，一脸黄铜样，胸前的汗衫，松松垮垮，把同样黄铜般的脖子露在外面。这种模样，张德伟是熟悉的。常常要趁日头好的时候，顶着烈日在烟地里锄草、打药的普家河人，大都是被晒成这个样子的。既然他站在这儿，又是这身模样，想来是这里的村民。只是张德伟以前没见过这人。

“做啥呢？”

张德伟上前，边问边掏出烟来递。这人抬起手来接烟的时候，张德伟看到他手里原来燃着的那支烟，已燃到过滤嘴处。那烟灰，长长的，因他这一抬手，才一下坍塌了落到地上，在地上的雨水里，垮了架，散了身，然后融入了泥。

“没呢。”这人面无表情地说。

“你是这儿的？”

“是了嘛，就是上边十五社的。”

“这烟是你的？”张德伟望向这人先前看着的烟地。那是一片一眼难以望到边的烟地。地里一株一株的烟棵，直直地立向天空。立得整齐，像是刚喊过立正一样的队伍。一排排的，相互间空着一米不到的距离，向远方延伸而去。渐渐地，那距离似乎就变窄了。看去，那空出的距离，成了一条由宽而窄的线。烟棵下的塑料地膜上，地膜与地膜间的行沟里，堆了横七竖八或碎或整的烟叶。也就一些烟叶，因为还有一点筋连着，吊在烟棵上。

汉子不回话。

张德伟点燃烟，又说：“种了多少烟？”

汉子说：“一万八来的。”

这里的人不说多少亩，而是说棵数。以前张德伟听着他们说种了多少多少棵，还想不出他们具体是种多少，但现在他已学会了换算。一万八，也就是十八亩左右了。按正常算，一万八千棵烟，纯收入差不多就九万块钱。陈光彪跟他说过，那地里的烟，每棵差不多就是五块钱。

“这些烟还能不能捡了烤？”张德伟说。那烟叶虽然被白雨打了铺在地里，但有那么一部分，看去毕竟还是好的。张德伟想，如果能将完好的那些捡来烤了，也多少可以捞回点损失。

“烤啥？浪费炭！”汉子说。

“咋的？看着不是还好的吗？”

“还没熟呢。烤不出来的。”

张德伟“哦”了一声。将烟说得像果子样的熟没熟，张德伟这还是第一次听到。他不知道，这烟是从哪来确定熟没熟的。他想问，但这时他没问。他说：“你家种了几块地？其他地方的被打没有？”

“基本都在这儿。上面还有一小块，也是一棵都没好的了。”

“管它了。打都打了，天大由天，也是没办法的事。今年被打了，明年再来。”张德伟不知如何安慰，说出这话后，也觉有些不妥，便再次掏出烟来，要发。不料汉子突地“呵呵”笑了起来，边急着掏烟边说："明年不种了，种它搓。"他把烟递给张德伟后，又说："打了好。也苦不起了。老天这是照顾人，想让我们歇歇了。"

说是这样说，但汉子那脸上的笑，让张德伟觉得比哭还不忍心看。

耿世兵打电话来问张德伟到哪儿了，张德伟说了位置后，耿世兵说他们要离开那儿，到十三社去看灾情，统计相关数字，让张德伟要么回村上，要么往十三社去。张德伟问他们要去十三社的什么地方，耿世兵说不确定，要去了根据情况看。张德伟说："那我就不来了，我先回村上，下午再跟你们跑。"

挂了电话后，张德伟对汉子说："这雨也不停，回去了，看了也不起作用，别又把人淋病掉。"

"好，我也要走了。这下倒是没事干了，回家睡瞌睡去，都好久没得个好瞌睡睡了。老天照顾人啊！"说着转了身，像丢了魂的幽灵，晃着飘着，往村子方向去了。

看着汉子走远，张德伟才回到公路上，往村委会方向走去。到了车边，看着那路上汪起的水，也不敢开了车走。任车摆在那儿，他爬上地埂，绕过汪水的路段走着路来到了村委会。原以为村上会没人，但走进办公室，看到李章林正坐在电脑桌前弄着啥。"你没跟着下队去？"张德伟问。

"要报几个表呢，今天十二点以前就要报。"

"啥表？"

"一个是修房子的进度表，说是要开始拨款了。"

"终于要开始拨款啦！拨了款就好了，免得一下队去，那些人就问补助还有没有的。那这次退出来的那些贫困户还有没有呢？”

“有的。那些退出来的，现在又不叫脱贫户，全部改为‘重点帮扶对象’了。这两天都在系统里重新标注这个，整得够呛。”

“好嘛，这个辛苦点就辛苦点了。要不，我们还不知道如何跟那些修了房子，这次又没纳进来的人交代呢。把补助拨给他们，也算有了个交代。”

“这鸡巴白雨一下，我们纸质表都还没来得及改。”

“这几天辛苦你们了。不怕，我们先把要报的报了，改的，过两天再慢慢来改。”想了想，张德伟又说，“这些人家的建房补助有了说法，绿竹林那儿的，有消息没有？”

“说了，已经同意纳为卡户了。”

“哈哈，好啊。我才走掉两三天结果就下来了，他们答复得挺快的嘛。我们需要解决的两个问题，这下可都给解决啦。”

张德伟先前的忧郁，一时消散得没了踪影。

“只是说他们不能再享受危房改造的补助。”李章林说。

“这个是对的。按理来说，他们本身已经享受过，就不能再享受。不能享受这个，只要能纳入，至少他们就可以享受下一步的产业扶持了，有娃娃在读书的，也可以享受教育扶贫的相关政策了。”

张德伟说着，探过身往李章林身前的电脑上看去，上面是密密麻麻的电子表格，他问李章林说：“这个是整啥的呢？”

“产业扶持的表。”李章林说。李章林没有张德伟的兴奋劲。他一边和张德伟说着话，一边用鼠标拖拉着表格，一会儿复制，一会儿粘贴，一会儿合并单元格，时不时地往表格里敲上几个字。

产业扶持已经说了很久。要说，产业扶持才是扶贫工作的主要内容。但在这产业上怎么个扶持法，却一直没见影子。

张德伟不知道现在要报的产业扶持是怎么个扶持法。在和李章林有一搭没一搭的问答中，张德伟才知道了个大概。这次全乡统一的产业扶持包括了养殖和种植两方面。在养殖内容上，有扶持养牛的、养猪的、养羊的、养鸡的，针对普家河村，主要以扶持养牛和养猪为主。在扶持方式上，是以贷款给农民的名誉，每个卡户五万元，政府贴息，将款贷给村里的养殖合作社，由合作社使用这笔资金，然后按年度给卡户分红。说是这样安排，既让老百姓有了固定的一笔收入，也防止将款直接贷给老百姓，弄不好到最后连本都还不了的风险。在种植内容上，有扶持种苹果树的、种核桃树的、种花椒树的、种板栗树的、种玫瑰花的、种葡萄的。针对普家河，主要以种植苹果树、核桃树和板栗树为主。扶持方式上，由村上征求农户意见，根据他们的意向，上报种植品种和面积，分类别按种植面积进行补助。知道养殖扶持款等完善了手续，接着就打入合作社账户，明年就向农户分红，种植扶持也是报了数据，就统一购苗来开始实施后，张德伟更是兴奋了，他说："这下好了。这下我们填了那么长时间的表，走访了那么多次，就见效了。要不，那些卡户的家里我们都不好意思再跑了。"

"像下这种白雨么，你再咋扶都无用。一场白雨下来，一家人五六万七八万的损失，你再咋扶，能一家人扶到这么多？"李章林说，"我们忙死忙活的，一场白雨下来，就都白忙活了，一夜回到解放前了。"

“这是天灾呢。我们扶不扶，这天，要下的它还照样下。倒是遇上这样的天灾，我们就得花更大的力气来扶了。”顿了顿，张德伟又说，“这次下白雨，我们村有哪几个社受灾？我来的时候看到路下面的烟好像没被打着呢。”

“基本十五个社都受灾了。”李章林说，“梁子上的，虽然白雨没下上去，但那些烟也差不多被风吹断完了；还有前面坝子头的这一片，虽然没被白雨打，但又几乎被水淹完了。”

“只要没被打，水撤了，就好了。”

“无望的了。只要泡上两天，水一撤就全烂了。”

灾情统计完了。严重受灾的一万六千多亩，轻度受灾的三千多亩。涉及农户，几乎覆盖了普家河全村所有村民。张德伟问耿世兵：“哪种情况才叫严重受灾？”耿世兵说就是完全没有收的。耿世兵还说所谓的轻度受灾，就是受灾了，但还能有收成，也就是说还没有被全部打完。看着统计数据，想着这几天统计过程中看到的那些烟地，张德伟的心里升起了一种莫名的惆怅。

将受灾的数据上报完毕，吃了午饭，张德伟闷闷地抽着烟，漫不经心下了楼来。这时天已经晴了，阳光有些晃眼。他懒洋洋地出了村委会，顺着公路游着。错过几间农户的房子，便看到已退了水的烟地。烟地里，到处露着洪水过后的稀泥。那些烤烟，真像李章林说的，全都呈现出一片褐色，一张一张的烟叶，像被谁使了魔法一般，烂了、腐了，连烟棵，都已变得细了、萎缩了，站立不住了样，瘫了、软了，歪来倒去的。这种景象，是张德伟从未见过的。他觉得，那汪了起来，又撤了下去的水，完全就是老天使上的一场魔法。它一上来，像盖上的一层幕布，等这层幕布再拉开后，里面的景完全变成了另外一种样子。

张德伟在路沿的坎边蹲了下来，将眼眯着看着这一片曾让他激动过的土地。这是一片平坦也肥沃的土地。记得刚来时，看着这一片数百亩连在一起绿里透红的烤烟，张德伟曾激动过、兴奋过。每一棵烟，就是一张五元的钞票，这是陈光彪跟他说的。现在，就剩路坎下地势相对高些的地方，还有那么一行两行的烤烟孤独地撑着烟叶站立着，烟叶随着微风有一下无一下地晃着，将阳光晃落出一地的碎影，婆娑扭着、动着。

这烟怎么就这么不经泡呢?

这水不过才淹了三天啊!

如果老天非要用白雨来打掉一定数目的烤烟，就来打这儿的，别打其他那些水不会淹到的地方，该多好。

为啥其他地方的要用白雨去打，这儿的又用水来泡?

顺着这片被水淹了的烟地往远处看去，张德伟看到了远处的高高的大黑山。

那儿不是置有炮台吗?不是说，只要云厚了，有下暴雨、下白雨的征兆，就有人在那儿打炮，打了将云轰开，防止下暴雨、下白雨的吗?置了那炮，怎么还会下这么大的白雨?还会下这么大的暴雨?

哎，天大由天，或许，能防止的，只是一定程度的白雨和暴雨吧!

不说年年都遇上这样的雨，就是三年两年遇上一次，这一片地这样种烤烟，也会将人们的心种寒、种绝望掉的。

能不能找到啥来替代这烤烟？既不怕白雨，也不怕水淹的？哪怕淹上三天五天不会导致无收的也好？

张德伟没事样蹲在那儿，一会儿呆呆地望着那片路旁的土地，一会儿用一只手撑着头像养神又像瞎想什么。

这时有一群一群的人从他背后匆忙走过，只转着头望上他两眼，也不和他打招呼，接着就匆忙过去了。

电话里的音乐响了起来，张德伟动了动身子，掏出电话。一看是蒋主席打来的，他便赶紧接了。

张德伟电话还没挂，就边“好的”“好的”应着，边用一只手撑了地，弯腰转身站了起来，急急地要回村上去。电话里，蒋主席让他和耿世兵他们准备一下，明天他将陪水利局的高局长来普家河，来看彭家梁子的用水问题。蒋主席还说，今早上他和彭副主席一起去找了高局长，高局长同意先下来看。蒋主席要张德伟准备好相关材料，关乎多少户多少人口的饮用水，这些数据是必须要的。另外，最好能有一个思路，看如何解决这个问题，水源从哪儿去找，怎么接到村里去，管道有多长，都要有个预案，再有个初步的经费预算。虽然对这些问题张德伟一点头绪都没有，但他还是激动无比，恨不得立马到村上，和耿世兵他们开始进入准备工作状态。

来到村上，只见院坝上人群涌动，一片嘈杂混乱。才离开这么点时间，张德伟不知道发生了什么事。先前从他身后一群一群走过的人，他还没想到他们竟然都是往村上来的。这时，上百的人聚在村委会的院坝里，有的几个站在一起，抽着烟，议论着，说着。有的蹲在花台上，转着头，时而看看这里，时而看看那里。也有的，一只手夹着烟，曲在下巴处，一只手夹在腋下，曲在胸前，散游着。一楼会议室及门前的过道里，也都站满了人，挤挤挨挨伸着头往里探。一些人搂着袖子甩着胳膊，吼着说着。

“凭啥嘛？保险是老子们买的，难道他们不该赔？”

“报的时候咋个不说？”

“狗日杂种些，完全就是穿一条裤子的嘛，拿老子们当憨包！”

“请你们不要在这儿吼，吼了也不起作用。”张德伟侧着身刚挤进会议室，就听到耿世兵说。耿世兵已被村民们围在中间。他的旁边站了李章林、陈光彪、陈正强、曾丽、方芳、赵熊、高家鹏。除了彭家洪，村三委和工作队的人员都齐齐地在那儿，或站或坐的，哪儿有人吼，就往哪儿看去。一个个的目光里，既有愤怒，又有无奈。

“哪个拿你们当憨包了？哪个敢拿你们当憨包？”曾丽望着刚才说话的那汉子问。

“我孙子些嘛。还有哪个？”汉子回道。

“你骂哪个？哪个是你孙子？”曾丽说着把手指向了汉子。

“哪个整老子们，老子就骂哪个！”

“没得哪个整哪个。你们说，站在这里的人，哪个会整你们？你说是不是我在整你们？如果你说是我在整你们，那你就骂我好了！你们看看，现在我们在填着的这些表，是不是整你们？我们是巴不得你们多得点，能得的都得啊！”陈光彪往前走了一步，说。

“我们倒不敢说是你们整我们。”一个人说。

“就是嘛。既然认为不是我们整你们，那你们在这儿吼了起啥用呢？”高家鹏说。

“家鹏，对你，我没话说。在这事上，就是对你们村上的人，我们也没啥意见。只是上面的这种处理，实在是扯淡，不合。你也是种有烟的，虽然你是村上的领导，但说得不好听点，你跟我们也是一样的，也是一个农老二。你说说，他们这种处理，究竟是合理，还是不合理？”一个五十岁左右的男子说。

“要说我的看法，说了，你老人家可能会不高兴。我倒是觉得这样处理是合的。为啥说是合的？你想，既然你的烟是严重受灾，是无收了的，那你的合同面积还留着做啥？不砍掉，你烟都没有了，还拿啥去卖？烟都全部被打掉了，难不成还留着合同，让你空着？你也认得，你今年空着，卖不够合同量，明年，甚至以后，那合同面积就要被全部砍掉的。现在砍了，还只是砍今年的，明年的照样恢复。你说，你是要只砍今年的，还是要以后的都被砍掉？”高家鹏说。

“道理是这个道理。只是，你认得的，今年的留着，咋整，我会整了把量卖够的。这个你们不用操心。”

“不要说了，我认得你们的想法。你们就是一方面又想报到严重受灾的保险，一方面又想整点卖合同的钱，或者是到外面买烟来卖了赚点吗？现在关起门来，我们就是一家子，我们理解你们的想法。就像刚才陈老师讲的，我们也希望你们多得到点，但是要说得过去。说都说不过去，我们还能咋整？”耿世兵说。

“如果我们说了算，不用你们说，今年这灾害，我们就给你们全部都报成严重受灾，按最高标准的保险报给你们，合同面积也全部给你们保留着。只是，我们说了算不得数，而且也不合理。”李章林说。

“就这样了，再说啥也不起用的。我们还有这么多表要处理，这些表，都是关乎着我们村很多人家的利益的。你们该做啥的做啥去了。”陈正强说。

“难道就这样啦？”一个村民说。

“不这样，还要咋呢？”赵熊说。

“你们这种态度，我们只好上乡上去了，不行的话，我们再到县上，到市上去。上面的领导都说了，要这样要那样的，到你们这儿，还就这种态度！你们就是用这种态度来帮助我们渡过难关的？”一个村民说。

“要得，你们要咋反映你们反映去！只是，我还是要劝你们一句，不要白费劲了。要给的，你们不跑，也会给下来；不给的，你们再跑，也不会给。普家河受灾的事，县上的也好，市上的也好，哪儿的领导还认不得？”耿世兵说。

张德伟从他们这段时间的话语里，已听出了村民们来反映的事。对这事，他没啥话可说。现在他只希望这些人赶紧离开，他好和耿世兵他们商量明天的事。这时看到人群里的老彭，他不知道他具体叫啥名字，但因为那次陈光彪带着他去到他家那儿看过水窖，所以一看见就认出来了。他说：“老彭，回去了。大家都回去了。现在我们手头要做的事多得很，明天有领导要下来看我们梁子上的水的事，我们得接着准备。”

“水啊？我们那水要咋整？”一个村民望着张德伟问。

“我也还认不得要咋整。等他们明天来看了，才知道能咋整。”张德伟说。

村民们纷纷散了后，耿世兵等一干村上的人和工作队员们听到张德伟说的这个消息，也有些兴奋，甚至还有些怀疑，说：“真的？”

“蒋主席真把那水利局的啥局长请下来了？”方芳望着张德伟问。

“看来你是只相信彪哥，不相信我们这个队长啊！小心点，你可是他管着的！”赵熊说。

“蒋主席打电话来是这么说的。”张德伟说，“现在我们需要做的是，得有个具体的方案，或者说提供给他们的参考方案。大家看看，水源最好是从哪儿去弄？看有几种选择？我们有个初步意见后，他们来了一方面是带他们去看，一方面是提供给他们做参考。要不，他们来了，一样不是一样的，恐怕不好整。”

“如果要用水管引，唯一能选的，就只有大黑山那股，别处的都无法接到梁子上去。”陈正强说。

“妈耶，那么远的，咋接？这得多少钱？”曾丽惊讶地说。

“市水利局的局长都来了，你还担心没钱？”陈正强说。

“那股水大不大？”张德伟问。

“都好多年没上去过了呢。以前小的时候，端午节经常会爬上去游百病，那时候倒是大得很。”耿世兵说。

“应该还在大的，从门口这条河里平时的水就可以看出来。这条河里平时的水，基本就是从那儿淌下来的，一年到头，都没断过。”李章林说。

“主要是水质好，是股龙潭水。每年的四月初八，都有一些老人带着白公鸡、刀头斋饭、香蜡纸烛去祭这水。”陈正强说。

“这样说，那水还是股神水了？”张德伟说。

“也算是了嘛。那水，听老人些讲起来，还有好些故事呢。”陈正强说。

“啥故事？讲来听听嘛。”陈光彪说。

“算了，哪时候再讲。现在我们还是抓紧时间确定。我是想，只要水源够，引过来有操作性，就行了。资金问题，我们现在暂时不用考虑。”张德伟说。

“从那儿引过来，肯定是上百万的工程。管路长不说，光水池，至少都得修两个，而且还不是随随便便的水池。”陈正强说。

“整，肯定就要整好。一百万两百万，对于一个市水利局，算多大个事？就像队长说的，资金问题我们想都不要想，首先需要落实的就是可操作性。”陈光彪说。

“哈哈，这个蒋主席也太厉害了嘛，那天还以为他只是说了玩玩，没想到还真去找了，还这么快！”方芳说。

“你以为我们主席是谁？你要弄清楚，是蒋主席！”陈光彪笑着说。

“他们明天什么时候来？”耿世兵问张德伟。

“没说。应该早上就会来。他们九点左右出发，到这儿差不多十一点。我想，他们来了，先在村上向他们介绍一下情况，来得及的话，再带他们去梁子上看看村民的饮水困难情况，吃了早饭就带他们去找水源。”张德伟说。

“对的，先看困难。那局长看了梁子上那些人的饮水困难，恐怕才会舍得花资金来整。要不，你一来就带去看水源，特别是去大黑山看，说不定一看到那难度，就没戏了。”李章林说。

“这样吧，我说说，”张德伟说，“接下来，请光彪和章林负责方案的拟订，方案主要以介绍情况和困难为主，写清梁子上的人口数、饮水情况，同时也将你们说的从大黑山引水的思路拟上，至于经费的预算，我们目前也算不出来，不说从大黑山到梁子上的距离我们还不清楚，就算清楚，我们也不知道修池子、拉水管的造价，就先不管了，到时跟他们说清。支书、主任，我们先去大黑山走一趟，一是看看那水的情况，二是看看去那儿的路怎么走，别弄得明天去了，从哪儿走都认不得，其他人员继续处理表册。这样，我们分头行动，几样事都不耽搁。支书和主任看看恰当不？”

“可以，这样最好，就按队长说的整了。”耿世兵说，“接着我打电话给老彭，叫他来跟着处理表册。”

“恐怕打了也是白打的，还不如不打了。”陈正强往旁边偏了一下头，有意无意地说。但这话耿世兵还是听到了，他说：“怎么不打，现在大家都忙得要死，他连面都不见一个。填个表，他又不是填不成的！”

耿世兵边掏电话边说：“走嘛，我们就走了，大家各忙各的事去。”

说着，耿世兵领先往会议室的门外走了，张德伟、陈正强跟上。接着，陈光彪、李章林也转身走出了会议室，其他人员各自回到先前坐的位置，继续处理表册去了。

车，开了张德伟的。耿世兵坐了副驾，陈正强坐了后排。驶出村委会后，耿世兵拨通了彭家洪的电话。他问：“老彭，你在哪呢？”彭家洪在电话里说他在城里，说孙子病了，带孙子在医院里输液。耿世兵连叫彭家洪来跟着填表的事都没说，就挂了电话，然后说了一句：“扯淡！”

“我就说白打，你还不信！还在城头呢？在屁的城头！”陈正强说。

“硬是鬼火！成事不足！”耿世兵自言自语。

张德伟本想就此问问彭家洪这人，但又忍了，说：“来不了算了，那些表，有他们几个填着，也没大的问题。”

车内沉默了起来，只听得发动机的声音唰啦唰啦响。车开始在山间盘旋。路旁的山上是松树林，那些松树看去密实，但都不粗不高，大都锄把般的，比人高不了多少。一片一片的松树林，随着车的进弯出弯，一下扑面而来，一下又隐退而去。看着一山一湾的绿，张德伟的心里有种亲切感升了起来。

耿世兵的电话打破了车内的沉默。听声音，是村民打来的。说的又是烤烟受灾报灾情的事。“规定是这样的，我们也是和尚的脑壳，无法的。”耿世兵说。

耿世兵又说：“随你们嘛，你们要改，打电话给李章林，他在村上，让他先登记起来，接着我跟乡上的领导联系。只是，能不能改我不能确定，不要到时改不掉，又说我们这样那样的。”

耿世兵挂了电话，张德伟问：“咋的？”

耿世兵说：“有家人，要把严重受灾改成轻度受灾。”

张德伟不解，问：“咋要把严重受灾改成轻度受灾呢？”

陈正强说：“还不是既想得保险公司的赔偿，又想保住合同面积了嘛。”

“靠边了。找个地方，把车就停这儿了。”耿世兵说。

“到啦？”张德伟问。

“不是到了，是车只能开到这点，接下来得爬山了。”陈正强说。

张德伟将车开到路旁的一块草坪上停了下来。下了车，张德伟往旁边的松树林里小便，回来，耿世兵和陈正强正仰着头，看着从路的对面高高地矗立上去的山。那山上的树，少了松树，多了杂木。一些藤萝，悬挂在岩壁上。还能看见一些地方被挖出的新鲜的泥坑。

“还有人来挖树啊？”张德伟禁不住问。

耿世兵说：“有些人来挖去栽盆景玩。”

“走那边，从那个山梁上去，估计好走些。”陈正强用手指划着说。

“认不得有路没有。他们去祭水的，不知道是从哪上去的。”耿世兵说。

“管它，先走。只要朝着山上走，就不会错。哪里走得通，就朝哪里走。”张德伟说。

到了山脚，耿世兵的电话又响了起来，还是打来改烤烟受灾等级的。一开始钻进山林，那林中就没了路。他们只能朝着往上的方向，从一些松树脚，从一些刺棵间，或弯腰，或侧身，一下扶着一棵松树杆，一下扯着一根刺棵条，试着探着地爬去。耿世兵边爬边接电话，挂了电话，他在一棵松树旁停下来，捧着电话拨起来。

耿世兵的电话是打给李章林的，他向李章林说了村民们要改受灾等级的事，要李章林一是做个统计，二是给刘副乡长打个电话，将这情况向他汇报一下，问问他还能不能改。

无路寻路。

刺棵常常结成一道又一道的网，像是故意在那儿拦路似的。地上那些腐了烂了的松毛和树叶，踩去一步一滑，走起来常常爬上一步，退回半步。

不时，张德伟已是汗流浃背。

陈正强说："这路，啥时候爬得到啊，队长爬得起不？"

张德伟说："没事，我走过的山路也不少。"

爬到了一个山垭处，是个沟箐交错的地方。陈正强说："这是李家海子了。"原以为从公路边上来，一直是刚才那样的山，没想到这儿还会出现这样一个相对平缓的地方。虽叫李家海子，这儿却没有海，连个沼泽地也没有。在三面皆山中，往下豁出了一道口，一条杂草丛生的沟里，流着一条若有若无的溪水。沟旁，有着一条窄窄的小路。耿世兵说："有路的嘛，你们看，应该是从那边上来的。我们咋没找到呢？"确实，看来是有路上这儿来的。但现在，张德伟没太关注耿世兵说的路。他被那沟里的水吸引住了。想来，这水，便是从他们现在要去寻的水源处流下来的。张德伟走到沟边，蹲下身看起沟里的水来。那水，清是清亮了，但小得仅仅是没断的样子。按说，在这样的季节，又刚下过那么大的雨，这沟里不会才有这么点水的。会不会是别处还有沟路，淌往别处去了呢？那龙潭里的水，会不会是没淌往这里来呢？看着这样的水，张德伟的心里有些失望。就这么点水，怎么个引法？就这么点水，哪有花大代价引去的价值？甚至，看着就这么点水，张德伟觉得连让他们这样来跑一趟都有些不值！起身望去，沟路的两边是些地。地是坡地，一埂一埂地往环抱而来的山上高上去。地里种有苞谷、洋芋，看去绿茵茵一片。似乎，前些天的那场白雨对这儿的苞谷没造成一点儿的影响。

“这些苞谷好像没被白雨打啊？倒也没倒，按说这山上，更容易被风吹倒嘛！”张德伟说。

陈正强说：“这儿有龙潭水保护着的嘛。这儿都被打了，他们来祭那龙潭，不就白祭啦！”

“白雨本来就可能是这儿下那儿不下，隔着一埂地埂，都可能这边下那边不下，所以没被打很正常。要说风，这地虽然整体上高，但却是个小山坳，大风刮不着也正常。”耿世兵说。

虽然耿世兵说得有理，但想着陈正强在村上说过龙潭水有故事，这时张德伟倒真想听听了。张德伟提起后，陈正强说：“最初，彭姓人是最先来到普家河村居住的，说是有一天，彭家人在这上面的山上割荞子、打荞子，突然听见从山那边传来暴雨声，听着那声音，他们认为那边肯定下白雨了，而且不小。没多久，那雨就下往他们在的地方来了。说是那雨实在是大得很，看着那雨，他们就怕了、慌了。他们倒不是慌那雨，而是担心这儿也接着下白雨。一场白雨下来，他们还没收上的荞子就打水漂了。他们钻进一个码在水井边的荞草堆里躲起了雨来。他们听见水井里发出轰隆轰隆的声音。那声音把他们吓惨了，他们淋着暴雨把荞草抱去塞进了水井里。那雨来得快，去得也快。白雨最终也没下到他们在的地方。雨停了后，水井里的那轰隆声也没了。为方便以后拉马来驮荞草，他们又去把那塞到水井里的荞草拖了出来，想铺到地上晒干了好驮。在他们把水井里的荞草拖出后，看到水井里填满了大块大块的冰。他们说那是白雨结成的冰块。看着那冰块，他们说这儿的白雨都下到这水井里去了，是这水井收了这些白雨，帮了他们，没让他们的荞子被打。从那以后，这水井，在他们的心里，就成了白龙潭。也是从那以后，他们便开始祭白龙潭，时间定在每年的四月初八。”陈正强又说：“听一些上年纪的人说，在生产队的时候，有一年上面不准搞这些迷信活动，连来祭这龙潭都不准，男子汉们还被紧紧地盯着，无法走开。祭不得来祭，不来祭心头又放不下，队上的人没办法，就偷偷安排了一帮女人来祭。”

歇息了一阵，他们又开始往上爬。听了陈正强的讲述，张德伟对这龙潭水有了一种拜谒的向往。

前面的山上，又是满山的松树和杂木。这山没先前那样陡，却一直往上高去。

“不会是从哪儿又有路上去，我们没找到吧？”张德伟边爬着边说。

“这下倒真不会有路了。下边有点路上来，是因为那儿还有人上来种地。上面，是绝对没人种地的了。你看，上去，全是森林了。”陈正强说。

“不是还有人上去祭水吗？按说也应该有条小路的。”张德伟说。

“祭个水，一年就一次，这些年来，还走得起，又还想着去祭的老年人，没几个了。几个人能走出啥路来？”陈正强说。

“也倒是。现在的年轻人，哪个还会跟着来祭？”张德伟说。

“有倒有，但不多。按村里的人说起来，这龙潭水倒是神得很的。”耿世兵说，“按他们说的，是连用棍子往这龙潭里搅动一下都不准的，甚至在这龙潭前，乱说一句话，都不能的。他们还说以前有人用棍子往龙潭里搅了搅，刚往回走不远，还没下到李家海子，就噼里啪啦地下起了白雨；是哪个在龙潭前说了不好的话，刚到李家海子，肚子就疼得连路都走不成了。”

陈正强说：“以前，我都跟着来祭过。”

虽然杂木少了，刺棵少了，但铺在地上的松毛，因为前几天刚被雨淋过，踩上去滑滑的，走起来张德伟还是感到吃力。他走在最后面，时不时地，就用手机给走在前面的耿世兵和陈正强照上一张照片。在一片陡峭的无草无树也无石的红土地上，耿世兵和陈正强弯着腰走过，踩出了两串深深浅浅的脚印。看着那两串脚印，张德伟开始想象来祭水的那些老人弯腰驼背走上去的样子。

他的心里，升起了一种莫名的感动。

快到山顶了。在一道山梁上，走在前面的陈正强停了下来。他回转身往山下看着，说：“不要说不知道水还大不大，还够不够，你们看，光是这段路程，这么远，埋水管还要经过一个一个的山坳，要把这水接去，想来恐怕是没望了。明天，主席和局长，恐怕是爬到半路，回头一看，就喊回了。”

“那倒不一定。”张德伟也在陈正强的身旁停下来，回头往山下望去。一袭一袭的山脉从他们脚下延伸着滑落下去，滑落到山下的坝子里。坝子里，有普家河一个一个的村落，还有那片与村落相互交错着的土地。远远看去，那片土地与两边山上和村落里的树的绿比起来，显得是一片荒芜。有那么一些没被水淹烂的烤烟还在绿着，看去倒像是地旁长出来的野草。坝子和村落的两旁，还有两袭山脉，是从山顶处，像伸开而又弯曲着的手臂，时起时伏地逶迤而去。站在这儿看去，又给张德伟一种辽阔和壮观的感觉。这时的辽阔和壮观，胜过他曾经站在彭家梁子看那眼前的山和坝子时的感觉。张德伟接着说：“就是来爬爬这山，恐怕他们也会感兴趣的。而且来这儿，还是为了工作。”

“说是游山玩水他们喜欢，我倒相信，但这个哪是游山玩水？谁愿意来爬这样的山？”陈正强说。

“管他，反正我们先把该做的做掉。走了，先去看了再说。别弄得天都黑了，我们还没找到那龙潭水。”耿世兵说。

“你们记不记得那龙潭在哪儿？别弄得爬了半天，在哪儿都找不到！”张德伟说。

“大体位置我还记得的。”陈正强说。

“老陈记得就走前面，我是认不得了。”耿世兵说。

陈正强从前面走了起来。望着陈正强弯腰爬山的样子，张德伟说：“主任要得，年纪虽然大，但爬起这山来比我和支书厉害。”

陈正强说：“空手空脚的，算啥子！以前，我们在这山上都种得有地，一天肩上挑着一百来斤的洋芋都要跑好几转。”

这时，李章林给耿世兵打来电话。没听几句，耿世兵的脸上便怔了起来。他问：“你听哪个说的？”说着，耿世兵停下了脚步，像是要休息，又像是不想让张德伟和陈正强听见李章林的话。不知李章林在电话里说了些什么，过了一会儿耿世兵说：“管他们的。先不管。反正我们该做的都做了。”

耿世兵挂了电话跟上来后，陈正强没问耿世兵是啥事，张德伟也没问。

“应该就在这附近了。”陈正强弯腰勾头，钻过一枝弯了横下来的松树枝桠说。

白龙潭映入眼帘的时候，失望的心情又一次在张德伟的心里升起。在一片深厚的森林里，有一小块凹下去的地方，陈正强说：“到了，就这儿了。”张德伟抬眼看去，那儿杂草丛生，松针铺地，却看不出哪是他想象了无数遍，在他心里无比神圣的白龙潭。在一道小小的缓坡下有一片空地，陈正强的意思，龙潭就在那儿。陈正强和耿世兵急步走下那段缓坡，走上那块空地。倒是张德伟，有意识地放慢了脚步，想慢慢地让他的眼、他的耳，让他的感官，随步而看而听而感，可是他却没能感到他想感到的。

那缓坡也就三四步的距离。张德伟似跑似跳地下了缓坡，立住脚步站立在空地上，本想自己寻龙潭，可嘴却没能等他去寻，已张口问陈正强龙潭在哪？陈正强抬手一指说：“那里嘛！”陈正强的手指向张德伟的身后。张德伟缓缓转过身，看向他的身后，那段缓坡的上方是一道两三米高的地埂，埂上稀稀落落地长着些杂草，杂草在那地埂脚聚起了一蓬。那蓬杂草间，有一合抱大的水塘。

哦，这就是白龙潭了。

缓缓地，张德伟向白龙潭移步靠去。似乎，他如此缓慢地向它靠去，是要留出时间，让白龙潭在这短短的空隙间幻化成他想象中的样子。

弯着腰，蹲下身，透过参差密布的杂草，张德伟看向龙潭，看向那个浅浅地汪着一小汪水的小水塘。还好，虽然没有多大的泉眼，没有汩汩而出的想象中的水冒出来，但从水塘下方那条小水沟里流淌着的水来看，终究还是有一股水出出来的。“这水不大啊！”张德伟不由地说。

“是啊。记得以前，就算是二三月间，这淌出来的水都是哗哗哗的。现在又不是枯水季节，怎么才这点？”耿世兵说。

“整个鸟了。到了枯水期，有没有水还不好说呢。这点水，拉去够几家人吃？”陈正强说。

“老陈不怕了啊？敢乱说了！”耿世兵说。

陈正强抬起手给了自己两个小耳光，说：“我错了，我错了，龙潭不要怪我啊！”

“这水会不会是从其他地方淌掉了？”张德伟笑了笑说。

“也有可能。说不定换了地点，从哪儿淌掉了。我们到附近看看，有没有哪儿冒出大点的水来。”耿世兵说。

太阳偏西了，但因为这儿山高，看去那太阳也就还高。阳光透过松树枝，在铺了松毛的地上撒出斑斑点点的光影。或远或近的林间，有不知名的鸟在叽儿叽儿、咕噜咕噜地鸣叫着。一阵一阵的微风，吹得松树林呼呼呼、哗哗哗地回应着。一阵凉意让张德伟感觉到无比的爽。他双手牵着衣襟一抖，索性将本来就薄的外衣，抖了披挂在双臂上，把掖在牛仔裤里的衬衣下摆扯出来搂起来，让风直往那汗津津的肌肤上拂去。再寻着普家河，寻着彭家梁子的方向看去，他的心里真是犯难了。这么远，无论是从边上的山上埋水管，还是顺着脚下的这山往下埋去，到了坝子里再往彭家梁子那儿的山上埋去，张德伟都一时想象不出这是一项怎样大的工程。就刚才看到的这点水，值不值得这样去做，让他产生了怀疑。只是，不接这儿的水，又去从哪儿找水呢？耿世兵和陈正强他们对这儿的情况应该是清楚的，他们毕竟都是这儿土生土长的人，哪儿有水他们应该是知道的。他们都只知道这儿有水，恐怕其他地方就真是没有更好的水源了。如果这次找不到水源，那蒋主席请了高局长来，不就白来了？白来了不说，以后要再寻找这样的机会来解决彭家梁子的饮水问题，恐怕就没啥可能性了。

想着彭家梁子用那在水窖里蓄起的雨水过日子的情景，想着找不到项目找不到资金来解决，那是没办法的事。现在不愁资金，只是找不到水源，张德伟感到无比的凄然。

转到那条小沟边顺沟往下，一下弯腰侧身让开松树枝，一下把撑得齐膝深的栽秧果刺踩于脚下，转着头寻着。张德伟真希望突然有一股汩汩而出的水出现在眼前。但没有。那小沟旁的地方，这儿看去是潮潮的，那儿看去也是潮潮的，似乎都有水渗出的样子，细看，却又没有水流出来。“没得。”陈正强边用手里拿着的一根树枝扒拉着身前的杂木枝叶从下面上来边说。耿世兵也跟着从小水沟的另一边上来了，他说：“怪了，要说前些年这山上的树被砍了，生态不好没了水，想得通；现在，这些树都长起来了，咋还会没水呢？”

“如果从下边一点，找一个地方挖下去，先修一个坝，修一个水池，把这一段的水都拦了蓄起来，然后再引下去，这样会不会够梁子上的人用？”张德伟说。

“够不够不好说，但这样整起来，水肯定比现在看到的这股大。”耿世兵说。

“这样整，要花好多资金？人家恐怕不会整！”陈正强说。

“不嘛，如果要从这儿引去，这儿咋都得先修一个水池的，无非就是挖深一点，多修一道坝埂，相当于把这周边的更多的水汇聚起来，也多花不了多少。”张德伟说。

“这倒是一个办法，除了这样，别的还真想不出啥更好的办法来了。”耿世兵说。

“看他们会不会这样整。”陈正强说。

“管它了，到时候，我们就把这种想法跟他们说，能咋整就咋整。”耿世兵说。

“走嘛，回去了。也认不得彪哥他们的材料准备得咋样了。”张德伟说。

“他们这材料也不好整啊。还说叫他们按从这儿引去的想法做，但这咋引？说不定，我们这一趟都是白跑的。”陈正强说。

“当忙里偷闲爬了一趟山嘛，哈哈，而且也还说不清楚最终能不能从这儿引去。既然是水利局的来，他们专业，到时我们把情况给他们说了，能不能从这儿引，他们才有发言权，他们来看了才知道。”张德伟说。

下山的速度快了许多。待下到山脚要往车边去时，张德伟感觉到自己的小胯在筛糠似的发抖，才迈开步子，便要整个人瘫软到地上样。

回到村上，张德伟没上楼去，也没进会议室，而是打开宿舍门进了宿舍。耿世兵也跟着他进了宿舍来，只有陈正强往楼上去了。

张德伟倒到床上仰面躺下后，耿世兵坐到陈光彪那张床上，掏出电话打给李章林，要他到张德伟他们宿舍里来。

不时，李章林就小跑着来了。

“咋的？”李章林刚推开门进来，耿世兵就问。

“啥子？”李章林一时没明白耿世兵的问。

“你先打电话说那事啊。”

“哦。是十社的一个人打电话给我说的，说老彭正在组织他们那儿的人，要闹。”

“要闹？要闹啥？”张德伟侧了个身，翻爬起来问。

“就是早上来说的那事。”耿世兵说，“他们倒是想得好，又想得保险，又想保合同。”

“看看要不要给刘副或者乡长、书记他们报告一声？”李章林问。

“他们给你报了要改的多不多？你问刘副后他咋说的？能不能改？”耿世兵说。

“刘副也没说能不能改，他只让我把要改的统计起来。他说他问了看，是啥情况再跟我们说。到现在，也还没打电话来说。”

“那现在统计的情况咋样呢？”

“基本都改掉了，严重受灾的才几百亩了。”

“这么大的灾害，咋严重的才几百亩？”张德伟问。

“如果报成严重受灾，合同就要被砍掉，报成轻度受灾是要划算点。轻度受灾虽然报的保险要少点，但加上合同的价值，比报严重受灾只赔保险要多点。”耿世兵说。

“就是一纸合同，怎么也值钱？这实在有点让人想不通。”张德伟说。

“哎，这烤烟，说到底它就是计划经济，不是你种出来了，就能卖掉的。要按正规程序卖掉，你就得有合同。没有合同，就卖不进烟站去，只能卖黑市，如果卖黑市，价格会少下大半截来，三文不值二文的。”耿世兵说，“算了，刘副他们那儿一个都不要说了，我们装作认不得，也不要跟老陈说。”

“如果他们能闹下点好处来，倒也好。”李章林慢悠悠地说。

“有好处，是他们的；没好处，也可以让他们死了这心，要不还硬说我们不帮他们。”耿世兵说。

“明天要用的那材料整得咋样了？”见没话，张德伟问李章林。

“我直接就没做着，一直在接电话，一会儿这家打来要改，一会儿那家打来要改，所以都是彪哥在做，也认不得情况咋样。”李章林将快要燃到过滤嘴处的烟头丢在地上，用脚踩了一脚说。

“问问彪哥看。大黑山那儿的水，能不能引过来还不好说，我们明天就以介绍困难为主。具体要咋整，恐怕还得请他们帮我们想办法。”耿世兵说。

“嗯，我上去看看嘛。”说着李章林便拉开门走了出去。

“顺便看看要吃饭了不？”耿世兵往李章林的身后喊道。

第六章　上面千条线

早早地，陈光彪叫张德伟去晨练。张德伟赖在被窝里，转过头望着正在系鞋带的陈光彪说：“路都走不动了，还跑个鬼！”陈光彪说：“你也太不经整了嘛，就爬个大黑山，才走多大点路！”张德伟说：“主要是回来时那下坡路，又陡，走得又快。”陈光彪又说：“说不定起来去转一圈回来就好了。”张德伟说：“算了，你去跑，我就不去了。”

陈光彪出去后，张德伟龇着牙翻了个身，他感觉周身疼痛难忍。怪了，昨天回来时只腿肚子疼，身子没啥感觉，怎么现在倒疼成了这个样！因为疼，张德伟翻过身去睡了一会儿，也没睡着。想着蒋主席他们要来，他便撑起身，准备起床了。将双脚移至床沿，他用双手去揉了一番腿，然后扶着大腿上的肌肉，颤颤巍巍地摇晃了一阵，别弄得真连路都走不成就麻烦了。这样一想，他就没顾穿衣，下了床来趿上拖鞋，在两张床间的空地上试着想走。刚迈出一步，便整个儿的人差点就跪了下去。他弯下腰，双手扶膝，稳住了身子。这个样子，如何陪蒋主席他们去梁子上？还如何爬得上大黑山去？他娘的，早认得这样，昨天就不去了，今天陪着去，即便回来一步不能走，不走就是了。张德伟又双手扶膝，在那不宽的地上一步一挪地走了两步。

看来今天是真去不成了。

张德伟挪回床上准备躺下，这时陈光彪匆匆忙忙地推开门跑了进来。“出事了！出事了！”陈光彪站在床前喘着粗气说。

“咋了？出啥事了？”

“认不得是啥事，门口的路上，停满了拖拉机，我看了一下，是从烟站那儿往两边停的，这边快停到村委会来了，那边只望着齐刷刷地停过去，也不知停到了哪，我没跑过去看。”

“会不会是要从烟站拉啥东西？没听说要发啥嘛！”

“不是。望着这阵势，我本来想问问他们整啥的，但又不好问。但听他们说的话，好像是为受灾的事。”

是了。张德伟恍然想起昨天李章林给耿世兵的电话来，这就是昨天李章林和耿世兵说的“他们要闹”了。他昨天以为“他们要闹”，那老彭是要组织了他们去乡上或者县上闹，没想到是来这儿。他们来烟站闹，是要怎么个闹法？张德伟赶紧换了衣服穿了鞋，脸也不洗口也不漱，叫上陈光彪就往外走，说：“走，先看看去。”

刚出了宿舍走到院坝，就看到村委会门前的公路上，砰咚砰咚的六轮拖拉机一辆一辆地开了过去。走出村委会大门，那拖拉机摆出的阵势真是让张德伟也吃了一惊。放眼望去，那公路上密密麻麻的拖拉机，或两排或三排的沿路摆着，这头都已摆到村委会门前来了，而那头，摆得看不到尽头。一个村，拥有这么多拖拉机，现在又这样聚集在一起，实在是一道奇观。车与车之间，有三三两两的人，或往这边走，或往那边走。有的，正离开公路，从旁边的小路上往村里走去。

“如果不是闹事，这阵势倒是壮观了。人生恐怕难得几见啊！”陈光彪说。

张德伟没答话，却赶紧掏出手机，给耿世兵打起了电话。张德伟以为耿世兵他们还不知道这情况，不料耿世兵说他们知道了，现在他们就在烟站。

“我们要不要过来？”张德伟问。

“嗯，过来嘛。”

进了烟站，那幢屋顶立了“普家河烟叶收购站”几个大字的楼房前，那宽宽的大院坝里，却是异常的安静。虽有三个一群五个一伙的人零零散散地或坐在收购站前的台阶上，或坐在进门旁的花台上，但听不到任何的争执声和吵闹声。张德伟以为来闹的人是在别处，但转过身，却看到进门处的保安房旁，那个用塑料板和钢架支起的凉棚下，在那固定了的两排凳子上，坐了刘副乡长、耿世兵、陈正强、李章林、彭家洪等众人。他们没人说话，只见一个个抽着烟，时而望望这方，时而望望那方，甚至就低着个头，朝地上望着。陈正强用一只手，在两排凳子间的那条形几桌上画着什么，彭家洪靠着凳子的背，弯着腰，拿着手机翻看着什么，点击着什么。

陈光彪信步往收购站楼房旁边走去，似乎要寻找什么。张德伟则瘸子似的走向耿世兵他们坐的地方。李章林指了指他旁边空着的一个位置，虽然没有说话，但张德伟已懂了他的意思。张德伟没急着坐，而是掏出烟来，虾着腰向坐着的人发去。没有人说话，他便连发烟都没喊，只是往他们的跟前递去。看到的人接了，向他笑笑；没看到的人，又是其旁边的人拐了一下才抬起头来，知道别人拐他胳膊的意，便伸手接了，也不说话，只望着张德伟笑笑。

“走一下去。”耿世兵在站起身来接烟的时候伸了一个懒腰，侧着身从旁边那人的跟前边往外走边说。张德伟发完烟，看到耿世兵往陈光彪的方向走，他也没坐，一瘸一拐地跟了去。

擦过收购烤烟这幢楼房，里面挨着的是一幢办公楼，再里面，是一幢烟站的宿舍楼。办公楼、宿舍楼与收购烤烟的楼房间，是一片花园。花园里栽了一些树，有桂花树、杉树、樱桃树、梨树。桂花正开，花香似有若无。杉树大多有水壶般粗了，直直的，却不高，蓬蓬勃勃地撑了一身的枝，遮了一地的荫。樱桃树只留了一树的绿叶，阳光投下的阴影，在地上婆娑摇曳。倒是那些梨树，不高，长得像盆景似的，上面结了一个一个的梨，像那树的点缀。似乎，栽那树不为结梨，只为看树。树间，还植有牡丹、芍药，也有一些培植的和自生的草。周边的台上，摆了一圈盆景，有豆精娘，有岩白，有木耳花树桩，有马樱花树桩，品种多样，姿态繁多，那些枝，弯弯曲曲，精致，曲劲。一些枝与枝之间，还拴有细线或细铁丝。横竖不一的小径，这儿一条那儿一条的，随势就弯，扭着绕着，有的往外，有的往里。一个小亭，挤在林中，几根柱子，撑了一个琉璃瓦的顶，一圈坐板围成个棱形。亭旁又有一小池，池里摆了一嶙峋怪石的假山，那水，腐了朽了似的，还飘了一层褐色的树叶枯草。假山后面的一堵墙上，一墙的爬墙虎，绿绿的，把一堵墙长成了一道绿色的屏障。

耿世兵走进亭里，张德伟也跟了进去。耿世兵一脚立在地上，一脚抬起踩在坐板上，曲了右手搁于膝上，扑着身子看起那池里的假山来。张德伟却上了坐板，坐在那做靠背的栏杆上。各自看了一会儿景，张德伟才漫不经心地说："有没有说要咋整？"

"咋整啊？现在这儿的人哪个都拍不了板的！"耿世兵说。

"这些人跑哪去了呢？"

"哪些人？"

"拖拉机那么多，我看烟站里的人没多少嘛。"

"狗日些么，大多都是把车开来堵在那儿就回去了，你以为他们会守在这儿？"

"哦。总不能就这样耗着嘛。我看路上，车都过不得了。"

"他们的目的，就是要把这路堵了，把领导引来。"

这条路是通往金沙江边好几个乡镇的主要通道，过往车辆不少。更主要的是，往这儿过去，翻过大黑山十余里地有一个重要湿地，是个景区，是世界濒危珍稀物种黑颈鹤的主要栖息地。那里的草场、山峦、湖泊、峡谷、雾凇、云海等景观，已引起国内外的旅游者、科技工作者、环保人士、摄影家、探险者关注，前去的人，日甚一日。因为时间早，经过的车辆还不算多，过一会儿，这路上摆起的恐怕就不只是这些拖拉机形成的"长龙"了。

"他们有没有提出啥具体的要求？"

"提啥要求？这是天灾，又不是哪个把他们的烟整掉的，难不成他们还敢喊哪个赔他们？无非就是想引起政府的重视，想得到一笔救助款。这救助款哪是想要就能得的？”

“也是。那他们这样闹，也闹不出啥名堂来嘛？”

“这个东西不好说，上面重视了，说要拨一笔钱来补助他们，也是可能的。”

“嗯。按说，要闹，他们也该到上面去闹才是。”

“去上面他们哪能造成这样的声势？选这儿，是他们选得最好的。这条路，不要说他们还摆了这么多的拖拉机，就是只用几张来把路堵了，也要不了多长时间，这路就瘫痪得到处都认得了。你看着，很快乡上、县上，甚至市上的领导就会赶着来了。”

“这样会不会造成太大的影响？村上要不要组织了疏散一下？要不，上面的来了不好交代！”

“疏散个鬼！现在咋疏散？现在哪个都疏散不开的，除非拍得了板的领导来说个话！管它，该汇报的我们都已经汇报了，书记他们只叫我们稳住群众，不要惹起群情激愤，他们在赶来的路上。我们只有等着他们来了。”

蒋主席打电话给张德伟，问路上是不是发生交通事故了，咋堵着一点不见动。张德伟说不是，是因为发生了其他事，只是没说啥事，然后又问蒋主席他们现在到哪儿了，离村委会还远不远。“远是不远了，应该就是一两公里路了。”蒋主席说。张德伟说：“这路恐怕要一段时间才会通，麻烦主席你们把车找个地方停了，走过来算了。”蒋主席没说话，张德伟感觉蒋主席有些不高兴，但他又不好在这电话里做更多解释。或许，这是让蒋主席为难了。他专门请了水利局的局长下来，现在这路堵得要让他们走路过来，让蒋主席如何开口？张德伟说：“我们在烟站这边，我们接着过来接主席你们。”

“还没有收烟嘛，你们咋在那儿？”蒋主席问。

“这里发生了点事。”张德伟说。

蒋主席“哦”了一声，说：“好嘛。”

挂了电话，张德伟转身对耿世兵说：“主席他们来了，车开不过来，我们去接一下。”耿世兵问到哪儿了，张德伟说：“主席说离村委会还有一两公里路，我让他们将车找地点停了，走过来。”说着，就转身要往烟站外走。这时，陈光彪正从里面散游着出来，张德伟喊道：“彪哥，走，我们接一下主席他们去。”也没等陈光彪回话，张德伟又边走边回过头来对跟在身后的耿世兵说：“要不要叫上刘副和老陈他们？”

“去跟刘副说说，看他能不能去。”

走至烟站门旁那凉棚边，刘副乡长没在，耿世兵问陈正强，陈正强仰起头抬了一下下巴，往收购烟的那楼房前示意了一下。顺着那方向看去，只见刘副乡长正在那台阶上的通道无人处边走边打着电话。耿世兵往那儿走去，张德伟犹豫了一下，也跟着走了过去。陈光彪转过身，在李章林旁边的一个空位上坐了下来。

刘副乡长挂了电话，这时他刚走到通道的尽头处。他转过身来，正遇上耿世兵和张德伟从台阶上上去。他对耿世兵和张德伟的突然出现，似乎有些意外，似乎又正想找他们。刘副乡长张了张嘴要说什么的样子，没等他说，耿世兵将蒋主席他们来了的事说了。“本来这事让主任去，让你在这里才合适，但算了，你和队长去接主席他们，我就不去了，我守在这里，让主任代表村上，也守在这里。”刘副乡长说，“到时候请队长跟主席和局长他们简单说一下这儿的情况，要不怕他们认为我们不重视那水的事，他们来调研我们都不去陪。本来我跟书记汇报的时候，她是说要么她来陪要么乡长来陪的，但现在恐怕是一个都不能去陪了。一会儿，书记肯定是要在这儿的，乡长又到县上开会去了。”

“只能将就了，我跟他们解释一下。”张德伟说。

“只是一会儿主席他们进村去看的时候，支书就不要跟着去了。你先把梁子上群众饮水的困难介绍清楚，再把今天这个特殊情况说一下，下去的时候，来换主任陪着去，你还是要留在这儿才恰当。到时有队长在，相关情况队长也是熟的，就麻烦队长多费费心，我们虽然不能陪，但想解决那饮水困难的心和对他们的感激是真诚的。”刘副乡长说。

“要得，我们会处理。”耿世兵说。

也不敢多耽搁，张德伟和耿世兵着急地往外走了。他们到了门边，陈光彪站起身来，跟了出去。烟站外，依然是密密麻麻的无人的拖拉机，偶尔间杂着一辆两辆的面包车和小轿车。张德伟在那车与车之间的过道里，把身子一下侧过来，一下侧过去，把腿甩成罗圈腿，甩成团地只知道往前走，似乎他那脚也已不疼了，走得跟在后面的耿世兵和陈光彪都有些跟不上。到了村委会门前，张德伟往里面看了一眼，然后才边转过头看后面的耿世兵和陈光彪，边举起手里的电话打给蒋主席，问他们到哪儿了？知道蒋主席他们马上到村委会门口，张德伟说：“我们也刚好到村委会，那我们在村委会门口等主席你们了。”

张德伟双手撑在膝上，转着头往周围看了一下，看到一块石头楱在墙边，啥也不顾便弯腰将身子移过去，一屁股坐在上面。刚双手搓揉起腿脚来，一仰头，看到蒋主席和一个高个子汉子并排从那些车的空隙里走了出来，后面相继跟了三四个人，张德伟呼地站了起来，跟蹲在地上的耿世兵和陈光彪说一声“来了”，顿也不顿一下就向蒋主席他们迎了上去。

未进村委会，蒋主席就向张德伟、耿世兵和陈光彪介绍起他们来的人，和他走在前面的那高个子，便是水利局的高局长，后面跟来的，相继是一位副局长、一位办公室主任。蒋主席介绍的时候，高局长他们相继伸出了手来，和张德伟他们一一握过。张德伟他们边伸出手去握着，边说着“谢谢”“谢谢局长关心”之类的话。蒋主席介绍完来的人，相互间握了手，耿世兵说：“主席，看看，我们是不是先到村上去坐一坐，去喝杯茶？”蒋主席说：“好，先到村上去，喝点水，然后你们向局长他们介绍一下情况。”说着就往里走去。边走，蒋主席又边侧身而行着，向高局长他们介绍说：“这是我们普家河村的支书耿世兵，是个非常能干，又非常想为老百姓干事的小伙子。这是我们科协的办公室主任张德伟，现在是普家河村的驻村工作队第一书记，也是一个很有情怀的好同志。他下来的时间还不算长，但扶贫工作开展得是有声有色的。我就喜欢这种有情怀的人，所以那天他给我说了上面那个村子里群众饮水困难的事，我就很冒昧地去打扰了局长。没想到，局长更是一个有大情怀的人，一听我们说了情况后，就答应了，今天还亲自跑下来调研，实在是让我们感动得认不得说啥好。”

“哪里，哪里。还有人吃着用水窖蓄起来的雨水，是我们的工作做得不好，是我们的失职。主席这样说，就是骂我们了。”高局长笑着说。

“哈哈，你们看，高局长这人，不但有情怀，人还特别随和，那天到他办公室一跟他说起话来，就感觉他无比地亲切。要说骂你，你说我哪敢？感谢都还来不及，我哪敢骂你？”

一行人上到村委会楼上的办公室里，围着一个电烤火炉旁的沙发坐了。火炉上罩了一副印有不同字体的“福”字的围幔。陈光彪端了一杯茶过来，蒋主席介绍说：“这位也是我们科协的，在这儿做扶贫工作，叫陈光彪。我们单位人少，总共就十一个人，现在抽了张主任他们俩出来。”

“那你们单位上的工作也紧张起来了。”高局长说。

“就是了嘛。现在工作量大了，日常工作都够整。只是，他们下来，还是比在单位上辛苦得多了。”

“这扶贫工作是辛苦，但只要想做事，作为机关单位的人下来，是可以做很多事的，这种辛苦也是很有价值的。”

“就是。我非常赞同局长这观点。”

这时耿世兵在旁边的沙发上坐下来，蒋主席刚要问什么，见高局长已开口说话，又忍住了。高局长说：“你们这儿今年的烤烟恐怕是绝收了，前几天听新闻，只知道受灾，没想到有这样严重。今天来，一路上看着，被打得，真是叫人心疼啊！”耿世兵说：“基本没得收的了，局长。除了被白雨打了的，门口这一片，没被白雨打，但又被水淹了。”

“门口这一片是被水淹的？”高局长有些惊讶。

“就是。看上去腐烂掉的这些，都是被水淹了，水撤了后，就烂成这样了。”

“我还说是咋的呢，看着又不像是被白雨打的。先前我还不知道是被水淹了变成这样的，看去就剩点黑黢黢的烟杆杆在里面。淹了多长时间？咋会被淹成这样？”

“淹的时间倒也不长，大面积的，可能就两天多点。只是这烤烟不经水泡，只要泡上天把两天就不行了。”

“这水咋会淹上这么高来呢？我看那烂掉的烟的状况，水差不多淹到路边来了。”

耿世兵向高局长介绍了这儿的排水情况，介绍了落水洞。随着耿世兵说：“水在我们普家河成了一个大问题，缺的缺得很，像对面那梁子上，吃的用的，都是用水窖蓄起来的雨水；多的呢，又多得很，像门口这一片，三年两年的，就要被淹上一次。一下水灾一下旱灾的，闹得人心慌。”

“所以嘛，今天连高局长他们都亲自下来了。高局长他们一来，普家河的福气也就来了。他们领导是领导，专家是专家，原本是为梁子上饮用水的问题来的，现在，支书你们要请高局他们一起去看看这落水洞的事，说不定，这关于水的两个问题，高局他们还都给你解决了。”蒋主席说。

“太好了。感谢高局长你们，有你们的关心，我们村的脱贫，特别是梁子上那三个社的脱贫，就没大问题了。他们现在最恼火的就是吃水用水的问题。他们说，只要给他们的水的问题解决掉，他们就全部自愿脱贫了。”

“脱不脱贫又不是他们自己说了算。”高局长笑笑说。

“是，通了水，他们也不能立马就富起来，但是，这样至少为他们提供了脱贫致富奔小康的一个主要条件。接下来修房子解决住房安全的问题，用点水也方便多了。”

“就是嘛。要不，你一年蓄得了多少雨水？修点房子都找不到水来修。等水拉通了，你们要让老百姓们记住高局长，他可是他们的恩人，吃水不忘挖井人，不要弄得水一通，就那水是咋通的都认不得！”

“肯定的，肯定的。到时候，我们在水池边或者哪儿立块碑。”

“这倒不要。蒋主席又在损我了。这钱是国家的，又不是我的，我不过是尽可能把这国家的钱用到最需要的地方去，要说恩人，他们的恩人也是国家。再说具体点，或者说小点，也不是我，而是你们的蒋主席，是因为他的反映，我们才跑到这儿来的。”

“主席是我们的恩人，高局长也是。”

方芳进了办公室来，叫吃饭了。

为多有些时间进村，早早地，耿世兵就安排方芳、曾丽她们一起去帮着方芳妈做饭了。

耿世兵说：“在这儿没餐馆，就请局长、主席你们将就一下，在我们的小食堂里简单吃点了。”

蒋主席说：“好的，这样才好。我们抓紧时间吃了，就请局长他们去现场看看，有啥，你们也好边看边向局长汇报。”

说着，让着，高局长、蒋主席在前，方芳领着，一行人相继走向了吃饭的地方。

吃了饭，耿世兵给十社社长打了一个电话，让他把他的微型车开到路边来。

“只有委屈一下局长、主席你们了，”耿世兵说，“村上这儿的车开不出去，只有从梁子上找辆微型车下来接局长你们上去了。”

高局长说："没事。找不着的话，我们走路上去就是，看着也没多远。"

蒋主席说："还是远的，高局你们将就一下，管他啥车了。"

说着，一行人相继下了村委会的楼，往外走去。张德伟赶上前去说："我们要走到前面的路口边去坐，这一段都堵着，他开不过来。"蒋主席看着张德伟那样子说："德伟是咋的了，得痛风啦？"张德伟说："不是，主席，说来羞人。昨天支书我们去大黑山看水源，就爬了那么一点山，就成这样了。"

高局长笑笑说："看来你平时还是缺少锻炼啊。"

张德伟想说自己还是锻炼的，在这儿，早上还经常起来跑步，但忍忍，又没说。还要他们去爬那山呢，别说得让他们还没去，就怕了，甚至就不去了，那不是坏了大事？张德伟说："就是。去的时候还老是认为，一天都在村里转，没问题的，甚至我还大口马牙地跟世兵他们说，我从小也是在农村爬山过河着长大的，哪想，一趟爬回来，就成了这样。"

说着，已快到分去梁子上的岔路口。陈正强也从烟站出来，到路口边等着了。高局长说："这片地应该是这儿最好的一片地了，现在被这一淹，倒还不如山上的那些坡地了。"耿世兵说："就是啊。局长走得起不，要不，我们先去看看那个落水洞？看了落水洞，我就不陪局长上梁子去了，怕下边这儿有啥事，我走了不好。"高局长说："好嘛，看看去。你要去烟站你就去，这儿不用你陪，反正主席都是熟的，他带我们去看就是了。"耿世兵说："情况主席熟悉，细的方面，还有我们张队长、陈主任和我们李副主任也在，他们陪局长你们去，都是清楚的。"

蒋主席说："德伟走不起，你也不一定跟着去，有陈主任和李副主任跟着去就行。"张德伟说："不怕，我还是陪局长、主席你们去。"

"那我们从这边走。"李章林走到前面引路。一行人正往坝子下方的落水洞走去，耿世兵接了个电话，接着接着，他就落在后面了。接完后，他又打了一个电话。一下接一下的打，待他打完电话赶上前来，便走到高局长和蒋主席旁边，说："局长、主席，我就不陪你们去了，领导在烟站，要我过去。"

"好，你忙去。上面千条线，下来一根针，你们这村上的工作，我是理解的。"高局长说。

耿世兵叫李章林来，说："刚才接到乡上扶贫办的电话，今天下班前要报易地搬迁的方案和一些其他材料，给了我们五十户名额，我刚才请示了刘副，大体上我们就把这名额都安排在十一社，能搬的话，搬那儿是最好的。看看，是请队长还是彪哥跟着章林回村上去做这事？"

陈光彪说："队长脚也疼，要不，请队长回去带着章林做算了。"

"可以嘛，德伟回去跟着做，要不，看着你走路这样子，让人心疼。"蒋主席说。

张德伟说："好嘛，那我就回去休息一下。局长，实在是不好意思，你来帮我们，我们连陪都不能陪。"

蒋主席笑笑说："你倒不是回去休息，只不过是可以坐着工作而已。"

张德伟说："谢谢主席关心。"张德伟又望了望高局长和他身边的人说，"谢谢局长你们的关心了。"

“需要些啥内容，章林跟扶贫办的具体联系一下。”耿世兵说，“就请主任和彪哥陪局长、主席他们去看了。从梁子上回来后，请主任提前跟七社的社长联系一下，叫他开车来接你们去大黑山，我跟他说过的。他从那头开着过来，看能开到哪儿来接你们。”

说着，耿世兵转身，勾着个头就去了。那走去的身影，还是一副不慌不忙的样子。张德伟、李章林也相继回村上了。

“扯淡，咋又突然要整易地搬迁了？”李章林说。

张德伟说：“是啊。普家河乡的易地搬迁点不是都给到梨园村了吗？怎么现在又突然要我们整了？”

李章林说：“这哪是说搬就搬的？”

张德伟说：“也好，真给我们一个点，我们就可以把山背后那一个社的问题解决了。要不，那儿水是问题，路更是问题。水的问题还说只要九社、十社的拉上去，就可以也给他们拉去了，但路的问题，我看，没办法修下去。”

李章林说：“搬了是好。只是搬到哪去？如何个搬法？这总得有个说法嘛！”

张德伟说：“你先跟扶贫办的联系了看，看他们是要些啥。知道他们的要求，就好办了。”

李章林掏出电话来，要打，又没打，说：“算了，到村上再打了。有啥要求好找笔记，这时候打他们别一来就这样那样地说多少，我记不得。”

张德伟放慢了脚步，或者说放慢了他拐来拐去的甩腿甩屁股的动作。报易地搬迁的方案虽然也是一件大事，但他觉得没什么可急的，只要问清情况，按要求报上去就是了。几十户人家的搬迁，是个不小的系统工程，不可能一下就确定，不可能说搬一下就搬，想来，可能也只会有个大体上的要求，不可能一来就具体到什么程度。要报的，无非是要搬哪些人，要搬到哪儿去。搬哪些人，只要确定是搬十一社的，将十一社的名单找出来，挨着统计就行了。今天就要报，也不可能一家一户去调查了才来做。至于搬到哪儿去，这个还得看乡上有没有统一的什么安排。总之，对于这事，目前只能是见子打子。倒是那梁子上的水的问题，张德伟担心今天这路的堵，担心这陪着去的人不但乡上的领导没有，连他和支书都没去，那高局长会不会产生什么看法和想法？会不会最后只是应付性地走走，以这样那样的话语搪塞了不做？

整不成算了！张德伟在心里想。老子们在这儿忙死忙活帮他们想办法，他们不感恩、不自觉，倒来添乱、来闹事，整不成，让他们继续用那雨水去，这是他们自找的。这样一想，张德伟就想到了彭家洪，想到了那天耿世兵说的“成事不足”。张德伟说：“这些人来闹事，真是老彭组织的？”

“除了他，还有哪个？”李章林说。

“会不会是村民些自发的？”

“咋个可能？你看一下齐刷刷地来那么多车，还大都是把车开来摆在那儿，人就走了，没个人组织，能有这种阵势？”

“这老彭能耐还不小啊，一下组织起那么多人来！”

“干别样不好说，干这个，倒是经验丰富的。”李章林说，“如果这次这样闹了，领导下来真的给老百姓解决点实惠，倒也算是他做了一件正事。”

算是他做了一件正事？张德伟一下没转过弯来。“这还正事啊？”张德伟惊讶地说。他不明白李章林为什么会这样说。

“要不是想着他可能会给老百姓些整着点实惠，你以为他想闹就闹了？”李章林说，“是我们装作认不得，不管，他才闹得起来，要不然，不说世兵把情况反映给乡上，乡上的领导发个话会让他吃不了兜着走，就是世兵出来打个招呼，他也怕是不敢多事的。”

张德伟说：“这样说，真追究起来，你们也脱不了干系的。毕竟你们是发现了问题没有进行及时阻止。”

“当然。追究起来，肯定跑不掉。”

说着，两人已往村委会的楼梯上爬去。进到办公室，方芳正坐在门对面的沙发上奶孩子，见到张德伟他们进来，赶紧转了一下身子，拉了一下衣服。张德伟瘸拐着脚，抬着头赶紧走了进去，往那边的沙发上坐了。坐在里面那排写字桌前的曾丽转过头来说：“你们咋就回来了呢？没上梁子去啦？”

“没去了。”张德伟说。

“那蒋主席和高局长他们呢？也没去啦？”赵熊问。

“不会是连看都没去看，就说不整了吧？”方芳双手抱着怀里的孩子，扭着身转过头来说。

“好好喂娃娃吃奶，你看，不该露出来的都露出来了！”李章林用手指了指方芳的胸前说。方芳倏地转回头往胸前看，再抬起头来后，虎凶凶地望着李章林说：“李章林，你个要死的，你说哪儿是该露出来的，哪儿是不该露出来的？”

挨着曾丽旁边坐着的赵熊说：“你要他说啊，要他说么，全都是该露出来的。”

“喊你媳妇露去！”方芳往赵熊的方向望着说。

“他媳妇现在他倒喊不动了，只有别人喊了她才会露。是不是，熊哥？”李章林说。

“你喊得动了嘛！”赵熊说。

“喊不动！我哪里喊得动！我看看，露出些啥来了？”李章林往方芳的身边探过身去，做着看的样子，然后接着说，“赶紧吃，不吃你赵大爹要吃了！”

方芳将枕着孩子的一只脚抬了抬，像要抬起来踢李章林的样子，说：“死过去，你直接是要死得很了！”

“你自己想吃么，就明说，让小方拿给你吃两口。还他赵大爹呢，他赵大爹早吃饱了。”赵熊说。

“哪时候吃的？哈，想不到！”李章林说。

“吃饭的时候嘛！吃饭的时候，你没胀肚子？我看你也是胀掉好几碗的嘛！”

“你两个真是要死啦！”曾丽站起身朝这边说，“你起来一个给他们几窝心脚嘛！他们还越说越起劲了！”

这时，方芳妈走进来，望着方芳说：“喂好了没有？喂好了拿来我带着，要做啥做你们的去了。”

方芳妈抱着孩子出去后，方芳去了一台电脑前。办公室里共摆了四台电脑。四张写字桌，两两相对着摆在办公室靠里的地方。因为靠外的这边还摆了那个烤火炉，顺墙顺窗摆了两个黑色的皮沙发，所以靠里的写字桌摆得几乎靠窗。靠里的两只墙角，还一只角里摆了一个双门的档案柜，里面装了一些党建工作、村三委日常工作的文件材料。除了扶贫工作的相关档案是装在楼下会议室里那几个专用档案柜里的外，村上的其他材料大都装在这里。一只角上的档案柜顶上，接近天花板的地方装有一个摄像头。摄像头迎着办公室的烤火炉和沙发处。据说，那摄像头是联网的，办公室里有没有人，里面的人在做啥，说了些啥，乡上安装有软件的领导只要一在手机上调出来，就能看到，能听到。

“完善得咋样了？”张德伟站起身来，走过去扑在写字桌的挡板上问。

曾丽将电脑前的一沓表拿了拿，说：“我这五个社的完成一个社的了，第二个社的才整完这几家。”

赵熊说：“我是先整十五社的，这个社的人多，还没整完。”

方芳说：“我也刚好整完一个社的。”

“按这进度，还要的是时间嘛。”张德伟说。

曾丽说：“咋不是呢？整起来太慢了。对的，你要看；错的，你也要看。要是有个啥办法，能一下把错的找出来，只改错的不管对的就快了。”

赵熊说：“按你说的，要是能自动把错的都改过来，那不是更省事。”

曾丽说：“你简直是放屁啊！错的能自动改过来，咋改？系统认得哪家是几个人？认得哪家的哪个人是在读书还是在打工？”

方芳说：“还是老老实实地整吧，别做白日梦了。”

张德伟说：“主要是存在些啥问题？”

曾丽说：“多得很。有的按身份证上的出生日期来算，才七八岁，但后面的务工地点，却填了什么市内啊甚至省外啊的，或者就是初中啊高中啊的在读生。”

张德伟说："这倒是明显的逻辑问题，必须要改。"

方芳说："我整着几家，是耕地面积与实际种着的面积不统一的，上面也没说流转土地多少，我只能按表上填的面积来平衡了，种着的比有的多，多出多少，我就整成流转了多少；种着的比有的少，少掉的，我就整成承包给别人种去了。"

张德伟说："也行。只是一涉及土地流转，你就还要将收入或支出也改好。流转进来要有支出，流转出去要有收入。要不，逻辑上就又出了问题。"

方芳一声惊呼，连喊："怪了！怪了！"

曾丽说："这死姑娘咋啦？整得吓人！"

方芳说："我就是像队长说的，只改了面积数，没改收入和支出了嘛！"

赵熊说："应该不多，没改就没改了，先将就着。"

张德伟说："还是找了改一下。你想，无论是承包来种，还是承包给人种，一有流转，肯定就有相应的流转收入或者支出。没有这收入或者支出，那逻辑不是又有问题了吗？我们这次清洗数据，目的就是要扫除这些逻辑上的问题。"

赵熊说："队长你咋就不心疼一下我们的小方呢。她可是我们乡政府的一朵花啊，我们乡上是没得人舍得蹂躏她的！"

张德伟说："熊哥这话严重了，你说，我哪儿蹂躏她了？我心疼她还来不及呢！你比我心疼她，你就替她找出来，替她改了。"

赵熊说："改就改，有啥了不起的。只是，我有个条件。"

张德伟说："还有条件？啥条件？"

赵熊说："队长以队长的名誉，要求小方对我好点！"

曾丽说："赵熊你简直是没得良心，人家小方啥时候对你不好了？你还要她对你咋好？"

"我要她像对彪哥一样对我好！可不可以，小方？"赵熊呵呵笑着说，接着又摇头晃脑地唱道，"村里有个姑娘叫小芳！"

李章林说："熊哥，你是不是还要谢谢她给你的爱？人家把爱都给你了，你还不替人家改掉，就简直不叫人了。"

曾丽说："疯掉了！你们直接是疯掉了！"

张德伟说："忙着你们的了，我们也要忙去了。走，章林，我们用你办公室那台电脑整去。"

曾丽说："又要整啥啦？"

李章林说："易地搬迁。要叫报方案。"

曾丽、方芳、赵熊三个人一起仰起头来，几乎是同时地问道："普家河要易地搬迁？"

张德伟说："不是普家河要搬，是给了我们几十户的搬迁名额，要搬几十户。"

"咋搬？搬到哪去？"曾丽问。

"你问队长，队长也认不得。你问我，我还是认不得。呵呵。"李章林说。

"给几十户名额？咋会给名额来搬？按说，应该是需要搬的才搬，不需要搬的就不搬了嘛。"方芳说。

赵熊说："就是啊，给几十户名额，难道说搬一个村子的，因为名额不够，留下一家两家的不搬？或者名额多了，又非空空去把别处的整一家两家搬掉？"

张德伟说："这名额应该没定死，只是个大概数。我们先按这个数来整，有啥特殊情况又具体问题具体反映。易地搬迁是扶贫工作的一项主要内容，也是扶贫工作的一项主要措施，我们可是扶贫攻坚战上的战士，只能指哪儿打哪儿。”

赵熊嘿嘿笑笑说：“嗯，队长是优秀士兵一个！”

“赵熊欠收拾，”李章林说，“优秀士兵？队长再咋，也还是第一书记呢！”

赵熊说：“我说错了，我说错了，队长不要见怪，队长应该是优秀指挥官一个。”

“闭上你那鸟嘴吧！还指挥官呢！”张德伟说。

“听令！”

在一片嘻哈声中，张德伟和李章林走出集体办公室，来到隔壁的一间办公室。那儿说是李章林的办公室，其实也只是因为他管着村委会的章，要单独开一些学生读书困难、是否是建档立卡户等等这样那样的证明，主要由他用着而已；平日里，只要电脑不够用，也都哪个得哪个来这儿用。进了办公室，李章林弯腰摁了一下电脑启动键让电脑启动着，然后掏出电话来打起了电话。

在电话里，乡扶贫办的人说，之所以要报这个，是县上又给了普家河乡几百户易地安置的名额，像梨园村的，已经是整村搬了，所以不再考虑，这次只分给原来没争取到易地安置的村。现在急着要报的，是名单，按给的名额，先把名单统计起来。至于要如何搬，如何安置，目前县上说的是，可能会统一搬到城里去。还说这批搬迁户，初步确定搬到一个刚修建起来的啥安置小区去，只是还没有最后确定。又说村上也可以根据实际情况，看看村内能不能找到集中安置的地点，如果有适合的，也可以先思考一下。

"如果要搬，我们村只能搬十一社，那儿有四十来户人家，是不是全部都报了？"李章林对着电话说。

"四十多户不可能都是建档立卡户嘛？"对方说。

"意思是只报建档立卡户？"

"肯定只搬建档立卡户嘛，这是扶贫项目呢。"

"那这个社的卡户才二十多户，不够的我们又去哪里找？还有，也不能确定这二十多户人家愿不愿意搬！再说了，搬了这二十多户，剩下的那十多二十户以后咋管理？剩下的人家少了，要再为他们修点路拉点水的，就整也不是，不整也不是了。"李章林说，"如果要搬，我是建议全都搬了，管他们是不是卡户；如果不搬，就都不搬，我们村的名额，拿给别个村去算了，哪儿要拿给哪儿！"

最后，乡扶贫办的那人让李章林将他们十一社人家的名单全都报一个，只是要把卡户和非卡户分开，同时写一个情况说明。那人说他会向领导反映，看看最后能如何处理。

"搬城头去！搬去让人家喝西北风啊！"挂了电话，李章林丧着个脸没好气地说。

"这个也不用担心。既然要他们搬去，肯定就有让他们生活的途径。城里有那么多的厂，政府肯定是会给他们找事儿做的。"张德伟觉得自己这话，说得实在是没有底气。

"就算去了可以进啥厂，也是要有劳力的才进得了。等他们老了，或者现在已经老了的，这些人咋办？还有，人搬走了，他们这儿的土地啊房子啊的咋办？"

"这些都不是我们现在需要考虑的事，哈哈，你是想多了。"张德伟那笑，笑得更是勉强。虽然他说李章林想多了，其实他何尝没想。李章林担心的，他也同样在担心。只是，或许是因为他不是这儿的人，想起来没李章林那么激动而已。同时他也觉得，既然上面这样安排，肯定就有这样安排的道理，只是他们还没有理清楚罢了。

“搬啥搬！我估计不会有人搬！到时人家不搬，我们还能去强迫人家搬？”

“这得看后面的政策，如果政策好，实惠多，他们肯定会搬的。上面既然要让他们搬，肯定就不会让他们搬得更差。”

“看了。”

“还有，我们也可以提前做些思考，看看能不能找到一个好的地点，在村内解决掉，既让他们搬离山背后，又搬得不算太远，还可以回去种他们的地。”

“村上又没集体土地，去哪儿找这地点？就算有适合的，也得征收，哪去找这笔钱？哪儿来出这笔钱？”

“只要有适合的地，出钱的事就好办。既然上面让搬，你还愁没这点征地的钱？”

“管他了，先把名单整给他们，要咋整到时再说。”

“局长说这种，可能还真是最可行的办法了。”

歪靠在办公室沙发上养着神的张德伟听到陈光彪的声音，弹簧似的翻身爬了起来，只见高局长在前，陈光彪跟着，尾随了水利局那位副局长和办公室主任，稀稀拉拉从过道上走了来。等高局长进了门，张德伟迎过去说：“回来了，局长？今天走狠了！坐，坐，休息一下！”李章林也赶紧起身跟着让座。高局长一屁股坐在沙发上，说：“怪不得你爬一趟，会变成这样子，那路还真不好走！”陈光彪说：“章林，赶紧煨水泡茶，局长他们肯定干狠了！”说着也寻了沙发上的空位坐了下来。进来的人都坐了后，张德伟问陈光彪：“主席他们呢？”陈光彪还没回答，倒是高局长抢先说：“你们主席也快趴下了，走不动了。这一回去，我估计你们主席，还有我们单位这几个，都会变得像你一样了。”

“让局长你们受累了！”张德伟说，接着又问，“陈主任呢？不会他也趴下了吧？”

“你们主任要得，看着年纪大，但爬这山厉害。下来看着像没事样，现在他还在后面陪着你们主席。”高局长说。那电煨水壶煨起水来快，没说几句话，里面的水已经开了，方芳、曾丽已经跟着李章林七手八脚把茶泡来了。高局长又说：“看嘛，你们主席走路都是偏的了。”往对面的过道看去，蒋主席真是一偏一偏地从楼梯的拐角处走了出来，在他的后面，跟着散步似的陈正强。

“局长太厉害了，还没事样。”蒋主席一边挪步走来，一边望着坐在这边的高局长说。

高局长说：“还是不行了，感觉脚都是抖的。”

“算厉害的了，你看我，走路都成问题了。”蒋主席说。

“我比你是要好点，哈哈。”高局长说。

一时，嗞嗞嗞的喝水声在办公室里此起彼伏。大家也等不了让茶水冷下来才喝，边吹着边喝着。那电煨水壶煨水虽然快，但因为小，所以一壶煨来，一圈儿就倒完了。下一壶还没开，一个一个的纸杯里，就见了茶母子。

“干狠掉了。去的时候又没带水。”蒋主席说。

“我们几个还好，在山上喝了一下他们那龙潭水，哈哈。”高局长说。

“是了嘛，我是不敢吃。都好多年没吃冷水了，有一次下村，也是干狠了，在一家人的房前看到水管，就接来吃了一次，吃的时候不觉得，后来那肚子实在是难受得不行。所以刚才在山上看着你们吃，我想是想吃，就是不敢。”蒋主席说。

“他们这个地下水还是可以的嘛。吃起来，味道还不错。”高局长说。

“是啊，可以的。”蒋主席说。

“你们拿去化验过没有？”高局长望着陈正强问。

“应该是没有化验过。这些水么，哪个拿去化验！”陈正强说。

李章林说：“水还是可以的，只是水垢有点大。”

高局长望着他们的办公室主任说：“你去装点带着走，带去检验一下。如果水质没问题，我们就拉这地下水去了。”

蒋主席说：“好的，局长，让你们费心了。”

高局长说：“该做的嘛。他们那用水问题，真是必须得解决了。要是那山上的水够，接那儿的水来，是最好的。但那水估计不够，整都整了，别整来有的有用，有的没用，弄得没早没晚地没得水，就白干了；而且从那儿拉下来，地形导致管道线很复杂。只要这地下水符合饮用水的指标，我们就安排人来踏勘，尽快把这问题解决掉，也尽可能向主席交上一份满意的答卷。只要主席以后不要说我们怕花钱，不要说我们小家子气就行了。”

“看局长说的，这样整来，都让我们认不得要咋感谢局长才好了。”蒋主席说，“在这里，我就临时代表普家河村三委和我们的工作队，以及几个社的村民先向局长表示感谢。”望着高局长另一只手端着的杯里的水快没了，他又说：“张队长，赶紧给高局长加上水，这时候没酒，就倒水给局长喝，以表谢意，哈哈。”

张德伟赶紧起身，去捧过煨水壶来要给高局长续水，高局长却说：“水喝得差不多了，时间也不早了，我们就先回。”高局长又望着他们的办公室主任说：“你问问车在哪儿，看看这时候能不能过来了？不能过来的话，问了在哪儿我们走着过去。”蒋主席说：“好嘛。等到了城里，吃饭的时候，我再好好敬局长两杯！”

“要不，就在这儿吃点算了。饭他们已经做了，应该快好了。”张德伟说。

“看局长嘛。局长说在这儿吃，我们就在这儿吃。”蒋主席说。

“算了嘛，我们还是回去了。在这儿，给他们添乱，我们有些于心不忍。还有，我们早点回去好些，还有不近的路呢。”高局长说。

“好嘛。局长说回，我们就回。”蒋主席说，“只是，无论在哪儿吃，今天本来是该让耿支书、陈主任和张队长他们一起陪局长你们吃，敬敬你们酒的，但看情况，进城去吃的话，他们恐怕是去不了了。”

高局长说：“不用！不用！以后有的是机会。现在他们忙，让他们忙他们的。”

蒋主席说：“你看，局长是当过县领导的，就是体恤下面的干部。”

高局长说：“基层干部，事情多。主席也任过县领导，你也认得的。他们确实不容易。”

蒋主席说：“就是，就是。上面千条线，下来一根针，真是的。”

高局长说：“要说，我也是从乡干部做起来的，以前，乡上的乡长、乡书记我都做过。现在的乡长、乡书记，比我们那时的事多得多。”

蒋主席说：“看嘛，从基层干部起来的领导，就是不一样，知道下面的疾苦。”

说着，水利局那办公室主任对高局长说车已开过来，在下面。高局长站起身来，说：“那我们就走嘛。”说着，向张德伟、陈正强、李章林、陈光彪等众人，挨着一一地握起手来，一次一次地说：“你们辛苦了！”

张德伟和陈正强、陈光彪、李章林，一起将高局长、蒋主席一行送到了村委会的院坝，看着他们上了车，又尾随着走出村委会的大门，目送他们走远后，回过头才发现门前摆着的那些拖拉机已基本开走，只稀稀拉拉地还摆着一些，这儿一辆那儿一辆的。“撤啦？解决掉啦？”张德伟随口说道。

“真撤了！看来应该是解决了！”李章林说。

“也不一定是解决了。”陈正强说。

“如果没解决，他们咋会撤掉？”张德伟说。

“即使是答应了咋解决，也得兑现了才算。”陈正强又说。

“只要给了答复，就没问题了。就是要给他们一笔钱，也不可能现场就把钱数给他们，也得经过一些程序。如果答应了咋解决，接下来不兑现，那不是制造了更大的麻烦？”陈光彪说。

“我们要不要过去看看？”张德伟说。

“有啥看的！咋回事，等他们回来就知道了。车都撤了，他们恐怕也快要回来了。”陈正强说。

这时，方芳站在楼上的过道里喊张德伟，说不知道支书他们要不要回来了，饭做好可以吃了。张德伟说：“好，我打个电话问问。”张德伟给耿世兵打了个电话，耿世兵说：“刚出烟站，接着就过来了。”

在张德伟他们转身往里走的时候，一辆一辆的猎豹越野车从村委会前，歪来扭去地让着停在路上的拖拉机，唰唰地驶了过去。

“领导都走了，看来是整好了。”陈正强说。

李章林说：“看这阵势，不晓得来了好多大领导！”

陈光彪说：“能来好多大领导？这阵势虽然大，但对于全县，对于全市，能算多大的事？你以为上面的领导，一天就闲着没事，为点这样的事，说来就都跑来了？比这大的事，他们多着呢！”

李章林说：“再咋样，总得有个拍得了板的领导来嘛！”

陈光彪说：“这种事儿的板，一个分管领导来，也就可以拍了，要多大的领导来？无非，就是拍板前，向主要领导请示一下而已。甚至，只要在他可以定夺的权限内，都不一定请示。”

陈正强说：“彪哥领导没当过，里面的路数还清楚得很嘛！”

李章林说：“这说明你们陈家人厉害嘛！”

张德伟咕咕笑了起来，说："章林是见缝就不放过插针啊！"

陈光彪说："看来老陈以后不能再这样叫我了，要不，我们找个时候盘盘，该叫啥的还是叫啥，不然让他们说我们陈家人没个老少，没得谱气。我们可不能给陈家人丢脸。"

李章林说："你以为你们给陈家人丢掉的脸还少？"

说着就来到他们吃饭那间小屋的门前，方芳妈正在往桌上摆菜，这时正弯着腰，往一个小盆里舀着高压锅里的鸡肉。方芳抱着孩子坐在过道上，端了一小碗鸡汤泡的饭，正在哄着孩子吃。陈光彪往里探进头去，说："今天欢了嘛，有鸡吃。"陈正强说："你辛苦了么，给你补补嘛！"李章林说："难道这鸡是只给爬山的人吃？还是只给你们陈家人吃？"

张德伟来到办公室门边，看到里面的曾丽、赵熊还坐在电脑前，一下翻着桌上的表，一下看着电脑屏幕，便喊了一声说："收工，吃饭了！"

再转身，看到耿世兵已进了村委会，便站在窗子边，看着他虾着腰勾着头，不紧不慢地走过来。不时，耿世兵已转出楼梯间，走到楼上的过道来。"整好啦？"张德伟问。耿世兵说："话是给了，接下来就看什么时候兑现。"张德伟掏出烟来，递了一支给耿世兵，自己也夹了一支，问："咋说呢？"

方芳走出来说："支书来啦？吃饭了！"

"先整碗汤喝。"坐在桌边后，耿世兵扭身往旁边拿了一个空碗，又转头看了看，说，"有没有韭菜？"

方芳妈说："没得嘛，没买。"说着，夹了几筷子，走出门去了。

端着一碗饭，站在旁边举着筷子，要等正在往桌上夹菜的陈光彪夹了让开才来夹菜的赵熊说：“支书是不是不行了，要吃韭菜来补？”

耿世兵说：“你行得很啊？要不要整来试试，看你行到哪种程度？”

张德伟坐在耿世兵的对面，方芳背着孩子，正从他旁边弯着腰探着身子往桌上夹菜，坐在耿世兵旁边的李章林突然说：“队长，软和不？”张德伟从碗里抬起头来，望着李章林问：“啥子？”赵熊哈哈笑着说：“章林问你软不软和？”

张德伟往旁边看了看，方芳已站直了身，拿一双空筷子往李章林这边划了一下，像要把夹着的什么东西砸到李章林身上样。待他明白过来，便说：“软不软和，你过来摸摸瞧就认得了嘛！”

耿世兵哧地喝了一口鸡汤说：“问问彪哥也是可以的。”

陈光彪说：“小方，我这黑锅可背大了。为了让我能回答他们，你是不是把答案给我？”

曾丽说：“彪哥也跟着他们学坏了。看来，在这儿，再好的人，都要学坏。”

陈光彪说：“又来了，曾姐你是夸我还是骂我？你以为我好得很？我实话跟曾姐说，我本身就不是一个好人！”

赵熊说：“你以为彪哥这身羊膻味，是白惹的？”

方芳说：“你几爷子在说些啥，我真是越来越听不懂了。”

李章林说：“你就装嘛！”

张德伟说：“听不懂好，你就当他们在放屁！”

李章林说：“彪哥，这个蘸水是醋做的，你蘸了吃嘛！”

曾丽说："不要废话了，那边是咋给群众些说的？支书说点来我们听听！"

"就是，有没有点效果？"赵熊说。

"不被吼一顿就算好的了，还想有效果！"陈正强说。

"有没有效果，这时候支书最有发言权了。"陈光彪说。

一时只剩下碗筷碰撞的声音。他们看着耿世兵，都想听耿世兵说说。耿世兵就着剁肉炒的豌豆扒了一嘴饭，咽下后说："要说，效果还是有的，保险提高了些。"

"保险提高了？保险还可以提高？"张德伟有些惊讶。

"是呀，每亩提了两百的补偿，现在是每亩给八百。"

"八百块一亩，按说也不高啊。意思是原来才六百块？"

"是了嘛。按保险合同，是严重受灾每亩赔一千二，轻度受灾每亩赔三百至八百。我们村报的几乎全是轻度受灾，所以取中间的额度来赔，每亩赔六百。严重受灾的，按封顶的一千二百块一亩赔。因为受灾实际情况他们都看到了，加上领导给的压力，所以保险公司下来的一个副总，答应报轻度受灾的赔封顶掉，每亩赔八百。"

"合同呢？合同被砍掉没有？"方芳问。

"报轻度受灾的，合同也给他们留下了。不但给他们留下，还说让他们先卖，到最后卖不够了，才再调出来，也不算他们失信，不影响以后的合同面积，对于最后调出来的面积，还按每斤一元的补助发给他们。"

"意思是到最后卖不够，差的，调出去不但不砍他们以后的合同，倒还要给他们补助？"李章林说。

"是了嘛。"耿世兵说。

“这种整法啊，太好了嘛。那些老百姓这下倒高兴惨了！”曾丽说。

“有这样的结果，心里肯定高兴。只是，他们还不是人心不足，都到这份上了，还在那点胡搅蛮缠。”耿世兵说。

“他们还要咋个？”方芳问。

“报轻度受灾的说赔得还低，至少每亩要赔到一千块；报严重受灾的么，说赔的额度也要涨，合同也不能砍！”

“报轻度受灾的涨赔偿额度是说得通的，因为说是轻度受灾，可以算成受损百分之三十，也可以算成受损百分之五十，这个是有弹性的，受损程度一有弹性，赔偿的额度也就有了弹性；报严重受灾的，人家已经一来就赔成封顶的了，你还要咋涨？人家才砍他们一半的合同面积，够照顾他们的了！”陈光彪说。

“就是了嘛。望着周副书记和田书记不高兴起来，还有邹副县长、肖书记、钟乡长也已经发火了，我才赶紧把老彭叫到旁边去，跟他说差不多了，叫他喊人撤了，他这才躲到一边去，通知人撤了的。”耿世兵说。

“哈哈，这老彭还真不简单啊！”陈光彪说。

“要说，他这次倒真是为这儿的群众争取到了不小的利益！”曾丽说。

“这次有哪些领导下来？”陈光彪问。

“来得多了。县委的周副书记，政法委的田书记，还有市烟办、县烟办的，保险公司的，包括邹副县长和乡上的书记、乡长，一大帮。”

“你也忙狠了哈？”陈光彪说。

“我倒没怎么忙。有那么多领导在，我能忙啥？”

“忙倒不忙，手心头恐怕还是捏出好几把虚汗来了！”李章林说。

“也不咋个。担心虽然有，但我感觉是能控制的。认得是他整的，实在不行了，叫他收了就是。就算我叫不动，只要跟书记、乡长他们说了，难道他们也叫不动他？”

“支书就是支书，不动声色的，就为老百姓做了一件好事。要是你一开始就出来阻止，那就成一个罪人了。”陈光彪说。

“要说，我先还是想阻止的，毕竟这是闹事。不要说还这么大阵势的闹，就是一小帮人去上访，对书记、乡长他们都是有影响的。我担心闹大了，整麻烦掉。章林打电话给我说的那天晚上，我又问了梁子上的好几个人，知道他们只是来烟站闹后，才没管了。”

“好了。只要车一撤掉，领导一走掉，你就可以放心了。”陈光彪说。

“事情倒是完了，只是说不定，明天你就会被书记、乡长喊去上课了！”李章林说。

“管他，他们要咋骂，就给他们骂去。对了，高局长他们咋说？”耿世兵问。

“梁子上的三个社，除了十一社，我们都去看了。大黑山那水，高局长他们也去看了。看下来，高局长说梁子上那片群众的饮用水问题是必须得解决的，只是大黑山那水，远不说，主要是水源太小，花大代价引过来也怕不够用，所以目前他们的考虑，是用地下水，就像我们用的这种。他们走的时候，还把我们用的这水都带了一瓶去，说要先检验了看符不符合饮用水标准。”陈光彪说。

“梁子上本来就打不出井水来，他们咋整地下水来用？”

“不是在梁子上打。他们的想法是，如果我们现在用着的这井水够的话，就将这井里的水抽上去用。”陈光彪说。

“这股水已经有这一片人家在用了，上面还有那么多人家，恐怕不可能够！”张德伟说，“刚才听是听他们说着用这地下水，但究竟怎么个整法，我都还没有弄明白呢。想问，又看他们一个赶一个地说着，不好插嘴。”

“这股水不够倒不是问题，重新打一口井就是。在这下面，恐怕是随便从哪儿打下去，也都能打出水来。”陈光彪说。

“要打地下水么，直接从那边的山脚就打了，哪还用得着在这边来打？从这边打出来，再拉到那山脚去，这么远，不说别的，光是埋这一段距离的水管，都得花不少钱！”曾丽说。

“那山脚估计也难得打出水来，那一片，地下的土质估计跟山上的差不多，一样保不住水。要不，像前段时间汪起来的那水，光靠落水洞哪泄得那么快。恐怕坝子里的土质，到处都是渗水的。”李章林说。

“多拉这一段距离的水管倒是小事。只是，如果从这边打出水来，他们如何拉上梁子去，那么高的！”耿世兵说。

“昨天说的时候，他们是这样想的，找个地方打井，然后就地修一个水池，先把水抽到这个池子里来，然后在梁子上最高的那个小山包上再修一个水池，将水从下面这个水池提到那水池后，再用水管拉到人家户里去。”陈光彪说。

“这种办法可不可行？”耿世兵说。

“水利局的人说的，肯定可行，他们是专家。”陈光彪说。

“按说，这样也是可以的。相当于要抽两次的水了，一次是从井里抽起来，一次是从下面的这个池子抽到上面那个池子去。只是从下面这个池子抽上去，那么远，又那么高，抽上去抽不上去还难说。”张德伟说。

“咋会抽不上去？用马力大点的抽水泵就行了。”李章林说。

“还有一个问题。就算他们把水整上去了，这水要抽两次，抽这两次，要用的电恐怕也不少。还有谁来抽这水，不可能你们支书、主任去抽吧？起码要有个专门负责抽水的人。这电费，这抽水人的工钱，咋整？你们村上能不能整出这笔开支来？”张德伟说。

“村上有个鬼！但这个应该没问题，拉通了，就收水费，我们也不是要靠这个来找钱，但可以用收起来的水费维持运转。”耿世兵说。

“对的，到时候看一个月会用掉多少水，抽水人的工钱和用掉的电费是多少，测算一下，看一方水大概要投多少钱，然后再确定水价，照收就行了。”陈光彪说。

“这样算下来，恐怕水价不会太低呢。收高了，那些人会不会交？”曾丽说。

“又没赚他们的，收得再高，总比他们没水用的好。再说，要不是国家出钱来给他们拉，他们去哪找钱来拉。有水吃有水用就了不起了。”方芳说。

方芳妈抱着方芳孩子进来，问：“吃好了没有？吃好我来收碗了。”

“好了好了。”张德伟边说边站起身来。

耿世兵也站了起来，边跟在张德伟身后往外走，边说：“管他了，看他们最后会咋整，只要整通掉，有啥到时再说。”

李章林说：“就是，不要最后拉都拉不成，我们倒在这儿瞎想。”

陈光彪说：“拉肯定是拉得成的，只要高局长决定要拉，就没有拉不成的道理。”

张德伟回过头说：“支书，我们也再想想，看看还有没有其他办法？如果能想到更好的办法，我们及时跟蒋主席说，要不，等他们确定下来，就不好整了！”

耿世兵说：“大黑山那水整不成，除了用这地下水，还真没其他办法了。”

第七章　恐怕不是哭

一听说要把六至十八岁这个年龄段，没有在学校里读书辍了学的全部劝回来读书，特别是卡户的子女不能放弃一个，大家伙头就大了。

“不放弃一个？咋个可能？”曾丽说。

“人家不来读，我们去捆来绑来？”李章林说。

“哈哈，哪个把我儿子整回来读书，不谈成绩，只要让他能坐在教室里，只要让他把初中读到毕业，我给他五万块钱！”赵熊说。

对赵熊那儿子，普家河的村上人员也好，工作队人员也好，都知道一些，只有后来的张德伟没听说过。陈光彪说：“还别说，都好久没听你说起你儿子了，现在到哪儿整啥去了？”

赵熊说：“前不久广东那边不是有来招工的吗？是县人社局统一组织了去的。我还跟县人社局的一个朋友打了招呼，把狗日的整了跟着去了。老子还以为这次去，那儿的管理严些，会在长一点时间，但才去了一个多月，前几天，狗日的说在那儿不好玩，不在了，我问他不在那儿要去哪儿，要去整啥，你猜狗日的咋说？他说他要去上海，说那儿有他的朋友在。老子也懒得管他，要咋整，要去哪儿，整他的，去他的。”

“不要乱说！应该是熊日的还差不多！”李章林笑着说。

“你儿子多大啦？”张德伟问。

“十六岁多要十七岁了。”赵熊说。

“咋的？初中都没毕业就出去了？”张德伟问。

“毕业啥！”赵熊说。

“队长，你认不得。对于赵熊家这个儿子，我虽然没有他们清楚，但来这一年多了，还是基本能说清的，我给你说说。”陈光彪说，“也不说远的，就说去年的事。去年赵熊把他从四川整回来的时候，他说是想去技校读书，赵熊也把他整去了，当时还是我联系了里面的一个老师整去的。去了还不到两个月，就把一个同学打了个脾破裂，让赵熊花了两万多的医药费，又赔了两万的各种费用才摆平掉。花这钱都不说了，他们老师叫去说了他几句，当时赵熊是跟着去的，本来想跟老师道道歉，让他继续读下去，那老师也没说他重话，只让他要读书就好好读，不要来不来就要这个死那个活的，一天那样，还不如不要读了，东西学不到，倒给家里添乱。你说，那熊日的，当着他爹的面，指着那老师骂了一顿，说那学校又不是那老师家的，他读不读书关那老师啥事，还说那老师再这样那样的，他也要让他不得好死！你说，这样的鸡巴娃娃，哪个老师敢要？不要说他还不读，想走，怕是哪个老师教着他，都恨不得他滚快点！”

“有这么大的胆子？连老师都敢骂？”张德伟一脸的惊讶。

“这个只是骂，还没动手打呢。你倒认不得，在民德中学的时候，人家还提着钢管直接去打老师呢！”曾丽说。

“提钢管去打老师？他也太猖狂了吧？”张德伟又是一脸的惊讶。

“没跟队长摆，为了这个狗日的，我熬了多少夜，被老师多少次说得头都抬不起来。前几年，常常是一夜一夜地在街上、在网吧里找，现在真是提都不想提起来了。有段时间，我真是恨不得狗日的死了的好。就是现在，也当没这个狗日的。”

“咋会这样呢？咋会去民德中学读呢？民德中学好像是一所民办学校嘛？”张德伟问。

“原来是在三中读的。在三中那儿，还不是因为打架的事，读不下去了，才整到民德。原来还想着，多花点钱就多花点钱，去这民办学校恐怕要管得严点，只要管得住，把初中读完后，或许会好些，哪晓得，在哪儿都是那个德性。”赵熊说着说着，摇起头来，似乎不想再说了。

“是不是怪小学时候的学习习惯没培养好？或者是上初中后，大人盯得少了，让他伙上了好玩的，甚至是社会上玩的人？”张德伟不解地问。他真是一时想不清，他没见过面的那个孩子怎么会成了他们说的这个样子。

“要说盯呢，我还是算盯得够紧的了。从小学四年级起，我几乎是天天盯着的。你认不得，为了将就他读书，为了给他个好点的读书条件，我是骑着摩托车，早上从城里来上班，下午又骑着摩托车进城去的。有时候，就直接在城里招呼着他。日他妈的，哪晓得，最后会这样。”赵熊有一下无一下地摇着头说。

“还想他妈啊？”李章林说。

“恐怕当时不送进城去读，就让他在这普家河读，还会好些。”赵熊又说，“你不知道，这狗日的，原来是在一小读，读到三年级的时候都还好的，到了四年级，就发现不对劲了。不但学习越来越差，还因为打架的事，在那儿待不下去了，我又从一小帮他转到三小，还担心他学习跟不上，厌学，费了天大的劲，找了一个教育局的朋友，从四年级转到了二年级。你说，我还能咋整？”

“这个娃娃变成这样，跟你和你媳妇离婚，肯定是有关系的。而且从很大程度上来说，他变成这样，都是你们的家庭问题造成的。”曾丽说。

“是啊。但有啥办法呢。都这样了，管他的了。成蛇钻草，成龙上天。不说了。”赵熊端起摆在电烤火炉上的杯子，起身倒水去了。

张德伟本还想问问，但看着赵熊往里面走去的背影，也就没问了。转而，他说：“这劝学的事，还真不好做。像熊哥这孩子，如何去劝？要能劝回来，他恐怕早就劝回来了。”

“读书这事，不是个个都能读的。有些人，可能天生读不了书，你就是生拉活扯把他整来，他也可能学不进一个字去。甚至，有些人怕读书就怕得要命。你要他读书，比要他去死，还让他怕。我家有几个亲戚的娃娃，你叫他们去做啥都行，一说到读书，嘿，就像要拉他们上宰场了样。”方芳说。

“天生读不了书的，毕竟是少数。天生就喜欢读书的，恐怕也不多。说到底，读书这东西，还是看怎样培养，怎样引导。说不定借这次机会，我们还能劝出几个大学生来，劝出几个大领导来呢。”陈光彪说。

“彪哥说这个，倒完全有可能。管他了，劝得出啥来，都别去想了。现在，我们是要抓紧时间先盘点，看看我们村到底有多少这个年龄段辍了学的人，盘点出来了，再去劝。按昨天会上书记、乡长说的，是无论用啥办法，都要把这些人整回学校来。特别是卡户的子女，一个都不能落下。”耿世兵说。

“真是非空空的了。想起一出是一出，就不想想行不行得通？”陈正强说。

“我想，在普家河辍学的应该不多。总体上，普家河的人还是比较重视教育的。我们只能按要求先去劝，劝了是啥情况再说。”张德伟说，“不要说劝出几个大学生、几个大领导来，就是劝出一个大学生或者一个大领导来，我们这工作都是值得的。”

“只是，我们咋知道哪家有这个年龄段的娃娃没读书呢？难道又要一家一家地去问去查？”曾丽说。

“这个倒不用。只要抱出表来翻一遍，就能找出来了。”陈光彪说。

“行。那我们就开始干起，先一个人抱一个社的来查，查了找出来记上，统计了我们又把名单拿给社长去核实一下。一般情况，一个社，哪家有几个娃娃，在没在读书，社长还是整得清的。只要落实了辍学人口，我们就有的放矢，一个堡垒一个堡垒地攻去了。要杜绝贫困传代，让孩子读书是一条主要途径。我想，这样的人有不了多少，再难的骨头，我们也得去把它啃下来。”张德伟说。

“好嘛。走，下会议室查去，档案都在下面。”赵熊说。

一行人，有的提了茶杯，有的用纸杯泡了茶，相继穿过过道，往楼下去了。李章林在最后，扯声卖气地唱道：“妹妹你大胆地往前走，往前走……”

赵熊的电话响了。赵熊正在找他负责的七社的档案盒，没接，电话就一直在他裤包里响着。

“熊哥，是不是老情人打电话来了，还不接？”高家鹏说。

“老婆娘还差不多，他有得起老情人？”李章林说。

赵熊从档案柜里抽出一个档案盒，边抱着往桌子边走，边往裤包里掏着电话，说：“李副，你也太小看人了嘛！”然后往手机屏幕上扒拉了一下，对着手机喂了一声，说：“你好，哪位？”

“嘿嘿，还真不能小看熊哥呢。听听，恐怕是不但有，而且还不少，都弄得是哪个都认不得了。”李章林压低着声音说。

“哦。是的。”赵熊将档案盒放在桌子上，人坐在椅子上，靠着椅背，像是在很认真地听着什么。看着他那安静地听的样子，李章林也没再说啥了。像赵熊在接个很重要的电话，会议室里的人，也都安静了下来，有的看了一下赵熊，然后转过头继续找要找的档案盒，找到了档案盒的人，趴在桌子上，轻手轻脚地打开档案盒，轻手轻脚地翻起了表册。

“他现在在上海那边。”赵熊突然说，他这突然说的话，在先前安静的会议室里，显得异常清晰和明了。只是大家还一时不知道他说的“他”指的是哪个。赵熊接着说：“你的意思我听清了。要让他回来读书，我是没得办法的。如果有办法，我早就让他回来了。他的电话我一会儿发过来给你，你们打了看看。如果你们打了，他能回来，我感谢你们。如果他不回来，哪儿要追究，要承担什么责任，由我来承担，不用你们负责。一句话，我是没得办法把他整回来的。”

大家已经明白是什么样的人打来的电话。

李章林说：“麻利得很嘛，都开始行动了。看来我们还落后了。”

赵熊又说：“要得，我回来的时候，来找你们签字，要签啥字摁啥手印都没问题。只是要看看这个周末我能不能回来，现在我在普家河，也跟你们一样，在做劝学事儿。”不知对方又说了点什么，赵熊说：“好，我一定照办。是我要谢谢你们，谢谢你们的关心。”然后就把电话挂了。挂了电话后，他哈哈笑了笑说：“扯鸡巴蛋，真希望七社不要出现我那报应儿子一样的，要出现了，你们说，我能去咋劝？”

“说不定人家还真就把他劝回来了呢。”方芳说。

“想都不要想。如果那个狗日的都能劝回来，我真是可以拿手底板煎鸡蛋给你吃了。”赵熊说。

这时，张德伟的电话也响了起来。

陈光彪说：“队长家好像没辍学的娃娃嘛？难道还有藏着没带出来的？”

方芳也说：“队长家不会也是提前完成任务，现在又是超额完成任务了吧？”

张德伟没管他们的话，掏出手机来看，电话是李仁芬打来的。他以为李仁芬是要问哪个材料在哪儿，想想，觉得不对，她生了娃娃才一个多月，应该还在是请假时期。想着李仁芬生娃一个多月，他又想，甚至是蛮有把握地以为，李仁芬是要请他去喝娃娃的满月酒。

李仁芬确实是请张德伟晚上回去吃饭，但不是去喝她娃娃的满月酒，问他能不能回去。待听清李仁芬请他去吃饭，是因为她一个在省林业厅工作的同学下来，想让他去见见面，同时聊聊，看看普家河落水洞这一片地里能不能找到合适的林木去种的时候，张德伟想都没多想，也没向耿世兵征求意见，就满口答应了。

“我们来，我们来。”张德伟有些兴奋地说，“我把支书和主任也请着来。”

“好。我订好吃饭的地点，发短信给你。”李仁芬在电话里说。

“好。”

“对了，你们把那儿的土和水，一样带着一点来，让她带去检测一下，看适合种啥子。还有，取几张落水洞那一片地的场景照片带来，也让她看看那儿的地形地貌。”

张德伟只对着手机“好”“好”“好”地答应着。看着他像天上掉下了大元宝，被他知道掉在了哪儿，要捡到了似的一脸的兴奋样，一个个表册也不翻了，辍学的人也不查了，扭着头看着他。待他挂了电话，李章林才抢先问他，“队长这下恐怕倒是老情人打来的了，看着高兴成啥样。”陈光彪说：“你以为我们队长是憨的，要去见老情人还要把支书、主任叫着去？是不是你也想跟着去？要去的话叫队长也带着你去！”

张德伟说：“不要乱说，是李副，你们的老队长打的，她倒是，人离开了这里，也忘记不了对这里的关心。”

接着，张德伟就把李仁芬的意思当着大伙儿说了。

张德伟的话，勾起了大家对李仁芬的记忆。

“对这个地方她没忘记，对这里的人，不说世兵和我，就是彪哥，她恐怕也忘了。”陈正强说。

“忘掉我很正常，她最不应该忘掉的，还是章林。”陈光彪说。

“哈哈，是不是我也跟着去混顿饭吃？要不，队长打个电话给她，叫她要请，就把这里的人，都请了算了。就说这里的人，个个都想她了。”李章林说。

“算了，这次就不要去了。哪天闲点，我们约起，一起进城去请她吃顿饭倒是真的。她回去的时候，因为情况特殊，我们还没送过她。按正常情况，是该在一起吃顿饭，送她一下。现在她又还这样想着普家河，我们就找个时候去补上。今天既然她要队长我们几个去，就我们几个去了。其他的，还是留下来，把这辍学的人弄清掉。明天我们就进村去，开始做劝返工作。”耿世兵说。

“我晚上有点事，就不去了，章林想去见他姐姐，他跟着去。”陈正强说。

“也行，那章林跟着去。看彪哥要不要跟着去？”耿世兵说。

“我就不去了，我跟她么，都是老嘴老脸的了。”陈光彪说。

“那章林一会儿去整点土和水来，将就整几张照片，到时我们带了去。”张德伟说。

“没问题。这个任务放心交给我，我去整来。”李章林说。

“先查一下这辍学人员再去，还早。”耿世兵说。

“支书和主任找个时间，我们到八社去一趟。”高家鹏说。

耿世兵问有啥事，高家鹏说，八社的陈国明家，跟他说过好些次了。说是他家的一块地，一直被另外一家人种着，好像是从最初开荒的时候，就被那家人开出来种着了，一直种到现在，他家去叫那家人还，那家人也不还，要他们下去解决。耿世兵淡淡地说：“哪里的地啊？”高家鹏说：“具体位置，我也没弄清，好像在大黑山脚那一片。”

“叫他们把土地使用证拿出来嘛，看看是哪家的，就是哪家的了。”耿世兵说。

“我说过了。但陈国明说，他家的土地使用证找不着了。他说，前些年他就跟村上的人反映过，当时好像老陈在，他还说，当时他是拿证给老陈看过的，但一直都没给他解决。”高家鹏说。

“有这个事。当时他是拿土地使用证来看过，从使用证上看，那地也确实是他家的。但种着那地的又是洪明章家。他拿证来瞧的时候，刚好在整坡地改台地。当时，乡上的洪副乡长在，洪副以为是他想要坡改台的那点补助，就吼了他几句，说既然那地是他家的，为啥早点不说，早点死掉啦！陈国明么，也老实，被洪副吼了后，只嘀咕着说洪副怕要当一辈子的官，他就不信洪家人能把他那块地吃掉，就走掉了。”陈正强说。

“是个老问题了。能不能叫洪明章家拿土地使用证来，看看那地是不是他家的？如果洪明章家能证明是他家的，就肯定不是陈国明家的了。”耿世兵说。

“那地，百分之九十的可能是陈国明家的。你叫洪明章家拿使用证，不说他家的证还在没在，毕竟那证已经发了几十年了，就是在，恐怕他也不会拿出来。他一拿出来，就不是证明那地是他家的，而是证明那地不是他家的了。”陈正强说。

“嘿。那这成了个无厘头，我们去了咋处理。啥依据都没有，你能说那地是哪家的？”耿世兵说。

“如果真是要处理，也倒不是没得办法，只是要麻烦点。反正现在参加采地的那几个人还活着，只要把六七社两个社的老社长叫来，他们肯定就能说清那地是哪家的了。再说，陈国明家和洪明章家还不是一个社的，我估计，洪明章他们六社的地，根本没有那儿的。”陈正强说。

“既然这样，家鹏就找个时候联系一下这两个社的老社长，我们下去一趟，给他们整清楚。要不然等这两个老社长不在了，恐怕就没办法整清了。”耿世兵说。

“主要是看你和主任的时间，我这儿倒是什么时候都可以，要你两个确定了时间，我才好联系。”高家鹏说。

“那就过两天，等把这控辍保学的事整完了，接着去处理。”耿世兵说。

不觉间，已到了吃饭的中午。方芳妈背着方芳孩子，来叫吃饭了。吃完饭，大伙刚相继到了办公室坐下来要泡水喝，刘副乡长就打了一个电话给耿世兵，让耿世兵安排一个人跟着乡政府办公室的吴敏进城一趟。耿世兵问去整啥，刘副乡长在电话里说：“你家普家河的人出息了，染了病去医院里医了没钱，竟然还不知羞耻地说是哪儿哪儿的人，医院打电话来乡政府，叫去带人。乡政府的去接，没个村上的跟着去哪行？”

“哪个啊？”耿世兵问。

“还有哪个，九社的彭忠查了嘛。”刘副乡长在电话里说。

“那我们是不是还要准备点钱？”耿世兵问。

“不用了，吴敏会带着去。”

“好。我安排了人，让他们直接跟吴敏联系。”

待耿世兵挂了电话，把刘副乡长的话转说后，李章林说：“扯淡，这种事都要我们去带，是不是管宽了。这次是去跟他结医院里的账，下次是不是要帮他结发廊里的账了？”

高家鹏说：“有这种好事，我觉得像熊哥这种，工作干脆不要干，去当贫困户算了。”

赵熊说：“乱说，至少我还没混到需要你们去帮我结账的程度。我比他，咋说都要好点嘛。”

“章林给吴敏打个电话，看她是什么时候去。到时候，你跟她去。”耿世兵说。

“我跟她去啊？去了还要我把彭忠查接回来？不说这样我就干不成饭，就是跟他一起回来，我这脸往哪儿摆？”李章林说。

“哪个要你接，要你陪着他回来？你陪着吴敏去把账结了，该签啥字的签了，就叫他自个儿滚回来了。到时候看看我们在哪，你过来找我们。”耿世兵说。

李章林摇了摇头，一副无奈的样子。张德伟说：“不怕，没啥不好意思的，又不是你染的病。到时候我和支书跟着你去，你先联系。看她什么时候到医院，到时候我们直接去医院跟她汇合就行了。”听张德伟这一说，李章林就像个小娃娃，一下高兴起来，说：“哈哈，这样去好倒是好，只是别让认不得的人以为支书和第一书记去接的是我。”说是这样说，还是掏出手机，给吴敏打起了电话。听吴敏说她现在正在吃饭，吃了饭就走，让他下午三点钟在医院等她后，李章林看了一下时间，就答应了。

“那下午请主任带着他们整了，三点钟到医院，我们还得抓紧点时间，出发了。”耿世兵说。

“那走嘛，先去照几张照片，整点泥巴和水，整来就走。”张德伟说。

邝天梅说出种竹子和竹柳的建议时，张德伟的心里受到了一个不小的撞击。张德伟有一种脑袋里的某一扇窗被瞬间打开的感觉。这种感觉产生的同时，他想到了普家河十五社的小地名——绿竹林。因为不知道这个名字缘何而来，在那儿又看不到不说一片，就是一林也没有的竹子，所以他曾凭借四川蜀南竹海给他的印象，想象过绿竹林那儿如果有一片竹林形成的海洋，会是一种什么样的景况。

邝天梅就是李仁芬所说的她那个在省林业厅工作的同学。在友情园饭店一个叫“金沙江”的包间里，在等着上菜的过程中，邝天梅看了李章林手机上的照片，听了耿世兵、李章林对落水洞那一片土地的介绍和李仁芬、张德伟时不时地补充后，她说：“这种地方，说不定适合种竹子呢！”

“竹子！”张德伟的嘴一下张开，随之叫出了这个词。

“咋的？不行吗？”邝天梅被张德伟这一叫吓了一下，愣愣地望着张德伟问。

耿世兵和李章林也不知道张德伟为啥会发出这样的惊叫声。李仁芬更是，她以为张德伟是认为她这同学在乱说，以为在张德伟看来，要在那片地里种竹子是不可能的。他们也都抬着头看着张德伟。耿世兵和李章林的脸上还有笑，而李仁芬的脸上，是一种惊讶。对于普家河落水洞那儿适不适合种竹子，李仁芬也拿不准，她从来没有往这方面想过。她刚从医院里出院，在家里看新闻知道普家河受灾的时候，给张德伟打过电话。张德伟和她聊起普家河那烤烟被水淹的惨状时，她说："咋会这么严重？才两三天，那烟就全废了？"当时，张德伟还说："记得你是学林业的，能不能找到经得住水泡的来，替代这烤烟。"她知道，所谓替代，就是要在经得住水泡的前提下，还能创收。不说收入比种烤烟好，至少不能比种烤烟差。她为此也想过，但没能想出啥来。现在，她的这个同学邝天梅说种竹子，她不敢肯定，也不敢否定。毕竟，邝天梅是在省林业厅工作，她想，凭她的见识和经历，她也不会是乱说的。她既然说可以种竹子，就肯定有她的道理。她怕张德伟一来就说出打击邝天梅的话。

在张德伟像做了一场梦，醒过来后急急地说出"不是不是"的时候，李仁芬悬着的心才落了下来。

"如果能用竹子种植来替代掉烤烟种植，那肯定是最好的选择了。只是，我们对这竹子……对它的……怎么说呢？对它的种植，比如说它的适合土质，对它的效益，一点都不懂，要请美女给我们说说。"张德伟说。

"竹子对土质的要求不高，包括气温、雨水，都没啥特别的要求。竹子的品种比较多，我们可以根据这片地的实际情况来选择品种。至于收益，我觉得应该还是可以的。当然，与你们的烤烟种植比起来，我不知道你们种烤烟一亩能收入多少，不知道它比不比得过。"邝天梅说。

"种烤烟，一亩一年也就四五千块钱。"李章林说。

"种竹子，主要是从哪些方面来产生收益？"耿世兵问。

菜相继上了六七个。“我们边吃边聊吧！看看，喝点啥酒？”李仁芬说着，把邝天梅身前的消毒碗碟包装撕开，取出碗后，给邝天梅盛了一碗天麻汽锅鸡的汤。

“看看美女喝点啥酒嘛？”李章林说。

邝天梅说她不喝酒，耿世兵也说不喝了，张德伟说：“车我开，你和章林是不是喝点？”

李章林说：“我们两个喝就不喝了。”

李仁芬说：“还是喝点啊，又不是不会喝的。”说着要给耿世兵盛汤。

耿世兵说：“不用了，我们自己来。”

李仁芬坚持要给大家盛一转，说难得有机会请大家吃饭，大家也要给她这个盛汤的机会，让她表现一下。大家也就让她挨着盛了。酒终是没喝了。

“那就喝汤嘛。”李仁芬说。

邝天梅端起碗来，吹了两口，轻轻地喝了一口后说：“这汤鲜得很嘛！”

张德伟说：“这是我们这儿的一道品牌菜了，天麻是我们的特产，有着很多药效呢。”

邝天梅说：“嗯。知道你们的天麻很出名的，但这种吃法，还是你们这儿的做得好。”

耿世兵也边吹边喝了一口汤，说：“周围还没得哪里大面积地种过竹子，不知道我们那片地适不适合种？”

李章林说：“种肯定是没得问题的。虽然我们地方没有哪儿大面积种过，但你看城头的那些公园里，当风景的栽得有，甚至我们村里，也有好些人家在房屋周围种得有。种得出来种不出来我还不担心，再说我们把那儿的泥巴和水都带来了，这个可以检测了确定。我担心的是，种了有没有效益的问题。这是一种新种植，引进来种了，能给老百姓带来更好的收入，那当然没说的。如果种了产生不了效益，恐怕会弄出些麻烦事来。”

“种这竹子，可以从哪些方面产生收入？”耿世兵又一次提出了这个问题。

邝天梅说：“多方面的。比如竹笋，比如竹苗，最后，成熟了的竹子本身，也是可以卖的。它是一种竹材嘛。不同的品种，能形成不同的产品。”

李章林说：“也不知道一亩能产生多少收入？”

邝天梅说：“这个倒不好说。这竹子毕竟不像烤烟，当年种下去当年就能收了的。但它可以长年产出，开始的几年，收入可能会小些；随着年限的增加，竹笋会越来越多，可以采伐的成年竹也越来越多，收入就会更大。”

张德伟说：“你们担心的是收入问题，我担心的倒相反。我想，只要能种出来，能长好，收入恐怕还真不成问题。我们不说这竹子种下去，从某方面来说是一劳永逸的事，不用年年去种，也不说可以卖竹笋、卖竹苗，或者卖竹材，我觉得只要能大面积地种出来，有一种收入就不得了，那就是旅游业带来的收入。我们可以试想一下，如果普家河将落水洞那一大片地都种上竹子，甚至将周边的那些山上都种了竹子，长起来后会是一种怎样的景观？通过普家河的路，又是去鹤乡的必经之路，而且普家河离城，也就这么七十多公里，到时，普家河是不是会成为一个休闲旅游的好地方？如果成了一个休闲旅游的地方，城里的也好，周边乡镇的也罢，说不定全省其他州市的，省外的，都像不远千里去四川蜀南竹海样来我们普家河了。这样一来，旅游带动起来的收入，会是一种怎样的状况？”

张德伟完全沉浸在了他的想象中。似乎，普家河已长出一片无边无际的竹子林。“到时，在适合的地点栽些樱花，修些亭子，农家乐开起来了，说不定大酒店都修起来，又会是一种怎样的景况？不说别的，只要游人一多，就是在路边摆个小摊，卖卖烧洋芋，卖卖凉粉啊、酸萝卜啊的，收入都不得了。”张德伟说，“如果那样，落水洞被水淹这事儿，就让普家河人因祸得福了。”

“你这样一说，就像普家河已经变成了天堂似的。这咋可能？”李章林说。

“竹子经不经得住水泡？”耿世兵问。

“竹子的品种多，有好些是经得住水泡的。”邝天梅说。

“能泡多久？”李仁芬问。

“泡半个月没问题的，就有好几种。比如雷竹，比如云南方竹和云南箭竹，这些竹子泡上半个月都没问题。”邝天梅说。

“只要能承受一个星期就够了。我们那儿，水再大，都不要一个星期就消了。”李章林说。

“还有一种方式，水会经常淹着的地方，可以种成竹柳。竹柳就随泡了，常年泡在水里都没问题。”邝天梅说。

“种竹柳有啥用途呢？有没有经济价值？”耿世兵问。

“肯定有啊。首先，它可以作为一种风景树。另外，它还是一种造纸的好材料。”邝天梅说。

“只要种出来，就不可能产生不了价值。现在我觉得最主要的，是要拜托美女回去帮我们检验一下普家河的水土，看适不适合种你说的这竹子和竹柳？如果适合种，看怎么个种法？苗要怎么进？技术指导上，怎么请人？这个或许是更为关键的了。支书，你们说呢？你们还有啥想法？”张德伟说。

“如果种了确实有价值，接下来就是你说的这种情况了。”耿世兵说。

“还有一个根本问题，就是土地问题。毕竟那土地是农民的，看你们是打算让农民自己种，还是成立个合作社什么的，流转土地来种？让农民自己种，他们会不会种？毕竟对他们来说这是个新的东西，你弄进来了，他们不一定会接受。而流转土地来进行合作社种植，那些土地能不能流转过来？这个你们也是需要考虑的。”邝天梅说。

“这个没问题，土地的问题我们村上来处理，美女不用担心。”耿世兵说。

“还有一个问题，就是苗的成本高不高？还有技术指导上，需要的代价大不大？”张德伟问。

“是啊，这是一个问题。如果需要的成本大了，要让农户来买苗去种，恐怕难得整。要成立合作社来做，也难找到投资人。”李章林说。

“这个问题我可以来帮你们协商。我们可以先种一百亩或者两百亩做试验。种的时候，按我们以前在别的地方种的经验，我们可以与省竹协联系一下，还可以与省绿化基金会、省竹藤协会、省林业产业协会和你们市林业局联系。只要联系好了，购苗费和技术指导的问题，都可以解决，甚至是肥料都可以免费为你们提供，你们只要提供土地就行。”邝天梅说。

“太好了嘛。如果把这些问题都解决掉，哪还有种不成的。来，美女，我们敬你一杯。以茶代酒了。来，世兵、章林，一起了。哎呀，今天我感觉，就是天上掉下大馅饼来了。支书和章林是不是整杯酒来，好好敬敬美女！”张德伟端起茶杯举了起来说。

“是啊，你们都要喝点酒才行的，拿出点诚意来嘛。不把我这美女同学陪好，她刚才说那些，恐怕就只是说说而已了。喝啥酒？我去拿来！”李仁芬说。

“美女喝点啥酒嘛？拿来我们陪美女喝，都这样了，我们醉上一场也天值地值了。”李章林说。

“不了，不了。心意我就领了，你们别听我这老同学的。如果你们要喝，就尽管喝。别因为我不喝，倒整得你们也喝不成，这样我倒成罪人了。”邝天梅说。

“那你们俩喝点嘛！”李仁芬望着耿世兵和李章林说。

“算了嘛，美女都不喝，我们也就不喝了。”耿世兵说。

“好，不喝就算了。我们一起吧，一起用茶敬一下我这老同学。虽然我人没在普家河了，但我的心，是还在想着普家河的。我们一起，代表普家河的老百姓，敬敬她吧！”李仁芬说。

“好，干了。”张德伟一仰脖子，做出干酒的样子，喝了一口茶说，“这事儿，就要全权拜托美女了。”

相继，他们都与邝天梅留了电话，吃好喝好后，还说了谢谢啊、拜托啊的话，让邝天梅有什么情况，与他们联系。

回村的路上，几个人兴奋得不行，说的，全是在落水洞种竹子和竹柳的事。似乎，耿世兵和李章林，都像张德伟一样看到了成片成片的、满山满壑的竹子，看到了耸然建起的酒店，看到了亭台楼阁，看到了一个又一个开成农家乐的小院。

快要到村上的时候，彭副主席给张德伟打了电话来。张德伟不知道是啥事。当彭副主席问他他们说的那条路，是不是从普家河村委会门口到彭家梁子的那一段时，他也还没明白彭副主席问他这个是要做啥。“前几天我请着主席去找了一趟县交通局的，刚才他们一个科长打电话来落实，说他们正在加班完善这一批公路建设项目的事，问我，我拿不准，所以才问问你。整准了好跟他们说，别费一通力，最后把项目弄到别处去了。”彭副主席让张德伟落实了编成短信发给他，他再转发过去。挂了电话，耿世兵和李章林异口同声地说：“那路要整啦？”他们已听到彭副主席在电话里说的话，但他们都有些不敢相信。李章林说：“太好了。既然交通局的打电话来落实，肯定是快要整了。”说着，张德伟让李章林编一条短信发给他，他再转发给彭副主席。耿世兵说：“算了，等一下再发。反正都快要到村上了，章林先不要回家，先到村上去，把以前我们报那路的请示找出来，再按报的起点和终点，以及长度编了发过去。别弄得不一致，产生啥麻烦。”张德伟说：“也好。那就到了村上再发。”说着，他踩油门的脚，不由地加了一点力，车灯一下扫在路旁的树上，一下扫在路旁谁家的墙上。

村庄里的灯光终究是越来越稠密了。但灯光再多，整个村庄依然是安静的、祥和的，只有谁家的狗，偶尔叫上那么一声两声。

到了村上，李章林去打开他的电脑，费了好一会儿工夫，才将最近报的关于改造彭家梁子的路的请示找到，然后照着请示上的内容，将路的起点、终点和全线长度编成一条短信，发给张德伟。耿世兵也没忙着回去，而是一道进了村委会，他和张德伟一起到办公室，坐在那到处露着白点的黑色皮沙发上抽着烟。“要不要回家了？”李章林边从他那间办公室走出来，往大办公室走着，发着短信，边说，“我发过来了，队长和支书看看还要不要补充点啥！”一声短信提示音从张德伟的手机里传出来。耿世兵看着张德伟打开短信框，歪过身去跟着看了说：“可以了，就这样发去。”

张德伟将短信发出后，又给他们的彭副主席打电话，说短信已发的事。李章林发了转烟，也坐下来，说：“要不要喝点水？”

“喝点嘛，再坐一下。”耿世兵说。

李章林就又起身，拿起煨水壶到过道上接水来煨了，开始泡起茶来。

“我的茶少点，多了，晚上睡不着。”李章林将张德伟和耿世兵的杯子拿到外面去洗了拿回来放茶的时候，张德伟说。

喝茶，抽烟，聊天。他们聊得无比兴奋，一会儿是竹子种植的事，一会儿又是彭家梁子那路的事。聊到了路，他们就又聊到了水。耿世兵说：“也不知道那高局长他们，是不是把我们那水的事儿搞忘了，后面那几个人来看了后，都又有一个多月了，咋还没音讯？”

“应该不会，能不能整，他们总要给个答复才是。”李章林说。

“应该整得成的，高局长不可能会忘掉。他们那次来了后，才过了一个多星期就派人来实地察看了。如果不放心上，他回去后就不会派人来了。”张德伟说。

楼上传来孩子的哭声。哭声炸啦啦的，像被什么吓了样。

“哈哈，我们这声音，把人家方芳家娃娃吵醒了。”李章林说。

“这恐怕不是哭，说不定，他也知道了我们知道的这些消息，是在替普家河，特别是彭家梁子的人高兴呢。”张德伟说。

“还高兴呢。方芳这时候说不定正在骂你这几个短命的，说你几个半夜三更还不睡，在这儿大声武气地吼啥。”耿世兵歪着个头，用一只手夹着烟，吸着，眯笑眯笑地说。

他们又神吹海侃了很长时间。直至凌晨三点过了，耿世兵和李章林才歪偏歪偏地离开村委会各自回家去，张德伟也才脚也不洗口也不漱的就睡去。

第二天起床来吃早点的时候，陈光彪说他们昨天盘点了，全村辍学的适龄儿童共有十多个，属于卡户的，只有九个。张德伟听说才这么几个辍学的学生，感到有些高兴。从学生的辍学率来看，全村就这么十来个学生辍学，从某种程度来说，证明这个村还是重视教育的。只要重视了教育，就从很大程度上预防了贫困的传代，小则一个家庭，大则一个村庄，甚至一个地区、一个国家。他觉得无论昨天大家说那些辍学的人会如何如何的难得劝返，普家河毕竟才这么几个人。这样一想，他的心里就抱了一种乐观的态度。只是陈光彪没他这么乐观。陈光彪说：“有些学生，恐怕真是无法劝回来的。就像赵熊家那个儿子，你说，如果交给你去劝，你能劝回来？不说你派两个三个人去，恐怕是拿十头牛去，也拉不回来！”

“有那么严重？”张德伟边吃着绿皮鸡蛋边说。

“你看着嘛！今天去劝了你就认得了！”陈光彪说，“比如十社的彭忠文家那几个娃娃，昨天一从表册上查出来时，我就说虽然不像赵熊家儿子，但要整来读书，难度恐怕不会比整赵熊家儿子回来的小。”

“咋的？也是野得很？比赵熊家儿子还野？”张德伟有些好奇。

“不是野，是相反，说像白痴，有点污蔑人家，但还真像是白痴，而且几个娃娃都是。”

“几个啊？是不是有智障问题？”

“三个。怎么说呢？也可以说是有智障问题，但又好像还不算。跟你说吧，我第一次去走访的时候，登记户口信息时，有一个娃娃叫刘德珍，我觉得奇怪，他家不是姓彭吗，咋会叫刘德珍？一问彭忠文，才说是落户时被整错的，我问他咋不去改过来，他说他去找过派出所的了，派出所的说改不了。当时看这娃娃的年龄还小，我就问彭忠文这娃娃读几年级了。我是想，如果这娃娃学习成绩还好，我就是托私人关系也要把她的这名字改过来。没想到的是，彭忠文说没读了。我有些惊讶，这个年龄的娃娃，咋会没读书，问他没读书在整啥？他说跟她姐姐到城头去了。再问，说是她姐姐在城头的一个馆子里帮人洗碗。你说，当时我那心，他娘的，真是凉了半截。再看大那个的年龄，也才十四岁，问他咋不叫她们读书，这么大就放出去打工，彭忠文说叫的嘛，咋没叫，她们不去读。当时我真是无语啊，后来我去走访的时候，见到过这个刘德珍，看去木愣愣的，哪像十来岁的娃娃，问她咋没去打工了，她一句话不说，声都不吭一个，倒是彭忠文说，她姐姐回来了，她也跟着回来了。我问她姐姐回来了，没打工了，有啥打算，你说彭忠文怎么说，他说出的话，更是让我大吃一惊。那大概十五岁还不到的娃娃，已经找了婆家到婆家去了。什么叫哀其不幸，怒其不争，我当时完全就是这种感受。要说憨，她们又还能帮人洗碗，会找婆家；要说不憨，看着又真是憨得不能再憨的样子。”

“那这次劝回来读书的，这彭忠文家就有两个了？”

“三个。还有个小儿子，也没读的了。”

“哈，他家成了辍学专业户了嘛。那个小儿子有几岁了？”

“按户口上的信息，今年九岁。”

“九岁就没读书了，扯淡，放在家头做啥！不知道以前读过书没有？”

“抠泥巴玩吧，能做啥？据了解，是读过一年级的，二年级读了一个学期就没读了。”

“今天我们去看看，想办法整来读书。九岁，就算整来从一年级读起，也不算太晚。”

“看了，看能不能整来。”

“多去几个人，大家一起想办法。或者像开评议会，村上的和工作队的全部去，拿他家这几个娃娃来开头。”

“人倒多得是，学校里也还要派老师跟着去。”

“学校也要参与？”

“肯定的嘛。学校不参与，有好多事情我们还不好处理。整来了，安排班级啊学籍啥的，要他们去整。不过听说，辍学这些娃娃的学籍，上面早就整好了的，只等他们去读书了。”

耿世兵走进会议室，一副软绵绵的、无精打采的样子。“还没有睡醒？”张德伟说，“不再睡睡又来？”

耿世兵说："睡啥睡，一大早上就被刘副的电话吵醒了，喊下午去乡上开会，说接下来要落实易地搬迁的人家，时间紧得很，后天前要报给乡上。"

"之前队长他们不是已经报了吗？咋还要报？"陈光彪说。

"那次只是报了个大概，这次要准确的，搬哪些家，哪家是多少人，都要一是一二是二地整准。更主要的是，要一家一家地去跑了，做好动员，还要跟他们签下协议。"

"跟哪些签？"

"跟农户签了嘛。"

"还要签协议？咋个签？搬的地点确定啦？"

"搬城头去，就是以前说的那个什么安置小区。"

"搬城头？这个恐怕有点难呢。说着好听，乡头搬城头，变成城里人去了，但人家在这儿生活了几代人，你让人家搬去，生计问题是如何安排的，这儿的房子、土地的，怎么处理？这些明确了没有？"

"认不得。今天下午两点半开会，可能就是要说这些。"

"那等明确了再说，到时按乡上的安排来整，我们今天先去弄那辍学的学生的事。"

"今天就请队长带着人去做这事了。一会儿章林来了，配合着你，还有学校的老师也要来几个，你们先去整着。主任和我去开这个易地搬迁的会。"耿世兵说。

耿世兵和陈正强走后，张德伟让陈光彪和李章林开始准备要带着进村的表册。因为想着要签字摁手印啥的，让他们把印泥也找上。

因为全村义务教育阶段失学辍学的学生总数不多，所以张德伟将人员分成三个组。每个组一名驻村工作队队员、一名村上人员、一名学校老师。赵熊因为要签他儿子的字，所以请了假。工作队员还有四人，所以又留下方芳，一是可以在村上跟她妈一起带孩子，同时又可以帮她妈做饭。最后张德伟、李章林和学校里一个姓冯的男老师一个组，高家鹏、陈光彪和一个姓秦的女老师一个组，彭家洪、曾丽和另一个姓常的女老师一个组。

张德伟说："我们这个组的人都要年轻点，跑得起，就负责梁子上的十、十一两个社。九社没有辍学的，就不管了。家鹏你们负责十五社和七社那几家，老彭你们负责二、三、五社那几家。其他没有的，我们就不管了。"

"队长是不是有点亏了？还是担心有女同志跟着你去，工作会分心？"高家鹏说。

"你是骂我偏心啊？如果你觉得我偏心的话，就跟老彭换一下。还是你想跟常老师一个组？说了，现在就给你换。"张德伟说。

"队长分这个是最好的了。队长是出于对曾姐和常老师的保护，才把她们俩分了跟着老彭的，虽然秦老师和家鹏在一个组，但有我在，我都这样了，他也不敢咋样。你们说是不是嘛？"陈光彪摊开双手比了一比，说。

秦老师和常老师不说话，只望着这几个人微微地笑笑。倒是那个姓冯的男老师，他说："陈老师说这个是有道理，只是你们都把我给忽略掉了。你们认不得，为了趁这个机会带着她们俩出来，我是跟学校领导说了无数的好话的。现在倒好，成了搬甑子的猫一个。不说两个，一个都没得了。"

“说嘛，彪哥，会把火引到自己身上啦？你以为我们学校的老师是吃素的！”李章林边把准备好的几张表发给大家，边说。

“章林啊，我的情况大家又不是认不得的。你再给我啥，也过不了生的了。如果冯老师是白帮别人搬甑子，帮的也是家鹏和老彭。”陈光彪说。

“你还真连老彭都不如了啊？”曾丽说。

“我估计是不如的了。只是也不敢肯定，或者说没有比过。要不，老彭我俩来比一比？请曾姐做裁判。”陈光彪说。

“要咋比你们去比，别拉上我！”曾丽说。

“人家彪哥还就想拉上你呢。”彭家洪说。

“老彭又冤枉我，你自己想拉就说自己想拉，别说我想拉！”陈光彪说。

“要死！”曾丽将手中拿着的表册拂向陈光彪，做出要打他的样子。

“走了。要咋比先去把正事儿做了，回来你们再去比。要的东西各个组都带好了吗？”张德伟将手中的表理了一下，说。

彭忠文家住在十社的村子中间。

房子是用空心砖砌了，用石棉瓦盖的。房子不高，前面安门的地方，人进屋时都要勾着点头。

“队长注意。”听到李章林的声音，张德伟以为是咋了，猛地回头，不料，这一回头，倒让他的脑门实实地磕在了那门方上。一阵生疼，让他咝咝吸起凉气，还边吸边愣在那儿，不知东南西北了样。

“碰着没有？都喊你注意了呢！”李章林说。

“没事。”张德伟说。张德伟用一只手摁着脑门，轻轻地转了转头。

“先进来坐着休息一下，这门方撞着疼得很。”冯老师说。

“要慢点嘛，急啥呢。”一个汉子从挨着墙边摆着的一个转角沙发上站起来，呆呆地看着张德伟说。待张德伟弯了一下腰，像那门方会追着他来撞，逃也似的进了门后，汉子让了让，叫张德伟往那沙发上坐。沙发是布沙发，里面的海绵已这儿一块那儿一块地呈泥土色露出来，上面还这儿丢了一件衣服，那儿丢了一只袜子，或者一条裤子。张德伟也顾不了啥，还在用那只手蒙着头，一屁股坐上去，继续咬着牙，吸着凉气。李章林掏出烟来发，他也只是抬起另一只手，摆了摆。这时候，除了吸凉气，他连吸烟的力气都没了。

“这个是最小那个？”李章林问。

一个穿着一件像从泥浆里拿出来晒干的 T 恤衫的娃娃，这时正光着脚板蹲在沙发的里角上。

“是了嘛。”彭忠文说，“你站不起来！去瞧你姐姐死在哪里去了！你一天要死了，就只认得看这点电视？”那孩子愣睁鼓眼地看了看彭忠文，也不说话。彭忠文弯了一下身子，转着头做出要找什么东西去打那孩子的样子，孩子这才懒懒地挪动身子，挪下沙发来，歪偏歪偏地往门外走去。

“好些天没见，你这鸡巴脾气大掉了嘛！长本事了哈？”李章林说，“你学没学会看电视的？”

彭忠文说：“电视哪个不会看？你不会看啊？”

“你会看的？”李章林说。

“会看嘛。”彭忠文说。

“就是嘛。你都会看，你拿娃娃骂啥？我还以为你不会看呢！”李章林坐在沙发的边沿上说。

张德伟抬起还在用那只手蒙着脑门的头来，忍不住地挂了一脸的呲笑，还边笑边用手揉着脑门。他看到彭忠文像听不懂李章林的话，在那儿双手抱在胸前，只憨憨地笑着；又像是被李章林说到疼处，只是不知道该如何回答，才那样憨笑。看着他的这笑，张德伟的那疼，似乎轻了一些。

张德伟问：“你就是彭忠文哈？”

彭忠文说：“是的嘛。咋的？”

“咋的？你犯法了，你说咋的？”李章林说。

“犯法？我犯啥法？我又没偷人抢人！”

张德伟没想到李章林会用这样的玩笑来开始说事。但想想，这又不是玩笑。不让孩子读书，这确实是犯法的事。他以为彭忠文听到这话会有所惊慌，但彭忠文没一点惊慌。他那坚定的话语，似乎是在他看来，李章林这话，就像刚才那些，都是玩笑。

“你是没有偷人抢人，但你犯的法，比偷人抢人还严重。给你说，这是我们领导，专门来找你的。”李章林说。

“我犯啥法了？”彭忠文在沙发旁边的一个木凳上坐了下来，望着李章林问。

“你问领导嘛。”李章林说。

彭忠文有些胆怯地看向张德伟。

张德伟也就做出一副严肃样，顺着李章林抛出的话说：“你家有几个娃娃？”

“三个嘛。小这个，是交过罚款的。我媳妇还做过结扎手术的。”彭忠文说。

“我们今天来，不是追究你超生问题。”张德伟说，“三个娃娃，最大的一个多少岁了？”

“认不得。可能有十五六岁了。”

“娃娃是多少岁你都认不得？你这个爹是咋当的？”张德伟说。

“那几个娃娃是不是你整出来的？”李章林说。

“说鸡巴话。不是我整出来的，是你整出来的？”彭忠文说。

“大那个是不是叫彭德美？”张德伟拿他带在手上的一张表册翻了翻说。

“是的嘛。”

“她现在在哪里整啥呢？”

“认不得嘛。我咋认得？”

“自己的娃娃在哪整啥你都认不得？”

“嫁出去的人就如泼出去的水，难道我还要去管？”

“你的意思是，这十五六岁的娃娃已经嫁出去了？”

“人家娃娃都一岁多了。”

“嗯。按户口上的出生日期，十六岁还差两个多月。这么大点的娃娃，你不让她读书不说，还让她嫁人了，你这是罪加一等啊。”冯老师蹭到张德伟身旁，看着张德伟手头的那表册说。

“她原来读过书没有？”张德伟问。

“读过几年的嘛。”

“读到几年级的？”

“哪个认得。晓不得是读到三年级，还是四年级。”

“你联系她，叫她转回来读书。她回来读书，就不追究你了。如果她不回来读书，你这犯法的事，下次就不是我们来找你了。”李章林说。

“嫁出去的人泼出去的水，我咋叫？要叫你们叫去！”彭忠文说。

“嫁在哪里的？”

“就在十一社嘛。”

“但她的户口还跟着你们，你必须得叫她。我们到十一社后，也会去找她。另外，小的这两个，你也要让他们读书去。第二个叫啥？是不是叫刘德珍？”李章林说。

“本来是叫彭德珍，被他们整错掉的。”彭忠文说。

“跑哪去了呢？她以前读到几年级？还有小这个，读没读过？”李章林说。

“两个都读过一年的，姑娘还读了一年半。”彭忠文说。

“好。不管以前读过多长时间，这次必须让他们去继续读起来。今天是星期四，下个星期一就送他们到学校去。到了学校，直接去找这个冯老师。”张德伟说。

“大那个娃娃我们暂时不说，下个星期一如果小的这两个你不送到学校，你修那房子不说得不到补助，恐怕就连批都批不下来修了。”李章林说，“来，在这表上签个字。”

“签啥字？”彭忠文说。

“你的名字嘛，还有啥字给你签？”李章林说。

“写不成嘛。”

李章林没再叫彭忠文写，自个儿提笔写了，叫彭忠文摁了一个手印。李章林收起表册，又问彭忠文他大的那个姑娘是嫁给十一社哪家的，彭忠文说了一个叫“吴仕权”的名字。

走出门来的时候，两个娃娃正分别歪靠在门的两边墙上。“噗”的一声，两条蚯蚓一样的鼻涕，从那小男孩的鼻下钻进了鼻孔去，留下两行车辙一样的沟痕。张德伟伸手去摸了摸他的头，蹲下身去问他：“你叫啥名字？几岁了？”小男孩扭了扭头，不想让张德伟摸样，一个字不说，看也不看张德伟，只勾着头拿右手的食指、拇指抠左手的食指玩。张德伟也没起身，就蹲着转了一下，挪到小姑娘的前面去，问：“你呢？叫啥？几岁啦？”小姑娘十一二岁的样子，按户口上的出生年月，已经快满十三岁。她穿着一条细细的，却显得过长了的绿色裤子，一件高领的黑色毛衣，头发用一根胶圈扎了，或许是因为头发长得太厚太密，还粗根，又或许是因为没梳顺，看去那扎头发有一大把。她像是怕张德伟看到她的脸，原本是站得背朝门这边的，张德伟一挪到她的前面，她就侧了一下身，变成是面墙而立了。她的手里拿着一根小木棍。她不答张德伟的问，只拿那根小木棍往墙上一横一横地划着，有时，一横重上一横，像是对写下的“一”字一直不满意，她在描在补；有时，一横上一横下，像是在不停地写着“二”或者“三”；有时，又是一横与另一横交叉，像是在反复写一个“十”字。

张德伟站起身来，搂着小姑娘的肩想把她搂了转过来。他感觉到她的身体打了一个激灵。但她接着还是顺着张德伟那手的用力，被揽了转过身，然后走到了小男孩的身边来。张德伟又伸另一只手去把小男孩搂了过来。他再次蹲下身去。他蹲下身去后，小男孩和小女孩就都比他高了。他微微抬着头，一下望望男孩，一下望望女孩，说："你们两个想不想读书去？"

小男孩斜了斜眼睛，望了望张德伟，一个字不说。小女孩呢，拿着那根小木棍，用两只手的食指和拇指，捏着，不停地，有一下无一下地捻动着。两只脚在那儿也是不停地，有一下无一下地晃动着，也是一句话不说。

"喊你爸爸给你们一个买一个书包去，下星期一就到学校来读书了。听见没有？"李章林边说边拿出手机来，给张德伟和两个孩子连连照了几张合影。

两个娃娃像没听见李章林的话，一点反应都没有。

"只要你两个下星期一来读书，书包你爸爸不买，我买给你们。你们星期一进学校，我保证星期二把书包送到你们手上，好不好？"张德伟说。

"哈哈，队长认了！要送书包了！"李章林笑着说。

张德伟也笑了起来，说："咋了？我送个书包咋啦？"

"下星期一来读书了，好不好？你们看，书包也有人买了。你们来学校，直接来找我。"冯老师笑着说。

"你们好好看好掉，记着了，他是冯老师。不看好掉，到时候去了找不着他。"李章林说。

"说嘛。耳朵聋啦？还是成哑巴了？"彭忠文站在门边说。

"你会说得很，下来你跟他们好好说！现在书包也不要你买了，咋说，咋整，你下星期一把他们送到学校来。"李章林说，"我们就走了，下星期一你不送来，我们还要上你家门来。"

离开彭忠文家，张德伟说："说倒是说了，你们说，这两个娃娃下星期一会不会去？"

冯老师说："恐怕难，你看他们哪个是想读书的，加之那个当爹的，来不来就是吼，就是骂，恐怕是吼得多了，骂得多了，这么大点的娃娃，都随他去吼去骂了。看他媳妇能不能说得动。"

李章林说："他媳妇说啥，憨包一个。"

这样一说，张德伟和冯老师都觉得这两个娃娃下星期一去学校这事没啥可能性。

"看那样子，就是去了，也怕是读不成啥书的。"冯老师说。

"还要想让他们把书读好，那是假的了。"李章林说，"但去，还是有可能会去的。彭忠文要修房子，我刚才说他不把两个娃娃送到学校去，就不但得不到补助，还连批都批不下来修，这个对他，还是有威胁的。"

"呵呵，还是你有办法。一会儿说人家犯法了，一会儿又拿修房子的事来威胁人家。"张德伟说。

"干这农村工作，不用点土办法哪行？"李章林说。

走到大路上，张德伟拿出手机来看时间。快十一点了。他说："十社的只有彭忠文家，剩下的就是十一社的了，有两个，加上彭忠文那个姑娘，总的是三个。我们是不是先回去吃了饭再来？"李章林说难跑，一来一去的，要的是时间。"我跟社长打个电话，看他在家没有，到他家去吃算了。"李章林说。

李章林打了电话。他让那社长煮起一锅洋芋，说他们有三个人要去吃。

穿过十社的村子，翻过山梁，他们到了陈光彪曾带张德伟来过的这小道上。在普家河村，就只十一社张德伟还没去过。

说起来，他说他真是一个不称职的工作队长，连一个村都还没有跑遍。倒是冯老师，他说他去过两趟，是学生家宰过年猪，请吃庖汤的时候去的。说起去十一社的路，他说："去一次都是实在推托不了才去，又是学生左一遍右一遍地喊，又是家长左一个电话右一个电话地打。不然，这路走得，不要说去吃点猪肉，就是去吃龙肉，也不情愿，走一次怕一次。"

"还会请老师去吃庖汤，说明这儿的民风还淳朴嘛。"张德伟说，"现在还有多少学生家长会请老师去吃庖汤？"

"十一社的人，总的来说，在普家河都要老实点、本分点，这倒是真的。"李章林说，"按说，都是一个村的，也隔得不算远，但山背后那边十一社的人，就没有其他几个社的搅得。"

张德伟又顺着那由山顶泻下的洪水一般的山脉看了一遍。从一袭一袭的山脉，一沟一沟的山壑，看到山脉和山壑汇聚到的坝子，再看到坝子后面又一次高上去的山脉，和布于那些山脉间的沟壑。最后，那些山脉和沟壑在山顶上，与远处的天空连成了一片。

张德伟看着这些山山壑壑，已不再有晕眩感。

迈开步子往下，边跑边滑，他们就少了话语。跑上一气停下来的时候，张德伟甚至还要或远或近地看上一阵，似乎，他要把自己在不同位置所看到的风景，都细细品味一番。

山高坡陡，山地贫瘠。说起来都是普家河村，但这儿和十五社的绿竹林，或者是和下面的任何一个社，都没有一点可比性。这虽然属于二半山区，但比很多山区的生存条件还差。要说易地搬迁，这儿真是应该搬的。

翻过一个山湾，便看到了山梁上的人家。

“终于到了。”张德伟说。

“这儿有四五家人。”李章林说。

“其他的呢？”张德伟问。

“其他的还要过去。这个社的人户，散得很，这儿一家那儿一家的。”冯老师说。

“管他。上街打铁，一天到黑。再散，今天跑这几家人也应该没问题。”张德伟说。

“这倒不一定。有一家人具体在哪儿，我都没印象了。一会儿问问社长。队长你可能没听说，对于十一社这里，我们的总结是，交通靠走，通信靠吼，安全，靠狗。站在这儿，对面的人家可能一喊就能喊应，但要走过去，花一两个小时还要走快点。”李章林说，“走，吴仕权家就在这里，我们去看看有人在家头没有。”

擦过一个土墙房子的墙角，随着哗啦啦的一阵链条响动，接着传来了汪汪汪的狗叫声。“注意点，有狗。”李章林弯腰从墙边拾起一根柴棍来，抢先走在了前面。

“吴仕权！吴仕权！”看着用一根甩链拴着，呼呼呼地拖着那链子，呜哇呜哇地一下往这边扑一下往那边扑的狗，李章林也不敢再往前走，只站在那儿喊。喊了几声不见人出来，也没人应，他们都以为没人在家。那狗似乎看到李章林没有继续往前的动作，所以扑咬的劲儿没先前大了，只在那儿伏着身子，嘴里呜哇呜哇地叫着，叫声低沉，像是只要这边的人再往前走，它就要上来拼命似的。张德伟刚想叫李章林走了，等回来时再来看，从对面的瓦房里走出了一个女的来。女人虽然矮小，但穿得还干干净净的。看去就一个中学生模样，但她的怀里已抱着一个孩子。“你们要整啥子？”女人出了门来，也不去拉那狗，也不往这边走，就站在屋檐下问。

“你就是彭德美？”李章林问。

“是的嘛。咋了？”彭德美不紧不慢地说。

“他家人呢？没得在屋头的？”李章林问。

“认不得。”彭德美说。

“有没有在屋头的人你都认不得？”李章林说。

彭德美像没听见，又不说话了。

“你多少岁了？”张德伟又问。

彭德美还是不说话。

“走了。”李章林喊。

冯老师跟在李章林后面，问她读书的事不说啦？李章林说：“说了有啥用，有啥说法。”错过那畜圈，上了路，张德伟走在最后，说：“丧德啊，这么大点的娃娃，就当妈了。这种人，以后咋整？”李章林说：“这个队长倒不要担心，现在这社会，难道她还会被冷死饿死？再说了，以前的那些老人，比她小就当妈的多得是。”张德伟说：“那是以前呢。现在都啥年代了。”

社长打电话来，问李章林到了没有，说是菜都整好了。李章林说：“快了。”三人加快了脚步，不时便到了社长家。社长已经六十来岁的样子，张德伟在村上见过他，知道他姓陶，耿世兵他们常常叫他老陶。社长家的房子是两间瓦房。走进去，地上还没打水泥地皮。“麻烦了，陶社长。”张德伟说。

“麻烦啥子？队长还是第一次来我家，平时要请，都请不来你们呢。”陶社长说，“来，坐着了，随便吃点。在这儿，想买点菜，都买不着。”挨着地炉旁的一张桌子上，已摆了一钵酸菜洋芋丝汤，一碗花生米，一碗干洋芋片。这时，一个妇人，从另一间屋里端了一钵干辣子炒腊肉出来。陶社长从靠后墙处的碗柜上提了一个胶壶过来，看着冯老师和张德伟还站着，就又喊了一遍，叫他们直接在桌子边坐了。“酒是不是就不喝了？还有事啊！”李章林说。

“咋不喝？适逢难遇来我家一趟，连点酒都混不着一口喝，还有啥意思？”陶社长说着，已坐在桌子边，将胶壶的盖扭开，拿碗开始倒了起来。

“真还有事呢，别喝得一会儿路都走不成，还去整啥事。”李章林说，“好了，好了，少点，要喝也就喝这点了。”

陶社长开始往张德伟面前的碗里倒了起来，张德伟捧起碗来说：“我的只要一小点，我整不起酒的，意思意思就行了。”

“放着我倒，你放心，我不会多倒给你，倒多了，算我的。”陶社长用一只手将张德伟的碗抢了放在桌子上，说是不会多倒，咕咕咕地几下便倒了大半碗，倒得比李章林的还要多，“队长第一次来我家，我还没好好跟队长喝过酒呢，就先喝这点，喝了我再倒。”说着，站起身来，越过桌子的上空，举着壶往冯老师碗里倒，边倒边说：“冯老师我们倒是熟的了。”

妇人又端了一钵淡白菜摆在桌上。“老人家来吃了。”张德伟说。妇人应着：“要得，要得，你们先吃着。”然后就往门外走去了。门外传来呜噜呜噜的猪叫声，还有被猪拱得哐啷哐啷响的圈门声。

“来，先喝一口。”陶社长端起碗来，说。

喝了一口酒，放下碗后，陶社长说：“今天又是来整点啥事呢？”李章林夹了一片洋芋片，边嚼着边将事情说了。“劝啥，人家都不读了，你咋劝得回来。”陶社长说，“像你说的那陶四儿家的娃娃，都出去打了好些年的工了，人家还回来读书？回来了咋读？从哪儿读？都十四五岁了，难道你还叫他去读一二年级？恐怕让他去读个二年级，都读不走。”

“是啊，这是个普遍存在的问题，但上面就是要求这些娃娃到学校，去读起书来。”张德伟说。

“倒是你们说的另外那个，叫陶以乐的那个，他爹前几天还跟我说，问我能不能跟学校里的老师说说，给他姑娘转个班；转不了班，他姑娘就咋都不去。”陶社长说。

冯老师问是咋的，陶社长也说不具体，只知道是哪天早上起晚了，加之下雨路滑，去迟到了，因为迟到，陶以乐被老师罚站了一节课，然后就不去读了，说是咋打咋骂都不去。陶社长说：“这孩子倒是回来的时间不长，好像才读四年级。如果能换个班，倒是想办法把她整回去读。”

“学校头的四年级有几个班？”张德伟问。

“现在的四年级有三个班。”冯老师说。

“那只要她想去读，换班就应该没问题了。这个学生我们得把她整回学校去。只要她能把书读好，我们这一项劝学工作就值了。”张德伟说。

“没问题。换班的事交我身上。”冯老师说。

“好嘛。这一趟，总算看到了希望。我们吃了饭就去看看。”李章林说。

“不用去了，远得很。我打电话把她爹喊来。”陶社长说，

“等我们吃好饭，他也差不多到了。”说着，陶社长就给陶以乐的父亲打了电话，说了事情，叫他来他家这儿一趟。那陶以乐的父亲听说是女儿读书的事，在电话里连连说好的、好的，还问要不要把孩子也带着来，陶社长说：“能带来，就带着来嘛。”

第八章　向大家致歉

张德伟他们回到村上，天已经擦黑了。劝学工作，效果可谓微乎其微。听各组跑下来的情况，跑倒家家都跑了，但似乎都只是起到通知的作用。做通工作，明确要来读的，竟只有张德伟他们去劝的陶以乐。

第二天早上，村上开了个会议。说是开会，这村上的会，不像乡上，更不像县上、市上那样正规，他们村上的人和驻村工作队的人，外加刘副乡长和十一社陶社长，十来个人，就在村委会那办公室里，有的坐在沙发上，有的坐在临时挪来的板凳上，有的坐在电脑桌前的椅子上，甚至像赵熊、李章林，就靠着那电脑桌，站着，无规无矩，没板也没眼的，就开了。

“都多少年没读了，回来咋读？要是我，恐怕我也不会回来。只要像队长他们发现的陶以乐这种人，能借这次机会整回来读，就是好事了。对于劝学结果，我们先把实际情况报给乡上，看他们要咋整再说。”东一句西一句地听了大家对劝学事情的讨论后，耿世兵说，“现在，我们要抓紧整的，是易地搬迁这事。这个工作量很大，也可能会出现很多麻烦事，但从长远来考虑，这些人搬出去是件好事。要不，在那山背后，真是世世代代都难得有啥大的发展。”

“确实，昨天我还是第一次去那山背后。那儿虽然属普家河管辖，但那条件，跟下面这几个社简直没可比性，甚至是跟九社、十社比，也没有可比性，生存环境可谓恶劣。不说平时的生活不便，就是送个娃娃下来读书，都不容易。”张德伟说。

“都说在惯的山坡不嫌陡，我们看着那儿难在，但人家完全有可能把那儿当成宝贝地点的。”曾丽说。

“这个倒有可能，人家毕竟在那儿生活了几十年，生活了几代人。哪怕他们平时也说那路如何如何难走，但真要叫他们搬离那儿，恐怕他们又舍不得了。”方芳说。

“如果搬得好，那十一社的人家，就会因为这次机会糠箩跳米箩。一次搬家带来的改变，可能会是他们奋斗几辈人都做不到的。只是不知道确定搬到哪去了没有？”陈光彪说。

“好嘛，我们就不散话了，开会。”刘副乡长边理着从一个蓝色公文包里拿出来的文件材料，边说，“我们今天之所以集中开这个会，原因是刚才支书说的关于我们村易地搬迁的事。易地搬迁这工作不好做，像刚才大家说的，哪怕他们现在生活的环境不好，但要让他们搬离那儿，哪怕是搬到一个很好的地方去，他们也不一定说搬就搬。所谓故土难离，这个我们要充分理解。正因为这样，所以就需要我们积极地去做他们的思想工作，引导他们从远处看，从长远看，从他们的子孙后代来看。只要把他们的思想工作做通了，这次搬迁，对他们，肯定是一次历史性的改变。大家担心的一些问题，或者说村民们担心的一些问题，昨天的会上，乡党委、乡政府已经作了一些明确。而乡党委、乡政府昨天在会上明确的这些，也是县委、县政府发了文，明确了的，现在我就跟大家传达一下这些内容。”

从刘副乡长的传达内容中得知，这次全县统一的易地搬迁安置点，是建于县工业园区旁一个叫祥和家园的小区。房子是高层楼房，三十八层，房屋户型不同，面积也不同，有大有小，最大的是一百四十八平方米，最小的是四十八平方米，其间有各种面积的。对于搬迁户，人均住房面积不超过二十五平方米，六人户及六人以上户最大住房面积不超过一百五十平方米。政府将统一对住房进行简单装修，实行交钥匙入住。他们在搬入新房后要按照旧房拆除协议约定的时限，主动拆除旧房，并按照相关规定实行复垦复绿。复垦复绿形成的耕地、林地、草地等，其权属归搬迁对象，并由相关部门确权颁证。他们原有的承包耕地、林地等生产资料权属不变，已享受的惠农政策不变。他们的适龄子女在安置区所在地就近入园、入学，已享受的教育扶贫政策不变。

“在此基础上，县委、县政府每家人给一万块钱的安置费。”刘副乡长说，“这个其实也是退出宅基地的一种补偿。”

刘副乡长又讲解了一些要填的表，包括易地扶贫搬迁农户申请审批表、意愿协议、意愿调查表等。关于搬迁后的生活，刘副乡长说搬迁户中，十八岁至六十岁的人，党委、政府将根据村民的意愿和各自情况，统一安排到玩具厂、面条厂、服装厂、酱油厂等工厂去上班。

“易地搬迁是扶贫工作的‘当头炮’，是实施大扶贫战略的重中之重，也是难中之难。目的是把那些居住条件恶劣，生活条件差，说白了，就是没有发展盼头的地方的人，搬到适居宜居有发展盼头的地方去。”刘副乡长说，“而且党委、政府的政策，还要让老百姓搬得出、稳得住、有事做、能致富，所以，我们要让老百姓相信党委、政府给他们的这些政策。很多东西，我们跟他们说了，他们可能会觉得是空的，但也有很多东西，我们是可以给他们说具体的，比如说，搬去后，交通条件好了，出了门，到处是水泥路、柏油路；饮水方便了，水管直接拉进屋里；打工的，在附近就有那么多厂可以进；读书的，不但学校近，而且可以享受更好的教育资源；生个病，也能最快地送进城里的好医院。”

“‘可以享受更好的教育资源’这话，我们恐怕还是不要说的好，”陈光彪说，“现在，可是在致力于教育均衡发展呢。”

“说是那样说，但现在哪个敢说均衡了呢？”陈正强说，“你农村学校和城市学校，无论是从师资力量，还是从教学设备，哪里能比？”

“但是，现在到处都在搞教育均衡发展的验收呢，”陈光彪说，“我觉得这样说还是不妥。至少，相关的部门和单位，都在致力做这事。现在不均衡，下一步就均衡了嘛。”

“那我们就不要这样说，换种方式说，这东西，我想只要一说，他们就会明白的。”刘副乡长说，“总之一句话，搬出去，对他们的好处，很多。”

这样说来，对于搬迁户的土地，跟原先传的一样，依然归这些村民。他们可以回来耕种，也可以在里面种树，还可以承包给别人种。“只是，有一个硬要求，搬出去后，他们在这儿的房子必须拆除，这是必须的。”刘副乡长说，“现在是十月份，按邹副县长和乡党委、乡政府的要求，是这批搬迁户要在年前搬完，要让他们搬到新家去过年。算下来，才三个多月的时间，所以我们的工作，可以说是时间紧，任务重。到时候，这个也是我们扶贫工作的一项重要考核内容。”

刘副乡长讲后，问耿世兵、陈正强和张德伟还有没有啥需要说的。

“还有一点，乡长这儿没说到，我补充一下。”耿世兵说，“原来乡上给我们的名额是三十户，但我们村十一社总的是四十三户，卡户是二十七户，非卡户是十六户，原来我们担心如果只搬卡户，那剩下来的非卡户咋整？还有卡户，要是不愿搬的又咋整？说白了，这易地搬迁，原则上还是取其自愿。今天会上我提出来，说要搬就整社都搬了，那儿即便不是卡户，条件也都比较差，这也是当初那儿评的卡户较多的一个原因。乡长、书记，还有邹副县长他们讨论后，也同意四十三户全部搬。名额问题，乡上能内部调整的，就内部调整；内部调整不了，邹副县长再从县上去给我们想办法。所以，我们接下来要做的，是山背后十一社的整社搬迁工作。只是，对于住房问题，这同步搬迁的非卡户要按照建房成本与国家补助标准之间的差额交纳建房资金。”

耿世兵补充后，陈正强和张德伟没再补充啥了，只说政策都已基本明了，接下来只有撸起袖子加油干。刘副乡长又让李章林把县上下发的关于搬迁政策的文件复印了，人手一份发了，让大家把政策吃透，该说的尽量说，不该说的，直接不要说，还让陶社长一定要积极配合好工作，做好宣传和引导，努力让大家积极、乐观，安安全全、开开心心地把这家给搬掉。

正在商议如何下村，如何分组，遇到什么样的问题该如何处理的时候，钟乡长给刘副乡长打来电话，知道普家河这儿正在开会传达昨天乡上的会议精神，安排易地搬迁工作后，钟乡长让刘副乡长再安排一个事，说是刚接到县上通知，十天左右后，省模拟验收考核组将来验收考核。钟乡长说很快乡扶贫办就会将各个村所要准备的材料，包括户档案和村级档案目录，发到各个村来，现在书记他们正在讨论和安排这事，想着可能各个村都正在开会，所以提前向挂钩到各村的分管领导打电话通知一下，以便有所准备。钟乡长还说，这次省上组织的模拟验收考核，考核人员都是从大学里请来的，和下一步国家的验收一样，实行第三方考核验收。这次考核虽然是为下一步的“国考”做准备，但也不可掉以轻心。普家河乡今年是要整乡出列，所以钟乡长要大家趁这次模拟考核的机会，把该完善的，做得不到位的地方，完善好，做到位。钟乡长说这次涉及易地搬迁的几个村，又要做搬迁工作又要“迎考”，本来一样就够整了，两样并起来，任务就更艰巨，但再咋艰巨，都还得做，不但得做，还都得做好。“易地搬迁工作要抓，‘迎考’工作也得抓，因为时间关系，还不能说先抓这样，然后再抓那样，两样都得抓，都不能出现纰漏。”

刘副乡长接了好一会儿的电话，挂了电话后，刘副乡长便把钟乡长在电话里说的“迎考”一事向大家说了。“咋整？哪个整得过来？”刘副乡长的话还没说完，彭家洪扬起手将手里的一个烟头丢到地上，伸脚去狠狠地摁了一脚，慢悠悠地说。他的话让刘副乡长的话停了一下。方芳看了看彭家洪，又看了看刘副乡长。整个办公室里一时静了下来，像是大家这时都渴了，相继端起水杯，嗞嗞嗞地喝起了水来。“这次‘迎考’，是为明年的最终验收考核做准备，说是模拟验收考核，但我们是不能掉以轻心的，如果这次考核出了问题，也必然是要挨板子的。同样，搬迁工作出了问题，也要挨板子。”刘副乡长像没有听到彭家洪的话，过了一会儿又接着说，“完不成任务，挨板子的时候，作为挂钩普家河村的分管领导，我肯定跑不掉，但我想，在座的，恐怕没一个能跑掉。”

“事情摆在这儿，我们只有干，撸起袖子干。”耿世兵说，“牢骚的话我们已经说了很多，现在面对这些事，我们都不说了。说再多，事情也不可能非空空的不在。现在我们要想的，是看看如何来做，按照相关要求，如何尽可能地把事情做好。只要尽力了，至于挨板子，到最后都要挨了，我接受。不要到时挨了板子，才来想要是当时这样那样就好了，那时候，就来不及了。”

“兵来将挡，水来土掩。办法，总比困难多。”张德伟说，“这次迎接模拟考核，我们一方面要把该完善的完善好，该做到位的做到位，到最后，考核出啥问题，我们也可以继续完善和弥补，从某种程度来说，他们是来帮我们发现问题，这是好事。另外，十一社搬迁的事，这时间倒确实太紧，要搬去过年，这可不是说搬就搬了的，但只要我们把政策宣传好，把服务工作做到位，也是可能做到的。”

“大家都说说嘛。”刘副乡长说，“事情就这些，大家觉得如何做更好，如何做更节省时间、更有效，都发表一下意见。”

李章林说："完善档案资料，迎接考核，虽然要求他们还没有发来，但我想，纸质资料肯定得完善，同时，系统里的数据，也肯定要与纸质上的一致。是不是把我们村上的和工作队的人，根据情况，分成两组，一组进村入户，做搬迁动员工作，一组留村上完善这些资料和数据？"

陈正强说："哪些下村，哪些留村上呢？这人员力量如何分配？我的建议是，完善资料的，可以适当留几个。说白了，即使这次模拟考核发现了一些不足，我们下一步还可以进行弥补，考核验收，最关键的，还是下一步的国家考核验收。但是这搬迁工作，过了一分钟就是一分钟，过了一个月就是一个月，到时候搬不了，无论是书记还是乡长，都不可能说再给你一个月两个月来整。"

曾丽说："留村上的人，尽可能留对表册和系统熟悉的，我这种，先申请下村，那群众工作再难做，我都去。是刀山是火海，我都去趟一趟。"

刘副乡长说："先看看嘛，哪些是愿意下村的，哪些是愿意留下来的？"

陈光彪说他都可以，下村也行，留下来也行，根据最后情况，哪里差人他去哪里。李章林也这样说。方芳说她留下来在村上跟着完善资料。赵熊和高家鹏也提出下村。彭家洪没表态，刘副乡长问他，他说："领导咋安排，我就咋整。要说干工作，我从来没有拖过哪个的后腿。"赵熊用牙齿咬着烟的过滤嘴，眯着眼。曾丽撮着嘴，一副似笑非笑样。方芳呢，两个小酒窝，若隐若现地浮动在那脸上。

还没确定好，乡扶贫办的人给耿世兵打来电话，说"迎考"

工作需要准备的材料目录和相关要求已发到乡政府 QQ 工作群，要下载了对照完善，下个星期，乡上要先安排人提前到各村进行检查。耿世兵让李章林去下载了打印出一份来，先看看具体是些啥，好安排。李章林去了隔壁办公室没多久，就拿了两份材料过来，给了刘副乡长一份，给了耿世兵一份。

“需要的材料还很多呢，我看户档案资料是十三项，村级档案资料是二十一项，”看了一会，刘副乡长说，“队长你看看。”

张德伟站起身，接过那材料看了起来。

“看着是多，”耿世兵说，“但我们村的，因为以前李队长带着做，做得很扎实，这上面需要的，我们都差不多是有的了。像村级档案，现在可能只是散的，只要找来归一下，就可以了。总的看，需要补的不是很多。”

“我有个想法，”张德伟将那材料翻看了一遍后说，“说出来，请刘副、世兵你们看看，可行不可行。”

刘副乡长说：“队长你说。”

张德伟说：“世兵刚才说档案资料差得不会很多，以前大家已经做得很扎实，这点我是相信的，但我觉得我们还是不能马虎。虽然刚才大家都说要整搬迁工作要迎检，事情很多，但我觉得我们还是可以借这次机会，来认真梳理一遍我们的档案资料。说到底，哪怕是差一样，我们也是要查了相应档案，才知道差的是哪一样。就是每一家人的户档案，我们也是要查上一遍，才知道齐了没有的。都是要查的，我们是不是就借这次机会，把所有的档案，都来查缺补漏一遍。这样补一遍后，我们的心底，就会踏实起来。以后再遇上哪里的检查，哪怕是国家组织的考核验收，我们也就不担心了。”

刘副乡长说：“这个倒是。不全部查一遍，我们就不知道差的是啥。整不好，人家来了，如果刚好抽到我们差的，就出洋相了。”

“所以我是这样想的，”张德伟说，“搬迁的事，正如大家所说的，不是我们今天去通知了，他们愿意搬了，明天就搬的。搬家，离开家园，这对于任何一个人来说，都是一件大事，不可能会轻易决定。哪怕他们知道搬去会很好，也不可能会立马答应你，立马行动起来。他们需要一段时间的犹豫、考虑，甚至是对比。而在他们犹豫、考虑和对比的时候，如果我们一天只知道为了完成任务去追他们，恐怕还会起到反作用。所以我想，我们可以先准备好，准备充分了，去召开一个集体的会，把这事宣传了，把相关的政策、待遇光明正大地讲了，把时间限制也讲了，然后让他们去私下讨论上一阵，让他们去自行准备，然后，同意搬的，来找我们报名，签协议。所谓他们的准备，只要他们的心里决定搬，哪怕还没来报名，也会去把该收的庄稼什么的收了，不种的地，也就不提前去犁了。而我们，也就趁他们准备的这个时间，全部人员集中精力来完善我们的档案。甚至，我们还可以白天在村上完善档案，晚上进村去做一些相应的动员工作。如果他们要做搬的准备，恐怕他们白天也就没时间听我们讲啥。我们这样去，很多时候会找不到人，就是找到了，也是去耽误他们。”

刘副乡长说：“这倒是个办法。支书、主任，你们看看咋样？”

陈正强说：“是的。队长说这个，我还是赞成的。如果他们打算搬，肯定要做很多准备工作，我们白天去，一是找不到人，二是即便找到了，也是去耽误他们。还有一点，我们追得急了，还真是会让他们认为只要他们不搬，我们就交不掉差，这种认为一产生后，我们的工作会很被动。我觉得我们要让他们认为，现在有这么一个机会，而且这个机会是错过就不会有的，把搬了的好处说了，让他们自行选择。甚至可以说，他们先报名先签协议，就可以先去选房。这样，我们做起来，既会轻松一些，也会主动一些。”

陈光彪说：“我建议开了动员会后，就找个时间，带他们先进城一趟，去看看那儿的房子，看看那儿的环境。”

“就是。让他们看一下要搬去的地点，他们的心里就会更有数。”方芳抢着说。

“那么多人，咋个带？”曾丽说。

“也没多少。就四十来家人，我们可以确定一家人去一个，租一辆大巴来，一车就拉去了。”陈光彪说。

“哈哈，像组织他们去旅游似的。”赵熊说。

“嗯，对，就带他们去旅游一趟。我们不光要带他们去看房子，还带他们去附近的学校，还有望海公园，还有博物馆，都看看。我们还可以放宽一点人数，一家人可以去两个。大不了，我们多租一辆车。”张德伟说。

“说是这样说，但租车的费用，包括去了，恐怕还得吃顿把饭，这钱从哪儿去整？”高家鹏说。

“这个应该没问题。也花不了多少钱，我想可以请乡上帮助解决。就是乡上解决不了，请队长跟蒋主席联系，我们单位应该也可以解决。”陈光彪说。

“没问题。这个可以先请刘副和支书向乡上争取一下，如果乡上解决不了，我再跟蒋主席联系，请他帮忙解决。因为我们单位前段时间已经给普家河拨了十万，用来重新修八社的那个水池。科协单位小，本身就没多少经费，要再拨，可能会有困难。但先不管这个，到了那一步，真要我们单位来解决了，即使我们单位困难，蒋主席也会给我们想办法的。对于扶贫工作，蒋主席的热心和支持力度，大家都是知道的。”张德伟说。

“我还建议，召开这个会不要太急，要准备充分一点。是不是请肖书记、钟乡长他们参加一下，甚至把邹副县长也请来。我们努力把规模开大一点，把声势造强一点。有些政策，可能从他们领导的口里说出来，和从我们的嘴巴里说出来，效果是不一样的。”陈光彪说。

“彪哥的点子还多得很嘛，平时咋没看出来？”高家鹏说。

“家鹏是在骂我啊？你是说我一天正事不做，歪点子倒多，是不是？我一天做的正事还是不少的嘛，而且这个也不是啥歪点子啊！”陈光彪说。

“我可没这样说哈！”高家鹏说。

“彪哥说这个，是有道理的，而且是很有道理。这搬迁工作，我们不能轻举妄动，不能打没有准备的仗。还真得费一番工夫，好好琢磨琢磨。有时候，即使我们是出于好心，要办的也是好事，但处理不好，不说达不到预期效果，甚至还会办成坏事去。”张德伟说。

“是的。我们确实要慎重点，要一步一步走稳。乡长和书记那儿，我去请，看他们能不能参加。至于邹副县长那儿，我向肖书记他们说明这个意思，看他们觉得请他恰当不恰当，如果恰当，也要他们出面去请才好。”刘副乡长说。

彭家洪说："只是晚上进村，十一社那么远，路又不好走，怕不好整。要是出现点啥事儿，哪个来负责？"

"怕出啥事？老彭难道还怕被那儿的哪个婆娘留下来？"陈光彪说。

"老彭会怕？他巴不得呢！"赵熊说。

"我倒没得人会留，但彪哥去了，倒说不定。到时候，别弄得叫队长去带人，那才整麻烦掉了呢。"彭家洪说。

"老彭这又是在侮辱我了啊。我早就说过，我那个是不行的了，你说，哪个会留我？你就是我哪儿疼，你指着哪儿戳，这实在是有点不地道嘛！"陈光彪说。

"应该说，在整个扶贫工作中，易地搬迁这事儿难度会是最大的。所以，我们肯定也就免不了要进行白加黑的工作。我们要有这个思想准备。"刘副乡长说。

"这是很难，也必然是很有意义的事。都说我们要通过自己的蜕皮，来换取群众的脱贫，只要能让十一社的群众脱贫，改变命运，我想，我们苦点就苦点，累点就累点，不怕，毕竟这实在是值得去苦去累的一件事。"张德伟说。

十一社整社易地搬迁的会议，过了六天才得以召开。

乡长和书记虽然答应来一个参加，但接连几天，他们都在县上开会。

耿世兵他们只有等。

听说要等，几个性急的人，包括陈正强，都说不等了，他们不能参加，村上和工作队的人，就自己组织去开算了。时间不等人，到时完不成任务，是要挨板子的。

刘副乡长和张德伟却不同意。他们说，没有乡上的主要领导到场坐镇，哪行？

“磨刀不误砍柴工，不急。”张德伟说，“正好，我们可以借这几天时间，好好地先完善一下档案资料。”

而实际上，就是这几天时间里，投入档案整理工作的，也没几个人。耿世兵、陈正强、张德伟，因为水和路的事，忙得不可开交。有时，连李章林和陈光彪，也不得不拉出来跟着跑。像约好似的，先是拉水的队伍，接着是修路的队伍，相继进村来了。这拉水的队伍，分为三支。一支队伍负责钻井，就是在村委会后面，原来已经勘测确定了的点上，钻出井来，作为取水点。一支队伍负责建水池，水池要建两个，一个建在取水点旁，以先把水从井里抽上来蓄起；另一个建在彭家梁子十社后面最高的那个山梁上，通过二次提水，把下面这个水池里的水提到那儿再次蓄起来。一支队伍负责挖沟埋水管，包括埋两个水池间的水管，也包括埋梁子上那水池与村子里各家各户间的水管。这三支队伍上百人相继来了后，耿世兵他们一方面要为他们协调了找住的地方，做饭吃的地方，堆材料的地方，一方面又要带他们用白灰去沿着采好的线路放线，还要去找建水池和埋水管涉及土地的农户协调。拉水的这队伍还没安顿好，县交通局采路的人又来了。好在，采路的人不多，而且要修的这条路，大都是将弯就拐地沿着原路进行硬化，只有少部分需要扩宽、拉直，涉及拆房的，没有大房子，只有几间畜圈，另外就只有几棵树需要砍。而拆圈和砍树，也还不急。这次只是采线，还不直接修。所以，待书记和乡长从县上开会回来后，除了要完善的档案资料还没完善完外，拉水的队伍已经安顿得差不多了，测路的人也已经送走了。

为将就书记或乡长的时间，也为了尽可能地让村民能参加，会议定在这天晚上八点开，地点在陶社长家背后一个小山梁上。那儿有一块缓坡地，算不上太宽太大，但却是这个社难得拥有的一块平缓点的地了。地里的洋芋已挖刨完，陶社长说他原准备趁地里的土松，撒上萝卜以后拔了来喂猪的，但现在家都要搬了，猪也就不喂了。“猪都不喂了，还撒萝卜做啥？”陶社长说，“踩得再铁再板，也没必要管了。”陶社长还找出去年他儿子讨媳妇时买来牵了点灯的电线，从他家的电闸处接了，拉来拴在地边的一棵大叶子树上。现在，一颗一百瓦的电灯泡，挂在那棵大叶子树的一枝横枝上，照出一片耀眼的光。一群蚊蝇，噼噼啪啪地在灯的周围飞着、撞着，似乎想钻进灯去，却又钻不进。钻不进不说，即使一次一次地扑空，或者撞上，也不离开，弯个方向掉个头，或者翻个身，又再次扑了去。

群众零零散散地往这儿走来了。有的打着手电筒，有的没有，有的手里拿着，却没开。来的人多了，有男的女的，老的少的，大多的，还男人婆娘的带了娃娃来。虽然这儿在十一社算相对居中的地方，但这儿的人们居住分散，这一来，爬坡过坎走上半个小时一个小时的，多的是。一些人家，甚至得要两个来小时才能走到。路远不说，偏偏又狭窄，又多弯，又一时爬高一时下低的，连个摩托车也不能骑行。但再远再难走，他们都还是来了。远些的人家，早早地做饭吃了，便往这里赶。他们都算着时间，生怕到得晚了，放过重要的话没能听到。

“这灯拆了嘛，点了做啥？”一个四十来岁的汉子说。

“怕你狗日的看不见嘛，人家又没喊你出电费。”他旁边的一个老者咂了一口叶子烟说。

“你老人家眼睛还没瞎嘛。天上那么大的一罩灯挂着，你还看不见？”

天上，一轮清汪汪的月，已快升至中天。一颗一颗的星，不密，却像是知道它们的光比不了月，而要以数量的多来胜过一样，遍布了整个夜空。抬眼望去，沟沟壑壑间，远山辽阔，近影混沌。这个山梁上，或者那个山湾间，传来一阵一阵的狗咬声。偶尔，还能看到一些山湾里，有一束一束的电筒光，闪着、划着。

“他二大爹家要不要搬的？”一个年轻媳妇问她旁边的一个汉子。他们站在挂电灯的树下，她的怀里抱着一个像是睡着了的孩子。

“看嘛，看他们咋说。好的话，要搬么就搬了。省得在这沟沟头，娃娃读个书，光是这路就跑得不但娃娃怕，大人也怕。”汉子说。

听着这声音，张德伟觉得有些熟。寻声望去，这汉子竟是陶以乐的爸爸陶天方。

“小五知道了没有，他咋说，你家要不要搬？”陶天方又问那年轻媳妇。

“他们说了这事，我就打电话给他说了。”这年轻媳妇说，“他也说等着看看，叫我有啥情况再跟他说。”

“他还不回来？”

“要搬了才叫他回来。如果不搬，回来做啥？”年轻媳妇说。

“要真像社长那天说的，倒是搬了的好。”陶天方说。

确定要开这会后，耿世兵他们就让陶社长下去将消息传开掉。虽然时间还没定，但他们让他像串门子样的先去说。“你就跟他们说最近几天可能要开这么个会，然后把相关的政策，当作你听说的话说给他们听，这样说，哪怕夸张点都没啥，就说具体的，要等开会了才敢肯定，”耿世兵说，“要不，怕决定了开会时间后，来不及通知。”当时，刘副乡长说这还有个好处，就是有些在外面打工的，听说了这消息后，恐怕就会赶回来。所以，会前的这几天，通过陶社长的串村走户，十一社要搬迁的事儿早就传开了。社长说的一些话，经过转弯抹角的转述，有的变得更好，有的变得更坏。

“恐怕也好不到哪去呢。你们年轻点的，倒还可以去打个工，苦点钱来吃，像老子们这种，吃啥子？”旁边一个弯着腰的老人慢悠悠地说，“就算你狗日些现在苦得着来吃，难道不会老的？”

“你老都老不死了，难道政府还会让你饿死。低保啊特供什么的领着，一年几千块的，还不够你胀肚子？”陶天方旁边的另一个婆娘说。

“老子吃着你家的啦？要是你像老子一样，孤寡老人一个，老子一分不要，全都给你算了。”老人说。

“国家养着你这种死又死不掉，活着逗人笑的人么，也算是倒霉了。”刚才那婆娘又说。

“政府倒啥霉？老子倒担心你哪时候倒霉呢！”老人扶着手里的一根棍子撑了撑身子说。

“呸！怪不得你能吃上低保享起特供，这山背后的霉早被你一个人倒完了！”那婆娘往人群的空隙间吐了一口痰，便望都不再往这边望了。

老的不像老的，年轻的不像年轻的。听到这话，张德伟深感不畅，不知他们为啥会这样说。再有啥仇啥恨，毕竟是一个村的，不应该说出这样的话来。前边一个个子有些高，戴着一顶毡帽的老人扭过头来，望了望那婆娘说："小家会才没得点道理了，这种话你都说得出口！"叫小家会的那婆娘又扭转身来，望着这高个子老人说："我大爷爷你听嘛，他说那话，哪个受得了？"小家会叫大爷爷的这老人说："你去跟他较劲，就是你没得道理嘛！"

张德伟转着头望了望周边，李章林和陈光彪在人群的后面蹲着抽烟。他抽身出来走了过去。陈光彪说："人应该到得差不多了，要不要打电话喊世兵他们来开了？"张德伟让再等等。"那些山路上还有人在来，尽量等齐了再开。"张德伟说，"给书记他们在社长家多坐坐，过来了，这儿的人这个追着去问一通，那个追着去问一通，说也不是，不说也不是，要一个一个地说，恐怕弄得会还没开，话就讲不出来了。"李章林递过一支烟来，张德伟边接烟边往裤包里掏打火机。点燃烟后，他在陈光彪的旁边蹲了下来。"那老者是咋的？"张德伟看到刚才和那个叫小家会的婆娘互骂的老人走出来，便举着夹烟的手轻轻指了指，问李章林。李章林微微偏了一下头，问张德伟是不是弯着腰拄着根棍子那个？张德伟说是。

"这个老杂种么，叫啥人？"李章林说。

"咋的？"张德伟问。

听到李章林的这话，张德伟有些惊讶。他不知道这老者到底是咋的，会让李章林这样骂他。虽然他们平日里粗话不少，但多是玩笑话。张德伟似乎还没听见他们哪个这样骂过人，没感觉到他们对哪个人憎恨，或者说厌恶到这种程度，怪不得那个叫小家会的婆娘会那样骂他。都一个村的，再咋说，人家毕竟有那么一把年纪了，犯得着说那样损人的话?

一提起这人，李章林便滔滔不绝地说了起来。“这狗日的叫候万发，原来不是我们村的，是梁山的，只是具体是哪的，我也认不得。我们村十一社原来有一个冯正伟，死掉好些年了。哪年死的，我都认不得。冯正伟死了后，冯正伟的婆娘就把这候万发招姑爹招来了。冯正伟在的时候，有一个姑娘两个儿子，这候万发呢，在梁山那儿有两个姑娘一个儿子，两个姑娘还有一个是瘫的。他来的时候，还一个娃娃都没带着来，就丢在了梁山，是一个人来的。当时，冯正伟家那个姑娘，大概有十六七岁了。你说狗日的叫啥人？竟然把冯正伟留下来的那个姑娘强奸掉了。强奸了还不说，后来狗日的一直占着啊。那时候我们还小，听大人些讲，只要有媒人来说冯正伟留下来的那个姑娘，狗日的硬是咋整都要把人家整走掉，甚至就直接回绝说不给。”李章林说，“听说，那时候村里的人望着那姑娘可怜，还只要在远点的地方有认得的适合的人，就帮着来说亲，想让那姑娘找个人家嫁了，哪怕是个瘫的瞎的。但不管哪个去说，都被这狗日的挡了。狗日的一直那样占着啊，我们都勉强懂点事了的时候，还听见有人说，某天某天，哪个在乡街子上又遇着这杂种了，而且这杂种是带着那姑娘去的。”

“他带去做啥？要说，这也算是他姑娘，他带着去也没啥？”陈光彪说。

“彪哥，你认不得，狗日的是带到乡街子上的一家小诊所里去打胎。”李章林说。

“那冯正伟的婆娘呢？她难道认不得？她就放他这样糟蹋她的姑娘？”张德伟说。

“咋个认不得？你没听说，我们也是听说的。起头，那婆娘也闹过，但她一闹，就被这狗日的拿着从死那头地打。打了不说，还把菜刀架在那婆娘的脖子上，扬言说只要她敢跟别人说，就要把她砍掉。不但要把她砍掉，还要把她那两个儿子也砍掉。被这样一威胁，那婆娘也就二话都不敢吭一句了。”李章林说，“那时候听我一个舅母去我家的时候摆，背地里，一些关心她家的人问她是不是真有这事，你说，她竟然一个字都不敢说呢。”

“按说，虽然那姑娘的爹死掉了，她应该还有叔叔啊什么的其他亲人吧，她的这些亲人忍心看着她被一个外人这样糟蹋？”陈光彪问。

有人从他们身边走过。李章林摇了摇头。

“就算她没有其他亲人，这个村子里的人，也不可能会放他这样猖狂啊？”张德伟说。

“冯家在这儿是小姓人家。应该说，就两家。是那些年修关闸水库搬迁到这儿来的。搬来的时候是一家，因为这家人有两个儿子，后来就分成两家了，一家就是这冯正伟家，另一个是冯正伟的兄弟冯正刚家。听说，这两兄弟以前分家时为其分地的事，吵得一个恨不得把另一个给杀了才称心的，甚至，冯正刚因为盖畜圈时有一堵墙脚占了冯正伟的一点地，冯正伟死活不准盖，还抱了炸药要去炸冯正刚舂起来的墙呢。就这么一对天仇样的兄弟，你说他会去管？当然，更主要的是，这冯正刚也是尿人一个。敢提着铡刀守着硬把那圈舂了起来，也只是对他哥哥冯正伟，对别人，恐怕你叫他拿根竹棍去打一下，都不敢的。”李章林说，“至于村里的其他人，说来真有些丢底，一些年轻人，先也曾说要把那狗日的整来砍掉，但后来，一个二个的，竟然都摸到那姑娘那儿去了。你们认得，那时，这村里的人，大都是在那走廊上啊圈楼上啊的睡的。”

“这种人，老天竟然没有早点把他收掉！”张德伟说。

“这狗日的，你不要说是以前，就是现在，听你这样一说，我都恨不得找把刀来把他砍了！”陈光彪说，“这人世间，咋会有这种人！”

“她家那两个儿子呢？”张德伟问。

“那时候那两个儿子还小得很。按他们说的算下来，恐怕也就十岁左右。你们认得，在那时候的农村，十把岁，书又没读一天，认得个啥。”李章林说。

“那后来呢？后来他们长大了，竟然还让这杂种活下来？”陈光彪说。

“各位，请大家过来了，开会了，大家尽量往这边站。”耿世兵拿着一个小蜜蜂，瓮声瓮气地喊了起来。

“他娘的，老子们竟然还这样不分白天晚上地为这样的人忙活，想着真是让人无语啊。说不定，接下来还得去给这老狗日的做思想工作，想尽办法要让他过好点呢。这样的人，真该让他早点死了的好。”陈光彪说。

“哈哈。这样的人，普家河村恐怕也就只有一个。我们的工作又不是只为他一个人，我们帮的是更多的人呢。”张德伟站了起来，说，“走，开会去了。这样的人的事，不听也罢。听了恶心。”

陈光彪也站了起来，说：“我倒还想听，虽然他现在还没死，但我想知道他是怎样过成现在这副屄样的。”

“也倒是，说不定，这是老天给他的另一种惩罚方式。”张德伟呵呵地笑笑说，“哪时候章林又继续。”

李章林说没问题。“章林，去喊一下那边的人，喊他们不要站在那儿瞎鸡巴吹了，过来开会，”看着刚走到挂灯的树下的李章林他们，耿世兵说，“这时候不过来好好地听，过了，又这样也认不得那样也认不得了。”

夜空沉寂，只有那轮高挂中天的圆月，似动非动地洒着满天的清辉。稀稀朗朗的星，如一颗颗漂于蓝色水晶液里的珍珠。山，无论高与低，都成了轮廓，上面那些白日里能见的树，高也好，矮也罢，再是怎样的粗，怎样的细，都只是这轮廓里的一团影而已。飞翔的麻雀和鹰，以及爬行奔跑的兔和虫，都已歇林的歇林，钻洞的钻洞，消失得没有一点踪影。倒是这个小小的山梁上，像在这夜空下支起了一炉火，并煨上了一锅水，现在水已经开了、沸了。在耿世兵拿着小蜜蜂扩音器有一声无一声的喊叫中，婆娘唤儿的声音，汉子吼叫的声音，小儿的欢呼声、哭喊声，穿插其间。更多的，则是这儿一团那儿一群围在一起的人，对搬迁一事的议论声，如沸了的水不断地往水面冒起的泡，嘤嘤嗡嗡，哔哔剥剥。

“大家安静了，我们开始开会。”耿世兵说，“今天晚上把大家叫来开个会，为的就是我们十一社整社易地搬迁的事。这个，想来大家都已经听说了。刚才，听到大家也都在议论这个事。现在呢，我们的肖书记、刘副乡长，以及我们的驻村扶贫工作队的张队长，都在这儿了。相关问题，大家先听领导讲，最后，有啥不清楚的，要问的，可以再问。”

耿世兵让大家鼓掌，欢迎肖书记给大家讲话。

“各位乡亲，大家晚上好。今天晚上，我来参加你们这个关于易地搬迁的会，现在，我感到很痛心。”肖书记说，“为啥？我觉得我作为一个乡党委书记，在普家河乡已经干了四年的乡党委书记，还让你们住在这样的一个地方，让你们走着这样的路，住着这样的房，我实在是有些失职了。来的时候，我们的车只能开到梁子上，下车来后，我就跟随刘副乡长、耿支书他们，一路走了来。说句害羞点的话，因为耿支书提前跟我说过这儿的路不好走，要我穿一双好走路的鞋子，所以我是连皮鞋都没穿，专门穿了这双运动鞋。”

肖书记勾了一下头，蜷了一下左脚看了一下她那只脚上的鞋子，那意思，是要让大家也看看她的那鞋子。

肖书记接着说：“但穿着这样的鞋子，一路走来我都被崴了好些次啊。我这脚，特别是右脚，现在还在疼得走路都是瘸的。刚才从陶社长家出来，要来这儿开会的时候，一站起身来，不但崴着的脚疼，简直是小胯都是抖的了。说句不好意思的话，当时你们的耿支书还问我要不要背我一下，我没让他背。我就是要让自己感受这种痛。我是痛在脚上，疼在心头啊！我实在是愧对我们这个村里的乡亲们了。在这儿，我给大家鞠躬了，向大家致歉了。”

肖书记深深地弯下了腰去，在她直起身来的时候，一只蚊子还是什么飞虫，也不知是飞去扑灯被撞晕了头，还是闻到了什么味，飞去扑到了肖书记那斜横着一条银亮细链的脖颈处。

肖书记勾着头，伸起手，往脖子上拂了拂。或许是感觉那蚊虫还没被拂去，或许是想确认一下，她又轻轻地提起那粉红色的低领衣边，往里看了看，还轻轻地往里吹了吹。肖书记抬起头来，眯着眼，往头顶上方的那颗一百瓦的灯泡看了看。那儿，一群蚊蝇像潮窝的蜂子，呼呼地飞过来飞过去，啪啪地撞过来撞过去。

肖书记往后退了退，把小蜜蜂扩音器从左手换到右手，举起来置于半空接着说："现在，改变大家生存环境，让大家不再走这样的路、住这样的房的机会来了，大家可以搬到城头去了。那儿，房子是高楼大厦，路是水泥路、柏油路。这是党和国家关心大家，要让大家过上幸福生活的一个大举动。"

肖书记还说原来只打算让建档立卡户搬，但考虑到这里生存环境恶劣，通过他们的多方努力和争取，现在是只要愿意搬的，都可以搬了。不知听见了群众中的什么话，她说："大家下来，认真想想，决定要搬的，尽快找耿支书他们报名。实在不想搬的，我们也不勉强。但要告诉大家的是，过了这个村，就没这个店。错过这次机会，以后再想搬，可能就没这好事了。"当听到群众问起如何搬的话后，肖书记说："至于如何搬，搬到哪，搬后你们的日子咋个过，接下来，我们请刘副乡长给大家讲。讲了，还有啥不清楚的，可以问他，也可以来问我，我先到社长家去坐坐，要不然，回去的时候，可能就真要你们耿支书把我背回去了。"

肖书记在高家鹏、耿世兵和陶社长的搀扶和陪伴中，走出人群，往陶社长家那边走去了。这边，刘副乡长举起肖书记递给他的小蜜蜂扩音器，开始讲起了话来。

明里不急暗里急。虽然说易地搬迁取其老百姓自愿，但俗话说在惯的山坡不嫌陡，金窝银窝不如自己的狗窝，如果真依老百姓的意愿，最后搬不了，耿世兵他们也脱不了干系，钟乡长、肖书记他们，更脱不了干系。所以，刘副乡长开始长驻普家河村了。他们白天一边开始等老百姓来报名，一边忙其他事宜。晚上，便分组进村，入户做起了工作。他们采取先易后难的策略，先走进那些年轻的，有在外务工，也有孩子在读着书，基本已有搬迁意向，只是还没来报名的人家，去给他们鼓劲，去帮助他们坚定搬迁的意志。

搬去后，这儿的房子必须拆除，这是原则。所以一些人家还在为房子的事犹豫，他们说如果这儿的房子能留着，他们就搬。他们要把这儿的房子留下，堆放点农具，以便回来种种那些地。虽然搬去了，但他们那些土地，还依然是他们的。既然土地是他们的，他们就还想回来种着。“种啥子？种几十年了还没有种怕？”李章林说，“种那点地能种发财？要种得发财，你们早就种发财了！说得难听点，有种那地的时间和力气，你们在城头随便打打工，用那钱可以买你们那地头的几倍的粮食了。”私下里，张德伟说：“他们那地，还真得想想办法。”他觉得那地既然还是这些老百姓的，他们的心里就还会有着一种牵挂。虽然种不出啥来，但他们毕竟种了那么多年，已经种出了感情。有些人，哪怕花了两百块钱的成本去种那块地，最后只产出一百块钱的粮食来，也要去种，他们不愿让那地荒着呢。要让他们搬得出去，并安安心心地去过那城里的日子，解决他们对这地的牵挂，还是一个不可忽略的因素。而如何解决呢？张德伟还真不知道。那地，要承包出去给人种，在这村里恐怕是没人会要的。广种薄收，还要给承包费，谁会干折本的生意？

这天，在市林业局一位副局长和县林业局局长的陪同下，省林业厅的一个处长，带着邝天梅和省绿化基金会的一位秘书长、省竹藤协会的一位副会长、省林业产业协会的一位副主席，早早地就来到了普家河。

知道他们这次要下来，而且是这样那样的人跟着来，张德伟当时还问过邝天梅具体时间，说落实后，他好去订宾馆。邝天梅却让他不要管，她说她已经和市林业局的联系过了，吃住啥的，他们会安排。包括他们乡镇上的领导，他们县林业局的也会通知的，张德伟他们只要配合一下乡上就行。这样一来，张德伟他们也就没大管，像没这事样，白天依旧要么去看那些贫困户的建房情况，该取照片的取照片，该报进度的报进度，要么就是按这样那样的通知要求，整理数据，完善表册和档案。乡检查验收组的已经组织来看过他们的档案，虽然说他们已经做得不错，但依然还有这样那样的不足。为了做好迎接省模拟考核验收组的考核验收，他们还得进行查缺补漏。到了下午，他们又得早早地把晚饭做了吃了，然后三个或两个一组地到十一社，去做搬迁动员工作。

普家河村产业调整会在村委会的会议室里召开。参加的人员不多，乡政府钟乡长出席了会议，肖书记因其他事务未能前来。另外，还有挂钩普家河村的刘副乡长、村三委班子成员、驻村工作队员。再就是普家河村九社、十社的社长和几个村民代表了。会议之前，在耿世兵、陈正强、张德伟的引导和钟乡长的陪同下，省、市、县下来的一行人已到落水洞查看调研了一趟。实地查看回来，已过中午一点，在村委会吃了饭，喝了一会儿茶，便接着开始开会。会议开始后，钟乡长代表乡党委、乡政府做了欢迎讲话，主要是感谢省相关部门和领导，市、县林业局领导对普家河乡，特别是普家河村的关心和厚爱。钟乡长的致辞完了后，由耿世兵就普家河村和落水洞那一片地的情况做了汇报。耿世兵还就种竹一事，如如何征求老百姓的意见、土地如何整合等情况做了汇报。

紧接着，省林业厅那位姓向的处长做了讲话。

向处长说，现在全国上下都在大力开展扶贫攻坚工作，省林业厅也不例外。他简要介绍了省林业厅近年来在扶贫工作中所做的事，然后说听到小邝说了这普家河村想种竹子的事，他带着小邝向领导做了汇报，小邝呢，又做了调查和分析，提出了在普家河落水洞这儿种竹子的可行性报告，领导同意了后，他们就把省绿化基金会、省竹藤协会、省林业产业协会的几位同志也请上一起来到了这里。同时，他们又通知市、县林业局的领导加入进来。向处长说，之所以要将这些部门和单位的领导请着一起来，不是请他们来看普家河这儿如何栽这竹子。他说他虽然是第一次到这里来，但凭小邝给他提供的水和土的分析数据，以及地形地貌的图片，来之前他就在心头基本确定这地方适合种竹子了。

“今天实地看了后，感觉比我预想的还好。看着这片地，我就觉得把他们一起请了来，是请对了的。要不，以后还得再跑一趟。既然决定种，就干脆尽快把任务分下去，然后各自趁早做起来。现在已经是深秋了，再不抓紧把苗栽下去，就只有等明年了。时间不等人，二〇二〇年，中国人的脱贫是要向全世界宣布的。到那时你脱不了，谁来等你？”向处长说，“既然是扶贫工作，就不但要各级政府部门积极行动起来，连我们的社会组织，也要行动起来。我们领导说了，既然这儿是贫困村，栽这竹子就不能要这儿的群众出钱。群众不出钱，这儿的村上、乡上，恐怕也难得拿出这笔钱来。所以嘛，我是根据我们领导的安排，请上他们来出钱的。”

经过一阵讨论，初步决定在普家河种植竹子八十亩，另种竹柳二十亩。会上，向处长直接将任务分派了。省林业厅负责五十亩竹子苗，含启苗费、运输费，需要资金八万余元。市林业局负责三十亩竹子苗，并负责启苗费、运输费。竹柳二十亩，种植两千五百株，地径四至五厘米，含启苗费、运输费，需要资金七八千元，由基金会负责。县林业局负责购买复合肥、接待前来指导种植的专家。

向处长这样一通安排后，从钟乡长到耿世兵，包括张德伟和九社、十社的社长及村民代表，无不啧啧称赞，喜形于色。“因为我对竹子的了解有限，”钟乡长说，“想请教一下处长，这竹子有没有经济效益？或者说，能不能给老百姓们带来收入？如何带来收入？”这向处长也不直接说，而是让藤协的那副会长做了简单的介绍。这副会长从卖竹笋讲起，讲到卖竹材，还讲到可以卖竹苗。在钟乡长说起销售的市场问题后，向处长说：“这个你们可以不用担心。我估计，你们这么点面积，连地方上的自销都供应不上。以后如果多了，担心卖不出去，接下来我们请藤协跟你们签一个协议，让他们把你们这后顾之忧给解决掉。他们对竹子的用量，那简直是只怕你们没得。”听了这话，钟乡长又一次表示了感谢。

钟乡长这一通质疑，其实也是老百姓们会有的质疑。向处长和藤协这副会长的一通解释，虽然简单，却也拨开了以社长和村民代表为代表的老百姓心头的一层雾。陈光彪暗自感叹说：“乡长就是乡长，一个乡的乡长，就得为老百姓考虑利益问题。”无论种什么，发展什么，首先要种得出来，长得起来，能产出，这是关键。但更为关键的是，产出后，还要卖得出去，能为老百姓带来实实在在的经济收入。这是村上和乡上的领导干部应该，也必须考虑到的。现在对于销路问题，或者说效益问题，已有了答案，但在张德伟看来，普家河的这竹子，不应该只放在种点竹子出来卖的程度。他曾经畅想过的那旅游景观，此时又浮现在了他的脑际，甚至比原来更加清晰了。这个会一开，似乎也离实现的可能更近了。

在向处长询问几个部门有无意见，都说没有意见后，向处长说那就这样了，下来我们就各自按期去完成任务。望着就要散会，张德伟站了起来，说：“处长，还有个事，想说出来请处长看看，能不能帮我们一把？”向处长有些意外，说：“你是村上的？一分钱都没让你们出了，还有啥事要帮？”

张德伟也顾不了许多，说自己是这儿的驻村扶贫队队长，然后将十一社要整社易地搬迁一事简单说了，说希望能为十一社那些搬走的农户的地寻找到发展途径，利用起来，让十一社的群众搬得出去，安得下心来。向处长问了一下张德伟那些地的大体情况，没等向处长回答，县林业局的局长便先说了，他说：“前段时间不是在规划了种植核桃、板栗吗？既然是山地，可以种啊！”

钟乡长说："这一片地原来没有规划，这个社要整社搬迁，是最近才确定的。"

县林业局局长说："看要不要种这核桃、板栗嘛？要种的话，也可以种的。"

钟乡长说："能种当然更好。只是这树苗啊啥的，因为没报过计划，没有指标。"

县林业局局长说："这个没问题。你们先考虑好，要种的话，补报来，我单独为你们协调处理。"

向处长说："这样，这个事情请我们市、县林业局先调研一下，看那儿种你们说的核桃、板栗好不好，如果好，你们帮助解决；如果不太好，退一步，等我们这一百亩竹子和竹柳的试种情况出来，好的话，也可以继续种竹子。"

耿世兵和张德伟欲留向处长一行在村上吃晚饭，但向处长摆摆手说，不吃了。望着向处长一行的两张越野车驶出村委会离去后，钟乡长也走到他的车边，准备走了。到了车边，他又回过头来，望着耿世兵问："搬迁的情况咋样了？"

耿世兵说："现在都在努力做工作，报起名来的，才四家。这段时间我们天天晚上都进村的。"

钟乡长嗯了一声，说："要抓紧时间。这是你们现在工作的重中之重，不能有一点点的马虎。这竹子的种植，你们抽空将土地的事情落实一下就行。具体的种植，他们来了，需要你们做啥，做了就是。"

耿世兵说："好的，乡长。我们一定会努力去做的。接下来，我们吃了饭就要进村去了。现在已经差不多快跑完一遍了，我们打算最近带老百姓去祥和家园看一转，顺便带他们到县里的一些地方走走，让他们感受一下到那儿生活的好处。”

钟乡长显得有些激动，说：“这个想法好嘛。带他们先去感受一下，看一下未来的生活环境，这样可以调动他们搬迁的积极性。你们先去，效果好了，让其他村也去看看。”

耿世兵说：“要得。只是到时，看乡上能不能帮我们联系一下那祥和家园，最好是可以让他们进到那房子里去看看。还有，我们打算租一辆大巴车来带着去，这个租车问题看看乡上能不能帮我们解决一下。”

钟乡长一口应诺了，说：“这些都是小问题，我们来解决。只要有利于开展工作的，需要乡党委、乡政府帮你们解决的，你们尽管说。有些事情，书记我们考虑得不够细，需要你们根据实际情况，想出办法来做。找到办法了，你们不能解决的，跟我们说。”

钟乡长望了望刘副乡长，又说：“这段时间，刘副辛苦一下，带着他们整。世兵你们遇上啥事，多向刘副请示，多跟刘副商量。一句话，只要是为了工作，我们会极力支持的。”

耿世兵又留钟乡长吃饭，钟乡长说乡上还有好些事情需要处理，开着会的时候，就有几个人打过电话了，他要赶回去。

饭后，该换茶的，换了；该装烟的，装了；又各自带了手电筒、纸、笔、笔记本、协议书什么的，再在办公室一个墙角里，一个拾了一根一米多长、比锄把略细些的木棍，准备去山背后了。

方芳问她要不要去，陈光彪说：“我倒希望你跟着去，但你问支书，他哪会舍得你去？就是队长，恐怕也不敢让你跟着去。”高家鹏说：“如果队长他们让你跟着去，就肯定不会让彪哥去了。”陈光彪说：“如果我都不去，那无论是支书，还是队长，就算是刘副，他们要让你去，我拼了这条老命，也不会让你去的。你看看，一个二个，如狼似虎的，你跟着去，我又不在身边，黑更晚夜的，我哪里放心？”李章林哈哈笑了笑，说：“好，我们就请刘副发个令，让她跟着去一趟，看看彪哥是如何个拼命法。让我们看看他的真实嘴脸，不要说起来八大金刚，做起来四肢无力，这样把我们的方芳一直蒙在鼓里，上当受骗。”陈光彪说：“就是了嘛。我是说起来八大金刚，只是说说，不像有些人，说是不说，却像那缩头狗，声不吭一个，让人一点防范都没有，认都认不得就挨了一口。”

因为路远，加之又是晚上去，村里的狗多，所以这些天他们去的时候，女同志都没让去。

路上，边走边说到了谁谁去哪几家，谁谁又去哪几家。当说到要去候万发家时，耿世兵说：“这个老家伙的工作，怕是最难做的了。”李章林说：“这倒不好说，说不定也会是最好做的。他那么一点连人家的猪圈都不如的房子，一搬，就有了一间城里的房子，恐怕他还会最积极呢。算账，说不定他算得比哪个都快。”刘副乡长不明就里，所以李章林又把那天晚上向张德伟和陈光彪说的，说了一遍。时不时地，耿世兵和陈正强又补上一句两句。“这个杂种的事，我就清楚了。”陈正强说，“当时，我都暗地里跟十一社的几个人说过，要他们约起来去收拾一下他。”接着，陈正强接过了李章林的话，说了起来。

陈正强说得比较简洁，算是只说了个大概过程。因为村人们形成的无形压力，候万发感觉到自己在这个村子里有些待不下去了。同时，冯正伟留下来的两个儿子也逐渐长大了。候万发先是把他那个好点的姑娘，从梁山带了下来，嫁给了村里三十多岁了还没说着媳妇的陶以平；接着，又把那个瘫掉的姑娘，也带了下来，嫁给了冯正伟留下来的大的那个儿子。这样一来，大家又都不好过分地对他咋了。

“那个姑娘呢？嫁出去了没有？”陈光彪说。

“嫁掉了嘛。只是被这杂种的把丧德事做狠了。”陈正强说，“他不但霸占了那些年，最后，竟然还约了他姑爷陶以平把她带去卖了。”

“带去卖了？”刘副乡长、张德伟和陈光彪，几乎是异口同声地惊叫了起来。

“是了嘛。狗日的是拿他姑娘，当然，实际上也不是他姑娘，去像做试验似的开了条路，把他这个姑娘卖了后，还很是干了些卖人的事。”耿世兵说。

月亮虽然不太圆，但浑浑的月光，还是像水一样从天上倾泻了下来，在地上洒出了茫茫的一片光辉，让人分不清哪是月光哪是霜。路的两边，用石灰粉洒出的两条线，时弯时直，蛇一样顺着山路盘旋而去。

“这路年前整得好了不？”高家鹏说。

“年前怕干不出来。”陈光彪说。

“按他们的计划，就是要年前完工的。但也不好说，现在还只下了线，路基都还没开始整，该挖的也还没开始挖。”张德伟说，“要是能整出来过年，就安逸了。”

“肯定要整出来嘛。不整出来，他们交得了差？”彭家洪说。

“只要想干，就干得出来。只要把晚上当白天干，把休息日当上班日干，把女人当男人干，哪有干不出来的？”陈正强说。

“老陈直接是想把人不当作人地干啊！”赵熊说。

“我倒没得这点本事，这可是老书记提出的口号。”陈正强说。

“老陈学着的口号还不少嘛。”李章林说。

“真不知道他在那里面打了多少喷嚏了。都那样了，你们也就别再说人家了。”耿世兵说。

几声狗叫，汪汪汪地越过山埡，幽魂一样飘荡过来。

陈光彪说：“候万发家在哪个地方？今晚上我就去会会他，哪几个要跟着去？”

张德伟说：“既然他贩了好些人去卖，按说应该是有点钱，不应该吃低保的嘛！”

陈正强说：“狗日开头那些年确实是有钱的。不说别的，十一社的，甚至上面九社、十社的，有好些小姑娘都是他骗去卖掉的。还有几家的媳妇，都被他骗去卖了。”

张德伟问说：“那这些人家饶他？不说他骗了好多家，就是骗了一家，恐怕这家人也会饶他不过啊？”

耿世兵说：“开头的时候，也没得哪个认得是他骗去卖掉的。等过了两三年，那些被他骗去卖了的姑娘，才有想尽办法跑回来的，这时候，他都已经坐到牢头去了。哪怕想一刀砍了他，也砍不着了。还有，都那样了，时间一长，那仇恨还不是就慢慢地淡了。他好像是被判了八年，陶以平被判了九年。他回来的时候，冯正伟留下来的那两个儿子，都出去打工了。听说现在好像在昆明，还混得不错，开了个修理厂还是啥的。冯正伟留下来的那个大儿子，还在昆明当了上门姑爷。”

陈光彪说：“候万发不是把一个姑娘嫁给他了吗？”

陈正强说：“那个瘫瘫姑娘么，早就死掉了嘛。候万发都还没有去坐牢，恐怕都还没有贩人卖的时候，就死掉的了。”

耿世兵说：“狗日也是绝事做多了，那个瘫瘫姑娘死了也就死了，活着也是受罪，嫁给陶以平的那个姑娘，倒没有哪点残疾，只是在陶以平坐牢的时候，也是出去打工，好像还带着一个娃娃的，出去后就没有再回来。到现在，都没有音讯，是死是活都认不得。”

陈正强说：“活肯定是活着的，只是肯定又重新嫁人了。当时是带有一个娃娃的。那娃娃现在恐怕都差不多要有二十岁了。”

张德伟说：“那他现在在这儿，是一个亲人都没有的了？”

陈正强说：“有啥？他从牢里面出来，家里的那房子，瓦片都没几块好的，墙都恨不得要被雨淋垮完了。狗日又回梁山找他那儿子去，但那儿子认都不认他，听说连吃的都不给他一点。儿子不要了后，他又出去混了三四年，像是在工地上帮人看工地。吃屎的狗改不了吃屎的德性，又因为偷人家的钢筋卖，被捶了一顿，腰杆都被捶断掉，最后给了他几百块钱，让他滚蛋。再回到这儿来的时候，就没再出去过了，盖了现在住着的那间偏偏房子，死不死活不活地过到了现在。”

耿世兵说：“说去说来，也是现在国家政策好了，不然的话，像狗日这种，真是饿都饿死掉了。”

第九章　量量这儿看

省上组织的模拟考核组来了。四个十八九岁的小年轻人，两男两女，都是省师范大学的学生。他们要分成两个组进村入户。村上的人，也就安排了两个组，每组两人，陪同他们，为他们引路。按他们的要求，每个社抽查两户建档立卡户，一户非建档立卡户。陈光彪和李章林将他们带到档案柜前，一盒一盒的档案抱出来，让他们抽。他们要陈光彪他们抽，说他们抽了也行，陈光彪他们却说还是让他们抽的好，抽着哪家就带他们去哪家。张德伟说："如果怕他们去查，那就证明我们做得还不够好，还不够实，说明我们心虚。我们的档案资料应该还是做得比较扎实的，我们首先得相信自己。就算他们查了，发现做得不到位的，也是他们帮我们发现了问题，我们接下来该补的补，该完善的完善了就是。要不，这次查了没问题了，下次'国考'的来了又发现了问题，到那时，我们就被动了，想改，恐怕都没有改的机会和时间了。"

陈光彪、赵熊、高家鹏、曾丽负责陪同考核组进村入户，李章林留守村委会，整理几份数据报乡政府，同时给十一社有来报名搬迁的办理相关手续。耿世兵、陈正强、张德伟准备去看看拉水的进展情况。听说，水管已经开始埋了。埋水管这事，大意不得，得去看看。方芳也留在村上，和她妈妈一起为大家做饭，李章林需要帮忙的时候，让她也跟着帮一下。彭家洪昨天晚上说是发烧，输液去了，这天没来。

工地上，无论是取水处那地下井的钻打，还是两个蓄水池的挖砌，抑或是水管沟路的挖埋，都在热火朝天地进行着。每一样，都在紧锣密鼓地推进着。

取水处的那井，直径有三米来的一个圆，已钻打下去八米来深，出水已经达到了需求量，现在已经准备往井周围砌挡墙了。两张六轮拖拉机，正砰砰砰地冒着黑烟，来回地从公路上运输乱石过来。大车开不进这地里来，拉的材料就只能倒在那路边，用六轮拖拉机去拉。公分石、细沙、水泥，已拉来堆放在了旁边的空地里。建在取水井旁的蓄水池已初具雏形，水池圆形，直径十四五米的样子。水池插入地里一段，露出地面一段。站在外面看去，露出地面部分，恐怕有六七米高。靠这水池的旁边，又堆了一些公分石、细沙和水泥，只是没见有人在处理这水池。问了挖井的工人，才知道那些修水池的人，现在是到梁子上砌上面那水池去了，他们要把上面那水池挖出来，砌起来，然后才回过头来抿糊这水池。张德伟不明白他们为啥不两个水池同时进行，如果人手不够，可以多找一些，这样就可以加快进度，但陈正强跟他说，人找多了也是闲着的，闲着倒还要多开支，就像房子，砖砌起来了，主体完工了，总要等段时间，让它干一下，才能抿糊的。

“要不，以后开了裂漏了水，一返工，老板就整麻烦掉了。”陈正强说。

离开取水处，耿世兵他们沿着埋水管的线路，一路过沟越坎，往彭家梁子方向寻去。负责管路的这帮子人，挖沟的多些，有二十来个人；埋水管的人少些，就五个人。两人负责滚那一大圈黑色的胶制水管，一人站在挖出来的沟路里，将水管理顺，用脚踩下去，另外两人一人站在沟路的一边，负责挖泥土去埋水管。“你们埋水管倒轻松哈？”擦过埋水管的这几人身旁时，陈正强说。那个站在沟路里的人仰起头来说：“埋了追着他们，我们还不是要跟着去挖的，你以为我们只管埋啊？”耿世兵说：“追着了不跟着去挖，难道你们还就站了看着人家挖？沟路都不挖出来，你们埋啥？”

走过一段，耿世兵站下来，往前面正在撮的撮着土往坎上倒，挖的往下挖着土的人喊着说：“你们这深度不够嘛？”

“够的了，咋不够？”一个汉子站直了身子，望着这边说。

“怕是不够？这沟有八十分深啦？”张德伟说。

“应该有的了。”那汉子又说。

“啥子应该有的啊？像这一段，恐怕六十分都没得呢！凭看都能看出来嘛！”陈正强说。

“不挖够，以后人家犁地的时候经常把水管犁断，到时候我们去找哪个？算了，先不要埋了，先把沟挖出来，等我们来看了，深度够了再埋。”耿世兵说。

“不埋掉，两边的泥土会垮回去。一垮回去填了，不是就白挖了？”又一个汉子说。

“垮得回多少去？这沟是你包过来挖的？”陈正强问。

“是了嘛，我包了下面这一段来整。”这汉子像有些不好意思样说，话说得软绵绵的。

说着，耿世兵他们已经走到挖沟的这群人身边。

“多少一米包给你？”陈正强望着汉子问。

“少得很。”这汉子没有说具体是多少一米。

“我不管你是包成多少一米，高也好，低也好，既然包了，就得按标准来挖。”耿世兵说。

“我们都是按标准来挖的。”汉子说。

“按不按标准你们自己清楚。最好是先把沟挖出来，挖好了，让我们来看了再埋。你说是按标准挖的，要先埋也可以，但我先把话说在这点，到时候我们就来随便找几处刨出来看，查出两处三处深度不够的，恐怕你们就得全部重新挖重新埋。不要到时候又这样那样找话来说。”耿世兵说。

“你们最好是一次性挖到位，别弄得返工了，大家都不好整。”张德伟说，“这水管一旦埋下去，不说管十年八年，三年五年总要管的。”

“我们科协的领导也在这里，这项目可是他们费了天大的劲才争取下来的，你们不能拿着乱整。”陈正强说。

耿世兵没再说啥，往前走了。陈正强和张德伟也跟了上去。过了一段路，耿世兵说：“狗日些，不盯着点还不行。这几天一天瞎忙，都没能来看一看。”陈正强说：“现在干这行的，哪个不偷工减料？不偷工减料，他们赚啥钱？一个工程，要转多少道手？”耿世兵说：“再咋偷再咋减，至少要让人看得过去。干不起，没得金刚钻，就不要揽这瓷器活！”

上面一段，又有一帮子人在那儿挖。走拢一看，跟先前这帮人的挖法大同小异。耿世兵他们又说了一通深度不够的话，一个六社的汉子上前来给耿世兵他们发烟，边发烟边说够的了，他们是用卷尺量过的。

“量过的？你拿卷尺来我量量这点看？”张德伟说。

汉子往摆了衣服和水壶的那边走了过去，弯腰勾头，又是从衣服里摸又是从裤兜里掏，终是没有找出那卷尺来，说是不知今早来的时候丢在家里了，还是来的路上掉了。张德伟说：“不怕。我让他们从村上把卷尺送过来，一把卷尺村上还是有得起的。”汉子嘿嘿笑着说：“拿来量嘛。”

这时，耿世兵的电话响了起来。电话是那个姓石的修路老板打来的。这石老板带人进村来放线的时候，已见过耿世兵，还和耿世兵相互留了电话，说以后有啥便于联系。石老板说刚进村子的地方，有个老人的一堵园墙和两棵树不准挖，要耿世兵他们村上的人去看看。耿世兵答应后，对刚才这个六社的人说：“大家都是老嘴老脸的，还是把深度挖够掉。最好是先挖出沟来，等张队长我们来看了，量了深度够了再埋管子。如果你们要先埋，也行，我们就等你们完工了，验收时再来找几处刨开了量了看，看几处都够了，也就够了。看着一处不够，还可以再刨两处，如果刨出两三处来都不够，到时就不要说我们又是专门要整人了。”

说罢，没再提拿卷尺的事，他们又继续往上走去。他们也没急着去十社，而是沿途把该看的拉水的地方都看了一遍。到了挖梁子上那水池的地方，七八个人正在从挖下去的一米多两米深的坑里往上砌水池的围子，快要砌得与地面一样高了。张德伟扑在围石上，边往下看着一个汉子翻动着一块石板寻找适合的位置放，边问："这水池围子的厚度是砌多厚？"旁边一个提着灰浆往石缝间灌的汉子说："底一米，面三十分嘛。"张德伟又问："高是多高？"这边这个汉子说："四米二。"张德伟说："为啥底是一米，面又是三十分，这个有啥窍门没有？"这汉子说："下面厚点，上面薄点，这样才牢嘛。正常情况，比如做路的挡墙，一般是按一米高缩三十分的厚度来砌的，这种水池，就可以适当放小缩小的比例了。毕竟，这水池要承受的力，哪有路的大？那路整不好，一遇上重车，就会被压崩掉的。而且这水池的顶上，还要封掉的。"陈正强说："这水池大了，你们倒不要小看这水的压力，跟一张重车压上来的力量比，恐怕也小不了多少。"张德伟说："你们这下面的厚度看着好像也没得一米厚啊。"那边那个汉子说："乱说，你是咋看的？这厚度，一米么只有多没有少。"耿世兵说："那边那点没砌起多少来，拿来量了看看。"那汉子说："你现在量那上面，肯定没有一米了，毕竟都砌起来那么高了。"耿世兵说："你们是按比例来缩着砌，砌起多高来，减掉应该缩掉的，总可以算出那儿应该要砌多厚来了嘛？"这边这个汉子说："差不多的。悬殊呢，也可能会有点，但不会悬殊太大的。"张德伟说："悬殊不太大也是悬殊，说到底，一有了悬殊，你们这活，做得就不合标。"两个用手推车搬运石头过来的小伙，站在围子边呵呵地笑着。那两个汉子呢，仍旧弯着腰勾着头，继续忙活着，只是不再说话。耿世兵说："一会儿我打电话给老板算了，够不够，我们叫他来看。"一个汉子软悠悠地说："你打嘛。"两个妇女在旁边铺着的一张铁皮上，哐啷哐啷地用锄子拌着灰浆，一个说："他就是老板了，你还要打给哪个？”耿世兵嘿嘿笑了笑说：“他这个老板小了，我打给大点的老板。”

离开正在砌的水池往九社这边下来，在村子里头，又有这儿一帮那儿一帮的人在挖着刨着，在埋入户的水管。张德伟问耿世兵要不要去看看，耿世兵说不看了。“只要主水管不出问题，这入户管倒是小事，即便哪点被弄断了，他们自个儿也能解决掉。而且这些水管，埋到谁家去的谁家会去监督。”耿世兵说，“就是上面那水池，其实砌薄一点也没啥，池子埋下去那么深一截，上面又封了顶箍着的，崩是一般都不可能崩的。对于水池，最大的问题还是漏不漏水的问题。只要不漏水，就没啥了。刚才说给他们老板打电话，也是说了吓一下他们，让他们尽可能地砌好点。”陈正强说：“这些老油子，才不怕你吓。”

一台挖掘机停在路边，一个二十一二岁的小伙蹲在挖掘机旁，一边抽着烟一边勾着头扒拉着手机玩。耿世兵人还没走到，就问咋的？那小伙仰起头来，扭头往挖机那边看了看，又转过头来说：“这老人家不让挖那树和那墙。”往那边看去，看到吴世良正蹲在土墙边的柴垛前，一只手里拿着一把弯弯的镰刀，一只手里拿着一支没有点燃的烟。吴世良也不回避张德伟他们看去的目光，倒还定定地迎着看了过来。张德伟看去，觉得吴世良那眼神，完全是在说：“我看你们敢拿我咋整？”要说，他们还真不敢拿他咋整。这样的一个老人，他们敢拿他咋整呢？耿世兵往吴世良那边走了过去，快到他面前了后，说：“老吴，咋的？”

吴世良看了看后面跟上来的那小伙说：“没有咋个嘛！”

耿世兵说：“没有咋个，咋个又不让人家挖呢？”

吴世良说："我的园墙我的树啊，咋个要让人挖呢？"

耿世兵说："你老人家也是，原来我们开会的时候就说过的了，这条路是费了好大劲才争取来的，是为大家修的，为了修起来宽点，好走点，要砍着哪家的树，哪怕是拆着哪家的畜圈，都要积极地砍了拆了的，你当时没听见？"

吴世良说："认不得。我又没有去开会。"

耿世兵说："你咋个不去开会呢？当时社长没有通知你？"

吴世良说："你们开你们的会，关我啥事？"

"你今年多少岁了？"陈正强问。

"多少岁么，六十八了，比你爹还大一岁嘛。"吴世良说。

"才六十八嘛，恐怕还活得几年？"陈正强说。

"活不活关你啥事？老子又没吃你的穿你的。"吴世良说。

"是倒是没吃我的穿我的，只是你活着，这路恐怕还是要走着的。"陈正强说。

"你管我走不走的呢。我又没有走着你家的。"吴世良说。

"你才是怪事了，这路走又要走，修又不让修，哪点有这种事？"陈正强突然加大了声音望着吴世良说。

"老子几十年都走过来了，又不是没路走的。"吴世良说。

"你不想走宽点的路，你儿子还想不想走？把路修宽点，说不定你还能抱上个孙子呢？路修好了，你家又在这路边，说不定你儿子说讨就讨个媳妇来了。再说了，这路宽了，你以后有上个孙子，恐怕也不至于因为路窄了滑了再摔了滚了的。"陈正强说。

"你说点鸡巴话才是，你孙子才要被摔了滚了呢！"吴世良像是被戳到了痛处。

“我说着啥假话了？你儿子不被滚着，那脚会瘸？”陈正强说，“再说了，就算你不想抱孙子，把这路修宽点，等你死了抬你出去的时候，这路也要好走点嘛。”陈正强说。

“起来了，起来让他们挖掉。早点挖好了，早点开始修这路。早点开始修，你老人家也早点得好路走。”耿世兵说。

“挖啥挖，不准挖。”吴世良说。

张德伟掏出烟来，先递给吴世良一支。吴世良也没拒绝，将镰刀夹在胳肢窝里，然后腾出一只手来接了烟。张德伟边给其他人发烟，边说：“老人家让他挖了算了。你看，这墙本来也就要垮得很的了。你自己挖，还得挖小半天。这泥土，要整到别处去，恐怕也够你挑半天的。让他用这挖机挖了，你要省掉多少力气。而这树呢，也做不了啥，现在修点房子都用不到啥木料了，柜子啊桌子啊的，都时兴直接买现成的了，留着它也没多大用头，砍了算了。”

吴世良还是不让挖。

“你要咋个才让挖呢？”陈正强说。

“咋个都不让挖。”吴世良说。

“不让挖，这路不修啦？”陈正强说。

“这路又不是还不够宽，还要修多宽？”吴世良说。

“要说宽呢，这一段路原来的宽度也是够的了。只是你老人家看看，这个拐，修下来太难看了，而且以后路修好了，开张大车进来，都不好走。你老人家要让一点进来，把这园墙和这两棵树砍了，修下来才又好看又好用。”耿世兵说。

“你倒说的好！我从这边让出来，那边又缩进来？”吴世良说。

“你老人家这边让进来，那边也不缩进来。我们把这一段修宽点就行了，将就车好转弯。而且修宽一点，这路就像是你家的场院样的，你家这门口就更宽了。”耿世兵说。

“不挖啊。”吴世良说。

“要不，路我们就修成现在这样宽嘛。你往这边让出点来，那边缩进来的地，算你家的嘛。”耿世兵说。

“那一小溜地拿给我做啥？啥都整不成，恐怕还不要一年，就被人家全部挖过去了。”吴世良说。

“这堵墙这边的这点地和这两棵树，你老人家要多少钱？拿来卖给我算了，卖给我了，我来让给他们挖。”张德伟说。

“卖啥子？不卖！”吴世良说。

“你这个人才是好玩了，卖也不卖，挖也不准挖，你要咋整？”陈正强说。

“你给你儿子打个电话，跟他说说，看他准不准挖。刚才张队长说啥买了卖了的，也是假的，修这路涉及要拆的圈和要砍的树，都是没得赔偿的。这是通自然村的路，人家给你这项目来修就是好的了。你先问了再说，如果都不准挖了，你老人家也要想好掉。我们过天把再上来看。”耿世兵说。

站起身来后，耿世兵让那开挖机的小伙子往前面挖着去，这儿先让它摆着。离开吴世良刚准备回村委会，听见陈光彪在上面喊。张德伟问整完了没有，陈光彪说这梁子上的两个社还有一家，问张德伟他们要不要跟着去。耿世兵和陈正强说不去了后，张德伟说他跟着走走，也看看他们是怎样考核验收的。

尾随陈光彪他们的身影，赶上时，考核验收组的两个学生已经走进了这个叫彭家友的人家。从外面看去，彭家友家的房子，是一间砖面的瓦房。这是前些年，很多条件稍好点的人家时兴的一种做法。将前面一堵墙的土墙换成了砖，看去似乎就像一间砖房了。在这间瓦房的旁边，是一幢安得有两道门的平房。平房只有一层，前面这堵墙上，贴了瓷砖。陈光彪和李章林在外面的院坝里抽着烟，闲聊着。张德伟问他们咋不进去，他们说他们整他们的，我们不去干扰他们。“他们不准去看？”张德伟问。李章林说也没说，看肯定是可以看的。张德伟说：“那我去看看，看看他们咋调查的。”说着，就往彭家友家屋里走去。

一个烤火炉里燃着煤炭，上面蹲了一把煨水壶。壶里的水咝咝咝响着，开了的样子。火炉后面，靠墙边是两个长长的布沙发，分别用一床布满大红花的垫单垫着。两个学生坐在靠里的那个沙发上，靠门边这个沙发上坐着一男一女两个老人，六七十岁了的样子。“你们家就你们两个人吗？”学生中那男的，一边翻看着带来的调查表，一边翻看着他手里的户口簿问道。两个老人不约而同地回答说是。那戴着一副黑边眼镜的男学生又问：“户主叫彭家友，是吧？”那个男的老人说：“是的，我就是彭家友。”

张德伟掏出烟来，先向老人递去，老人双手伸过来，边像捧什么东西样将烟捧去，边说：“你抽嘛！你抽嘛！”

张德伟也自个儿抽了一支叼在嘴上，要点火了，才像想起什么样，赶紧重新抽出一支来，递给捧着表看的那男学生。他以为他会说出不抽的话，但那学生却说了声“谢谢”，然后就将烟接了。虽然有点小意外，但张德伟也没觉得有啥，毕竟已经是大学生了，抽抽烟，实在也是正常。张德伟掏出火机来，打燃，弯腰过去给那学生点火。

那学生抽了一口烟后，又继续问了起来：“你们家还有人在读书吗？”没等老人回答，张德伟忍不住就替答了，说：“就这两个老人，哪还有读书的？”学生“哦”了一声，说：“也是。”

“你们家的土地有几亩？”

“恐怕有两三亩。”

“两亩还是三亩呢？”

“具体是多少，我们也说不清。大概就是两三亩的样子。”

“哦。那你们家还种有烤烟吗？”

“没有种了，种啥子？种不起了。”

“那你们家种有玉米吗？”

“啥？”

“玉米，就是你们说的苞谷。”

“苞谷倒是种得有点的。”

“种有多少呢？”

“没得多大点，买一包种来都没种完嘛。”

“地里全部都种了这苞谷了吗？”

“没有，只种了一块地的。”

“这块地有一亩吗？”

“差不多吧，可能还要多点。”

“种这块地里的苞谷，一年需要多少垫本？”

“垫本啊？这个倒要不了多少，就买点肥料买点种子。”

“肥料和种子，要多少钱的？”

“肥料嘛，都是儿子家买来种的，尿素和复合肥，我去一样整了点来用。我就买了包种子，二十五块钱一包，都没用完的。”

“五百块钱够了吗？”

“要不掉。种这点苞谷，哪点要得掉五百块钱？”

“三百块呢？”

“最多也就这个样子。两三百块钱就老够了。”

“那这块地里的苞谷收得了多少呢？”

“苞谷啊。恐怕有千把斤吧。”

“一千斤啊。产量还不错。这苞谷你们是用来吃呢，还是卖了？”

“吃么，现在都不吃了，哪个还来吃苞谷饭？也没有卖，都拿来喂鸡喂掉了。种这苞谷，也就是想着种了来喂鸡的。”

“嗯。也就是说，这些苞谷，你们人是没吃的，也没卖，全部用来喂鸡了。”

“是了嘛。”

“那你们家喂有多少只鸡呢？”

“现在鸡倒还是喂着有点多的，可能有四五十只了，前段时间都又抱了两窝小鸡出来。”

“你们家喂的这些鸡，每只要多少成本？”

“成本啊？好像没有要啥成本嘛。”

“买小鸡，一只要多少钱？”

“都是自己捡鸡蛋抱的，不是买来喂的。我们这个是正宗的土鸡，买来那个不好。”

“小鸡没出钱啊？那饲料呢？”

“饲料也没有买。我们就用自己种的那苞谷来喂的。”

“哦。也就是说，你们种的那苞谷，全都用来喂这鸡了。那些苞谷，够喂这些鸡了吗？除了自己种出来的那些苞谷，还有没有买来喂过？”

“苞谷倒是买过。去年好像是买了两口袋来跟着喂过。”

“两袋啊。两袋有多少斤？”

“一百多两百斤吧。”

“嗯。好的。那你们家的这五十只鸡，全部都是卖了的吗？”

“卖啊？也偶尔的卖过几只，但卖得少。”

“是还没卖，还在喂着的，也就是未出栏，是吧？”

“咋说呢，也不是这样，喂着的这些鸡嘛，只要大了，卖的卖点，吃的自己宰了吃两个，有时候，姑娘来着，就又叫她们捉两个去。”

“就是说，你们家喂的这鸡，一方面是卖，一方面是自己吃和送亲戚。”

“对的对的。”

“那你们家一年卖鸡能卖多少钱？”

“卖不到啥钱，阴卖一个阳卖一个的，哪个去记卖得多少钱？”

张德伟站起身来，又发了一次烟，走了出来。“还没整完？”望着张德伟出了门来，李章林问。张德伟说：“这种整法，怕还要点时间。”说着，向李章林和陈光彪递过烟去。“问得太细了，一家人，没得两三个小时，是整不好的。”李章林说：“哪有必要整得这么细。”

陈光彪说："章林，你说错了，人家整这个是对的。调查，还真就应该这样整。"

张德伟说："喂只鸡，他们都要问清楚买小鸡花了多少钱，喂了多少饲料，下了几个蛋，蛋卖了多少钱，鸡又卖了多少钱。"

陈光彪说："对的嘛。你不这样把支出和收入算清楚掉，咋来算纯收入？我们整的好多收入，是按照统一的标准来框了算出来的，那是有偏差的。人家这个，才是实实在在的。"

李章林说："说起来倒是实在了。但有好些数字，这些老百姓就完全自己都说不清楚的。你比如说，那些老点的人，姑娘儿子些时不时给他们点钱，难道他们还要用笔记起来不成？就算是你，拿几只鸡给你喂，恐怕你也算不出具体支出了多少，卖得了多少。除非你是专门来做试验的。病了死了的，你咋来算？要说，这就只有支出没有收入了，纯收入就应该是负数了。但你哪时候填着过负数的纯收入？"

陈光彪说："如果喂死掉，那肯定就应该是负数的纯收入了嘛。没有填成负数的纯收入，这只能证明我们填的不准确。所以，我们是还有需要完善的地方的。"

李章林说："还有，像我们原来填的，有老人把土地直接给儿子家种了，儿子家又没出什么承包费，我们当时是根据每亩地的大概承包费，在财产性收入那一栏填了个金额。人家这时来调查，一问，才说儿子家一分钱的承包费都没给。又问子女些给没给过他们钱，也说给过的。你说，这笔收入，是该填，还是不该填？喂个猪，又没卖，是自己宰了吃掉的，也要算收入，还要算支出，算纯收入，这不是瞎子戴眼镜，多一道的圈圈吗？”

陈光彪说：“该算的，咋不算？既然你吃掉了，就是开支掉了。纯收入，是总收入来减掉开支剩下的，这本身就是开支里面的内容。”

李章林说：“这样算下来，复杂掉了。一年的生活开支、人亲来往、看病打针，恐怕难得有人能算清。就算是你自己的，恐怕也算不清楚。”

耿世兵打电话来问完了没有，张德伟说应该快了。耿世兵让整完了就下去吃饭。李章林往彭家友家屋里走去，想看看情况，刚到门边，那两个学生已边往一个手提袋里装材料边走了出来。“辛苦了，两位。”陈光彪走上去，给那男学生发了支烟，说。

几人步行到公路上，坐了李章林的微型车，顺着被挖过、刨过、垫过，到处铺着新鲜泥土的公路，往山下的村委会去了。

这天是星期六。

中午时分，一辆大巴车载着三十来人驶到了祥和家园门口。车未停稳，嘭嘭嘭的鼓声，嘎嘎嘎的号声，已震天响起。两支腰鼓队，在大门的两边一边一支，吹的吹号，擂的擂鼓。“欢迎，欢迎，热烈欢迎”的喊声，也随之由一群站在腰鼓队旁边及后面的人群反复喊出。也有一些老头，或者老妪，或远或近站在那儿，面无表情地看着这边。一些小孩，这儿一趟，那儿一趟，呼呼地跑着、追着。车门叽地响一声，随着便徐徐打开。“到了，下车了。”耿世兵站在门边喊，随着一步跳下了车去。

张德伟还在后面，不停地喊着：“慢点慢点！注意安全！”

尾随耿世兵最先跳下车来的，是陶天方和他的女儿陶以乐。陶天方呆呆地站在招呼人下车的耿世兵身旁，想看看他们就要搬来居住的这个小区，又有些不敢看的样子。他也想去帮助耿世兵一起搀扶下车的老人，但又像是伸不出手去。倒是陶以乐，充满新奇地往小区门口看去。她像是怕看那些人，不好意思看那些人，仰巴着个头，看向了楼房的高处。像一座一座的塔样，那些楼房让她看不到顶。楼房的外墙，统一刷成了粉红色，看去有些刺眼。她眯着眼，看到一条红布黑字的横幅，写着“热烈欢迎普家河群众前来参观”几字，挂在小区入口的上空。风不大，但那横幅还是被吹得猎猎作响，扑突扑突地扑腾着。横幅的两边，一边一个空飘，也是红布黑字，一个空飘上印着“祥和是我们的追求”，一个空飘上印着“家园是我们的港湾”。

一个身穿蓝色西服的女子，佩戴着一个小蜜蜂扩音器，从进门处的一间小屋子里走了出来。

车上的人已全部下来，挨着挤着站在了车旁。他们有的驼着背，有的弯着腰。那些年轻的汉子和婆娘，也似乎不知道站在哪儿好，不知道手放在哪儿好。只有几个小学生模样的孩子这边逛一逛那边逛一逛，还时不时地拉着这个那个的大人说着些什么。

“全部都下来了吧？”身穿蓝色西服的女子站到刘副乡长的身边问。

“世兵，去看看还有没有在车上的？”刘副乡长说。

“全部下来了。”耿世兵从车窗处往里看了看说。

“那我们就开始吧？”女子又征求刘副乡长的意见。

刘副乡长说了一声：“好。”

“各位乡亲，你们好。首先欢迎你们，来到我们祥和家园参观。今天，就由我带领大家走进祥和家园，参观你们未来的新家园。我姓游，大家就叫我小游。”这个自称姓游的女子站到人群的前面说，“参观的过程中，有什么不明白的，需要做更多了解的，欢迎大家随时问我。”

在小游的带领下，普家河村十一社的这三十来个人，从祥和家园的入口鱼贯而入，往里走了进去。入口处的那根栏杆直直地立着，刺向天空。耿世兵、张德伟、陈光彪和陶社长站在队伍不同的位置招呼着、喊着，让这些村民跟上，别走散了。面对前拥后挤地往里走去的人群，站在那间小屋子里的两个老头傻傻地笑着。

进入小区，是一片高上去一些的绿化地。一棵高大的桂花树，迎面而立，周边，这样那样的树，像一把把伞样，这儿一棵那儿一棵地站着；像刚理过发的矮化树，一排一排一弯一弯，绿油油地铺展开去。几个亭子，掩映在绿树间。一些老人，有的在那亭里喝茶聊天，有的在那亭里打长牌。一个亭子里，有五六老头老妈在那儿拉的拉二胡，吹的吹笛子，打的打快板。再往后，则是一个有滑滑梯，有单杠双杠，有跑步的、练腰的、转腰的种种健身器材的小广场。小游说，这些老人都是从全县不同的地方搬到这儿来的，他们在这儿过上了悠闲的生活，在这儿找到了一个很好的颐养天年的地方。

从树下亭间的小道上穿过，在几个亭子的后面，又见一个大大的水池。水池里的水不深，或大或小的红色的鱼，一群一群的，在悠闲地游着。

尾随而行的这三十多人，除了陶以乐和另外两个孩子，一会儿指着那鱼惊叫着说好多的鱼啊，一会儿指着那滑滑梯说有滑滑梯啊，那些老人，甚至是那些汉子和婆娘，都一个个的不说话。他们听着、看着，又像是小游说的那些话，他们都没有听见，那些树，那些亭子，他们都没有看见。似乎，这小区，这房子，这树，这亭，这池，都与他们无关。在他们的脸上，看不到喜悦的表情，呈现的，倒是一副沉思状。

广场后面，就是一幢一幢的高楼了。同样是粉红色的外墙。一幢一幢的高楼间，划出了一缝一缝的天空。“前面这些房子，都已经住满了的。”小游说，“现在我带大家去看看你们的房子。”顺着一条两边绿树成荫的车道，他们擦过一幢一幢的楼房往后走去。“大家以后住的房子就在这两幢，现在我先带大家去看看后面的学校，再回来看住的房子。”小游说。弯来绕去穿过一排一排的高层楼房后，出现了几幢矮些的房子，只有三层。这房子的墙上，虽然也是粉红色，只将走廊上的护栏墙刷成了绿色，但在前面和侧面都贴得有标语。迎面处是一幢房子的侧面，上面分两排贴了大大的“家园携手　共育未来”八字。“这是一个幼儿园，专供我们祥和家园的孩子上的。以后，大家的孩子就不用跑老远地去上学了。”小游说，“在祥和家园，我们从幼儿园到初中的学校都有。这只是幼儿园，小学和初中，还在后面。”小游又带着他们绕过幼儿园，去看了后面的小学和初中学校。“祥和九年一贯制学校”几个镀金大字横着镶嵌在学校大门的门楣上。这学校看去很宽，周边那围子，也不像其他学校砌的是高高的围墙，这儿砌的砖墙只有一米来高，砖墙上又装了一根根钢筋织出的网。往里看去，有两幢四层楼的房子，一边一幢，相对而立。一幢的前面，在楼房的中间位置，竖着贴有“小学部”三个镀金大字，靠近房顶的地方，横着一溜儿地贴了“教育要面向现代化　面向世界　面向未来”几个红字；另一幢的前面，也是在楼房的中间位置，竖着贴有“初中部”三个镀金大字，靠近房顶的地方，同样横着，一溜儿地贴了“富强　民主　文明　和谐　自由　平等　公正　法治　爱国　敬业　诚信　友善”的红字。初中部楼房迎大门的这面侧墙上，用黄色的仿宋字镶了“坚持教育为社会主义现代化建设服务、为人民服务，把立德、树人作为教育的根本任务，培养德智体美全面发展的社会主义建设者和接班人”的教育方针。迎面的一幢房子也是四层，在三楼的前面墙上，镶有“恩波楼”三字，旁边还有一幢，上镶“实验楼”三字。几幢楼房的顶上，插满了鲜艳的小旗帜，在风中猎猎飘荡。几幢楼房间，恩波楼前有一个旗台，没有旗帜的高高的旗杆直直地立着。旗台前，便是一片水泥地皮，地皮上画了一些线，两两相对地安了四个篮球架。周边，还安了一张又一张的乒乓球桌。

队伍已经往后走去了。陶以乐落在后面，呆呆地往学校里看去。待她追上队伍，队伍已经走到恩波楼后。在恩波楼后，是一个绿草如茵的足球场。足球场后面，是安装了钢筋网的围墙，围墙外是一片荒芜的旷野。

“我们回了。看房子去了。”小游说。

往回走着擦过九年一贯制学校教学楼旁的时候，一个小男孩跑到一个妇女身边，拉着她的手，仰着脖子看着她轻声地说：“妈妈，妈妈，是不是下个学期我们就可以来这点读书啦？”那妇女甩了一下孩子的手，低声吼道：“读你妈的脑壳！想读得很，这时候就进去嘛！”孩子无趣，悻悻地落在了后面。

“怎么看着他们一点高兴的样子都没有？”张德伟走到耿世兵身旁，轻声说道，“难道他们还不满意？”

“能在这种地方住他们还不满意，就有点说不过去了。”陈光彪蹭上来说，“房子都不说，一家人的面积也不算大，但是这学校，恐怕全县没有一个地方比得过。哪个地方能幼儿园、小学、初中都这么近的就读了？像十一社那种地方，读初中不说，要到乡上去，就是读个小学，都要跑那十多里路。就是在这城里，哪家能让娃娃从幼儿园到初中都在离家这么近的地方读？我们都接送过娃娃读书，一天在接送上耗费掉的时间，两三个小时的恐怕还算是少的了。学生跑四趟，大人还得跑八趟。近还不说，据说这小学和初中学校里的老师，是去年面向全县坝区和山区学校的老师公开遴选了调来的，可以说，里面的老师基本都算得上是全县的优秀教师了。那些原来较好的学校，像县一小、三小和二中、四中这些，虽然教师队伍也强大，优秀教师也多，但有好些还是老了，而这个学校里的老师，又几乎全是年轻教师，这教师，年轻点还是不一样，更有活力，更有激情。不说别的，搬到这儿来，他们的娃娃以后考上大学的，至少要翻倍。”

“看着他们不但不高兴，还像是很苦闷的样子，我在想，他们是不是真的不想搬来，不想离开那山背后。”张德伟说，“别的不说，我觉得像陶天方那样的人，至少是愿意搬来的才对。但我看他也没一点高兴的样子呢。”

“他们还不是在打窝心主意。”耿世兵说，“现在他们嫌补助一万少了，说这补助买点家具都买不了，想要补助多点。”

绕过几道弯，擦过几道拐，十一社的村民已跟着小游和刘副乡长他们进到了一幢楼房里。在那道单元门前，李章林想等耿世兵他们一起。耿世兵到了这里，没继续往里走，而是站了下来，掏出烟，边发给张德伟他们边说：“让他们去看算了，我们在这儿抽支烟。”陈光彪接了烟，说：“你们在下面抽，我跟着上去看看。”李章林说：“彪哥跟着去，我就不去了。”陈光彪说：“好。”

“章林，听没听到他们有啥反应？”张德伟问。

“一个二个平时废话连篇的，今天倒变深沉起来了。”李章林说。

“他们来之前就约好的了，说过不准哪个乱说的。你们没听说？”耿世兵说。

“哈哈，他们还真有意思嘛。”张德伟说。

“这些人还不是得寸进尺的。你拿个手指头给他，他恨不得连你手拐子都含了。有人还跟我说是不是一家人给他们一个门面，你说咋可能嘛？狗日些也是怪想得出来。”耿世兵说。

“他爷仔直接是想浑身倒在国家身上了。”李章林说。

“你说他们咋说？说是搬到这里来了，地也种不成了，给他们一个门面，租出去，有点租金，至少不会被饿死。我说，他爷仔只要拿出种地的那点苦劲来，这儿那么多的厂，随便在哪儿去上上班，要死，也只会是被胀死，不会是被饿死。”耿世兵说。

“他们老是抱着这种思想，带他们来这一趟，是不是就白带了？”李章林说。

"我想不会是白带。虽然他们表现出不愿搬的样子，但看了后，我想他们有些人的心里，肯定是暗自决定要搬了的。像陶天方那种人，自己也还年轻，娃娃又还在读书，这种人虽然也会舍不得离开住了几十年的老家，但也会想未来的。只要会想未来，就肯定会搬。现在他们之所以表现出不愿搬的样子，我觉得他们就是像世兵说的，想再拖着，再捞点好处。到最后，等来等去觉得不可能有更多的补助了，可能也就搬了。"张德伟说。

"只要搬掉一批就好了。万事开头难，只要有人搬了，开了口，后面的人就会跟着也搬了。就是最后剩下几家，到时候在那山背后，冷清得鬼都打得死人的时候，不要你咋去催，也会搬的。"耿世兵说，"回去后，我们就把话说出去，先报先选房。说总的房子就那么几套，报晚了，选不上满意的楼层，甚至选不到适合的面积，本来按人口能选一百二十五平方米的，但因为这面积的房子没有了，只能选小的，叫他们到时候不要怪人，这样一说，绝对就会有人来报。说白了，他们也认得这本身就是件好事，而且政府决定要他们搬，他们最终也拗不过政府，哪个不想尽可能地选套好的？"

张德伟说："按你这样说，这搬迁就不会有啥大的问题了？"

耿世兵说："没啥问题。这种搬迁，是扶贫项目，是为了他们好，又不像那些修电站搞建设涉及的搬迁。那种搬迁，说哪样点，是只要有一家人不搬，就会影响整个工程的建设进度。而我们这种搬迁，就是有一家两家不搬，也不会有多大的影响。"

张德伟说："但按上面的要求，是要我们年前全部搬走的呢。"

耿世兵说："没得问题。不相信你看着。你不要现在看着他们这个样子，就担心他们会不搬。"

李章林说："从某种程度上来说，这完全就像天上掉了馅饼样的，原来的地，还是他们的，就像白白地在城里给了他们一套房子，他们会不搬？"

"慢点，慢点。"从单元门里传来小游用扩音器喊着的声音。接着，小游在前，一帮人跟着，相继走了出来。下单元门前的阶梯时，陈光彪弯腰过去扶了一个阶梯上的老人说："慢点，老候。现在头还在晕不？"

听到陈光彪的声音，他去搀扶的人竟然是候万发，耿世兵和张德伟、李章林相视一笑。张德伟走过去，问："咋的？是不是摔着了？"刘副乡长说："没有。他老人家晕电梯。"李章林说："哈哈，以后天天来坐着，坐上几次就不会晕了。"张德伟说："不怕，晕一下就晕一下了。晕得值嘛。老候你看上哪套房子了没有？"候万发没有回答，像还在晕，挪到楼房前的一个花台上坐了下来。陈光彪跟过去蹲在他身旁说："他没看上，我倒替他看上了，甚至是他睡哪间卧室我都替他选好了。老候，你回去就赶紧把名报了，我亲自带你来选房子，要得不？"候万发终于说了一句话，他说："要得嘛！"陈光彪一下高兴得跳了起来，说："听着哈，大家听着哈，人家老候都答应回去就报名了，报了名，我亲自带他来选房。"接着，他又转过身去，高声说："要不这样，老候，你现在就把名给报了。现在报我不要你签啥合同，只要报个名，我就把你排在最开头选房。就是一回去就有人来找我们签合同，我也把他们排在你后面，你说要得要不得？”一群相继走出单元门来的人，呲着个嘴，像笑，又不像笑，像要说话，又没有说话，只那样愣愣地看着候万发，似乎是在等他说话，又怕他说话。李章林说：“算了，老候，干脆今晚上就不要回去了，反正你那屋头也没啥要搬的，就是那被子，那几个猪食盆样的锅，搬到这房子里来，也实在是不称。我们现给你买两个锅买几副碗筷，再买张床买床被子，就在这点住下来了。”那些站在单元门前的汉子婆娘们，还在那样愣愣地看着候万发，依然是像在等他说话，又怕他说话的样子。

“走吧，我们再去看一下其他大面积的房子。刚才大家看到的这个，是最小面积的，只有四十八平方米，是供两个人和一个人的人家选的。”小游说，“接下来我带大家去看看三个人及以上的人家户可以选的房子。”

“走，我们也跟着看看去。”张德伟说。

“走嘛，大家跟着小游走，不要走丢掉哈。哪个走丢掉，就真是要提前在这儿住下了。”耿世兵说。

“走丢了在这儿提前住下来的，我们可是不送锅碗瓢盆不送被子的啊！就算要喊我们买来，也要从那一家人一万块钱的费用里扣！”李章林说。

“是不是还要开你们点工钱？”人群里终于有了点笑声，一个汉子边哈哈笑着边说了这么一句话。

“肯定的嘛。难道我就白白地给你们跑了？”李章林说。

“要开多少一天呢？便宜的话，以后我们就请你来帮着买了！”一个婆娘说。

“你家的我倒帮不起。你家那花被子，我哪点选得好？”李章林说，“其他的人家，我还是大都可以帮的。工钱嘛，也不要多高，你们去帮人挑灰浆当小工，一天都至少有一百块，我这种人你们一天开到一百五就可以了。”

“你这种人哪点才一天值一百五，副主任一个，开你两百都不高。帮人家砌房子的那些泥工，哪个会一天少下两百来？”一个汉子说。

“干脆开个二百五算了。”一个婆娘说。

“可以嘛，哪个二百五开给我，我就跟他干了。”李章林说。

“你这样说，就只有男的敢请你了，哪个女的还敢请你？就算是男的，恐怕也要身体强壮点的才敢请你。想做生意呢，最好还是不要自己堵自己的门路！”陈光彪说。

“恐怕请他他也不敢帮呢。”一个婆娘说。

“哪个说不敢帮？你请我嘛，我帮你？”李章林说。

“耐烦请你！”这个婆娘将手中的一个红色提包甩向李章林，做出要砸李章林的样子，说。

“老者又不在屋头，你说不定还是请他的好？”旁边一个汉子说。

“我倒请不起，喊你婆娘请他算了。”这婆娘说。

“我自个儿在家，哪点还要请人？我婆娘请了他，我闲着玩，还是来帮你？”这个汉子说。

“来嘛，我还怕你？”婆娘说。

“安逸了，安逸了，自家活路请人都要去帮别人，这才是互助互爱的精神。以前在山背后住着的时候，不知道大家是不是这样的，以后，大家搬到这祥和家园来，就要把这种精神发扬光大，都努力做一个乐于奉献的人，为我们普家河村增光添彩。只是有一点，这个地方叫祥和家园，祥和是啥？就是和谐。以后大家不能为了争着帮人争了吵架打架，吵了打了，那就不但没有为普家河增光添彩，反而丢人现眼了。”陈光彪说。

“要不，陈老师也跟我们搬到这点来算了？”一个汉子说。

“我嘛，就不来了。我这种人要住进这里面来，不说可能性不大，就是有可能性，也要给政府添不少麻烦。我们安排赵熊跟着来，反正他一个人，闲着的，有的是精力。回去，我们请刘副想办法，给他协调一个名额。”陈光彪说。

说着笑着，小游已带他们看到三口之家、四口之家及五口以上家庭的住房。这后面，他们没再坐电梯了。小游说每层的面积和房间的布局都是一样的，只要看看一楼的就行了。看完出来，陈正强给耿世兵打来了电话，简单问了一下耿世兵参观的情况，然后问耿世兵能不能按时回去，如果能按时回去，他就让九社和十社的社长通知晚上开会了。耿世兵说：“叫他们通知嘛。通知早点，就说八点半开。到时候，我们多等一下，九点钟开始开。他们一个人通知不过来，就叫他们各自找几个人跟着通知。打电话也好，跑上门也好，要叫他们每一家都通知到。”

一行人在小游的引领中，又绕来绕去地往小区门外走去了。擦过小广场的时候，陶以乐带着另外两个小孩离开人群，燕子一般从小径上斜跑过去，扑向了那滑滑梯。“跑啥跑？走了，跑了一会儿找不着我们嘎！”陶天方望见陶以乐时，陶以乐和那两个孩子已开始匆匆地往滑滑梯的梯子上爬去。几个孩子呼呼地梭了一次下来，看着大人们走得不远，绕过来从梯子上又爬上去，又梭了一回，才蹦着跳着，往大人们追赶上去。

离开祥和家园小区，上了车，盘点了人，耿世兵他们带着这三十多人，又开始往博物馆去了。博物馆建馆不久，因为在县城的规划中，新的单位建筑都在往新城区这边建，所以这博物馆离祥和家园不远。车子启动后，那些歪靠在座椅背上的人，似乎刚眯睡着，车子就又停下来了。到了博物馆，在一个讲解员的引导和讲解中，这些人像走进了另外一片与世隔绝的天地，走进了远古时期，走进了钻石取火，又或烽烟四起的年代。从一楼看到三楼，他们看到了一把一把的刀，一把一把的剑；看到了一个又一个的石头，一口又一口的锅，一把又一把的壶；看到了一片又一片的尸体，一门又一门的大炮；看到了一座又一座的电站，一条又一条的高速公路，一幢又一幢的高楼；看到了一处又一处的金碧辉煌，看到了奔驰的火车、腾空的飞机。他们还看到了很多，但他们似乎又什么都没看到。就像从后门走出了博物馆建筑后，陈光彪问候万发："老候，你以前也是走南闯北的，这些东西你见过没有？"候万发停下步子来，将那根木棍置于身前，双手拄着，撑着身子望着陈光彪，问："啥子？"李章林说："你看见啥子都认不得？"一个婆娘说："就是些石头铁巴，要不就是些刀啊枪啊的，再就是些图片，要说，以前见到这些刀啊枪啊的，他恐怕还看得见，但现在，除了钱，他还能看见啥？"陈光彪说："这个你倒想错了，里面那些东西，随便拿出一件来，不说值一幢房子，你们今天看的那种房子，随便值个三五套。"又一个婆娘说："不会吧，就一点烂铁巴，那么值钱？"陈光彪说："那哪是烂铁巴？是古董！"

"走嘛，上车了。我们抓紧时间去其他地方看看。"刘副乡长说。

大巴车载着耿世兵他们和三十多个村民，开始驶进了工业园区。陈光彪像个导游样，一下指指这儿，一下指指那儿，一会儿说这是国际玩具城，一会儿说那是汽车配件城，一会儿说这是某某服装厂，一会儿说那是某某鞋业集团。车子在横平竖直几纵几横的楼房间的街道上绕来绕去，让这些村民觉得老也绕不完绕不周的样子。刘副乡长说："搬来后，这就是你们的土地了。这种土地，不分季节，不分白天晚上，只要你们去种，就随时都有收入。而且你们还可以把耕种的地方，无限制地向外面扩开，跑到其他地方去种。"

一个坐在中段位置的小伙站起身来，看着耿世兵这边问："支书，有个问题，我想问一下。"

耿世兵说："啥子？"

小伙说："像我这种，现在刚结婚，就两个人，是不是就只能选那种四十八平方米的？那种房子，等以后我们有了娃娃咋个住？"

"按规定，你们是只能选那种房子。"刘副乡长站起来扶着座椅靠背说，"像你这种情况，我们也向县上咨询过了，就是分，你们只能分到这面积的房子。但是呢，如果你们想要大点面积的，你们可以买。比如你家两个人，只能分到这四十八平方米，如果想要九十八平方米的那种，你补进五十平方米的钱去，就可以选了。"

"还要补钱啊？补五十平方米的，要补多少钱？"另一个婆娘问。

"要想要大面积的，你肯定要补啊。不补钱，那个个都想坐大房子了。”陈光彪说。

“关于补钱的标准，是这样的。”刘副乡长说，“在这点我说成是补钱，其实嘛，就是买房子的钱。超出分配面积的，你们就得另外出钱来买。价格呢，我也问过了，按这边的房价，每平方米是三千七八，但因为这个是安置小区，是政府投资修建的，所以面对我们这种易地搬迁的人，每平方米就是二千九左右。因为你所选房子的位置和楼层不一样，会有一小点悬殊。”

“价钱还跟位置和楼层有关？”一个汉子说。

“肯定嘛。房价都是跟楼层和位置有关的。这电梯房，楼层高一点，光线就要好一点。位置好一点，你看到的风景都要漂亮点。”张德伟说。

“所以，我先还跟老候说，叫他先把名报了，让他最先选，让他选一套楼层最好位置也最好的。反正他是一个人，选的面积是最小的，也不存在补钱。”陈光彪说。

“他选得再好，恐怕也住不上几年了！”右排座位的一个女人说。

张德伟觉得这声音有些熟悉，寻着这声音看去，张德伟就又看见那晚上和候万发互损的那个叫小家会的婆娘了。

“你是巴不得老子早点死掉哈？老子死掉了，这房子给你？”候万发撑起身来，一手扶着座椅靠背，一手拄着那根木棍，扭着身子望向小家会说。

“我没见过！像你这种人死在里面过的房子，哪个会要？送人都没人要！”小家会也站了起来说。

“坐下去了。今天不准乱说哈。大家是来看未来的新家的，不准死啊活啊的乱说。”刘副乡长站起来说。

离开工业园区后，耿世兵他们又带着十一社的村民去了一个公园里。公园是个水体公园，是正在修建的。一些树刚栽上，还在用木方撑着，树干上还包着席子。那些地上，有的已植了矮化树和草坪，绿绿的一片；有的呢，还盖着薄膜样的东西。水池里的水，倒是已经蓄起来了。那哪是水池，那完全就是一个水库的样子了。一眼望去，都望不到边了。下得车来，虽然那些树栽起的时间不长，却也是绿树成荫的。亭台楼榭，小径横斜，休息的椅子凳子，这儿一溜，那儿一排，公园之气象，已见初倪。

耿世兵说：“给大家半个小时的时间，可以在这儿走走、坐坐、看看，当休息一下。”

张德伟说：“大家可以先体验一下城市生活。你们看，在这儿，就可以看到你们以后要住进来的祥和家园了。以后住了进来，早上起来，或者晚上吃了饭，想来，几分钟就可以到这公园里来走走了。环境好，空气也好，哈哈，安逸了。”

看着夕阳已西下，在天边留下一片火红后，耿世兵才让李章林他们叫人，说喊拢来走了、回了。又花了半个来小时，才将人员点齐，一车拉上，到了一家叫暖香阁的饭店，吃了已电话联系好的饭后，便径直往普家河驶去了。

路上，村民们有的睡着了，有的却愣睁着眼，连窗外都不想去看，而是呆呆的，像是在想着什么的样子。

进入冬天，这天气就黑得早，望着已黑下来的天，耿世兵和刘副乡长嘀咕了一阵。到了一个叫上街的乡场上，耿世兵让车停了一下，叫李章林下去买了三十来把手电筒。到了普家河，天已经彻底黑下来了。好在，上梁子去的路，通过扩宽和垫平，中巴车已经能直接开上去了。

错过九社，到了张德伟第一次和陈光彪来到梁子上，遇到过一帮子人在那儿打牌的地方时，那儿已站了黑压压的人。周边的房子前，挂了好几个电灯泡，把那一片地方照得夜如白昼。驾驶员嘟嘟嘟地按了几声喇叭。车上的人被喇叭声惊醒，惊头立耳地往窗外看去。一下看到那么多的人，一个婆娘说："咋啦？这是把我们拉到哪了？"一个汉子说："你这个婆娘才是，到哪点了都认不得？怕是被人卖掉都认不得哦？"这婆娘说："我这种人哪个要？你要么卖给你嘛？"这汉子说："我倒买不起。不说村子头，就是这梁子上，也还有不少光棍，像你这种生娃娃那么厉害的人，要的人有的是。"

大巴车开到不能再去的地方后，刘副乡长让大家不要急着下车，又对这些人的回家做了安排。总体上，陈光彪和李章林跟着护送。而他两个主要的护送对象，又只是候万发一个人。其他的，虽然也有几个年纪稍微偏大点的，但都有周边人家的年轻人跟着来。每个年纪偏大的，刘副乡长和耿世兵都找到了让负责将他们安全送到家的年轻人。然后，一人一把手电筒，一一地发给了他们。"安全第一，大家走慢点，反正饭也吃了，晚点到家就晚点到了。"刘副乡长说，"因为路不好走，大家该捡根棒棒拄着的，都在路上捡一根拄着。"耿世兵又让李章林路上多喊着点，一定要确保不要出啥事，还说回来的时候直接到开会的地方去找他们。

陈光彪和李章林陪着十一社的群众往山背后去了后，刘副乡长把租大巴车的费用付给了司机，说了一些感谢、辛苦、回去时慢点、注意安全的话，待大巴车调头去了后，便和耿世兵、张德伟一起，向刚才群众集中的地方走。路上，遇上了几个往开会地点散游着走去的群众。看到是耿世兵他们，有人问："今天晚上是要整啥子？是不是又要开啥关于扶贫工作的会？"另一个人甚至说："是不是又要重新评贫困户了？"又一个人说："其实前次评那些，穷的都基本进去了，偶尔有家把两家稍好点的，也好不到哪去，没必要再整来整去的了。"

"整来整去的，你们也麻烦，我们也麻烦，哈哈！"一个人说。

刘副乡长说："开啥会，一会儿到了那儿就知道了，你们不想麻烦，我们也不想麻烦，但为了把工作做好，为了让你们都脱贫致富奔小康，该麻烦的，还得麻烦。"

又一个人说："光靠政府给那点，自己不苦不挣，哪来的脱贫致富奔小康？打铁还靠本身硬，政府再咋想让大家富裕，也是扶猴子爬树，一扶就扶上去了，扶狗嘛，你再咋扶，它也爬不上去！"

有一个人说："你狗日倒是腰杆粗了，说得起大话了，你们不想要，整个给我得了。"

耿世兵说："这个你就想都不要想了，好好的，该做工的做你的工去。自己苦来的，用着才踏实。"

有人提到了路和水，说："对于他们梁子上，最好的扶贫就是把路修通，把水挖通。"

耿世兵说："这两个问题么，现在都已经开始解决了嘛。大家都看着的，现在水是在拉着的，路也已经开始动工了的。只是你们这儿的人不离好，不整的时候，一个二个叫着吼着要整，真正开始整起来了，又这家的树不砍了那家的地不让了，要都不让砍不让挖，这路还修了干啥，不如就用着原来那个了。”

一个人说：“哪家的不准砍不准挖了？有那么无聊？有那么日怪？”

耿世兵说：“哪家的你们不会去看？这路就是你们村子里的路，哪儿有房子挡着哪儿有树拐着你们认不得？还说你们都关心这条路，我看你们就没鸡巴一点关心在里头！不占着自己的呢，巴不得把路都修成飞机场；一占着点自己的呢，又巴不得让那路就像原来那肠子样！”

一个人说：“扯淡，不准砍不准挖，就硬砍硬挖嘛！”

耿世兵说：“你说起倒好听，硬砍硬挖，哪个敢？你去砍你去挖嘛！”

一个人说：“要整，就一次性整好掉！不要被一颗耗子屎，就搅坏了一锅汤。”

望着开会的地点就要到了，张德伟说：“我们今晚上开会，就是为了这修路的事。刚才这个老哥说的是，既然要修，我们就要一次性修好。这次不整好，以后要再整，不知道要等到哪年哪月了。”

刘副乡长说：“要不是遇上张队长他们这次下来扶贫，不是科协的蒋主席他们帮着争取，这路整啥？要说，我来这儿的几年，我们也年年都把这条路的项目报上去过，但全县那么多路，哪能一次就都修了？要按正常排队，不知道还要排到哪年，甚至不知道这路能不能修！”

张德伟说：“一会儿开会的时候，希望大家一起想想办法，如何来把这条路修好，让大家以后好走好用。说白了，这路修得好了，是你们用；修得不好，也是你们用。不要钱是花了，最后弄得开张车，还要一路打着倒挡，退来退去的才能进来。”

因为是两个社的群众，所以来参加开会的人，就显得多了。从那小商店的门前到路这边的屋檐下，整个小场坝里，虽然站得不算挤，却也站满了密密麻麻的人。有些年轻点的汉子，在那儿三个一群五个一伙地抽着烟，说得嘻嘻哈哈的；有的老点的男子，则蹲的蹲在墙角，蹲的蹲在路边，两个三个若有若无地说着话，摆着以往的龙门阵；一些婆娘，也是三个五个地说着摆着，时不时地发出脆脆的笑声。有的婆娘，也不知从哪儿学来的，用带子和披风，把娃系了背在怀里。一群孩子，或小或大的，在人群里钻来钻去，蹦着跳着，躲着藏着，追着找着。张德伟被他们的欢乐吸引了过去。他不知道这个时候乐乐和悦悦在做什么。

“看看，我们的群众到齐了没有？到齐了我们就开会。”刘副乡长说。

“应该差不多了。看着还是来的多了的。”陈正强说。

“早就该开了。我们都等了好长时间了。”一个群众说。

“就是啊，开了，不要等了。还说八点半开，现在都九点过了，还没开始开。开了我们好回家睡瞌睡去。”一个汉子说。

“等哈么就等哈了么，人家是领导，你不等人家，还要人家来等你？”一个汉子说。

“你狗日的一天就想着睡瞌睡啊？一晚到亮的，这久夜那么深又那么长，要整啥还不够你整？”另一个汉子说。

“老者也是，你以为人家像你，睡下去像个死人样只知道睡？都像你样的随便睡哈就喊背疼腰杆疼，还要这样长的夜来干啥？”又一个汉子笑着说。

“好了，就不散话了，我们开始开会。大家往这边站过来点，站拢点。”耿世兵说，“再站过来点。今晚上我们开这个会呢，就是把大家集中起来，说说我们修这条路的事。大家也看到了的，这几天正在平整路面，就是把该降低的降低掉，该垫高的垫高掉，还有该扩宽的，也要扩宽掉，该拉直的，拉直掉。只是在平整的这个过程中呢，涉及了一些人家的地要被占着，一些人家的树要被砍着，还有一些人家的圈啊墙啊的，要被挖着。本来我们的考虑，也是尽量不碰着大家的这些东西，特别是房子，只是为了把这条路修得更好，所以有些又是必须要处理的。现在虽然没有哪家的大房子要拆，但还是有几家的地要被占掉一点，有几家的树呢，要被砍掉几棵。有些人家呢，是说砍就让砍了，说挖就让挖了，说占就让占了，总体上，我们这两个社的人家，还是大力支持修这条路的。但也有那么几家人，阻止砍他们的树，占他们的地。这条路是一条通自然村的路，享受的就是你们这两个社。修这种路，占了地，砍了树，拆了房，都是没有补助资金的。今天将大家喊来开会，就是要请大家看看，这路，还要不要修？要修，是窄的地方让它窄，弯的地方让它弯，能咋修就咋修，还是要把该扩的地方扩了，该砍的树砍了，该拆的墙拆了来，往好处修？”

“肯定是该扩的地方扩了，该砍的树砍了，该拆的墙拆了来修嘛。我的地就被占了，我跟那开挖机的人说过，你们要咋挖就咋挖，就是那圈，也是说拆就拆了的，我可是二话都没说一句的。这是修路，哪点能不拆？”一个汉子伸着脖子说。

“你这点没说的。我们认得你的猪圈是被拆掉的了，而且地也占了不少。”耿世兵望着说话的这个汉子说。

“要是我们大家都像刚才这个老哥，大力支持修这路，就好了。但是我们有部分群众，占着一小点地，说不让就不让，要砍棵树说不砍就不砍。”刘副乡长说，“这个，实在是让我们寒心得很，更让我们科协的那些领导寒心。大家不知道，为了争取项目来把大家这条路解决掉，我们科协的蒋主席他们，恨不得把脚都要跑断了，左一趟右一趟这儿那儿地去协调。”

“更让人受不了的是，竟然有人听说要修路了后，还连夜连晚地在那种本来就撑出路面来的圈边砌了厕所，甚至砌了房子。更有的，简直是想钱想疯掉了，连夜连晚地在路边去栽了些树。”耿世兵说，“不要说这种项目不像修高速路什么的，有拆迁啊青苗啊什么的补偿资金，就是有，整这种钱去，用着也怕是不安心嘛。往小处说，这钱是昧心钱；往大处说，这钱就是得了，也是来路不当，是非法套取国家资金，是违法的。”

“还有这种事？”一个汉子一脸惊讶地说。

人群里，咕咕咕地发出了笑声。

有人说：“有还是没有，你顺着路边去看看就认得了嘛。你狗日硬是忙得很，这路就鸡巴那么长点，你都没时间去走了？”

“老者那鸡巴好长哦？”有人说。

笑声哈哈哈的，杂乱，而又放肆。

刚才那汉子说：“老子们一天倒是只认得埋头下笨力，不但没时间去想，就是游着去看的时间都没有，还没看到哪儿整出这种事来。要早知道可以这样整，我那砖有啥砌法，去砌一天，也就一两百块钱，有这种整法，老子还去帮别人整啥，不如来帮自己算了，帮自己砌一晚上，该得到多少赔偿了？再不行，趁歇气的时候，咂着支烟，整一捆树来栽栽，当玩儿样的，就把生意做了。”

“你去砌去栽嘛，大家都去砌去栽算了。以后大家啥都别整了，就专门去砌这样的房子啊圈啊厕所啊的，去栽这样的树，去赚这样的钱，一次就整发掉了。”耿世兵说，“要咋砌咋栽都尽管去砌去栽，明天我们叫工程上的停工，然后向乡上请示一下，再麻烦蒋主席帮我们协调一下，把这项目调掉算了，看看哪儿需要，调去哪儿整。”

“依我说呢，就不要多说了。为我们这路，你们村上的也好，乡上的也好，还有那什么主席，肯定是费了不少力的。这种路打成水泥路，把水泥路打到村子里来，甚至打到家门口来，我估计好多人，甚至可以说是绝大部分人，恐怕就想都没有想过，做梦都没有做到过。既然要整，就该砍的砍，该挖的挖，该占的占，这个不是哪家一家人拿去用的，是大家用的。有些人，少跟他啰唆。不拿出点王法来，他们还真以为不敢拿他们咋样。我看就是硬砍了硬挖了，他们能咋样？还怕他们搬石头打天去？”一个披着一件长风衣的汉子说。

“就你狠。你狠得很，你去砍你去挖嘛。”这汉子身边的一个婆娘说。

“本来就是嘛。我还说错了？有些人就是不识好歹嘛。我还怕他？我说了就说了，他要咋整，我奉陪到底嘛。”这汉子望着那婆娘说。

“各位父亲乡亲，我来说几句。”张德伟往路边一家门前的一个石头站了上去，说，“我叫张德伟，是市科协的，现在呢，是普家河村驻村扶贫工作队的队长，在你们这两个社呢，有一部分群众我们是见过的，有一部分群众家呢，我也是去过了的。也有很大一部分群众家，我还没有去过。认识也好，不认识也好，去过没去过家里，都一样，虽然相比起全村其他社来，这两个社我跑的趟数要少一些，但这两个社的发展问题，又恰恰是我想得最多的。”

张德伟顿了顿，又接着说：“为什么说你们这两个社的发展问题我想得最多？因为相对全村的其他社，你们这两个社的基础设施条件，就是最差的。基础设施差了，像水、电、路这些基本问题都解决不了，我们谈何脱贫？谈何致富奔小康？谈何发展？记得我到普家河来任这队长的第一天，我们的支书带我到的地方，就是这梁子上。而且又只是到了梁子的边上，没有到这村子里来。为啥到了村子的边上又没进到村子里来？”

张德伟讲了那天他走过的泥滑烂路，讲了那天耿世兵给他讲的那个在前来他们村检查工作的过程中，在村子边摔了跤，摔流了产的小张的故事。张德伟讲得缓慢，讲得声音哽咽，讲得咬牙切齿，讲得欲罢不能。“当时，耿支书把我带到这个地方来，就是为了让我知道这路的问题，为了给我讲这小张的故事。我来到普家河，耿支书交代我的第一件事情，就是要我想想办法，把这条路给硬化掉。他当时说的是，这条路关乎三个社两百多人家一千多人的生活。他所说的三个社，是连后面的十一社算上的。现在，十一社已经准备集体搬迁，剩下的，就是你们这两个社了。”张德伟说，“想到那个小张，不是因为她跟我是家门，都姓张，我和她纯粹是连一面都没见过，但每次想起来，我都会感到难过。想想，如果不是因为这路难走，因为这路烂，不摔那一跤，那她的孩子，现在也应该半岁多了。一个孩子就这么没了，虽然不是我们的孩子，但我们能不感到难过吗？那孩子毕竟是在这个地方出事的啊！即使大家不会为那小张的孩子难过，如果让这路就这样烂着，谁能保证这样的事，不会发生在大家哪个人的身上呢？毕竟大家走这条路的时间更长啊！我们有谁愿意看到这样的事发生在大家无论是哪一个人的身上？就是因为我们都不愿意这样的事再次发生，所以我们是想尽办法来争取项目，来解决这路的问题。”

“要说，我也是因为路的问题才中途换了你们原来的李队长下来的。”张德伟接着说，“知道吗？你们原来的李队长，也是我们科协的，身怀小孩的她，也是在下村的过程中，因为路的问题，坐在车上被颠簸着了，住进医院去了。为了让她好好地保护好孩子，我才下来的。不幸中又万幸的是，通过住院进行了保胎治疗，她的孩子最后没事，现在她那孩子已经出世。”

张德伟越讲越讲得悲伤，越讲越讲得兴奋。在悲伤与兴奋中，他讲得有些语无伦次。他也顾不了太多，想到哪，便讲到哪。讲了路的问题，他又讲起了水的问题来。他讲了第一次跟随陈光彪到这个村子，在那个老彭家看到的情况，讲了知道这个村子里的人用的竟然是蓄起来的雨水时的不可思议，讲了听陈光彪说的彭四章的媳妇因为水的问题跟人跑了的故事时的痛心。

“我们只想让大家都像其他地方的人一样，喝上更安全的水，走上更平坦的路，不要因为水的问题、路的问题，该讨媳妇的讨不上，就是讨来了，也因为这些问题，跟着别人跑掉。”张德伟说，“现在，大家都看到了，那水，是水池已经建得差不多了，管道，也已经埋得差不多了，要不了多长时间，每一家门前的水龙头里，就能放出白花花的水来了。就是这路，也已经开始平整路面，国家的一百多万资金都已经投到了这里来，难道，难道你们就不能舍出那一点地，舍出那几棵树，舍出那一点私心私利来吗？”

“我们队长已经讲了很多。为了这梁子上的水和路，毫不夸张地说，我们队长真是操了很多心。他来的时候，我带着他到这梁子上来，就跟他说过，梁子上的问题，不只是路，还有水。所以我带他看了老彭家的水窖，还带他到彭四章家，跟他讲了彭四章的故事。四章也不要恨我，怪我拿着你的事儿乱说。要说，这也是事实。当时我还说过，到时候水通了、路通了，说不定你媳妇就回来了。你还说咋可能？现在，虽然水还没通，水泥路也还没打进来，但我们已经能看到，这些都快了。只是，就像我们队长刚才说的，要让这路尽可能好地通进来，大家就要放掉那点私心，放掉那点私利。”陈光彪站到张德伟的身旁说。

张德伟听到了陈光彪的声音，才转过身去看陈光彪。刚才只顾着讲话，陈光彪和李章林是啥时回来的，他都不知道。

“话已经说得很多了。我们就不再多说。现在时间也很晚了，大家表个态吧，要咋修？”耿世兵说。

“啥要咋修？肯定就是该砍的砍，该挖的挖了来修嘛，还有啥说的？”人群中有一个汉子说。

“就是，该咋整的咋整，没得啥说的。”人群中又一个人说。

在人群的后面，张德伟寻到了吴世良。他蹲在小商店门前的墙边，弓着背靠在墙上，右手端着一根竹烟杆，烟杆上栽了一支叶子烟，有一下无一下地吸上一口。他蹲在那儿，也不抬头，就那么低着，看着身子前面的地，一句话不说。

“干脆这样了，哪家不让了，现在说出来，要多少钱，三千还是五千，一万还是两万，政府没这笔资金，我们村子头两个社的人家分摊了，一家一家地凑了来，赔给他家算了。”人群里有人说。

“可以。反正我家没住在路边，路边也没得地，该出多少的，我出。要不，还说我是站着说话腰杆不疼，自己的没被占着，就说大话。这路，可以说修了，是大家都要走的，地没有被占着的，又不想出钱的，干脆以后就不要走了。”人群里的一个人说。

“对的。不准挖不准砍的，就不但不准活着的时候走，就是死了，也不准抬着从这路上走。要修，就趁这机会彻底修好掉。要不然，不说是修房子拉材料，就是平时拉点烟啊啥的，都要这点刮一下那点擦一下的。”有人说。

“看没看见那边那几个人？”陈光彪站到张德伟身边，轻声说。张德伟往陈光彪示意的那边看去，有几个人零零散散地在最后面，站的站着，蹲的蹲着，抱的抱着手，抽着烟，侧的侧着身，靠着墙。陈光彪又说：“刚才说的，什么砌厕所了、栽树了的，就是他们了。”陈光彪这一说，张德伟就忍不住地多往那边看了几眼。

“这样了。以这个点到对面那扇窗子为线，现在请大家全部站到那边去。”耿世兵边指画着边说，“老陈、章林，你们去把那边的人全部喊过来，喊了站到那边去。”

“站过来。站过来。你们那边的，全部站到这边来。”陈正强往耿世兵说的那边站过去，喊了起来。李章林穿过人群，去挨着喊后面的人。

待人们全部站到了一边后，耿世兵说：“章林，去找几张纸来，再找支笔，准备签一下字。我这儿还装得有印泥，再按个手印。这样了，既然路要修好掉，那我们就一个一个地签个字，签一个，站一个到这边去。签了字站到这边去的，就是认可了要把路修好掉的。咋个来修好，就是该拆的愿意拆，该挖的愿意挖，该占的愿意占，被拆了、挖了、占了的，需要赔偿的，可以到社长家去报个数，看是要赔多少钱；没有被拆着、挖着、占着的，就是愿意凑钱去赔那些被拆了、挖了、占了的损失的。”

望着李章林已从小商店里拿了一个学生作业本和一支笔，还提了一把椅子出来，耿世兵又接着说：“同意这样的，就可以去签了。”

“人家要一个亿我们也要凑啊？”有人笑着说。

“瞧瞧，你家梁子上哪家的资产值得了一个亿嘛？要有得起上亿资产的人，你家梁子上也就不会有那么多光棍了！”耿世兵说。

“支书，你这是小看人，是看不起你的子民啊！再咋个，这梁子上也是你们管辖的嘛！你们也是我们的父母官嘛！”又有人笑着说。

耿世兵也笑着说：“要我不小看你，看得起你，你就抓紧时间，去把资产挣到上亿来。”

说笑声中，人群呼啦啦地往李章林端着的凳子边扑去，似乎担心稍不快点，就有什么东西被人抢了似的。有人把字签了，把手印摁了，边往另一边站，边问："没得啥事了嘛？我们签了的，可不可以走了，瞌睡来得很了。"

耿世兵说："可以，只要把你们的态度表掉，就可以走了。只是，我要先说清楚掉哈，只要签了字摁了手印，接下来，我们的挖机，就该咋挖的咋挖了，就不一家一家的又来说，这儿要这样挖那儿要那样挖了哈！"

李章林说："还是暂时不要走，等一下。你们自己倒签了，也要见证一下别人签的嘛。再说了，你们一个人两个人认可了，如果还有人不认可，你们这种认可也是不起作用的。"

"这个人，就是有他的办法。"陈光彪歪过身去，笑着对张德伟小声说。

第十章　还要放火炮

早早地，站在村委会的楼上向彭家梁子方向看去，展眼间，似乎全成了一片工地。山脚下，落水洞一片的地里，到处是栽竹子的人影。因为是免费发苗，所以村上统一了地块，划出了那一片后，农户们没有不同意的。他们说反正种苞谷、种烤烟，都是种啥成不了啥，就干脆都种这竹子算了。就算这竹子最后也成不了器，他们也亏不了啥，苗不要钱不说，还连化肥都是供应的，他们只需要出点农家肥就行。除了这农家肥，他们无非就是出了点力气而已。而这力气，又像俗话说的是个怪，今天使了明天在的。所以，他们无不响应，去各自地里，按要求挖起了塘。挖的时候，他们甚至用一根六米长的绳子量了，让一个塘与一个塘之间，均在六米左右。按耿世兵他们的要求，是要每户人家将塘挖好了，叫村上的人去看了，才来领苗去栽的。所以即使是那些土地在规划范围内的，也争先恐后地去挖了起来，生怕挖出来晚了，拿不到苗样。而靠村委会门口这条公路的两边，栽的又是清一色的竹柳。栽这竹柳，是村上统一安排了栽的，顺着公路的两边栽，是栽来美化环境的。一些没有被规划到地的农户，甚至跑来问耿世兵他们，能不能把他家擦着某某家的那块地也给规划了，说是反正都已经划到那儿了的。面对这些也想种的群众，张德伟让他们不要忙，说是等这一批栽了看，如果栽成功了，下一步，可能就会大面积地栽。这样一说，先还有些眼红的群众，也就不争不吵了。

在对面山上的村子里头，到处是检修和重新铺设管道的人。原本，拉上梁子去的水池修造、水管铺埋都已经全部完工，但那天试通水的时候，却只有几家门前的水龙头里淌出了水来。原因查来查去，最终查出是入户的水管和梁子上那池子的对接出了问题。因为水已经是从取水井里抽到了第一个水池里，又从第一个水池里，经过二次提水，提到了梁子上那池子里了的。而出现这样的问题，原因又出在这一个饮水工程，是通过招投标，被三家公司中标做的：一家负责打井，一家负责修水池，一家负责管道。各负责各的，最后各成一块，单独看去，每一块都没有问题，但一连接起来，却出了最大的问题，水通不过去。水池已经建好，要重建，耗费太大，最后通过协商，建水池的这家公司拿出一部分资金，补给铺设管道的这家公司，通过改埋管道来将就水池。

那村子里除了检修和重新铺设管道的，就是修路的人了。一辆一辆的载重车已经拉着一车一车的泥夹石，开始铺垫起了路面。每一车泥夹石倒到那路面上后，便有一群人，有男的，有女的，拿着钢板锄，哗啦哗啦地抓了捞了，将高了的地方抓捞低，将低了的地方抓捞了填高。

张德伟约上陈光彪，准备到梁子上去。这段时间，他们常常把去梁子上转一转当成晨练。路上，张德伟常常会走上一段，就站下来看一阵。有时候，还会把一段路，从这头看过去看一阵，又从那头看过来看一阵。“要是这点再往里挖进去一点就好了。”张德伟看上一阵后，像是自言自语，又像是对陈光彪说的。有时，他又会说：“这儿该再降下去一点的。”或者：“那儿应该再从前面点挖一挖，从那儿挖过来，这儿就不会这样陡了。”有时，陈光彪会说：“算了，这样已经很好了。你再往里面挖去，这地的人家还是心疼的。你看，现在这样都已经把人家的地挖掉这么多了。”有时，陈光彪又会说：“对的，这点是还要降一点，要不然，这儿又是个弯，再这样陡，重车要开上来还是有点麻烦的。”

游着、看着、说着，到了挖机那儿，张德伟就会跟开挖机的那小伙说，这儿再这样点，那儿再那样点。起初，那小伙也都按张德伟说的去做了。说得多了，那小伙便露出了一种不高兴的表情来，勉勉强强地到张德伟说的地方应付样扳动着挖机抓几下、扒几下。再后来，那小伙便只是嘴上应着，说要得要得，却不见行动了。

“你不要再喊人家整了，这路有这样子，已经非常好非常不容易了。”陈光彪说。

“能再整好点，就再整好点嘛。这次整了，这路认不得要哪辈子才能重整呢。”张德伟说。

“你管它哪辈子才能再整呢。你又不天天从这里过，就算你要天天从这里过，这路还不够你走？”陈光彪说。

“说是这样说，整好了，我也从这上面走不了几趟，但觉得没整好的地方，该说的，还是要说的。要不，不说以后主席他们下来，不好交代，一个弯一个拐，甚至一个坑一个包的，能解决的不解决掉，以后想起来，也会觉得不舒服。”张德伟说。

“人家支书、主任都不说啥了，你还在说，真是不太好。”陈光彪说。

“他们是没来看着，看着了，他们也肯定会说的。”张德伟说。

“哎呀，你这脑壳，咋就转不过这个弯来呢？这乡村工作，不是我看不起自己，我们还真不如耿世兵他们。该咋整，他们比我们懂。要项目，他们可能赶不上你，但做乡村工作，也不是我看不起你，你可能还真不一定比得上他们。”陈光彪说，“不要说老陈和耿世兵，就是李章林，我们都赶不上。他们是各有各的套路的。你看，那天晚上开会的时候，连耿世兵都想让签了字的人走了的，但李章林偏偏又叫等着。要不是李章林叫等着，估计这路就整不成现在这个样子。”

“咋的？”张德伟问。

“你当时没看见一开始签字的时候，就有人歪偏歪偏地想走了？”陈光彪问。

“是看着有几个人在后面懒洋洋的，前面的人在挤着来签字，他们却在那儿，一点要来签字的样子都没有。”张德伟说。

“就是了嘛，他们压根就不想来签字。如果那些签了字的人一走，那几个心头打着屙屎主意的人，肯定就跟着混在里面走掉了。”陈光彪说。

“他们不签，要走，也是可以走的啊。”张德伟说。

“所以我就说嘛，干这农村工作，我们不如耿世兵他们。”陈光彪说，“耿世兵为啥要让他们先站在一边，然后签了一个，站一个到另一边去？目的就是要让那几个不想签的人，越拖越留在最后，留在大家的眼皮子底下来亮一亮。在大家的眼皮子底下了，他们还敢不签？说到底，不想签的人家，也没几家。几家人，他们敢得罪两个社的其他人。这两个社，说起来就是一个大队。就是哪家死了人，也是有分工有合作的，是一个社的负责做招待，另一个社的人负责抬丧。别的不用说，你想想，哪家得罪了这队上的人，会是什么样的结果？哪家敢说，他家没有人会死？你没听见，先前说起那些不准挖不准砍的人来，有些人说出的那种话，连死了都不准抬了从这路上过，这种话都说出来了，哪个还敢站在那儿不签？”

“既然都要签了，为啥还想从后面缩着走掉呢？”张德伟问。

“这个就太容易想通了嘛。这些人，你别一天看着他们憨粗粗的，小心眼却不少，还不是想逃得了一时逃一时。只要那时候走掉了，过了，哪个又会去找他？要不，耿世兵他们还会来开这样的会？还不去一家一家地找这些人家说？他们需要的，就是用大家的眼光，来看着他们，来给造成阻力的这些人形成压力。而这压力又不是哪一个人给的，找不到具体施加的人，却又无比地大。”陈光彪说。

“哈哈，你比我多在这儿一年多，没白在。”张德伟说。

“你看，就是因为这种压力，最后剩下那几个人的时候，那么多的人看着他们，他们还不是乖乖地就去签掉了。要是先签了的人走掉了，就算他们没有混着走掉，也可能不会那么乖乖地去签。”陈光彪说，“他们不但去签了，还没有一个人按耿世兵说的去找社长报赔偿。你说，在这种群体势力中，又都这样公开化了，哪个还敢去要赔偿。这赔偿，是要其他村民凑来给的，哪个要的，最后哪个会认不得？”

“支书他们确实厉害。”张德伟说。

“要说，你那一通话，也起到了非常重要的作用。”陈光彪说，“是你那一通话，点燃了他们的勇气。动之以情，又晓之以理，鼓动了那些人把该说而我们又不可能说的话，甚至可以说是把绝话都说了出来。如果不是你说上那一通，我估计那死了都不准抬着走上面过的话，他们也不会说出来。”

张德伟和陈光彪说着摆着进了村子，就看到迎面走过来一个人。那人看去不像村子里的，但也不像是在这路上或者村子里面做工的。张德伟以为是修路或者铺设水管的老板或者监工，但再看又觉得不像。这人十六七岁的样子，瘦瘦筋筋的一个小伙子，一身的白西装，看去连件毛衣都没穿。如果真是老板或者监工，一天在这路上游，会不怕冷？虽然太阳也出着，但毕竟已经是冬天了。一早一晚的北风，刮在身上可谓寒意十足。走近了些，再看着他的皮鞋都是擦得亮亮的后，张德伟更是肯定他不是什么工程老板或者监工了，甚至已经能确定他是从外面打工回来的了。

“要游到哪点去？”张德伟问。

“游了看哈。你们是来修这路的？”小伙子望着张德伟和陈光彪问。

“我们是来看修路的，呵呵，你是这村子里头的？”陈光彪说。

“是的嘛，我就是这九社的。你们来看修路？你们是哪点的呢？交通局的？”小伙子又问。

“不是。既然你是这村子里头的，我就跟你介绍一下。我们是市科协的，现在是你们普家河的驻村扶贫工作人员，这位是我们的张队长，我姓陈。”陈光彪说，“你呢，叫啥名字？以前好像还没见过你，你是在外面读书才回来？”

“我叫彭德高嘛。读啥书，我都出去打了四年的工了。”这个叫彭德高的人说。

“你就叫彭德高？前段时间我还给你打过电话，叫你回来读书呢！”陈光彪说。

“哦，是了。想起来了，哈哈。”彭德高从白西裤的包里掏出了一盒烟来，是一盒境界玉溪。他向张德伟和陈光彪边发着烟边说，“读书么，只有下辈子了。”

“你就出去打了四年的工了？你读到几年级的？”张德伟问。

“混到四年级了嘛，小学都没混毕业的。”彭德高说。

“小学都没毕业啊，也混得不错嘛。你看，你抽这烟，张队长和我，我们虽然是中专生，都还抽不起呢。要得，你还是比我们强的。”陈光彪玩笑似的说。

彭德高只是笑笑，笑得不好意思的样子。张德伟觉得陈光彪这话说得过了，觉得他这是吃人又损人。

张德伟问彭德高说：“在哪儿打的工呢？是做啥子？”

彭德高说：“在新疆那边帮他们整砖。”

陈光彪说：“是帮人家烧砖？”

彭德高说："嗯。我们主要是用车从砖窖里把烧好的砖拉出来，拉了码在外面。"

张德伟问："工资咋样？一个月挣得了多少？"

彭德高说："还可以吧。一个月可以苦个七八千块。"

陈光彪说："要得嘛。一个月七八千，一年还不是可以苦个八九万、十万了。拉砖么，还用车，应该不是太苦嘛。"

彭德高说："苦还是苦的，而且一年也苦不了那么多钱。那儿雪下得早，一般情况十月间就下了。去也去得晚，别的过了年就走了，我们一般都是二三月间才去。一年在那儿就做得七八个月的时间。"

张德伟问："七八个月时间，你能挣多少带回来？"

彭德高说："要说，到年底结账的时候，扣掉伙食费，一个人也就剩个四五万块钱。"

陈光彪说："也可以了嘛。一年苦四五万，还就苦七八个月，算下来，这收入算高的了。"

张德伟又问："你们在里面是吃食堂？"

彭德高说："是小老板找了个人，专门做饭给我们吃的。"

张德伟说："要说，这收入也确实不算低。只是我觉得你还小，还年轻，做这种事不是长久之计，你应该去学点什么技术。做这种活，看着是一个月有这么多工资了，但做不了一辈子的。一个人得有个长久的打算。先学点技术，哪怕暂时找不了钱，有了技术，以后就更好找钱了。"

彭德高说："我还是想过的。就是书读少了，感觉学啥都学不会样。"

张德伟哈哈地笑笑说："现在是不是有点后悔没读书啦？"

彭德高说："后悔么，也倒没啥后悔的。后悔了也不起用。只是说因为书读少了，想学啥都不好学。"

陈光彪说："只要你想学，可以学的东西还是多的。比如砌砖啊、抿墙啊之类的泥工，我看有好些一天书没读过的，整来照样好得很。泥工、电工这些，你还是可以学的。学了帮人家搞修建啊、装修啥的，一天又自由，工价也不低。还有，也可以去学学修车啊、厨师啊的。张队长说的是对的，趁年轻，去学点技术最好。"

彭德高说："等过了年看，看看有啥适合学的。"

张德伟说："你还小伙子一个，这时候，不要先考虑苦钱，先考虑学本事。"

陈光彪说："自己有点本事，以后找个女朋友都要好找点。哈哈。"

和彭德高分开后，张德伟和陈光彪又沿着公路继续往村子里走。错过吴世良家门前的时候，他们看到那树也被砍了，连树桩都刨了；那园墙，更是被全部推了碾平了。

"群众的力量是最大的了，"陈光彪说，"要不是这群众力量，单靠哪一个人来说，恐怕这树都砍不掉。"

张德伟说："这正所谓是群众的事，还得交给群众来办，才办得了。这些人，你给他好处，没说的，但只要对他们有点损失，就不好说了。而遇到这种情况，我们还真不好处理，不整不行，硬整也不行。让群众形成的无形力量来处理，倒还真是个办法。毕竟，这是关乎大家的利益的。说到底，一件事，只要是为大家考虑的，就还总是有办法来解决的。"

"陈老师，你们又上来！回来坐！"寻声看去，老彭站在他家院落里喊他们。张德伟说："不了嘛。我们转着看看。"张德伟他们没前去，老彭倒往这边走来了，边走边掏烟，边说："坐哈嘛，要咋看么，喝点水抽支烟又去看。"

"哦，老彭抽好烟了嘛！真是要过年了哈！"陈光彪拿着烟边看边笑着说。

张德伟没去看他手里拿着的那支烟，而是有意无意地看向老彭手里的那烟盒。那确实是好烟，中华呢，还是软装的。老彭说："啥好不好的，我也认不得。娃娃些买来的。"陈光彪又是哈哈地笑着说："你认不得好不好，我来给你老人家说，你抽一支这烟，就相当于抽掉了一碗米线钱，抽一包，就抽掉了一小袋米钱。"老彭说："管他抽掉啥，他们拿来，我只管抽就是了。"张德伟说："对的。就是要这样，要不然，你想着这是一碗米线，是一袋米，恐怕就舍不得抽了。"陈光彪说："老彭这种人才懒得这样想呢。现在，抽这点烟，还担心他抽不起？一个娃娃一个月买两条给他，把他嘴都抽歪掉。"老彭说："走，屋里喝水去，将就我家小老二回来，他还没见过你们。"

听说老彭的一个娃娃回来，陈光彪说："走嘛。去见见从普家河飞出去的这条骄龙。说么说老彭家的几个娃娃成器得很，我还一个都没见着过。是不是在浙江那个？"说着，老彭在前，陈光彪跟上，张德伟在后，往老彭家走了去。

一辆奥迪 A6 停在老彭家门前的场院里，几只鸡咯咯咯地在车旁的地上啄食，奥迪的钢盆上、轮胎上，甚至车身上，沾了不少泥。陈光彪说："这车要开上来，还得费些力呢。"

一个三十来岁的男子，穿着一件黑色的长风衣从屋里走了出来。老彭说："这个是第二个儿子，叫彭忠义。他说今年不能回来过年，要到老丈母家那边去过，所以先回来一趟。”彭忠义走下檐坎来，眯笑着，掏了烟发给张德伟和陈光彪。

老彭说：“他们两个是市上派到我们村来做扶贫工作的。现在整着的这水和路，都是他们整来整的。得感谢他们啊！要不是他们，这路，这水，认不得要哪辈子才整得通呢。现在虽然我也开不着啥车，运不着好多东西，但看着这路要整好了，我还是激动的。”

陈光彪说：“你开不着车，坐还是要坐着的嘛。姑娘、儿子些回来，不拉着你去转转？以后，他们回来着，开到门口来了，也就不会像这样脏兮兮的了。要不，开张好车回来，在这路上，都要被刮得心疼。”

彭忠义说：“就是了嘛。以前回来，开都开不上来。遇上稀天，路上大个大个的坑塘，还只能摆在下面路边走路上来呢。这次回来，虽然还在不太好走，但都已经整平了。”

张德伟说：“下次回来就好走了。下次回来，水泥路就全部通了。”

老彭说：“整这路也给你们整够了。求爷爷告奶奶地去要项目不说，要下项目来了，下面还一下这家不准砍树，一下那家不准占地的。”

彭忠义说：“这些人么，就是只看得到点眼前利益嘛。要占着点地，那地就变成了金宝卵。一个二个都这样，还谈啥发展？”

老彭的老伴从屋里走了出来。她端着一个盆，里面装了些苞谷，要撒给场院里的鸡吃。场院里的鸡有七八只，几只母鸡，几只公鸡。陈光彪说：“你家还喂着这么多鸡？”

老彭说："多倒不多，就这么几个，喂了吃着方便。"

彭忠义说："这些人，往往是越㞞越可恶。人家常说，可怜之人，必有可恶之处。真是的。不相信你们去看看，那些搅得的人，往往就是一样整不成，只盯着自己那点眼前利益的人。他们自己整不成事，还见不得别人整事。哪个人混得好点，他们还眼红。现在那种仇官仇富的人，真是到处都有，到处都是。"

"走，回家泡水喝去。"老彭说。

进屋在一排沙发上坐下，老彭又给张德伟和陈光彪抽了烟。彭忠义呢，到电视柜旁边找了两个玻璃杯泡起了茶。

彭忠义端了茶过来摆到沙发前的炉子上，坐下来又说："本来嘛，一家人也好，一个村子也好，有几个人富了，或者当了领导了，是好事。别的不说，遇上点啥事，寻个主意的地方，也要多点，也要宽点。说不定，你逛破了头都解决不了的事情，人家一个电话就帮你解决掉了。"

张德伟说："就是。我们就是需要大家都往开了看，往开了想，才能把事情办得更好。每个人，都有他的优点和不足。有些事，这个人费了天大的劲都做不好，拿给那个人，说做就做了。"

彭忠义说："要说，在普家河这儿，还是有很多条件可以利用的。一是这儿是去鹤乡的必经之路，人流量比较大，这儿的土地又多，可以好好利用起来，不要一辈子就想着种那点烟；二是这儿出去参加工作的人也不少。据我所知，市上的、县上的，有好些部门都有人，可以把这些人脉上的资源用起来，想办法整一些项目来做。还有像我在那边，我们公司里面，本来我也是可以带些人进去的，但我从来就没有带一个人去。为啥？有时候真是不想找麻烦事情来做。用认不得的人，该咋的就咋的。整不好，说不要了，就不要了。而把这里的人整去，你就还得顾及这样那样。要说，这家乡情结，我还是有的。只是这情结，是又爱，又有些恨。”

张德伟说：“能帮的，还是要帮帮。说到底，老家就是老家，乡亲还就是乡亲。就像亲人样，有些情感还真是割不断的。”

彭忠义说：“这人还不是会被整冷心掉。虽然我没在这边工作，但有好些同学都是在这边的，有些在学校里，有些呢，又在政府部门，以前，只要我爹打电话给我说哪家有点啥事，读个书也好，整着其他事也好，要咋整，我还不是该打电话的打电话，该请人帮忙的请人帮忙。特别是读书的事，只要这个村子里有哪家娃娃说着要去哪儿读书的，我是再咋想办法，都要帮的。你们认不得，我以前每年回来过年，都得去找那些我请了帮过忙的人表示表示。我人不在这边，自己在这边是做不了任何事的，他们一有啥事，我都得请人，转弯抹角地去整。他们认不得，还以为我说了就算了。我哪有那本事。我还不是得自己掏腰包，该送烟的，还得买几条烟，该送茶的，还得买两盒茶，去感谢一下。”

陈光彪说：“管它，你这种精神，是值得提倡的。你帮他们办的那些事，虽然也费了些力，但费了力就办成了；如果你不帮他们，他们可能就永远办不了。特别是那读书的事，我觉得更是值得的，你帮一个人找了一个学校，可能就彻底改变了这个人的命运。”

彭忠义说：“我也就是这样想的了嘛。要说，我也是从这儿走出去的。从根本上来说，要改变命运，可能最好的途径，还就是读书。我希望的，就是我们这梁子上，甚至整个普家河，都多多地读出些人来，当的当领导，当的当老总。”

又抽了一支烟后，张德伟站起身来说要走了。老彭和他老伴，要张德伟他们在他家吃饭。陈光彪也站了起来说：“饭就不吃了，还早。”张德伟说：“我们再去转着看看。”彭忠义说：“看了转回来吃饭嘛。”张德伟说：“就不来了，你忙你的，有时间到村上来坐。”

彭家梁子的水，终于通了。通水的仪式没有设在水池边。通过多处对比，最后选在了彭四章家门口。

彭四章新建的房子刚好封了顶，是一幢两层半的小洋楼。虽然占地面积才九十来个平方米，虽然现在还只砌起主体来，旁边还有一个用塑料布搭起来临时使用的棚子，虽然水管拉到这儿后，还没有固定，只是为了开水方便，在活甩甩的水管头子上临时安装了一个水龙头，而且还是用两块水泥砖临时压在那儿的，但房子毕竟是砖房，还是小洋楼，而且水管，已经接到家门口了，水泥路也要通到家门口来了。房子依山，房后的山上便是密密的松树；房子也傍水，虽然傍的普家河在山下，离得远了些，但毕竟傍了。在彭四章家小洋楼的两侧，挂了两幅红底白字的条幅，左边一幅上写着：“热烈祝贺普家河村彭家梁子自然村自来水顺利通水”，右边一幅上写着：“热烈祝贺建档立卡户彭四章危房改造新房成功封顶”。小洋楼的正面，又挂了一幅横幅，也是红底白字，上书：“吃水不忘挖井人，住房要记国家恩”。

“四章，该再等段时间才修的，等水通了再修，要省掉多少工！”有人对彭四章说。

“管它的。反正多的都花了，也不全靠那几个工。”彭四章说。

彭四章穿着一件军绿色的长大衣，头上还戴了一顶棉帽。他说话的声音，小，却重，听去瓮声瓮气的。这装束，有些不合群。虽然天是冷了，但也似乎不至于这样夸张。就像他是特意穿这救灾服，要表达什么样。

“有钱么，倒也不在乎那几个工。而且人家四章有个好姐夫，免费帮他拉水。”有人哈哈笑着说。

“再有钱，那钱也不是炮打来的。哪个不是能省的就省？”有人说。

真是，谁个不想省呢。虽然那水是他姐夫帮他拉来的，但毕竟是一车一车地去那么远的地方拉来的。而且想着那水，彭四章心里装着的，又哪只是那点修房子的水？他是一想着水，就想哭呢！

陈光彪走过来，说：“四章，一会儿仪式的时候，我好好给你照几张照片。哦，只是你今天这穿着，看着也太酷了。要不要换换，换套显年轻点的。照的时候，把你的新房子照进去，把房子前面的路也照进去，还有一会儿有好些领导要来，你肯定是要跟领导些站在一起的，到时候，连领导也照进去。你把你媳妇的电话号码给我一个，我加她微信，发几张给她去。”

彭四章打了几个喷嚏，侧转身去揉眼睛，抹鼻涕，像没有听到陈光彪的话。

一个村民说：“陈老师还有想法啊？人家四章要发，他不会自己发？”

陈光彪说：“我就说，一个村子里的人，要相互帮助，要和谐相处。你看嘛，光凭这点事，你们就做得不够。四章家媳妇走掉，固然跟这儿的水啊路啊的有关，更与你们的关心不到位有关。如果我早点来，或者我是这儿的一个村民，我就是跟四章一起去拉水来给她用，也要努力让她留下来。”

一个村民说：“陈老师，要不要来帮着她淋水洗澡呢？”

陈光彪说：“你这个就是废话了。要咋淋人家四章不会淋？是不是她走掉的原因里面，还因为你们有哪些人想淋着水给她洗澡？”

一个村民说：“我们倒没有。”

一帮子人嘻嘻哈哈地说着。彭四章双手缩在衣袖里，曲于腹前，也不答话，只有一下无一下地看看这个，或者那个。他的脸上也挂了笑。那笑虽然有喜悦，有兴奋，一张嘴却随时都微微张着，眉头蹙了，像要随时准备阿嚏一声。一种隐藏不了的凄然，也同时弥漫在了他那古铜色的脸上、额头上。

陈光彪说：“要得要不得嘛，四章？如果你不想发给她看，我就等周末了，等你那两个娃娃都在家了，再来照几张，把娃娃的照片发过去！记得我以前跟你说过，等水通了、路通了，说不定你媳妇又回来了。你说不可能，我看，恐怕还就有可能呢。就算你不为你自己想，也该为两个娃娃想一下。这娃娃，有妈还是不一样的。”

路上驶来了一辆越野车。车停下后，先是从后排下来了三人，然后才从前排副驾驶室那儿下来了一人。这人穿了一件黑色的毛呢大衣，还戴了一顶红色的毛线帽，脚上是一双大头皮鞋。他往人群这边看了看，然后对那三人说了些什么。接着，那三人便打开车的尾箱，从车上将一箱一箱的火炮搬了下来。那火炮还有一盘一盘的，一抱都抱不过来。哦，还有礼花。

张德伟说："还要放火炮啊？"

他身边的耿世兵说："他们工程上的老板整来的，说是图个热闹和喜庆。"

李章林说："四章讨媳妇那天，恐怕还没这么热闹啊。"

陈光彪哈哈笑着说："不要说四章讨媳妇那天，就是你讨媳妇那天，恐怕也没这么热闹吧？"

火炮和礼花搬好了，搬火炮的人回了一个去车上，这张越野车就又往上面的路开去了。穿毛呢大衣的那人，对着刚开出去的车说："剩下的全部在那儿放了。"

这人这才往人群走了过来。"支书，你们早得很嘛。"他说着，掏出烟来，先递向了耿世兵这一边的人。

"不早了嘛。我们是把这个仪式整了，还要去送那些搬迁的人，所以才选在这早上。"耿世兵边接烟边说，"今天整了让周总亲自下来，还买那么多东西，又让你破费了嘛！"

这个被称为周总的人说："没事，多的都折了，还全靠这点？跑来一趟，也是应该的，就当是来接受领导些的检查和验收了。现在还有没有哪儿有问题？"

耿世兵说："应该没啥了。昨晚上让他们各家都试了一下，都通的了。"

周总说："这就好，这样我就放心了。"

张德伟说："这水让周总费心了。"

周总说："哪点？算是为民办点事，尽份心罢了。"

陈光彪说："周总，这工程整下来还有点利润没有？"

周总哈哈笑着说："有的，有的。整个工程，没点利润咋行？"

耿世兵说："利润么，返工这一次，恐怕倒没啥了。整不好，倒还得折点。"

周总呵呵笑了笑说："小事，小事。只要能让乡亲些用上水，就好了。我担心的，是返了这一道工，水还不通，就麻烦了。"

陈光彪说："是啊，要是返这一道工还不行，恐怕就连水池都得返工了。"

说着，邹副县长和肖书记的车也相继开来了。

耿世兵和张德伟他们，尾随邹副县长和肖书记，站在彭四章的新房子前，看了一番。彭四章被耿世兵叫了过去，向邹副县长介绍了一下，说这房子就是他的，说他是媳妇因为这里的条件差了，跟人跑了，是一个人带着两个孩子过，是普家河村的建档立卡户。邹副县长哦哦地应着，待耿世兵介绍完，又问了一些彭四章平日里做些什么、种得有些啥、去没去打工、孩子有多大了、在没在读书之类的事儿。彭四章用一只手蒙着嘴，扭着头歪着脸一一地回了。邹副县长又问："你这房子修了多少钱？"彭四章顿了顿，用手摸了摸脑壳，一个喷嚏似乎就要打出来了，却又没打出来，憋一阵才说："十四五万。"邹副县长说："不错，不错。这儿植被好，房子后面就有这片松树林，房子前面又是公路，交通也方便。"肖书记说："就是。这儿视野也很开阔，住在这种地方，真是很安逸。"邹副县长又问彭四章："建房补助得到了没有？"彭四章唯唯地说："得到的了。"肖书记说："应该是才得到两万。"肖书记又望着彭四章问是不是，彭四章说是的，卡上打过两万了。肖书记向邹副县长说："我们是按工程进度来拨款的，现在已经拨了两万，像他这种，主体工程全部完了，接着办齐了手续，尾款也就打给他们了。"邹副县长说："好。这下好了，房子修好了，水也通了，路也很快就硬化好了，这是发展的基础。听说这儿的光棍很多，我想，这些光棍的光棍生活，接下来就会一个一个地结束掉。"肖书记说："是啊。这儿的老百姓，特别是这儿的光棍些，一定要感谢县委、县政府的关心。"邹副县长说："也要感谢你们乡党委、乡政府的努力，对他们的发展，你们做了很多工作。"

一辆丰田越野和一辆北京现代越野驶了过来。车在彭四章家门前的公路上停了下来。张德伟赶紧向北京现代走去，从北京现代上迎下了蒋主席，又跟随蒋主席走到后一辆车的副驾驶位门边，高局长已打开车门，正往车外挪。

待高局长下了车后，蒋主席转身，边伸手边走向迎上来的邹副县长和肖书记，握了手后，说："邹县好，又好久没见着你了。"问候了后，侧身让出高局长来，向邹副县长说："这位是我们市水利局高局长。"邹副县长上前一步，把双手伸向高局长，说："是了嘛，欢迎高局到我们普家河来。"蒋主席说："哦，你们认识的？"高局长说："认识认识，我们都认识好多年了。"邹副县长说："高局以前在县上任书记的时候，我就是他的下属呢。高局特别关心人，我最初到乡镇上去任职，就是高局长关心的。"高局长说："不是关心，主要是邹县那时候就特别能干，你看，我提拔过的干部，现在还不是成长起来了，这说明我的眼光不错，哈哈。"邹副县长说："哪里哪里，是高局的关心和厚爱。没有高局的关心，哪有我的今天。"蒋主席说："高局是一个有情怀的人，也是一个有眼光的人。高局看好的人，一般都错不了。而且高局不但会关心干部，更会关心老百姓，体恤老百姓，你看，我们这梁子上的水，就是高局亲自关心的，他还不只是给项目的关心，为了把这水解决好，他还亲自跑下来，爬到那后面的大黑山上调研过。"肖书记走上前来，双手握在腹前，有些拘谨地说："就是，没有高局长的关心，这儿的群众不知要哪时候才能吃上这自来水。我替这儿的老百姓们感谢高局长了。"高局长说："哪里哪里，是我做得不好。让这儿的群众吃了那么多年的水窖水，是我的失职。"

邹副县长领着高局长、蒋主席看彭四章的房子，看彭四章用砖压着的水管，看彭四章房子前的公路。陈正强打电话来，问这边要整完了没有？耿世兵说还没开始。陈正强说："我们这边都准备好了。你们整完就下来了。"肖书记转过身问耿世兵人到齐了没有，准备工作做好了没有，耿世兵说，都齐了、好了。肖书记说那就准备开始吧。肖书记走到邹副县长身边。邹副县长正看着高局长和周总说话。周总虾着腰，望着高局长说："是我工作没做好，考虑不周，所以才这样，好在，现在已经全部按质按量做好了。"高局长说："好，有你这态度就好。做生意，特别是做这工程，首要任务就是做好，按质按量地做好，在做好的基础上，能找点钱，是应该的。像出现这种情况，你就是折本，也要把质量做到位。这是关系到几百户人家的生活问题。这样做了，这次找不到钱，哪怕折了本，也还有下次做的机会，还有再赚回来的机会。"周总双手作揖，晃着，说："高局说的是，谢谢高局的关心和指教，我会努力做好我的良心工程的。"

肖书记趁空叫了一声“邹县”，说看看是不是差不多了，邹副县长会意后，侧了一下身，望着高局长喊了一声“老领导”，又看着蒋主席喊了一声“主席”，说：“我们就开始吧。”高局长和蒋主席都说好。于是，邹副县长做了一个请的动作，将高局长、蒋主席一行引往那个用砖压着支起来的水龙头处。那水龙头上，不知什么时候挂了一块红布，合起来倒像一个闺房里待掀盖头的新娘。

高局长居中，蒋主席在其左，邹副县长在其右，然后是肖书记、耿世兵、张德伟、周总、彭四章相继一左一右，背靠彭四章新房，面朝盖了红布的水龙头站成了一排。在他们的对面，水龙头的这边，是李章林、陈光彪，以及通知来这儿参加仪式的群众。没有音响，连话筒也没有一个。仪式由肖书记主持。“各位父老乡亲，今天，我们怀着万分激动的心情，在这里，举行我们彭家梁子自来水的通水仪式。”肖书记一副兴奋和激动的样子，双手像音乐演奏会的指挥者一样在那儿划着，说，“我们的水，马上就要通了。马上，我们就要结束长久以来，以水窖水为生的日子了，这要感谢市水利局、市科协，以及县委、县政府对我们的关心和厚爱。下面，我向大家介绍一下，出席今天通水仪式的各位领导。”肖书记一一做了介绍。“让我们以热烈的掌声，欢迎他们的到来，并感谢他们对我们的关心和帮助。”一片掌声响了起来。

“今天我们为什么要选在这里来举行这个仪式？”肖书记接着说，“彭四章的房子是才修起来的，可以说，这里还是乱糟糟的一片，甚至连个坐的地方都没有，让我们前来参加这个仪式的各位领导都这样站着，从某种程度上来说，显得我们有些对领导不敬。但是，我觉得在这里举行这个仪式，有着更特别的意义。彭四章现在是一个人带着两个孩子生活，他的媳妇，已在多年前跟人跑掉了。为啥跑掉的？这个在场的乡亲们，可能都比我清楚。高局长和蒋主席他们可能不知道。所以，在这儿我也不怕羞，把我所知道的情况说出来，说给高局长他们听，当是向领导们做个汇报。”关于彭四章的媳妇跟人跑掉的事，肖书记说得很简洁，完全没有陈光彪给张德伟说的细。在她的讲说中，彭四章的脸红了一阵又一阵，手在那儿一下搓过来，一下搓过去，像是难以找到一个地方放。时不时地，他就要转过身去，弯着腰，用手蒙着嘴，打上两个喷嚏。“一个女人，连洗个澡都难得实现，为啥？他们缺水啊！我觉得我这个父母官，当得不称职，我向乡亲们赔礼道歉了。”肖书记往前弯了一下腰，直起身来后又接着说，“好在，现在在我们高局长、蒋主席的关心和帮助下，这缺水的日子就要结束了。我相信，以后，我们彭家梁子，就不会再发生哪家的婆娘因为没有水洗澡而跟人跑掉的事了。下面，请市水利局高局长做重要讲话。大家欢迎。”

“对不起大家。”高局长说，“真正该向大家道歉的，不是你们肖书记，而是我。”高局长说了他第一次来彭家梁子看到这儿的用水情况，并听说了这儿一些因水而生的故事时的痛心，说得声情并茂，说得热泪盈眶。在他的述说中，那些原本要为现在的通水感到兴奋和激动的人们，也莫名地呈现出了悲凄的神色，像是这些年用那水窖水走过的日子，真是高局长、肖书记他们亏欠了他们样的。

“说到关心和帮助，只能是我关心的不够，帮助的不到位。”高局长又说，“今天，水就要通了。我只能在这里，祝愿大家，以后生活越来越好，身体健康，家庭幸福。该娶媳妇的，不再因为水的问题，娶不到；娶了的，不再因为水的问题，留不住。”

彭四章的眼里，竟然流下了泪来。尽管他搂起袖子去揩了，但好像那泪揩不完。他的手，时不时地，就用这只，或者那只，去脸上抹上一把。站在前面的人群，也是挤的挤着眼，转的转过身，装作望别处，偷偷地抹上一把泪。

接下来是蒋主席的讲话。先是一段祝贺彭家梁子自来水通水的话，一段感谢市水利局、感谢高局长的话，感谢乡党委、乡政府对科协下派工作队员的关心的话。

“刚才，高局长和肖书记都在说他们对大家的关心和帮助做得不够，在此，我要说一句，不是他们关心不够、帮助不够，现在不说全市，就是全县，甚至是你们普家河乡，也还有很多需要关心和帮助的，他们不可能只考虑你们一个彭家梁子，他们也不可能一下子全部都关心和帮助过来，吃个粑粑，也还得一口一口来，还得有个先后。这一点，大家心里一定要清楚。”蒋主席说，“不说别的，为了这水，高局长不但亲自进村来调研，还爬到背后的大黑山上去寻找水源。”蒋主席将如何找高局长汇报彭家梁子饮水困难，高局长如何重视，如何下来调研，如何及时安排项目，一一地说了。

蒋主席接着说：“现在这水就要通了，吃水不忘挖井人，这是我们做人的一个根本。我希望我们彭家梁子的人，都能拥有一颗感恩的心。现在大家要修房子的，大都修了。水和路都要通了。这些问题解决了，并不是就脱贫了、富裕了、奔小康了。

这只是走向富裕的条件。我希望大家，以后，都能带着一颗感恩的心，以一种自强不息的精神，通过勤劳的双手，去创造未来的美好生活。”

邹副县长也做了讲话。他没有再讲水的事。“前面高局长和蒋主席都已经讲得很好，”邹副县长说，“所以我就不再多说。我只说两句感谢的话。”他代表县委、县政府，向高局长、蒋主席对他们县、对普家河的关心和帮助表示了感谢，然后说：“就像刚才蒋主席讲的，我也是希望彭家梁子的群众，一定要有感恩的心，要有自强不息的精神，要在党委、政府的关心帮助下，用勤劳的双手，去脱贫致富奔小康。”

他讲完后，转过身，向肖书记示意了一下，肖书记便说：“下面，我们用热烈的掌声，请高局长和蒋主席，一起为彭家梁子自来水通水揭幕。”

高局长和蒋主席一起向前迈了一步，然后一个一边站在了水龙头旁，并一个牵了那块红布的一角。“一、二”，肖书记带头喊了起来，喊得很慢，像是特意慢下来，等后面喊的声音跟上来似的。待几乎在场的全部人员都跟着喊的“三”响在彭四章家门前那片空地上的时候，高局长和蒋主席牵着红布的手，同时往后提了起来。尽管红布揭去，露出的是一个弯腰驼背略有锈斑的铁水龙头，但人群里还是接着响起了“噢噢噢”的吼叫声，还有口哨声。只是这声音才刚响起，就淹没在了“砰、砰、砰”地响起的礼花声中，淹没在了噼噼啪啪的火炮声中。

这里的礼花声和火炮声一响，村子那头山顶上的水池处，紧随其后，也响起了礼花声和火炮声。接着是山下的村委会后面的取水处，也响了起来。

最后响起的，是村子里头，这儿那儿的，此起彼也不伏的火炮声。噼噼啪啪，噼噼啪啪，似乎，每一家每一户，都放起了火炮来。只是一处一处的，响的时间短些；一处一处的，响的时间长些。但那些声音，都显得弱了、小了，似乎光是耳朵听去，还听不见，还得用眼睛跟上去，才能确认。

待人们转着头，一下上空，一下山顶，一下山脚，一下是村子的这里，一下又是村子的那里，全都在响。看上一阵回过头来时，不知揭了红布的那水龙头，已啥时哗哗哗地淌起了水。

“好像没预想的那样激动啊！”陈光彪站在耿世兵旁边说。

“有多少人家，昨晚上就放了淌够了。就是没放了淌过，现在的人，都是到处跑的，还有几个人没见过这自来水？”耿世兵笑了笑，慢悠悠地说。

“只叫他们放了看通不通水，他们倒还放了先看个够了。”陈光彪也呵呵地笑着说。

“反正也要放了冲水管的，也就没管，随他们放。”耿世兵说，“你没注意到，我倒是想着他们肯定会那样放的，所以昨天水池抽了装满后，我都让他们不要停，叫他们继续抽着。让他们随时观看着上面这水池里的水。我还担心被他们放空了，整这仪式的时候没水放出来呢。”

“全部都放着，抽上来的那水，恐怕还供应不上。”陈光彪说。

“有一池子垫着底，问题不大。你没听说，昨晚上水一通后，彭四章就站在他这门前，把水管拉了挂在那上面，淋了半夜。”耿世兵指了指彭四章新房子的一根支架，说，“当时有人看到后还打电话给我，问我要不要叫他关了。我让他们别管，随他淋去。”

“还有这事？”陈光彪显得很惊讶，声音就大了些。

“啥事？”张德伟转过身来问。

陈光彪复述了一遍彭四章站在那儿用水管里的水淋了半夜的话。张德伟也显得有些惊讶，说：“怪不得今天他一天都在拿着鼻子揩，还随时揉眼抹泪喷嚏连天的，我还以为他是激动了呢。”

“要说激动，肯定也是有的。只是这激动，他是提前享受掉了。他这代价，也太大了。这冷的天，还晚上。”陈光彪说。

“一会儿仪式完了，叫他赶紧去输点液，不要整严重掉。”张德伟说。

“这鸡巴人也是，竟然拿这水来淋。还好没淋出啥大的问题来。要是淋死掉，我们拉这水，倒拉惹祸了。”耿世兵说，“当时也没想着这个，要不，就不让他淋了。”

礼花放完了，火炮放完了。这时虽然也还有人在说话，缓缓悠悠的，叽叽喳喳的，但因了刚才的响声太大，此时的这山梁上，倒显得异常地静了。

“高局，要不要到村上去喝点水，我们还要搞个活动？”蒋主席说。

“要不，委屈老领导跟我们一起去参加一下这个活动？”邹副县长说。

“就是，专门请局长还难得请来，请局长一起参加一下。”肖书记也说。

高局长说：“我就不参加了。你们这搬迁的事，跟我的岗位沾不上边。水也不喝了，我就先回了，主席你们慢慢来。”

蒋主席及邹副县长和肖书记也就不再挽留高局长，待高局长的车离去后，邹副县长看着蒋主席说：“那我们就走吧，直接到山背后去了。”

蒋主席说：“好。”

一行人上了车，邹副县长的车在前，上面坐了肖书记、耿世兵和李章林，张德伟和陈光彪则跟着蒋主席，一起坐了科协的车尾随其后，往村子背后的山顶上开去。

张德伟说：“主席还没到过那山背后，路有点难走。”蒋主席说：“不怕。要走的路有好远？”陈光彪说：“车就只能开到上面一点了，下去的路，远也不算太远，主要是窄，又陡。”蒋主席“哦”了一声。张德伟问：“主席穿的鞋子好不好走路？”蒋主席说：“还是好走的，虽然不是运动鞋，是皮鞋，但这皮子和底，都是软的。”张德伟说：“这就好。只是又要辛苦主席了。”蒋主席说：“没事。高兴。特别是今天看着这水通了，我是真的太高兴了。还有这路，看着也快通了，这是我觉得最有意义的事了。”张德伟说：“是啊。为了这水和路，让主席你们操够心了。”蒋主席说：“我倒没啥，主要还是你们，你们在下面辛苦了。”张德伟说：“我们做的都是直门子活路，没啥的，而且，只要做的是对老百姓有意义的事，我们就乐意，就没有觉得有多辛苦。”蒋主席说：“好。这就好。”

到了山顶上，车不能再往前开了。公路到了这儿虽然还没有秃，往前还有一小段，但剩下的这一段，被两张中巴和八张货车一字排开，在那儿调过头来，顺着摆了占了。中巴的挡风玻璃顶上和每一张货车的引擎盖上，都挂有一匹长长的红布。

每一张货车的车厢里，都高高地码起了大大小小的袋子、纸箱，以及床、洗衣机、电视机等物。几个汉子，正在车上用绳子捆绑。李章林也在那儿，跟着抽着递着绳子。“都装好的了嘛？”肖书记问。李章林说：“装好的了，书记。他们担心颠簸了掉下来，所以又买了几根绳子来，说是再绑稳点。”邹副县长说：“对的，就是要绑稳掉。”

看上一翻，肖书记说：“主席、县长，我们就下去了。”

一行人开始稀稀拉拉地往山背后的十一社滑步而去。

这次搬迁的人家，一共有十六户。这些人家的人，大都已经集中到陶社长家门口来了。这儿虽然不是村里的人户居中的地方，却几乎是到里面很多人家去的一个必经之口。在陶社长家门前的院坝里，站的站着，坐的坐着，拥了三四十人的样子。在他们的旁边，还横七竖八地摆了大大小小的口袋和背包。

望着肖书记、邹副县长、蒋主席他们到了，那些人转过头来看着，呆的样。还有一些人，将头扑在膝上，像在睡觉。只有蹲在肖书记他们经过的地方的人，才挪一下屁股，或者往旁边挪一下身子，让了让。

钟乡长、刘副乡长、陈正强、高家鹏、彭家洪、曾丽、陶社长他们听到外面肖书记他们的声音，从陶社长家屋里相继走了出来。“县长，你们来了？”钟乡长说。

邹副县长望着钟乡长点了点头，说：“这儿的准备工作都做好了？”

钟乡长说：“都好了。”

肖书记又问：“人都到齐了嘛？”

钟乡长说："现在基本每户都还有一个人在家里。他们要等出发的时候炸了火炮才来。"

邹副县长说："要炸咋不先炸了，都统一集中了走呢？等他们炸了才来，一会儿又要等他们？"

陈正强说："没事，县长。他们留在家里炸火炮的，都是年轻人，走起来快得很。"

刘副乡长说："有两家没年轻人的，我们都是安排了其他几个年轻人去帮着炸的，也跟他们说过，只要这边的火炮一响，他们接着炸了，就往停车那儿赶。"

陈正强又说："还给他们说过，如果慢了，是不等他们的，到时坐不上车，他们得自己想办法到城里去。"

邹副县长说："既然是统一去，留下一个两个单独去还是不好。"

钟乡长说："没事。县长放心。说是给他们这样说，到时候有人没来，还是要等等他们的。"

肖书记说："好嘛。既然这样安排了，就这样吧。我们就开始了，时间也不早了，叫他们集中过来了。"

"各位，请大家往这边站过来了。坐着的，蹲着的，站起来了。"刘副乡长对着场院上的群众喊了起来。

"抓紧时间了，大家快点。"钟乡长也喊了起来。

待群众基本站起来往场院里集中了后，肖书记站在陶社长家门前的屋檐下，说："乡亲们，请大家安静了。"这时，似乎除了几个招呼群众站过来的人的喊声，和几个娃娃的哭闹声，还有群众讲什么话。肖书记这一说后，一些群众就转着头，你望望我，我望望你，像是要找出谁在讲话似的。"今天，是一个特别的日子；今天，我们就要告别这片生活了祖祖辈辈的土地，离开这个山高谷深的地方；今天，我们就要走进另一片生活的天空，去创造我们未来的美好生活。”肖书记接着说，“虽然这里偏僻，交通闭塞，生存条件恶劣，但我还是理解大家对这里的那份不舍的感情，毕竟，你们已经在这里生活了那么长的时间。但因为这里偏僻，生存条件恶劣，交通闭塞，所以，国家给大家创造了这个条件，让大家有机会，走出这山沟沟，去样样条件都很好的城市里，追求美好的日子。为此，我们要感谢国家，感谢各级各部门，为我们提供了这个机会。为此呢，我希望大家，即便再是怎样地不舍，也把精神打起来，高兴起来，高高兴兴地走向未来的生活。”

群众里，果真就有人露出了微笑。

肖书记又接着说：“今天，为了热热闹闹地送大家离开这里，我们市科协蒋主席、县人民政府邹副县长都亲自来了，还有乡上的钟乡长和我，以及我们村三委的、驻村扶贫工作队的，可以说是市、县、乡、村都有领导来了，这足以说明，各级各部门，对你们这次搬迁，对你们过上好日子的高度重视。下面，我们就请蒋主席给大家讲话。”

“乡亲们，大家上午好。”蒋主席往前站了站，说，“今天是腊月初二。正如刚才肖书记所说，今天，对于大家来说是一个特别的日子，我想，以后，大家都会记得今天。大家今天的搬家，不是一次普通的搬家，不是自己修了一幢新房子，从老房子里搬到新房子里去的搬家，而是一次改变大环境的搬家。听村上的同志说，你们搬到城里后，这里的土地，依然还归你们使用，即使这样，我想，你们要回来种这地的可能性也是很小很小的了。我现在这样说，你们可能还不太相信。但到了城里后，我想你们一定会找到比种这地更有意义的事做。要不然，政府为啥还让你们搬？都要种地，肯定是住在这儿种更方便。”

蒋主席顿了顿，接着说：“在这里，我就不多讲，我只祝愿大家，搬到城里去后的日子，红红火火，顺顺利利，以后都家庭幸福，合家欢乐！春节也很快就要到了，我在这儿，提前给大家拜个早年，祝大家在城里过的第一个春节，快快乐乐的，幸幸福福的！”

蒋主席讲了之后，邹副县长接着讲。“大家搬到城里后，先安安心心、快快乐乐地把这个年过好，过了年，会有人将你们祥和家园那边，工业园区的那些工厂、公司的情况都发给你们。这个我们会安排人来做。到时候，你们再根据各自的情况，看看想去哪儿上班，把名单报给我们的工作人员，直接安排你们去上班。包括还在读书的学生，主要是原来在我们这儿读小学和初中的，去了后，你们下个学期，就可以直接到小区里面的学校去读了。该在哪个年级哪个班的，都已经安排好了的。原来就在城里读的，我们也已经做过统计，就按你们的意思，让他们继续在原来的学校读着。以后有想转进小区学校的，再转。”邹副县长讲了一通开场白后，说，“在这里，要请大家放心的就是，既然让你们搬，就会让你们搬去后，生活得更好，让你们搬得去，住得下。这一点，请大家相信我们的国家，相信我们党委、政府。”

邹副县长讲了后，肖书记又讲了一些。她说：“还有一点也要大家放心，大家搬去后，不是我们就不管了。以后大家遇到什么问题和困难，大家可以跟我们讲。到时候，我们能解决的，一定会努力帮大家解决；我们解决不了的，也会及时向县委、县政府反映，帮助大家解决。”

随后，钟乡长让李章林他们开始放火炮，让村民们带好东西，开始出发。“上了年纪的，请年轻点的招呼着他们，先走。”钟乡长说。

没有礼花，只有火炮。在陶社长家这儿放的，是耿世兵让李章林买了来的。李章林买了十饼。其余各家要在自家门口放的，都由他们自己去买。李章林和高家鹏在陶社长家屋檐下将火炮头子撕开就要放，耿世兵笑着说：“陶社长家还不搬，你们就要在这儿放啦？”李章林呵呵笑着说：“提前给他道喜嘛！”肖书记说：“社长家还不搬啊？社长都不带好这个头，怕要不得？”刘副乡长说：“要搬的，书记。他在那儿的家具都准备得差不多了，有些东西都搬去了的。只是我们让他在这儿再坚守一下，帮着处理一下大家搬家的事。”肖书记说：“哦，这还差不多。”高家鹏说：“反正都要搬的，早点送一下他，不是更好？”陶社长笑笑说：“放嘛。就在这点放也可以的。放了，省得我以后再买来放。”耿世兵说：“算了，还是拿到路口边去放。”李章林和高家鹏便一个拾了几饼火炮，随着村民们走出陶社长家的场院，往路口边走去。

“走快点，我们要放了。”望着后面的村民还在磨磨蹭蹭的，李章林喊着说。

有的搀着老人，有的牵着小孩，有的背着娃娃，有的扛着口袋，有的提着包，就稀稀拉拉的，沿着那弯弯曲曲的羊肠小道，在山间扭成一股绳似的，飘着，蠕动着，往山上去了。

火炮终于噼噼啪啪地炸了起来。十饼火炮，被李章林和高家鹏三下五除二几下就点了，放了。等远处的火炮声响起，这里的便已炸完。而那远处的火炮，已经不再响了。倒是那些没搬的人家，纷纷站出了一些人，往这边看来。

“要走的，赶紧走了。”高家鹏在后面喊。

“你们是要跟着去安置点的？”夹在人群中的蒋主席问身边的张德伟。

张德伟说：“要去的，要直接把他们送到安置点去。”

队伍移动得慢，走走停停的。走起来的时候，大都只俯着身，像要贴着那山路样，只知道走，似乎装了满腹的心事。走一小段，又像是走不动了，停下来，转过身，往后面的山谷间看去。像是在看这些山，又像是在寻找那些山谷间的屋舍。

“这些房子不是说要全部拆除么？现在还没拆嘛！”转过身也往山下看去的蒋主席说。

“这个是跟他们签了协议的，现在有好些人家的东西还没有搬完。这次搬去，其实也只是把必要的、能搬去的搬了。接下来，有好些人还会回来搬。搬完了，他们肯定是要拆的。”张德伟说。

“这次搬的东西都是村上统一搬的？”蒋主席问。

“也不是。有些人家，是先自己找车搬了一些。这次村上统一找了八辆货车，安排两家用一辆。”张德伟说。

“走嘛。”蒋主席转过身，继续往上爬，说，“本来一家人安排一辆车来拉，就更好了。”

“原来是准备各家搬各家的，两家人给他们找一辆车，已经算是好的了。你帮他们找车，他们恨不得还一家一辆都不够用呢，恨不得连烂铁锅都搬去，连烂铁巴都搬去呢。”张德伟说，“只要他们自己找车，要咋搬，他们就是要连泥巴都拉上两车，也由他们搬去。”

一个汉子，在路边坐了下来，他把下巴搁在双膝上，望着下面的山谷，稀里哗啦地啜泣着。

“走了，不要哭了。”张德伟站到这汉子身边，说，“哭啥呢，应该高兴才是！”

汉子抬起手抹了一把眼睛，话不成声地说：“你们走嘛，我再坐坐。”

蒋主席说：“走了，一会儿你跟不上。”

汉子似乎更伤心的样子，说：“不怕，我会赶上来的，你们先走。”

“好嘛，你要快点跟上来。”张德伟弯下腰拍了拍汉子的肩说，“走，主席，我们先走。”

尽管走得慢，但中午时分，还是有人已经爬到了停车的地方。这些先到的人，有的蹲在车旁的路沿边，呆呆地往山下看；有的爬到装东西的货车上，去看他们的东西，检查捆绑的绳子捆得紧不紧；有的年轻媳妇，坐到中巴上，奶起了孩子。

邹副县长、肖书记和钟乡长他们也爬上来了。他们要回乡上，都不跟着去县城，肖书记让刘副乡长代表乡党委、乡政府送，说：“接下来的工作就交给你了，有啥，请支书、队长他们配合你。”刘副乡长满口答应，说：“书记，你们放心，我们会整好的。”邹副县长说：“要注意安全，特别是不能把人弄丢了。”刘副乡长说：“好的，县长。我们人多，会盯好的。”蒋主席也走上前来，说：“有啥，请张队长他们配合你们做，我也回了。”肖书记说：“主席，先跟我们到乡上吃了午饭再走，反正也到吃饭时间了。”蒋主席说：“饭就不吃了，也不饿，早点吃得多。”张德伟说：“主席，你们可以到村上去吃饭，吃了再去。村上还有人的，小方他们可能都做好了。”耿世兵说：“书记，你们也到村上去吃嘛。”邹副县长说：“我们就不在村上吃了，你们安排一下，让主席他们去吃。”耿世兵说：“好，只是我们不能陪主席吃饭了。今天中午，我们吃干粮。”肖书记说：“干粮你们准备了没有？”张德伟说：“都准备好的。考虑到中午没时间吃饭，人又多，所以买了些干粮放到中巴上，水也买了的。”钟乡长说：“好。中午克服一下，晚上再在那儿和他们好好吃一顿。”蒋主席说：“晚上要在那儿招呼他们吃一顿饭？”邹副县长说：“是这样，主席，到了那儿后，先让他们搬搬东西，晚上呢，都累了，所以我们在那小区里，安排了一些人家，其实也就是先搬去的那些人家，买了些菜给他们，让他们做顿饭出来，和这些才搬去的人家一起吃顿饭。那些人虽然不是从这儿搬去的，有来自好些个乡镇好些个村落的，但他们以后都住在一个小区了，让他们在一起吃顿饭，可以先接触一下，这样既可以让才去的人尽快融入那环境，还可以让他们有个交流，形成一种良好的邻里氛围。”蒋主席说：“这个办法好。要不然，这些在村里串惯了的人，去了连个门对门的人家都不知道，一处找不到串的，会闷得慌的。只是小区里的人太多了，得摆多少桌？哪找那么宽的地方去？”肖书记说：“地点倒宽。那小区的坝子里，有的是地方。只是按县长他们的安排，小区里的人也不是全部都喊，只适当叫一些。”邹副县长说：“就是。像今天去的这些人，也就是四五桌、五六桌，那边的我们也就安排了两三桌。在小区里，随便找块空地就摆了吃了。”蒋主席说：“这办法真是好。在那儿，刘副带着支书他们，陪他们一起吃一顿饭，和他们摆一下、聊一下，会让他们适应新环境的心理调整得快些。”

肖书记转身向车旁的村民们扫了一圈，又往向山下蜿蜒而去的路上看了看，看着还有人在弯腰爬来，对邹副县长说：“县长，我们不等了哈？”邹副县长说：“不等了，我们先走。”肖书记又转身望着村民们说：“乡亲们，我们先走。你们再等一下，等后面的人来了，一起高高兴兴地去。有啥事儿，就跟刘副乡长、耿支书他们说。以后，有啥事，也随时欢迎你们对我们说。”

“要得，书记。”有几个村民相继说。

“谢谢书记、县长你们了，又害你们亲自跑来。”一个站在车边的汉子说。

“没有，没有。你们要搬家了，来送你们，是我们应该做的。希望你们搬了家后，都能过上幸福的生活。”邹副县长说。

“谢谢县长。”有村民说。

“谢谢县长。”又有几个村民相继说。

邹副县长他们边往下边的车走去，边转过身举着手晃着。村民们也大都举起手来，向着邹副县长他们晃了起来。“我也走了。”蒋主席对张德伟说，“你们慢慢地忙，有啥再联系。”张德伟说：“主席，你到村上去吃了饭再走，我给小方打电话。”蒋主席抬手看了一下表，说：“好。让她随便弄点，我们吃了就走。”张德伟说：“好的。”蒋主席赶着邹副县长他们往下边的车走后，张德伟给小方打了电话，说了蒋主席要去村上吃饭的事。

“看看，哪些人家是到齐了的。”耿世兵站在车边说，“到齐一家，就上车一家。上车去可以先吃点东西，我们买得有面包、糕点，大家看看想吃啥就吃啥。上去了，我们再来一家一家地盘点人。”

“安逸了嘛，车上还有东西吃。早点说，我就不煮这洋芋背着了。”有个村民说。

“你那洋芋才是好东西，吃了经饿。你不想吃，一会儿拿来我们吃。”李章林说。

“我们准备的东西简单了些，请大家克服一下。因为今天中午没时间让大家吃饭，所以只能吃点干粮了。大家将就一下，不要放肚子饿着就行。”刘副乡长说。

有两条狗，在车子的旁边呜里哇啦地咬起来。听到声音，一些人转头望去，以为是它们在争抢什么东西吃，但看后才发现不是。那两条狗一条纯黑，一条黑白相间。它们呜里哇啦那一阵后，虾着腰相互虎视眈眈起来。在那条黑狗的后面，站着另一条黄狗。黑狗看上一阵黑白相间的花狗，又时不时地转身扫一眼它身后的黄狗。似乎，它在一面担心黄狗走了，一面又担心花狗会突然扑上来。“小花，过来。”人群里有一个婆娘站起来喊道。听到这婆娘的喊声，那花狗微微地转了一下头，往这边睃了一眼，然后又转过去盯着那黑狗看。看黑狗的时候，还时不时地向黄狗看上一眼。它看黑狗和看黄狗的眼神，是那么的不同，看黑狗的是怒、是恨，而看黄狗的，似乎有着乞求，有着询问。“喊你过来！”那婆娘抱着怀里的孩子站起身，发了怒样看着花狗吼起来。被她这一吼，那花狗终于收起了虾着的腰，懒懒地让开了。只是它没往这边走来，而是走向车的背后去了。

“这婆娘要连狗都带着去啊？”一个男子问。

“不带着去不要啦？”婆娘说。

“你带个铲铲哦。你问问支书，哪个准你带？带着咬了人咋整？”男子说。

“还怕它把你撕成几块？不要说还没咬着，咬着了，你说要咋整就咋整嘛！”婆娘说。

“真的？”男子一脸坏笑。

“你狗日倒是巴不得被咬一口哈？”又一个男子说。

“我家那狗被火炮吓了，认不得跑哪去了。开始，我也想找了把它带上的。”一男子说。

“这次就不准带了，要咋带你们以后再来带，带去也不好喂的。在那小区里，哪还能让你们这些狗放了到处跑？”耿世兵说。

“支书，这是在骂人了啊？我们都还没走嘛，咋的，就都成了狗了？我们都成了狗，你个狗支书，也好不到哪嘛？”一个男子说。

人群里发出了咯咯咯的笑声。

有人说：“有人的胆子变大了，吃扁担撑着了，都骂起支书来了，还想不想活的？”

那男子说：“本来就是嘛。他是我们的支书，我们都成狗了，他还能是啥东西？”

耿世兵呵呵笑着说：“我倒不是东西，我是人，哪像你，像条狗。”

男人说：“我哪像狗了？支书，你倒是说清楚！”

耿世兵说：“好嘛，你不像狗，你像猪，这下满意了吧？”

男人说：“哦哟，我是什么时候得罪着你支书大人了，这样来骂我？”

李章林说：“吵啥吵，要我说，你既不像猪，也不像狗，这下好了吧？”

男人说：“我肯定是不像猪也不像狗嘛，哪像有些人，又像猪又像狗的。”

陈正强说：“是了嘛，你么，就是猪狗不如了嘛。”

又是一阵哈哈哈的笑声。

男子说：“哦哟，幸好老子们要搬走了，要不，认不得要被你家村上这一党子人整成啥样。这个一句那个一句的，拿老子不当人地说。”

高家鹏说：“你以为你还是人？”

刘副乡长说：“上车了，不要废话了。一家一家地上，先上前面那辆车，把自己的娃娃和老人招呼好。”

“我们的狗真不准带啊？”一个男的问。

“不能带了。”刘副乡长说。

“那咋整呢？都喂了这么多年，就不管它了？”男的又说。

“这狗丢在这儿还会饿着它？”陈光彪说，“饿不着的。你们就是要带，恐怕它们还不一定会跟着去呢。放心好了，过上一两个月你们回来看，它们绝对还在帮你们看着屋的。”

“走嘛，赶紧上车了，抓紧时间。”张德伟也跟着喊起来。

晚上吃饭的时候，天还没有黑。虽然村民们的东西还没有搬完，但刘副乡长让他们先搬下车找个地方摆着，说是吃了饭又来搬。“中午就没吃饭了，饿了，搬着也没力气。吃了来搬，快都要快点。”刘副乡长说。说是这样说，但刘副乡长的意思里，还有早点吃了，他们早点走的想法。他们还要回普家河去，还要走几十里的路。

饭是在一个亭子里吃的。说是亭子，其实是一个盖了顶的小长廊。在长廊的中间一溜儿地摆上九张学生课桌后，又围着课桌摆了一把一把的学生坐的椅子。菜不复杂，一桌一盆回锅肉、一盆淡白菜、一盆排骨炖白萝卜，还有一盆酥肉、一盆番茄炒莲花白。每张桌上，都摆了一打纸杯，一瓶鲜橙多，一壶苞谷酒。

参加吃饭的，除了普家河这次搬来的村民和刘副乡长他们，还有那些做饭的，以及小区物管的一些人。整个架势，像是村子里谁家在办什么喜事。

“请大家将酒倒上，没喝酒的，把饮料倒起。”在中间那张桌子边坐着的一个汉子站起来说。

“好。大家喝酒的倒酒，喝饮料的倒饮料。”刘副乡长、耿世兵、张德伟他们和这汉子坐一桌，他们一起站了起来。刘副乡长望了一下两边的人说，“现在，我给大家介绍一下，这位是常主任，是我们祥和社区居委会主任。他在这儿的身份，就相当于耿支书在我们普家河。以前大家有什么事，可能是找耿支书和村上的其他人，以后，大家有什么事，就要找常主任和居委会的人了。当然，遇上需要我们普家河村上的人做的，你们也还可以联系我们。下面，请常主任讲话。大家欢迎。”

响起了稀稀落落的掌声，有人干脆用筷子，噼噼啪啪地敲起了碗来。

“好。首先，非常欢迎普家河的乡亲们入住我们祥和家园。从今天起，你们就成祥和社区的一员了。”常主任端着酒杯说。他向在座的人介绍了祥和家园的一些情况，说了以后有什么事，尽管打他电话，还当场让大家记了他的电话号码。最后又说，希望大家支持他的工作，大家一起努力，把祥和社区建设成为一个美丽和谐的家园。“请我们祥和社区的老居民、老住户们，一起端起酒杯，敬我们的新成员，一起欢迎他们的到来，好不好？”常主任举起酒杯，充满激情地说。于是，酒杯纷纷举了起来，“好”“好”“好”的声音，回响在这小区的长廊上，并向长廊外弥漫开去。广场周边的一些窗户，也被纷纷打开，还伸出了一些头来，远远地传来“好”“好”“好”的声音。

张德伟起身来舀饭，一个穿着一身学生运动服的小姑娘将他的碗接了过去，说是帮他舀。张德伟跟了过去。小姑娘舀饭的时候，张德伟问她在哪儿读书？是读初中还是高中？小姑娘有点不好意思，说没有读了。张德伟有些惊讶，说：“看你还小嘛，是不是大学毕业了？”小姑娘说：“没有。我初中毕业就没读了。”张德伟说：“没考上高中？”小姑娘“嗯”了一声。张德伟说：“你们也是搬迁来的吧？搬到这儿来，条件好些了，更应该读书才是，就算没考上高中，也可以去读其他那些职业中专啊。”小姑娘说：“那些中专也没啥意思，读了出来还不是要去打工，都是打工，还不如早点出去打。”张德伟说：“就是打工，也还是有点技术好啊。去读个职业学校，至少可以学点技术。”小姑娘说：“我们在厂里面也学得到技术的，这儿去打工又近，读书倒还得老远地跑。”张德伟还想说，又不知说啥好，怎样说好。小姑娘已将饭碗双手捧了递过来。张德伟接了，说：“谢谢了。”小姑娘说：“没事。”

端着饭往回走的路上，张德伟想起来的时候车上那个男子说的话。当时，有个男孩坐在过道那边，与他一排。看着那男孩一直在拿着一个手机翻，张德伟问他看啥，问他是不是没读书了？那男孩没说话，倒是他旁边的那男子，即那男孩的爸爸说：“读的嘛，只是读了也像没读。读啥书，一天只认得拿着手机翻。读那书，完全是混日子，纯粹是读羞书。”张德伟说：“这可不行，读书就得好好读，这手机，以后有你玩的。现在读初几了？”坐在后面的一婆娘说：“初二了嘛。一天就是背嘴，随你说，他哪听得进一句去。”这婆娘应该是男孩的妈妈。张德伟看了她一眼后，又说：“要好好地读书，不要玩了，最后连个高中都考不起。考不起高中，你以后整啥？”男孩的父亲说：“人家早就想好了，初中毕业就出去打工。还说这下搬进城后能进厂，初三都不读了，过了年就进厂。”张德伟说：“这可不行。打工以后有你打的，现在还是要好好读书，读书可是过了这村就没这店的了。”

一个人，该读书的时候好好读书，是多么重要。该读书的时候不好好读，到了以后，想来读书，又都不能了。

晚饭后，张德伟没跟耿世兵他们回普家河。他准备回趟家。听张德伟说要回家，陈光彪说他也回去一趟，都好久没回去了。

耿世兵说：“如果队长你们想在家待两天，就待两天再下来。下面有啥事，我们会处理。反正现在水通了，路也在整着，搬迁也搬来这一批了，剩下的，我们时不时跑去做做工作，就行了。实在有啥事需要队长你们下来，我们打电话。”

回到家，乐乐已经洗漱好进了他的小卧室，在脱衣服要睡觉了，听到张德伟的声音，他又“爸爸”“爸爸”地喊着，外衣都没穿，趿着拖鞋就跑了出来，扑在张德伟怀里，说：“想死宝宝了，都好久没见到你的庐山真面目了。”张德伟把他抱起来，他双腿夹在张德伟的腰上，双手箍着张德伟的脖子，啪啪啪地在张德伟的脸上一边亲了几口。张德伟抱着他，在客厅里转了两圈，说：“老爸还不是想你。”说着，也在乐乐的额上亲了两口。放下乐乐，看到悦悦也一歪一歪地走到他身边来，他赶紧伸手去抱起来，说：“我姑娘走路好像又走得要稳些了。来，亲一口。”悦悦在他的怀里，探着身子，伸着手，往沙发边指，说：“嘎嘎，嘎嘎。”张德伟听不出她啥意思，只望着沙发前的茶几上，有一个盘子里放着几丫西瓜，说：“啥？我姑娘说啥？”陈晓宇的妈妈和陈晓宇都坐在沙发上，眯笑着望着张德伟和他怀里的孩子。陈晓宇的妈妈说：“她准是叫你吃西瓜嘛。她说瓜瓜，说不明嘛。”陈晓宇说：“看嘛，说你么，还说把你说狠了。姑娘说啥都听不懂，你哪像个当爹的人？”张德伟没接陈晓宇的话，说：“我姑娘是要我吃西瓜啊？好，来，我们一起吃，好不好？”说着，抱了悦悦坐在茶几旁的一个凳子上，并探身拿过一丫西瓜来，在悦悦跟前晃了晃，接着说：“吃不吃？悦悦要不要吃？”悦悦已伸过一只手来抓。张德伟赶紧让开，说：“等一下，等一下，看把你急的，你吃得了这么大一丫？等我弄一小块给你！”乐乐在后面学着哭的样子，“嗡嗡”哼着说：“宝宝生气了。老爸偏心，老爸不要大宝了。”接着又“嗯嗯”哼了起来。张德伟赶紧侧过身子，将乐乐揽过去坐在另一只腿上，说：“来，喂哥哥吃。要不，哥哥生气了。”说着，拉着悦悦的手，要她把她手里的那一小坨西瓜喂给乐乐。乐乐大大地张了张嘴，“啊”地扑过去，做出要吃的样子，却没有吃。张德伟说：“咋不吃呢？还嫌脏啊？问哥哥，哥哥是不是嫌脏？”悦悦这下伸着小手，往乐乐的眼前晃，嘴里“呃呃呃”地叫着。乐乐凑过脸来，学着悦悦的话说：“呃呃不吃，喂喂吃，呃呃漱掉口口了。”

陈晓宇的妈妈这时才想起来似的，问张德伟吃饭了没有，张德伟说：“吃了。”

陈晓宇的妈妈又问在哪吃的，说：“没吃的话，菜和饭都现成的。”

张德伟说：“在城里吃的，刚吃一会儿。”

陈晓宇说：“问他做啥？进城来了都不回来吃饭，人家有的是吃处，管得起他？”

张德伟说：“今天是送一批易地搬迁的村民进城来，是在工业园区那边那个祥和家园里，和那些村民一起混着吃的，要不，我哪去找吃处？”

陈晓宇说：“人家才搬来，还有时间做饭给你们吃？”

张德伟说：“是统一安排的，让原来搬去的那些老户做了，当是欢迎这些新户，摆在院坝里，一起吃的。”

陈晓宇的妈妈说：“是搬在这城里来啊？”

张德伟说：“是了嘛。”

陈晓宇的妈妈说：“哟，从那么远的地方搬到这城里来，安逸了嘛。”

陈晓宇说："说起倒安逸，说不定还有好些人不愿搬呢。"

张德伟说："咋不是呢？这次只搬了十六家，还有一大部分没搬。就是这十六家，也恨不得是我们把腿都跑断了，做了无数的思想工作，才搬来的。"

陈晓宇似乎也有了兴趣，问："普家河那儿全部都搬？"

张德伟说："也不是全部都搬，只搬一个社，那个社连公路都修不去。"

陈晓宇说："咋会修不去呢？你上次不是说哪儿要修了吗？"

张德伟说："那是另一处的，已经在修了。这个社在一座山的背后，到处是陡坡，无法修的。要不然，也不会搬了。"

陈晓宇说："能有多陡啊？想修，哪有修不去的？"

张德伟说："你这样说也是。只要想修，肯定能修去。但为几十户人家修那条路，恐怕投资的钱，比让他们搬家还要花得多。"

陈晓宇望了一眼乐乐，乐乐靠在张德伟身上，正在逗坐在张德伟另一只腿上的悦悦玩。陈晓宇说："乐乐，去睡了嘛，睡晚了，明早上读书起不来。"乐乐翘起小嘴，说："我想再陪爸爸玩玩嘛！我都好久没跟爸爸玩了！"张德伟揽了一下乐乐的肩，同时站起来说："好，要玩啥，爸爸先陪你玩一下，玩了你就先去睡觉。"乐乐举着小手在头上抓了抓，说："玩啥呢？玩撕一字嘛，好不好？"张德伟知道，乐乐所说的撕一字，就是两人的脚伸在一起，相对着站了，然后石头剪刀布，哪个赢了，就往后退一步，让另一个往前挪动一只脚，抵上来。最后，哪个退了让另一个人的两只脚撕成一字也抵不上后，就算这一局彻底赢了。张德伟说："好，我陪你玩两次。"说着把悦悦放了站在地上，接着说："让悦悦给我们当裁判。"乐乐说："玩三次嘛。就三次，好不好？你都好久没陪我玩了！"张德伟答应了。答应的时候，他觉得有点好笑，乐乐竟然把他随口说的"两次"当成确数"两次"了。陈晓宇站起身，越过茶几走过来，抱了悦悦，说："二宝，过来，别站在这儿被他们撞了。"

张德伟就开始陪乐乐玩。乐乐每每赢上一次，总要夸张地笑上一场。赢上几次，和张德伟站的位置隔得虽然远了起来，但因为张德伟的腿长，随便一伸，就将前面的一只脚伸去抵着他的脚了。而到了这时候，只要张德伟赢上一次，站起身来往后退上一步，乐乐就再是怎样把腿儿撕开，也抵不上来了。乐乐第一局输了后，张德伟看出他的不高兴，所以再出手的时候就慢了半拍，先还在乐乐能抵上来的时候赢上几次，后来站得远了，他就让乐乐连连地赢去。看着张德伟费力地歪歪倒倒地去抵，乐乐高兴了，笑得咯咯咯的。后面的两局，乐乐就连连地赢了。张德伟说："好了，赶紧睡去了。"乐乐还不想去睡，说："再带我玩一次飞机嘛。"陈晓宇说："赶紧睡去了，不要得寸进尺的。"张德伟说："算了，我还是陪你玩一次，但要说好了，只玩一次，玩了你就睡去了。"乐乐双手捧着小脸，嬉皮笑脸地笑着说："两次嘛，两次，好不好？"张德伟说："好吧，就满足你，两次。"说着，张德伟伸出双手，一手捧着乐乐的胸部，一手捧着乐乐腿部，乐乐在他的手里，拉直身子，悬在空中。张德伟转起圈来，乐乐双手划拉着，像小鸟的翅膀，在空中随着他身子的飞翔而滑翔着。乐乐边滑翔着双手，边"呜呜呜""嘀嘀嘀"地叫着。看着乐乐的样子，听着乐乐的叫声，悦悦也在茶几的那边，在陈晓宇的面前划拉着双手，小脚跳着蹦着，小腰摇着扭着，高兴得“啊啊啊”地叫。

陈晓宇的妈妈弯过身子看着悦悦说：“呀，这个我孙孙，高兴成啥样！”她伸手去摸了一下悦悦的下巴，说：“你高兴得很？是不是？你硬是高兴得很？”

悦悦像没有听见她外婆的声音，依然在那儿又是跳又是晃又是叫。

陈晓宇说：“疯嘛，疯了脑壳碰在那花架上么，我看你疯！”

张德伟停止了转动，像头被转晕了的样子，又像是喝酒醉了的样子，穿来倒去地说：“哎呀，哎呀，我站不稳了，我站不稳了。”乐乐在他的手里，颠来颠去的，像要落下来，又没有落下来，他也不怕，只顾嘎嘎嘎地笑着。

放下乐乐来后，张德伟像是转累了，转身顺势坐在沙发上，然后对乐乐说：“赶紧睡去了，睡早点，明早上我送你去学校。”

乐乐高兴得一跳多高，说：“好，爸爸送我，我明早上就可以多睡十分钟了。”

张德伟说：“不能多睡，我没开车回来，还是要坐公交车。”

乐乐一脸惊讶地说：“啊，你回来竟然没把车开回来？我们家的车，你都不要啦？”

张德伟说：“哪个说不要？我只说没开回来，又没说不要！”

陈晓宇望着张德伟说：“真没开回来啊？”

张德伟笑着说：“就算我会骗你，难道还会骗我儿子？”

乐乐弯着腰，一步一挪地走向卧室，说：“真是倒霉，还以为可以多睡一会儿了呢。”

张德伟说：“赶紧去睡吧，睡好了，我来给你关灯。”

陈晓宇的妈妈问：“这些人搬到城里来了，他们那些地呢？那么远的，他们还回去种？”

张德伟说：“要种也可以去种，只是怕没哪家会去种了。房子被拆了，一来一去的，恐怕一天都在路上。”

陈晓宇妈妈说：“不种地，他们吃啥呢？”

张德伟说：“现在哪还有多少人是靠种地来吃的，多数都是打工挣钱来买了吃。在工业园区那边，工厂又多，在家附近他们就可以进厂了。”

陈晓宇妈妈说：“打工么，是年轻人去打，老了，哪个还要你打工？”

张德伟说：“老了么，子女苦来养嘛。把娃娃养大了，难道娃娃就不管了？而且，现在不是有养老金吗？这些搬迁户，除了养老金，下一步，肯定还会通过低保什么的途径，来帮助他们。”

第十一章　张德伟醉了

这天，送了乐乐，张德伟回家带着悦悦玩了一阵，然后做饭，接乐乐，吃饭，待乐乐睡了午觉，又将他送到学校后，没有回家，而是去了单位。进单位是他的偶起之念，或者说是他的无意之举。送了乐乐，他竟然信步坐了开往单位所在方向的公交车，当公交车上的广播报了他们单位门口的那个站名，他才发现自己坐错了公交车。他先还想继续坐到下一站，下车转公交车回家，但又一想，都到这儿了，干脆进单位去转一趟。

办公室的门是开着的。走到门边，就看到李仁芬坐在里面，正对着电脑在键盘上敲打着什么。“你就来上班啦？”张德伟有些惊讶。望着张德伟进来，李仁芬也感到惊讶。她站起来说：“不来上咋整呢？都上了快一个月了。”张德伟和李仁芬的两张办公桌是背靠背摆的，上起班来，如果不是两个的电脑隔着，他们俩就是面对面了。张德伟坐到他那张办公桌前，说：“你的假应该还没满嘛？”李仁芬还在站着，似乎是为了看得见张德伟，说：“满是没满，是年底了，事情多，机关作风建设、党风廉政建设、党建，这样那样的，要报的材料多得很，你又不在，主席让我提前回来上班，帮着写这些材料。”张德伟笑笑说：“辛苦你了嘛。还说换你回来好好地带娃娃，看你回来也忙成这样。”李仁芬拿过张德伟的茶杯，边洗杯子边说：“没事，已经很好了。要是还在下面，恐怕连我休掉的这点假都没得。真正辛苦的，还是你们。”张德伟说：“这样说，你还真得谢谢我了？”李仁芬把泡好了茶水的杯子递给张德伟，说：“我本来就该感谢你的呢，要不是你换我下去，我现在恐怕也得把娃娃带着下去了。”张德伟说：“好嘛。既然这样，先说说，准备咋谢我？”李仁芬坐回到她的桌前，说：“主任说嘛，主任要我咋谢，我就咋谢，我听领导安排。要不，趁你回来，今晚请你吃饭，看主任赏不赏这个脸？”张德伟说：“好吧。今晚一起吃饭，我请。”李仁芬说：“那可不行。是我感谢你，哪能让你请？”张德伟说：“要感谢，也是我先感谢你，是你先替我去的，我先请了再说。”李仁芬说：“这样说，我就不吃了。那是工作上的事，是我应该去的。”张德伟说：“暂时这样定了，我一会儿去看看主席有时间没有，有的话，今晚我请你，还请上主席和单位上的人一起，陪你吃。”李仁芬咯咯笑笑说：“主任这是折杀我，还请主席和单位上的人陪我呢？我敢啊？”张德伟也笑了起来，说：“好吧，不说是请你感谢你了，如果主席有时间，我就请单位上的人一起吃顿饭。”

李仁芬问及在普家河的扶贫工作情况，张德伟简要地跟她说了，又说：“现在相对轻松些，水是通了的，路也在修着的，那片竹子，也栽下去了，村民些该修房子的修房子，该参加技能培训的参加技能培训，这段时间主要是易地搬迁和迎接最终的考核验收。易地搬迁要麻烦些，主要是那批不是建档立卡户的群众，因为房子要补出来的钱多，所以大都还在拖着，不想搬。而那考核验收，你原来在下面做的档案本身就做得细，加上前段时间省上模拟考核的又来查看了一遍，该补的也补了，没啥大问题了。”

李仁芬说：“还是主任厉害，下去一年时间不到，就整了那么多事，而且都是大事。”

张德伟说：“乱说，我能整啥？所整的这些事，都是在主席你们关心下整的。有个坚强的后家就是好，不但主席和彭副他们帮着协调了水和路，就是你，也帮着协调了那竹子。”

李仁芬说：“那竹子倒算不了啥，最关键的还是梁子上那路和水，那是老百姓们最关心的，也是跟他们的生活联系最密切的。”

张德伟说：“倒不能这样说。他们帮着解决的是基础设施，而你帮着解决的这个，却是关乎他们以后脱贫致富奔小康的。这些人，不论是修路拉水，还是他们修房子，最终，还是要让他们能有收入。输血不如造血，你帮着整来的这竹子，它是一种产业，做的才是帮他们造血的工程。”

李仁芬说：“你这样说，像那竹子的功劳比主席他们整的水和路的功劳还大，主席他们听见了，不恨死你！再说，也不知道那竹子最终能不能形成气候，别弄得最后这试种是个开始，也成了结束！”

张德伟说：“应该不会吧？管它，什么事，都需要试。不试，就找不到出路。只是这段时间我产生了一个想法，先说来你帮忙参考一下，看看行不行得通？”

李仁芬说：“又有啥好办法了，说来听听。”

“我是这样想的。”张德伟说，“无论是一个地方，还是一个家庭，它的发展，跟人的思路有着太大的关系。所谓思路决定出路，这是老话了。而这思路要得到改变，我觉得有两条途径：一是读书，二是外出打工。像普家河这种地方，虽然有几家人特别重视娃娃读书，但我觉得供子女读书的氛围还不够。像十社的老彭家，十五社的刘仁平家，都算得上是普家河盘娃娃读书的榜样。那个老彭家，娃娃都通过读书走出去了，已经不贫穷了。就是那个刘仁平家，条件虽然还很差，但我们可以想象，三五年后，他家会是另外一种样子。只要有娃娃在读书，只要重视娃娃读书，我觉得再是怎样的困难，再是怎样的贫穷，都是暂时的。反过来，如果下一代人不读书，这贫穷，可能会往下一代人身上传递下去。”

李仁芬说：“这个还用说？肯定的嘛！”

张德伟说：“我说这个的意思是，我想整了开一个会。”

李仁芬问：“开会？开啥会？”

张德伟说：“开一个营造盘娃娃读书的氛围的会。”

李仁芬有些不解，说：“营造氛围？这氛围咋营造？难不成，你一个会开了，那些没读书的就读书去了，那些考不上大学的就考上了？”

张德伟说：“当然不可能。平日里，我们常常说，人比人气死人，让自己不要跟这样那样的人去比。一比，想着这家人有多好多好的房子，那家人开的是啥车，这个人当什么官，那个人干多大的老板，这样比，就会为自己徒增烦恼。但我觉得，在一个村子里，对于读书，还真需要一种攀比的心理。你想啊，我们就拿普家河，拿那个老彭家来说，如果让大家都去了解他现在的生活，了解他为啥会有现在这样的生活，让大家看看他那些子女现在的状况，会不会产生点想法。说白了，他的那些子女，当初也跟村里的很多同龄人一样，是个小屁孩，很多大一点的人，可以说是看着他们长大的。大家是不是会想想，为啥他们能这样，自己不能这样？”

李仁芬有些急了的样子，说：“你绕来绕去的，我还没听明白，你到底要咋整？”

李仁芬这样一说，张德伟也有些急了起来：“哎呀，我也还没想透，不知道怎么说来才好。这样跟你说吧，比如我，为啥会想着努力读书，通过读书走出一条路来？这个就跟我们村子里的一个人有关。我们那个村子，是一个小山湾，家户不多，就十多户。这个人是我的一个老前辈，我叫他大叔。他是我们村小里的一个老师。大概是在我读初二的时候，听大人们说他一个月有一百多的工资，那钱用都用不完，你说我当时是咋想的？那时我们初中毕业可以考中师、中专，考上了中师、中专，国家就分配工作。所以我那时就想，如果我自己考上个中师，以后也像我这大叔一样当个老师，多安逸啊。那时候我的家庭条件比较差，去磨坊里磨点苞谷面来吃，磨面的钱都是常常赊着的。很多时候，去买一点盐，都只能赊。我读初中的那些年，家里的粮食，收起来后要不了多久，就被卖得空空的。看着父母一天苦死苦活还常常弄得是一屁股的债，而我那大叔，虽然也种地，但像种着玩儿似的，我就在心里暗自下了决心，要通过读书走出一条路来，要过像我那大叔一样的日子。因为这样，我读初中的时候，特别是到了初二下学期，常常是早上跑了早操就去背书，晚上点着盏煤油灯，解那些数理化的题，要解到一两点钟。就是周末或者假期回到家，去割草的时候，背箩底下也是放了一本书的。也是因为这样，那年我们中考的时候，我考了我们班的最高分。你知道，那时候，一个班有多少初中毕业了又复读的人啊，我考的分竟然比那些所有的往届生还高。虽然考分高，但我报的第一自愿，还是师范。那时，自愿是在考前报的。而中专的取分，是比中师高的。我为啥不报中专？我不敢啊，我只想走出那农村。所以考分下来，看着我那比中专的取分线都高出十几分的成绩，我那个后悔呀！如果我报的是中专，都可以去省外中专了。后来我读师范去了，才听同班没考上又回去补习的同学说，我成了我们班主任老师拿去做典范讲的人。我觉得我能从农村走出来，可以说取决于两个重要因素：一个是榜样的力量，另一个是对自己所处环境的不满。而这个所处的环境，最直接的东西，说到底就是父辈们的生活模式。我不希望自己再过父母那样的生活。不过那样的生活，要过怎样的生活？要怎样去做，才能过上想过的生活？只要有了这种思路，从内心里发出的力量，就是惊人的力量。有了这力量，就会产生惊人的效果。虽然我后来从师范毕业了，也当了小学老师，甚至觉得当个小学老师也不是当初自己想象的那么好，也还有着这样那样的烦心事，但我觉得，比我们村里那些我的同龄人，总是要好些。”

李仁芬说：“说来说去，我还是没有弄清你要开一个怎样的会。要说，人家要咋比，自己就会去比。对于普家河，我还是有一些了解的，那儿出去工作的人，也不算少。”

张德伟说："正因为那儿出去工作的人多，所以我才想弄这么一个会。现在不是已经放寒假了吗？我是想趁这假期，召集个会，召集的人有普家河外出工作的人，有现在还在读着书的，包括读大学的、读高中和初中的，读小学的要不要请一点，这个可以根据最后的人数来确定，然后是我们的村民，或者说主要是建档立卡户代表。这样一来，小学的看初中的，初中的看高中的，高中的看大学的，然后看那些参加了工作的。我当时还只有我那当小学老师的大叔做榜样，这样开一个会，相当于为那些孩子找到了不同类型的榜样，让他们从心里为自己找到努力的方向。有了努力的方向，对一个人的一生，对一个家庭，甚至对一个地方的未来，其作用，恐怕都是难以想象的。"

李仁芬说："这样说来，倒真是安逸。我们常说扶贫先扶志，以前说的，还只是要让那些贫困户改变'等、靠、要'的思想，要他们自强，要他们通过自己的努力来让自己脱贫致富奔小康。你这种想法，虽然见效会慢，但从长远来看，更有意义。"

张德伟说："这榜样的力量一方面可用于盘娃娃读书，另一方面也可以用于现在已经过了读书年龄的人，特别是那些也还年轻的人。现在那些外出打工的人也大都回来了，我们可以邀请一部分来，还有村里虽然没外出，但在创业的一些人，比如你原来带我去过他家的那个黄忠国，也请来。这样，既可以让那些年轻点的人找到自己可以努力的方向，也可以为一些要外出务工的人找到更好的务工渠道，比如哪个在的地方是什么情况，做的是什么，工资待遇咋样，这样在一起说说摆摆，相当于资源共享，下一步要出去打工的人，去哪儿打，去做什么，选择的面也会更广。还有那些不外出的，是不是也可以让他们跟着黄忠国这样的人去做事，把除了种烤烟做家头其他事所剩下来的时间用上，增加点额外的收入？”

李仁芬起身给张德伟续了水，说：“主任不愧是主任，这下，你越说我越想听了。我估计，想着这样做的，全市就只有你。这个会一开，短期的效果会有，长期的效果更会有。从某种意义上来说，我还更看重那长期的效果。想想，如果普家河形成了一种家家都把娃娃读书放在家庭的头等大事上来对待，十年八年后，家家都盘出几个大学生来，会是怎样的一种景况？还有一点，我觉得这个会还有一个作用，就是从普家河那儿出去工作的人，现在好些单位都有，把这些人邀请来开了这个会，说不定可以搜集到关于发展普家河的很多办法和主意，甚至，有些事，比如要在哪儿整个啥，哪个人自己就可以决定了。有些可以做的事，以前只是没人起这个头，没人提起来，所以没做。这下凑在一起，这个说说，那个说说，不但主意多，办法也多了。有时候，是这个人有了主意，但自己解决不了，这次聚在一起后，说不定这个人想到却解决不了的主意，那个人就能解决了，这是一大笔资源啊。”

张德伟也激动了起来：“对对对，这就是一大笔资源。你想，如果从普家河出去的人都拧成一根绳，都齐心协力地想把普家河建设好，在那儿的人，该苦的苦，该盘娃娃的盘娃娃，该读书的读书，形成内争外援的局面，那普家河未来的发展，会是一种怎样的状况？”

李仁芬说：“太好了。现在开这个会也真是时候，因为过年，在外面打工的回来了，读书的也回来了。更主要的是，不但那梁子上的水通了，路也快通了，而且那竹子也试种下去了。从某种程度上来讲，召集他们开这个会，是有点成绩了的，是有说话的底气了的。那些在外工作的人，看到家乡的这些变化，看到村三委和工作队的人所做出的努力，是会高兴的。从这些事上，他们是可以看出我们工作队和村上的人，是在想办法为老百姓办事的。只有看到这点，他们也才会跟着想办法来为普家河办事。我听好些朋友说起过老家，一说起来就会骂那些村上的人，说是只会搜刮民脂民膏，屁事不干，有时候整条路去修，整个工程去那儿，那些村上的人还嫌麻烦。真是那样，你说哪个还想着帮忙？要是真形成一种共同发展老家的氛围，我相信大多数人都会出点子想办法的。对了，只是在外面工作的这些人都还在上班，恐怕能参加的不多。”

张德伟说：“我们尽量通知，要说，就像你刚才说的，每一个人都是有故乡情结的，都希望故乡好的。我想，只要我们诚恳地发出邀请，大多都会去的，毕竟就是天把半天的时间，除非真是有特殊的事情走不开。”

李仁芬“嗯”了一声，说：“只要大多数去了，一部分不去也没事。从一个地方出来的人，他们大多数相互之间也还是有联系的。即便有些人不去，去了的人还是会跟他们摆情况的。只要形成那种氛围，遇上某个事要让没去的人帮忙联系或者协调，他们也会积极去做的。”

张德伟“哈哈”笑了笑说：“原来我还只是一个人这样想想，还不能确定要不要开这么个会，今天跟你这样一说，倒好像坚定了要开的决心。”

李仁芬说：“开，这个会值得开。你先还说没想好，但我觉得你已经想得很成熟了。”

张德伟说：“是你帮我理清的。这样说出来，你又帮我出了好多点子。”

李仁芬说：“我倒没出着啥点子。这些点子都是你的。”

张德伟从电脑桌上拿起手机，看了看说：“哎呀，都四点过了。我先去看看主席在没在，先把晚上吃饭的事落实了。”

张德伟要出去找蒋主席的时候，李仁芬说：“他今天下午有会，不知道开完回来没有，你看看。”张德伟“哦”了一声，出门往三楼上去。到了蒋主席的办公室门口，看见门是关着的，挂于门旁的公开牌上，那颗三角形的小滑板滑在了“开会”两字的下面。张德伟又敲了敲蒋主席的门，敲过后，也没等里面有没有声音，接着伸手去轻轻扭一下门锁的把手，扭不动，门是锁着的。他举起手机，想了一想，忍了一会儿，便拨了蒋主席的电话。蒋主席接通电话后，轻轻地说：“我在开会，你说。”张德伟便也轻声地将今晚上想请单位上的人吃饭的事说了，问蒋主席有没有其他安排。蒋主席顿了一下，似乎是想了点什么，然后才说：“可以。”张德伟又轻声地说：“好，我一会儿确定了地点后发短信给主席。”

张德伟先给陈晓宇打了个电话，问她下午能不能去接乐乐？陈晓宇问张德伟咋的，一副万般不高兴的语气。张德伟说他不回家去吃饭了，趁回来，请单位上的人吃顿饭。“如果你接不了，我就先把他接了送回去。”张德伟说。陈晓宇答都没有答应一声，就把电话挂了。看着被挂了的电话，张德伟愣愣地站了一会儿。他又把电话拨了过去，电话刚通，陈晓宇就十分不耐烦地说：“啥子？”张德伟的火也一下冲了出来，说：“能不能去接你可不可以说一声？”陈晓宇说：“你不要，难道我也不要了？”说着，又把电话挂了。

“德伟，什么时候回来的？”

张德伟还在那儿发愣，恨不得往地上一甩把手机砸个稀巴烂，就听到彭副主席喊他的声音。他这时背对着彭副主席，他没有及时转过身去，而是又咬了一下牙。待他转过身去后，一脸的怒气已消了大半，说：“昨晚。”彭副主席站在他办公室的门边，边从烟盒里抽烟，边说：“来抽支烟嘛。”张德伟笑着向彭副主席走过去，边接烟边说：“彭副，今晚上有啥安排没有？我难得回来，想请单位上的人吃顿饭。”彭副主席说：“你先看看主席嘛，我这儿没安排，如果主席那儿有时间，就吃嘛。”张德伟说主席那儿已联系过，能参加的。于是，晚上的饭局就这么定了。

张德伟又挨着把三楼二楼的办公室都跑了一转，将吃饭一事通知了，然后又打了一通电话，把外出办事没在单位的人也通知了。科协的人不多，十多个，有三个因为有事情，不能参加，所以确定能参加的人，就十一个。

回到办公室，李仁芬又在敲着键盘打字。张德伟跟她说晚上吃饭的事情已定，并征求她在哪儿吃好。讨论一番，确定了，张德伟说：“好。我先订了，然后发信息给他们。”李仁芬说：“那你订着，我先把这个材料整了报了。”

这天晚上，张德伟喝醉了。

先是出于感谢蒋主席、彭副主席他们对他的关心，敬他们。他端着分酒器，捏着小酒杯，绕着桌子，和蒋主席他们一个一杯地喝。一圈酒喝下来，他的头就有些晕了。接着，蒋主席他们，也一个一个地敬了他，说他在普家河辛苦了。他们敬他的时候，都让他少喝点，意思一下就行。但他没有只喝一点，而是一个一杯地喝。那样子，有一种悲壮感，也有一种豁出去了的感觉。

因为普家河那水，张德伟要代表彭家梁子的人，单独敬蒋主席一杯；也是因为那水，张德伟要带着陈光彪一起敬蒋主席一杯。于是，就敬了，就喝了。“这样说，你们也要单独敬彭副主席一杯，他帮彭家梁子协调了那路，那可是一个大项目。”蒋主席说。彭副主席说：“要敬主席，那路也是主席出面了，才协调好的。”蒋主席说：“哪里？那路起关键作用的还是彭副。”于是，张德伟单独敬了彭副一杯，说是感谢他对他的工作的关心和帮助，然后，又带着陈光彪一起，代表普家河，特别是彭家梁子的老百姓，感谢彭副主席，敬他一杯。“还有李副主任，你也要敬，她帮你联系了那竹子。”于是，又敬了李仁芬。李仁芬喝的是茶水，她要张德伟也喝茶水算了，如果要喝酒，就随便抿一点点，表示一下，但张德伟还是倒了满满的一杯，一抬手，一仰脖，然后把杯子翻了过来，表示干了。

喝着喝着，张德伟就说起了想在普家河开会一事，他把开会的目的，如何开这个会，把与李仁芬所探讨的那些问题说了，说的过程中，又临时加进了一些突然想到的东西。关于开这个会的事，经他一说，蒋主席、彭副主席他们都说好。蒋主席说：“扶贫先扶志，这是一条扶志的好途径。”彭副主席还说：“张书记，不愧是办公室主任出身，有想法，来，请主席带着我们，一起敬他一杯。”于是又喝。张德伟说：“想是这样想，但还不知道能不能开。”蒋主席说：“既然想到了，而且又这样有意义，咋不能开？是担心耿世兵他们不支持？如果是这个，我倒觉得没必要担心，他们肯定会支持的，即使有啥，你不好跟他们说，我也可以跟他们说的。”张德伟说：“倒不是他们不支持。我是想，要开这个会，得请乡上承个头，或者说要取得他们的支持。毕竟开一个这样的会，还是需要点经费的，得做点饭吃，得买点茶啊什么的。如果乡上不支持，村上还没这开支。”蒋主席说：“这个没问题，你去认真策划一下，做一个方案，和耿世兵一起先去乡上找肖书记他们汇报，看看他们能不能支持这费用，如果他们有困难，支持不了，我在这儿就答应了，我们单位给你出。”“敬酒！敬酒！”蒋主席还没说完，彭副主席就吆喝着张德伟向蒋主席敬酒，说：“主席现场办公，在这儿就把你最担心的事，把你的后顾之忧给解决了，你还不敬酒要咋整！”张德伟站起身，举着分酒器边往小酒杯里倒酒边歪歪倒倒地往蒋主席那边走过去。蒋主席站起身来，倒了半杯酒端着转身朝向走来的张德伟，说：“德伟，少点，喝半杯就行了。”张德伟说：“不，不，主，主席，你，你少点，你喝，喝半杯，你，你这么关，关，关心我们的，扶贫，扶贫工作，我，我肯定，肯定是要喝，喝一满杯的。”蒋主席又转身拿起分酒器，要将酒杯也倒满，张德伟偏过身去阻止，要他只喝半杯，蒋主席不同意，说是要喝半杯就都喝半杯，但还没说完，张德伟已经说了一声“谢谢主席”，一仰脖子将一杯酒倒进了嘴里。

张德伟还没有回到座位，陈光彪站起来说：“队长还来得起不？来得起的话，你带着我一起敬一下彭副。这钱，主席虽然答应了，但最后还得彭副主席签字才算数。他不签字，这款可是没法拨的。”

蒋主席说：“对的，对的，是要敬彭副一杯。只是德伟怕来不得了，要不，让光彪代替算了。”

张德伟说：“没事，没事，高兴，今晚上，太高兴了。来，光彪我俩，一起敬，敬彭副。”

喝到最后，张德伟趴下了。他想吐，站起身来想往外走，却已经走不动。好在，在他差点儿摔倒在地的时候，坐在他身旁的李仁芬和陈光彪及时起身扶住了他。扶稳后，另一男子也站起身来，和陈光彪一起，扶他去了一趟卫生间。在卫生间里，张德伟稀里哗啦地吐了一阵，回来，陈光彪他们没扶他坐回座位，而是扶到旁边的一个沙发上躺下了。

蒋主席他们让张德伟休息了一阵，便准备撤了。李仁芬出去了一转。知道李仁芬去结了账，陈光彪说：“这账该我去结的，我去结了，明天找他报。你这一结，就是替他埋单了。”李仁芬说：“没事。今天说要吃这饭的时候，本来就是我先说起，说是我请的。”陈光彪说：“哈哈，喊主任一声看看，看看他是不是装晕，要赖这账？”彭副主席说：“他是真的喝醉了。”陈光彪和另一个男同事，一个一边地架着张德伟的胳膊，走了。

李仁芬开着车，陈光彪和刚才那男同事一起坐在旁边，送张德伟回家。途中，李仁芬停了车，在一家一心堂药店买了一盒葡萄糖。张德伟家住五楼，又是步梯房，陈光彪他们连拖带扛地把张德伟弄到楼上。陈光彪敲了好一阵门，陈晓宇才来开门。陈晓宇身穿一套花格子毛绒睡衣，似乎已经睡下了。望着陈光彪他们肩着站在门口的张德伟，陈晓宇说：“喝不起就不要喝嘛，这不是害人吗？”陈光彪边扶着张德伟往客厅里的沙发上挪，边说：“他今晚上喝多了点。”望着陈晓宇一脸的不高兴，陈光彪他们也不好多说啥。陈光彪弯腰对着躺在沙发上的张德伟问：“主任，要不要喝点水？”张德伟没有说话，只摇了摇头。陈晓宇虽然不高兴，但还是让陈光彪他们坐。陈光彪说：“我们走了，麻烦家门照管一下他。”陈晓宇说：“不怕。让他睡在那儿醒去。”李仁芬走向陈晓宇，说：“嫂子，一会儿倒点葡萄糖给他吃，我们走了。”陈晓宇接过葡萄糖，说：“坐一下嘛。又害你们费力。他才是没点道理，就像不能少喝点似的。”陈光彪说：“主要是我们主任今晚高兴，所以喝多了点，平时他都不会喝醉的。”李仁芬喊了一声“嫂子”，说：“我们走了。”陈晓宇说：“要得嘛，谢谢你们了，你们慢走，有时间来我家玩。”

说着，陈光彪他们走了。

“喝不起就不要喝！”陈晓宇站在电视柜前面，隔着茶几望着躺在沙发上的张德伟说，“还高兴！我看你高兴去！”

这时，卧室里传来了悦悦的哭声。陈晓宇将葡萄糖啪地丢在茶几上，进到卧室扯了一床红色的毛毯出来，丢在张德伟的身上，也不给他拉了盖，又回到卧室“宝宝不哭、宝宝不哭”地哄悦悦去了。

待悦悦睡着了后，陈晓宇才出卧室来，取了一个玻璃杯打了两支葡萄糖倒进去，然后坐到张德伟身边，一只手扶起张德伟的头来，一只手拿着杯子，将那葡萄糖灌进张德伟的嘴里。“实在想喝，干脆喝死算了！”陈晓宇将张德伟的头又放回沙发上，边起身边说，“要不要喝水的？”

张德伟没有说话，只摇了摇头。

陈晓宇放了杯子，望了一阵张德伟，然后到卫生间拿了一个盆来摆在沙发与茶几间的地板上，说："要吐请你吐在盆里，别整得到处都是！"

陈晓宇进卧室睡去了，客厅里的灯，她也没关。

在陈晓宇关了卧室的门时，张德伟拉了一下毛毯，边往身上盖边翻了一下身，在噗噗噗地吐着粗气的时候，一滴眼泪滚向了耳根，一滴眼泪滚向了鼻沟。

半夜醒来，张德伟看了看时间，三点四十多，灯还是亮着的。客厅里空空的，安静得只能听见冰箱的电源声。环视了一下客厅，他想起了昨晚的酒。他这时想喝水，便起身走到那台安吉尔饮水机旁，也不打开煨，直接从热水出口处接了一杯，咕咕咕一口气喝了。回到沙发上，从茶几上拿起手机，打开微信朋友圈翻看了一阵，看着手机的电才剩百分之十八，便起身将电视柜旁那插板上插着的一根数据线插到手机上充起来。

张德伟也没进卧室，重新躺到沙发上睡了起来。

张德伟再次醒来，是陈晓宇起床来，在客厅里走动的声音扰的。陈晓宇到小卧室叫醒乐乐，让他起床，然后到厨房打了一锅水，在电磁炉上煨了。陈晓宇回到卫生间，开始了洗漱。陈晓宇只是把脸洗了，把口漱了，就又走出卫生间，到厨房，往锅里下了面。她将锅里煮着的面条搅了搅，又让其煮着，再次到了卫生间。乐乐揉着眼睛从小卧室里出来的时候，陈晓宇也刚从卫生间里出来。乐乐进了卫生间，陈晓宇又进了厨房。没多久，陈晓宇将两碗面条端到了餐桌上。陈晓宇到饮水机那儿，接了两杯水，自个儿咕咕咕地喝了一杯，又端一杯放在了餐桌上。陈晓宇进了卧室，待再出来时，已将睡衣换了，穿了一条牛仔裤，一件饰有淡淡花纹的羽绒服。张德伟探起身来，说：“乐乐我送嘛！”

陈晓宇说：“劳驾不起你！”

张德伟悻悻地躺了下去。

乐乐从卫生间出来，陈晓宇说：“喝水，喝了吃早点。”

乐乐看到沙发上躺着的张德伟，有些惊讶，小声地说：“哇，老爸昨晚睡沙发啊？”

陈晓宇说：“有沙发给他睡，就算好的了。赶紧吃了，吃了走。”

门已经打开，陈晓宇背着乐乐的书包已经探出了身去，又扭头回来说：“今年过年回他外婆家去过，提前两天走。”

张德伟有些意外，他仰起身来，愣了愣才说：“到时候看嘛。”

陈晓宇说：“爱去不去，不去拉倒。我只是先给你说，不要到时候又说没提前给你说。”

说着，乐乐已穿好鞋子，门“啪”的一声关上了。

要说，倒真是该爽快答应去乐乐外婆家过年的。去年，他们是去张德伟的老家，陪张德伟父亲过的。他们虽然没有明确有过什么规定，但这些年来，已经形成了一种习惯，就是过年的时候，一年去陈晓宇的老家，一年去张德伟的老家，轮着过。只是今年，他担心自己走不了。

现在这扶贫工作，可谓形势紧，任务重。十一社的那些人还没有搬完，按要求是年前必须搬完，说不定，过年的那段时间，正是忙的时候。作为一个工作队长，他岂能撂挑子？不说工作纪律上不能，内心里，他也做不出来。

“你不下村去啦？”陈晓宇的妈妈边往身上套着外衣，边走到电视机前问张德伟。

“哦，要去的。”张德伟愣了一下，歪过头望着陈晓宇的妈妈说。

陈晓宇的妈妈又进了张德伟他们睡的主卧，像是去看悦悦，不时出来，走进了卫生间。张德伟不知道刚才他怎么会随口说出要去村上的话。要说，他就没打算去村上。只是，一时之间，他不知道自己不去村上，能去哪儿。似乎，在这个家里，他成了个多余的人。张德伟挪过身，下了沙发，站起来后将毛毯叠了。张德伟将手机从充电线上拔了，待陈晓宇的妈妈从卫生间出来后，他才接着进去洗漱起来。

洗漱好出来，张德伟进到主卧，看到悦悦还睡得正香，一只小手伸出被子举到脸旁。张德伟弯腰轻轻地将悦悦的手牵到被子里，掖了掖被子，然后用右手的食指，在悦悦的脸上碰了碰。直起身来，张德伟望着悦悦独自笑了笑，然后转身出了卧室。张德伟习惯性地往裤兜里摸了摸，确认手机装在里面后，径直走到门边，换了鞋子，转身望着陈晓宇妈妈说：“妈，我走了。”陈晓宇妈妈说：“你不煮早点吃了再去？”张德伟已经打开门，说：“不吃了，我出去随便吃点。”

张德伟在小区外面的一家小吃店吃了一碗酸辣面，然后就往车站去了。车站不算远，在他们小区对面，坐九路公交车可以直达。上了公交车，张德伟找了后面一个靠窗的座位坐下，然后呆呆地看起窗外的行道树和街道旁的那些店面来。他像在想什么，又似乎什么都没有想。以至于公交车出发了，一棵一棵的树，一间一间的店铺，往车后退去，也没有在他脸上带出一点点的反应来。到车站门口，公交车停下了。车站里面虽然有着大小不一的客车，但那些客车多是跑县份以及跑省上和其他州市的，去普家河这种乡镇的车，现在几乎被公交车代替了，而这些跑乡镇的公交，又多数都以这车站门口为起点站。

张德伟在寻找普家河的十八路公交车时，先看见了二十六路公交车。这趟公交车是跑张德伟的老家的。张德伟几乎是想都没多想，就往二十六路公交车走了去，并掏出钱来，往投币箱里投了三元钱，上到了车里。

公交车走走停停，时不时地有人上车来。张德伟也不急，平日里开车回去，没心思来看这路旁的风景，现在他可以不慌不忙地看看了。城市退去，村庄也渐渐稀疏起来。公交开始行驶在绕来绕去的盘山公路上。那些山上，除了有松树的地方，大都是一片荒芜景象。那些没了叶的杂木，以及枯枯的山茅草，有一下无一下地在风中晃着、摇着。山脚下的一些地里，有一些因为种了萝卜或白菜的缘故，呈现些绿色。有一垛一垛的苞谷草，一垅一垅地竖在那些地里。

摇摇晃晃地，公交车在村集上停下来时，已快十一点光景了。张德伟等那些提着背着箩箩筐筐的人都下了车，他才起身往车下走。这时太阳已懒洋洋地出来了。这太阳没能晒出一点热气，倒照得这天气更加地冷了似的。张德伟紧了紧衣服，到集市上走了一圈。这集市是一个村集，全长四五百米，两边的店铺也都是一层两层的小楼房，加之这时或许是时间早的原因，人少，显得很是冷清。走在这样的集市上，张德伟不知道自己要做什么，甚至在心里为自己的这种百无聊赖感到不好意思。

直至看到了一个卖小菜的摊位，张德伟才临时打算买点菜带回去做了吃。买了三棵莴笋，两个黄瓜，两个莲花白，又搭了一点芫荽和葱，往回走的时候，张德伟又称了一坨豆腐。到了一个卖肉的摊子前，是那个卖肉的人先喊了张德伟，问他哪时候回来的，张德伟走过去，边掏烟发边说刚到。这人已经卖了十多年的肉，是村里的一个老卖肉人了，在张德伟都还小的时候，他是一个杀猪匠，过年的时候，专帮人家杀猪，后来，就干起了买猪来杀了卖肉的营生。张德伟又买了三斤多排骨，两斤多五花肉。

提着菜，张德伟走上了回家的路。准确地说，是回他老家的路。张德伟的老家在村集下面的一个小山湾里，离村集不算远，四五里路。往村里走去的时候，时不时地遇上一个两个来赶集的村人，遇上了，该喊啥的，也就免不了要喊一声。是女的，喊了，说一声“要赶场去啊”的话，也就各自走了；是男的，免不了抽的没抽的，都边喊边递上一支烟去。倒是那些小娃娃甚至年轻人，张德伟是不大认得了，单独几个走着，没有大人跟随，张德伟都不知道那是哪些人家的孩子了。

走进那个熟悉的场院，那条已经老了也瘦了的白狗，像是嗅到了张德伟的气息，摇着尾巴最先晃到了张德伟跟前。张德伟将两只手里提着的菜抡到一只手里，伸出腾出来的那只手往白狗的身上摸了摸。“绝狗！”是父亲的声音。张德伟抬起头来，看到父亲像是刚从屋里出来，站在门口，在努力把身子站直的样子。但张德伟父亲的那腰，他再是怎样的努力，也没有站直。

张德伟放下狗没再管，也没喊他父亲，只往他父亲那边笑着走去。倒是那条狗，依然摇着尾巴，跟了上来。“你的车呢？没开上来？”张德伟走到父亲跟前了，父亲才不紧不慢地问他。张德伟说：“我坐公交车来的，没开车。”张德伟父亲似乎有些意外，但也没接着说车的事，而是说：“买来做啥？菜都有的嘛。就是要买，我也会到这儿的街子上去买的。”张德伟说：“我就是在上边的街子上买的呢。你以为我是从城里买来的？”张德伟父亲说：“还买这么多，我一个人吃得了多少？时间长了，放烂掉！”

张德伟走进了屋。这还是一间土墙房子，是张德伟有记忆以来，就住着的屋子了。只是前些年，张德伟把墙体抿刷了一下，把地皮打成了水泥地皮。一台老式电视，摆在碗柜旁的一张桌子上。那是张德伟在城里买了房搬了家，换下来后搬回来的电视。碗柜和电视的前面，摆了两个盆，盆里装了几个没有洗的碗和几双同样没有洗的筷子。屋里，那沙发的前面，几个锈迹斑斑的用钢筋和铁皮焊的凳子杂乱地摆着，拖鞋、皮鞋，也这儿一只那儿一只地摆着。张德伟的心里，有一种凄楚感弥漫了上来。

张德伟说：“你怕吃不完么，我陪你吃完再走嘛。”

张德伟父亲跟着进屋来，“呵呵”地笑了好几声。

张德伟在老家陪了他父亲两天，他们一起做饭吃，一起看电视，一起打扫卫生。“以后随时收一下，不要摆得乱糟糟的。”张德伟说。父亲早晚喂鸡吃苞谷的时候，张德伟就坐在门前的一个小凳上，喝着水，抽着烟，看那群鸡围在父亲身旁，咯咯咯地啄食。父亲喂的鸡还不少，大大小小，三十九只。有七只，是才出窝的小鸡。小鸡叽叽叽地跟在母鸡后面，母鸡咕咕咕地哄着。母亲去世后，张德伟没让父亲再种地。他要父亲想到哪儿转，就去哪儿转转；想到城里去玩玩，就到城里去玩玩。父亲也确实去城里过，只是没多长时间，就回来了。回来后，又喂起了这些鸡来。先是几只，后来十几只，现在竟然有这么多了。“也好，不种地，让他喂喂这鸡，让他有点儿事做做。”张德伟想。张德伟甚至觉得，有如说是父亲在喂这些鸡，养这些鸡，倒不如说是这些鸡，在陪伴着父亲。在这老家，就只张德伟的父亲形单影只一个人。看着这群鸡，想着在这儿形影相吊的父亲，张德伟的心里，生起一阵感动，也生起一阵凄凉。

第二天早上，张德伟陪他父亲去爬山。父亲在前，张德伟紧随其后。他们走出村庄，走过山湾，向一片坡地爬去。山是高的。他们没有顺路走，而是从那山间的地埂边绕来绕去地爬。那片山坡上，有张德伟家的土地。张德伟的父亲，在带着张德伟看他家的地。那条白狗，一会儿跑在前面，一会儿落在后面。在前面的时候，时不时地转过头来看他们。在后面的时候，这儿嗅嗅，那儿嗅嗅，偶尔挨着某个地坎，跷起脚来撒上一泡尿，撒了又继续这儿嗅嗅，那儿嗅嗅，看着张德伟他们走得远了，才撩开四肢，呼噜呼噜追赶上来。张德伟的父亲拄着一根拐杖，那是张德伟在他七十岁生日时买给他的。张德伟当时说：“你血压高，走路不能摔了。我们经常不在你身边，你要自己注意。”坡上的地都已经没有种庄稼了，有些栽了板栗树。板栗树有一棵没一棵的，枝也长得张牙舞爪的，那些枯竭了又没有落下的叶子，在风中瑟瑟地抖着。“从这个坎，到那棵树，都是我们的。”张德伟的父亲说。尽管张德伟小时候跟着种过多年的地，但这些地，他是没来种过的。这些地，或许是因为陡的缘故，他们家似乎就没有耕种过。张德伟“哦”“哦”地应着。“爬得起不？”张德伟问。张德伟的父亲说：“爬得起的，走慢点就可以了。”前面是一个埂，杂草掩着，张德伟先手脚并用地爬了上去，然后转过身要拉他父亲。他父亲没要他拉，说：“上得来的嘛。”于是，用那根拐杖撑着，缓缓地，试着试着，还真上去了。

“得抓紧时间了。”张德伟想。张德伟所想的得抓紧时间做的，是带父亲去北京。这是他当初说出的一句话。当初他要父亲别种地了，说：“你要把身体养好，等我找个时间带你到北京逛一趟，去看看长城，看看天安门，看看毛主席。”当时说这话，他只是出于劝说父亲不种地，要父亲注意身体，不曾想，后来回家去看父亲的时候，村里的人摆笑话样地跟他说，他父亲经常爬山去，看见他的人说他一天要游了玩也该在那平点的路上游，不该去那些山上，整不好，不小心摔了就麻烦了。张德伟的父亲却是呵呵笑，说他要把身体锻炼好，张德伟要带他去爬长城，不锻炼好去了爬不起。听到这话时，张德伟的心里紧了一下。当初为了劝父亲不要种地说下的话，早已经被他忘了，倒是村人摆的这笑话，让他记了起来，并且就此记在了心里。

“等扶贫工作完了，从村上回来，就向单位请假带他去。”张德伟想。

第三天中午，张德伟又陪父亲做饭吃。“这些菜都要完了吧？你吃得掉了嘛？”张德伟收碗的时候说。张德伟的父亲微微笑着说：“吃完了么，我又去买嘛。”将碗洗了，张德伟说：

“我走了，什么时候有时间，我又回来看你。”张德伟的父亲说：“你去忙你的。”

张德伟像当初读书去样，一步一步地往村外走。离家的感觉，那种多年前的离家的感觉，又弥漫在了他的心间。这些年，要回来都是开车来，开车去，说走，一溜烟就走了。这样一步一步地走着离开，已经很久没有过了。这一步一步慢慢往外走的时候，张德伟开始慢慢回味起这两天来跟父亲一起度过的慢时光。这样的时光，似乎也是多年没有过了。很多时候，他来看父亲，都是匆匆地来，匆匆地就走了的。大多时候，还是早上来，下午就走了。似乎，就真的连陪父亲吃顿饭的时间，都没有了样。

张德伟上了公交车，在靠后的地方寻一个位置坐了，隔着窗，一下看看村集上的街道，一下看看村集上的铺面。待公交车出发后，随着公交车的一摇一晃，他才开始一边望着窗外的那些山、那些树、那些村庄往后退去，一边回味着这两天陪伴父亲的日子。他一下想想父亲的那群鸡，一下想想父亲的那条狗。他想父亲那撑着拐杖想站直，却最终也没能站直的身子。他想父亲那浅浅的、霜样的头发。他想父亲那伸在火炉上烤火，弯曲、变形，布满了一道一道沟壑的手指。他想父亲曾经赶着一匹白马，驮着两口袋洋芋到三十多里外的乡场上去卖，然后把卖得的钱，一分不留地拿给他，然后他拿着那钱哭着走向学校，哭着想那往家赶去的一个人和一匹马。

慢慢地想着，不觉间公交车就进了城。

张德伟没有回家，在车站直接转乘了去普家河的公交车。

到普家河村上的时候，天已经快黑了。走进去后，看到方芳正帮着她妈在端菜端饭，耿世兵、李章林他们有的在接饭，有的在找着筷子，才要吃晚饭。张德伟哈哈笑着说：“我是走路走得慢，走拢就干饭啊！”李章林说：“队长是运气好！”曾丽说：“我觉得队长不是运气好，是他在偷懒。”陈光彪说：“曾丽，哪能这样说队长？你以为我们队长是这种人？”曾丽说：“就是嘛，他要不是偷懒，早点来，事情肯定就做完的早点了，我们也就可以早点吃饭了。”张德伟嘿嘿笑笑说：“支书都没打电话叫我，我本来还打算再耍两天的呢。现在赶到这儿，已经是算好的了。”耿世兵说：“你今天不来，吃了饭，晚上还是要打电话给你的了。”张德伟扒了一嘴饭，望了一眼陈光彪，说：“彪哥是啥时候来的？也不约我一声？”陈光彪说：“我昨天来的。早上出门的时候想着太早了怕闪着你的早课，打算晚点打电话给你，没想到后来上了车，就忘了。”高家鹏说：“晓不得你在想啥？是不是车上遇到美女了？”陈光彪说：“不要说还没遇上，就是遇上，我也没那心思了。这两天，交任务都已经把我交得站都站不稳了，哪还有精神去看美女！”李章林说：“怪不得，我还说咋今天走点路都歪歪倒倒的呢。你早点说嘛，说了，你就不要跟着去了，大不了我们再晚一个小时吃这饭！”张德伟问耿世兵说：“是不是又来啥任务啦？”耿世兵说：“要报危房改造一户一档的相关资料，说是县上的检查验收组接着要下来检查验收。我们的照片不齐，有的，也大多是在建过程中的，建好后的还没有多少，所以基本是一家一家地跑去照。今天主要是去补照片，接下来就得补材料了。还有十一社的搬迁，今天早上肖书记又催起来，说无论如何，都要确保让他们年前搬掉。”

张德伟笑笑说：“这样说来，还就不能得个闲了。”

陈正强说：“在这村上工作，你哪时候能得个闲？只要你想做，就有做不完的事等着你去做。而且现在，你就算不想做，也有无数的事等着你去做。”

李章林说：“照那照片补那材料倒是小事，大不了就是多跑几趟，多加两箱油，多买双鞋子，再不行，多熬两个夜。恼火的还是那搬迁，你就是跑断了腿，嘴巴说得起火，人家就是不搬，你有啥法？你还能搬石头打天？”

陈光彪说：“也没有章林说的这样恼火，只要多花点工夫去做工作，他们还是愿意搬的。不说别的，搬去的那十多家，不是已经开了头？”

彭家洪说：“搬去的倒搬去了，恰恰是还没搬的这些，最是恼火。而且越到后面，越难做工作。”

张德伟说：“不怕，我们慢慢来。只要功夫下得深，铁棒磨成绣花针。只要我们拿出磨铁棒的功夫来，就没有做不成的事。”

耿世兵说：“其他的应该都没啥大问题，现在我最担心的还是侯万发。”

陈光彪说：“咋的？怕他不搬啊？要说搬家，他是最好搬的了。一样没得，可以说，他倒是连铺盖都不用卷，直接走人就是了。”

方芳说：“咋会没得？再咋的，他总要睡觉，总要做饭吃吧？要睡觉，就得有点被子；要吃饭，就得有点锅啊碗啊的。”

陈光彪说：“小芳说的这个也倒是事实。要说，这些他还是有的，只是你没去看见过。你问章林，那晚上我们去，那房子可能有十多个平方米，还一堵墙是原来那没垮掉的大房子的墙，其他三面是用石头码起来的，码得又矮，我们走进去，还要弯着腰杆，才不会碰着那石棉瓦。那里面，说得不好听点，连张床都有不起，一床烂铺盖，也认不得有多少年没有洗过了，铺在挨墙边的地上，地上就垫了些谷草。真是不去看过，你想都想不出来，他一年三百六十五天，睡的就是那个。”

李章林说：“人家还是有垫的。”

陈光彪说：“是的，是我没有说清楚。在那谷草上，还是有垫的，还是一床羊毛毡，虽然烂点，但也算是稀缺货了。要搬，可以让他把这个搬着走，说不定以后还是文物。另外的，那些锅啊碗啊的，就像小芳说的，也有，但那些东西叫他不要搬了。只要他同意搬这个家，我个人出钱重新买点给他都行。”

彭家洪说：“还是彪哥要得，为了完成工作任务，不惜牺牲个人利益。”

陈光彪说：“这点小事，没问题。只是老彭不能说我这是牺牲个人利益，你要夸我，夸我还有点奉献精神更好。”

陈正强呵呵笑着说：“他最该带的，还是那低保本和特困供养证。”

耿世兵说：“他一样不带都可以。昨天刘副我们跟肖书记都说了，他到那里后，用的锅啊盆啊的，包括床和被子，都由乡上想办法来给他置办。肖书记还说，沙发也要买一套给他。就是电视，还有洗衣机，也要一样买一台给他。这些都不是问题。昨天我还向书记说，毕竟那么大年纪了，这种人搬到城里去，家头又没有其他人，拿着钱，也不知道找不找得到买米买菜的地方。还有，要是生个什么病啊的，连门都出不来，又没人认得，咋整？”

张德伟说：“这倒真是一个问题。”

陈光彪说：“可以交代一下一起搬去的人，请他们注意点，时不时地跑去看看。反正就在一个小区里，方便。”

彭家洪说：“哪个会去看他？个个都恨不得他死了算了，还去看他？”

张德伟说：“恨归恨，只要交代过，他们应该还是会去看的。又不是要他们去背着抱着，只是时不时地看一眼，只要还能看着他在小区里转，就行了。一天两天没在外面看到他的影子，去敲开他的门看看他就行。即便是有个啥病，也可以联系我们，或者直接联系社区的常主任他们。”

耿世兵说：“管他了。明天我们还是集中火力到十一社去，这几天虽然又有几家来签了协议，拿了钥匙，但要催着他们抓紧时间搬。反正接下来的，都是他们自己搬，不统一送了的，让他们该咋搬的，赶紧搬。剩下那些还没来说要搬的，我们得去落实一下，看看是咋回事。”

饭已经吃完，方芳和曾丽已在收碗抹桌。大家没有离开的意思，只往边上挪了挪座位，有的靠着墙，有的靠着书柜，坐在那儿抽起烟，继续说着。张德伟靠门边坐了，点燃烟吸了一口说：“嗯，没问题，我们把这搬迁的事摆在头等大事上来干就是了。只是有个事要跟支书你们商量一下。”张德伟刚提起他准备开那个会的事，耿世兵就说：“这个没得问题，彪哥都跟我们说了。只要蒋主席那儿答应帮助我们解决经费，我们照着办就是。”陈光彪说：“还是要先向乡上争取，如果乡上解决不了，我们再跟蒋主席说。”耿世兵说：“是了嘛。我说的是，有蒋主席那儿做最后的保障，即使肖书记他们不好处理，我们也不担心这经费了。经费有了保障，我们咋整都好整。只是这个要队长多操心一下，你看看咋个来开好，就咋开。具体要如何做，需要我和主任我们咋整的，无论是跟书记他们汇报，还是通知人，你说了我们来做就是。”

张德伟“嗯”了一声说：“要得。这个我先做出一个方案来。等我做好后，再拿来请大家都看看，有不恰当的，不足的，再来商量了处理。我们尽可能地考虑全面点，我觉得这个会开下来，会有些意思。”

曾丽说：“肯定有意思。昨天彪哥跟我们说起来，我们还说认不得你是咋想到要开这样的会的。”

李章林说：“到时候把能请的媒体都请来，好好宣传一下。说不定，这个会会成为一种典型，一宣传出去，以后全乡、全县，甚至全市都来学习，都会组织召开这样的会。”

陈光彪说：“章林说这个是对的。队长在做方案的时候，要把拟邀请的媒体拟上。如果这个经验被推开，队长就不光是为我们普家河，而是为全乡、全县、全市，甚至是为全省、全国的扶贫工作做了贡献了。这样一来，你那天晚上的那场醉，就更值得了。”

陈正强说：“听说队长那天喝醉了，是不是真的？”

陈光彪说：“请队长自己说，我回来跟他们说你喝醉了，恐怕喝掉一斤来的酒，他们还一直不相信，说你平时都不喝酒，咋会喝得掉那么多？”

张德伟说：“醉倒是醉的了。醉得我是咋回去的都认不得。只是怕没喝掉一斤酒？”

陈光彪说：“哈，你那晚上喝掉的酒，我说一斤，还是保守着说的了，只会多不会少。”

李章林说：“以前还一直以为队长喝酒不怎么行，竟然能喝掉一斤。”

陈光彪说：“他喝酒确实也不怎么行，这个倒不是我小看他。你们认不得，那天是他请我们单位上的人吃饭，最后醉了，账却是李仁芬去结掉的。”

曾丽说：“人家都说酒醉心明白，队长怕不至于醉得连结账都认不得？”

陈光彪说：“按曾姐这样说，就是我们队长赖账了嘛！”

张德伟嘿嘿笑了笑说：“彪哥不说，我倒忘了。这账她去结了，我还是要转给她的。我才不披这张赖账的皮皮。”

陈光彪说：“哈哈，现在么，你就是转给她，她也不可能会要的了。”

张德伟说：“她不要，我就重新请大家一次，到时连村上的，在座的都一起请了。”

耿世兵说：“到时队长请客，我来埋单。当时听彪哥回来说起，我都恨不得替队长去喝了。要说，蒋主席他们不但帮我们解决了路和水的问题，现在又这样支持我们开这个会，我们也是该好好敬他们几杯的。”

张德伟说：“再找时间嘛。方便的时候再请他们喝一次。只是大家看看，这会选在什么时候开更好？确定个大体时间，我做方案的时候直接拟上。”

陈正强说：“要开，肯定只有在这个假期天开，趁学生回来。”

彭家洪说：“学生倒是回来了，通知一声就行。只是我估计要请那些出去工作的人来参加，恐怕没有哪个会来！”

陈光彪说：“这个老彭倒不用担心。我想，不但会有来的，而且来的还会多。至于时间，这个假期是肯定的。只是我觉得争取在年前开比较好，要不，直接确定在腊月二十九。选在那天，可以将就那些出去工作的人，有好些人，本来就是要回老家来过年的，只要他们提前回来一天就行了。过了年，春节那几天，好些人都要去走亲戚。等他们走好亲戚，又有些人要走了。特别是那些打工的，好些是十五都不过，就走了的。”

陈正强说：“彪哥说这个也可以。”

耿世兵说：“那就暂时定在腊月二十九嘛。”

彭家洪站起身来，伸了一个懒腰，说：“管你们咋定的，我要回家了。”说着，就往外走了。

耿世兵也站起了身来，说：“走嘛，要走的都走了。大家明天来早点，该进村的进村，该整档案的整档案。”

散了后，张德伟也早早地睡了。在梦里，张德伟又回到了老家，回到了父亲的身边。他梦到了父亲，梦到了父亲的那条狗，梦到了父亲的那群鸡。也梦到和父亲去了地里，只是父亲没有现在这么老，而且跟随他们的，还有张德伟的母亲。他们一起在一个山湾里的一块地里挖洋芋。张德伟原本是弯着腰在捡父亲挖出来的洋芋的，抬头间，看到母亲正在双手牵着口袋，将口袋的口套向她用双臂拥着的撮箕口，在往里面倒洋芋。张德伟看到她有气无力的样子，左倒没能把撮箕里的洋芋倒进去，右倒也没能把撮箕里的洋芋倒进去。张德伟赶紧跑过去，帮着牵起了那口袋来。“叫你不要来，你硬要跟着来。”张德伟用一种责备的口气说，“都这样了，来做啥嘛？”张德伟的母亲边筛着撮箕，让洋芋往口袋里滚，边拖着声音说：“不来跟着挖，你爹哪天才能把这洋芋挖完？”

张德伟已经很久没有这样在梦里看到母亲，他因为激动而醒了过来，醒来后才知道那是梦。虽然是梦，虽然梦里见到的母亲还是病时的样子，但他的心里也莫名地升起了一阵温暖。他想再睡过去，再在梦里见见母亲。这样想着的时候，他也真就迷迷糊糊地睡了过去，而且也真就见到了母亲。只是，这是他偷偷地转过身去看到的。他背着一个书包，里面装了一满包煮熟的洋芋，还有一瓶用油炒过的辣椒，这是他带到学校去吃的东西。因为父亲给他的钱太少，他要用这些洋芋去做他下个星期前两三天的饭，要用这瓶辣椒去做下个星期后面几天的菜。走出村庄的时候，他习惯性地偷着回转身去看。他怕看到母亲站在村口，又怕母亲没有站在村口。但这一偷偷地转身后，他还是看到了站在村口的母亲。母亲的那身影，依然有着很多无奈，也有着很多希冀。再转回身往前走的时候，张德伟的眼里，就蓄起了泪花来，然后，又啜泣了起来。在这啜泣中，张德伟又醒了。

这次醒来后，张德伟没有再睡着。他就那样躺着，眼睛时闭时睁，时而想他的父亲，时而想他的母亲。想父亲的鸡和狗，想拄着拐杖站立在山上的父亲，想带病去跟着挖洋芋和站在村口目送他去学校的母亲。那些不知是经历过的还是梦到过的情景，在他的脑海里时疾时缓地漫过。

“下雪了！下雪了！”陈光彪在外面喊，“起来爬山去！”

听到陈光彪的喊声，张德伟才撑起身，穿着睡衣走出来。

雪下得不小，地上铺了厚厚一层。放远看去，到处都是茫茫一片。他这才想起，自己昨夜是听见了下雪的声音的。只是在听到这声音的时候，他以为自己是在做梦。“今天不是要到十一社去吗？山有你爬的，”张德伟站到那道玻璃门边，望着站到院坝里仰头享受落雪的陈光彪说，“干脆先整早点吃，吃了我们就去十一社。”陈光彪说：“也可以。吃了早点去，山也爬了，工作也干了。只是昨晚上没煮稀饭，要不，到上面去煮面条吃算了？”

张德伟他们洗漱好出来，方芳也起来了。她抱着孩子，在村委会的院坝里转着，正在说：“宝宝看，这雪漂不漂亮？”方芳穿着一件火红的羽绒服，孩子头上戴了一顶雪白的兔儿帽。张德伟说：“别冷着孩子呢。”“没事，他穿得厚。”方芳抱着孩子转过身，迎向张德伟这边，又歪着头看着孩子说：“说，给大爹说，我穿得厚，不怕冷。我要玩雪。叫大爹他们下来玩雪了。”陈光彪说：“想玩得很，一会儿叫你妈带着你跟我们爬山去。”方芳又对着孩子说：“给陈大爹说好，我们一会儿就跟你们去！”

张德伟他们正在吃面条，耿世兵来了。陈光彪问耿世兵要不要吃，耿世兵说：“吃嘛，整一碗来吃。今天还说去十一社，恐怕是去不成了，干脆在村上处理档案算了。”张德伟说：“也是。这种天气，这车恐怕是连梁子上都开不上去了。”耿世兵说：“这一段倒是小事，车开不上去，还可以走路。关键是上了梁子后，下去的那小路，估计是走路都去不了的。”张德伟说：“只是这雪恐怕一天两天化不了，现在还在下，要是再下了铺厚点，就麻烦了。”耿世兵说：“就是啊，像这种下法，山背后那些路上，恐怕年这边都化不了。路上一凌起来，不要说那些人还不想搬，就是想搬，恐怕也搬不出去了。”陈光彪说：“天公不作美啊！像是要害我们，这样一下，那些人搬不出去，我们咋完成任务？”彭家洪也来了，听到陈光彪的话后，他说：“我倒觉得这雪下得越大越好。这雪再下大点，对那些做不通思想工作的，我们就可以说是因为雪的原因，人家搬不出去。”陈光彪说：“要按老彭说的这样，我们就不但不应该怪这雪，倒要感谢这雪，感谢这老天了。”彭家洪说：“是嘛，我说这个本身就是事实嘛。”陈光彪呵呵笑着说：“干脆我们都来求一下老天，让它一直下着这雪算了，祈求它不要让路干起来。”

张德伟他们吃了早点，相继来到那间集体办公室，有的泡茶，有的抽烟。彭家洪说：“早点认得这样进不了村，就该再好好睡一下觉。”高家鹏说：“都老几十岁了，睡了几十年还没有睡够？”彭家洪说：“哈，这觉是睡得够的啊？要说，你还不是活了几十年了，你以为你还在小得很？”李章林说：“人家都说人老瞌睡少，再咋，家鹏都要比你年轻点，瞌睡都应该要比你的多点嘛。人家家鹏都没说没睡够，你倒叫起来了，难道你晚上活动得还比家鹏厉害？”彭家洪说：“我么，活动啥了。就是家鹏，恐怕也活动不到哪去。要活动么，还是要像你这种小嫩薹薹。”陈光彪说：“老彭这倒是实话，是经验之谈。”

“经验啥，像这种整法，恨不得倒床就要扯起呼来，不要说他老彭，哪怕是李章林，也活动不到哪去。”陈正强说，“不相信么，大家问问他嘛？”

高家鹏说：“看来，老陈也是活动不起的了。但是你这把年纪，再活动不起，也不能说是工作影响的。如果还能活动，那就只能说是你把工作的压力变成活动的动力了。”

喝着茶，抽着烟，说着笑，似乎成了这里每天的一个小前奏。在这个小前奏中，人们相继到来，该上厕所的上了，该泡茶的泡了，该抽烟的，也抽了。然后，一天的工作，该如何分派的，也就分派了。因为不能进村，所以这天耿世兵在征求了一下大家的意见后，叫大家集中精力完善建房户的户档案，哪些整理照片，哪些整理表册，哪些录系统。张德伟说：“虽然没有章林快，我还是跟着录系统算了，录系统的人要少点。”陈光彪说：“队长怕不要整这个了，你那方案得尽快做出来。”

耿世兵说：“就是。现在这些工作队长都不用参与了，队长把精力花在要开的这个会上，你拟出方案来，我们才好准备。要不，没时间了。”

张德伟说：“要得嘛。我先拟出来，到时候再请大家提意见进行完善。”

第十二章　去找候万发

冰封的大地，临近过年了才开始解冻。一连阴了好些天，腊月十八日的这天下午开始晃出了太阳。天空，由灰变蓝起来。第二天，太阳一大早就有些刺眼地挂在了天边。到了下午，那些地里的积雪开始化去，大地，开始露出一片一片的红土来。村委会前面的路上，因为车轮的碾来碾去，中间彻底露出了一条道，虽然大多地方还汪着脏污的雪泥，但已不再凌着了。到了腊月二十这天，村委会门前那水泥路上，就基本干了。

这天中午刚吃完饭，肖书记就给耿世兵打来电话，说：“路上干得差不多了，还是要继续把那些没有搬走的村民搬掉。”耿世兵这时刚从包里掏出烟来，接电话时也是把手机放到肩上，用肩将手机顶到耳旁去接的。他用右手拿着烟盒，并往外抖了抖，左手正要去取从烟盒里抖出来的烟。听了肖书记的话，他取烟的动作停了下来。他愣在那儿说：“上梁子去的那路还稀得很，还有进村去的小路恐怕还在凌着的。”肖书记说：“稀点怕啥？虽然还没有硬化好，但毕竟铺过泥夹石的了，不滑。就是下村子去的那点路，多远点？实在不行，让他们各自把该搬的东西搬到梁子上来，我们联系车子，他们准备好一家，就把他们送去一家。”耿世兵蹙着眉，像是在认真地听肖书记的话，过了好一会儿才轻轻地说：“要不还是让他们过了年再搬了？我们现在都在准备要开的那个会！”肖书记发起了火来，说：“啥过了年再搬？老天都晴起来将就你们帮你们了，你们还要等过了年才搬？先做好这搬迁的工作，那会开不成就不要开了！不做好这搬迁工作，开会的钱我一分都不会给你！”耿世兵的脸丧得快要拧下水来了。“老百姓的东西搬不上来，你们村上和工作队的人，全部上手，去帮他们搬。”电话里又传出肖书记的声音来，“还是老话，年前搬完。搬不完，在我被撤职前，我先撤了你的支书再说。”

坐着抽烟的，还在端着碗吃饭的，都痴痴地愣着眼看着耿世兵。肖书记在电话里说的话，他们都已听了个大概。电话里已经没有声音了，耿世兵还在那儿用肩把手机顶在耳边。他将先抖出来的那支烟取出来，用右手的两根手指夹了，左手才去肩上把手机取下来。耿世兵缓缓地把手机移到身前，看着，像不相信刚才电话里传来的那声音，说：“前几天还给他们说等过了年再搬的，说不定，人家在这儿连年货都买好了，这下又要叫人家搬，发疯啦。”

张德伟说：“管他了。他们买了年货，就让他们一起搬着去。反正现在书记也说过帮他们找车的，他们再有多少东西，要用几辆车，这费用都有乡上来出。搬不了的，我们还去帮他们搬。不但有人出钱，还有人去帮他们搬，说不定，他们倒还会高兴呢。”

耿世兵站起身来说：“走嘛。过去泡水，喝点水，要搬么就去整了搬。”

抽了几巡烟，喝着几巡茶，陈光彪说：“走了。不要磨了，反正都要去整的。”

耿世兵说：“先不忙。章林，把签了协议要搬的那几家名单找来，先打个电话叫他们准备，通知完了再去把还没签协议的跑一遍。”说着，耿世兵先拨了陶社长的电话，边拨边说：“我先给社长打，这次叫他一起搬了。”

听了耿世兵的话后，陶社长说：“不是说要过了年才搬吗，咋又要搬了？”

耿世兵说：“说过了年才搬么，是因为天气的原因，下大雪了搬不了才那样说的嘛。现在天气又晴起来了，哪个还等你们过了年才搬？”

陶社长说：“天倒是晴起来了，但路上恐怕还是不太好走。特别是下村子来的这一段，还在稀得很。”

耿世兵说：“稀点不怕。你最近去走过没有？还凌着没有？”

陶社长说：“说实话，凌倒没怎么凌了。当阳的地方，也大都是干了的。因为大都是偏坡，兜不住水。只是有些背阴的地方，晚上凌着，白天化了稀得很，一些地方，还大多时候都凌着的。”

耿世兵说：“如果搬着东西，还能不能走？”

陶社长说：“这个咋说呢？要说直接不能走，也是假的；只是，肯定也不好走。”

耿世兵说："好嘛，既然勉强可以走，那就搬。你抓紧时间准备好，我们来跟着你搬。这次搬东西我们安排人来跟着搬，车也由乡上统一安排，所以你尽快准备，争取第一个搬，带个头。"

挂了陶社长的电话，李章林便将一张表拿给耿世兵。耿世兵拿过来看了一下，数了一下，十二户名单。他说："这里十二户，原来搬掉的是十六户，现在还剩十五户没有明确了。"李章林说："是了嘛。"彭家洪说："这十五户，成硬骨头了，难啃了。"赵熊说："是没有惹龇掉，惹龇了，再硬，也可以整来嚼了，连渣渣都吃掉的。"陈正强说："哈哈，那就把最难嚼的都交给赵熊了。赵熊那个，是铜齿铁牙。"陈光彪说："要这样说，我觉得老陈就不对了。虽然我们是一家子，但我也得说句公正点的话。在这村上，支书你们两个都是一把手，按说，应该是哪里最艰难就往哪里去的，哪能把最艰难的推给别人？"陈正强说："家门不要乱说，一把手么，是世兵，我哪里是一把手？你还说自己说公正话，你说这话本身就不公正，好在你不是乡长或者书记，如果是，世兵肯定就会有想法，以为我拉关系，要把他的支书位置夺掉了。"耿世兵说："不用彪哥当乡长、书记，也不用你夺，刚才肖书记已经说要把我这支书撤了的，等撤了，你就上。"耿世兵说着，已拨出一个农户的电话。

耿世兵又说了一些要这家人准备好搬迁的事。关于村上安排人去帮着搬，关于乡上出钱找车，耿世兵也说了。但听得出，电话那头的人有些冒火，怪耿世兵他们一会儿这样说一会儿那样说。"原来说要过年前搬，害得我们把猪早早地宰了，把地头的菜都全部砍了，等吃的都没有了，又说可以等过了年才搬，"

电话那头的人说，“现在又来说要年前搬了，过年还有几天？我们搬去，恨不得屋子都还没住热，这个年咋过？”那人还要说，但耿世兵打断了他的话，说：“就不说了，我们还要通知其他的人。反正都要搬的，年前搬是搬，年后搬也是搬，你有如在这儿说这样说那样，倒不如抓紧时间去准备。”那人又要说啥，耿世兵说：“准备好了打电话给我们，我们安排人和车来，就不跟你多说了。说多了，耽误了我的时间，也耽误了你的时间。”

张德伟站起来发了一转烟，说：“拿来我们一个通知两家，分着通知快点。”

耿世兵说：“算了。老陈和章林我们几个通知算了。没有多少，一个几家就通知掉了。”

陈光彪说：“就给他们通知算了，他们通知好点。我们打电话去，说不定有些人家认都认不得我们，还会以为我们是说了玩的。”

签了协议的人家通知完后，他们又就如何去动员没决定搬的那些人家搬，做了一些讨论。有说总的人家也不多，干脆全部人员一起上手，去一家一家地上门，一家一家地做思想工作；也有说干脆一人负责一家，承包到人，负责到底的。最后对那十五户人家的所在位置做了统计，有些是三家人住得相对集中的，有些是五六家人住得相对集中的，有些则是这儿一家，那儿一家，一家与一家之间隔得十杆子打不着的。针对这种情况，他们便分成三个组行动，村上的和驻村工作队的总的十个人，全部人员都参加，每个组都由工作队员和村上的人员组成。只是方芳和曾丽所在的组多一个人，由陈正强带队，陈光彪配合。

陈光彪说：“我们陈家人这下倒是欢了，男女搭配，干活不累，我们多领几家的任务算了。”陈正强说：“彪哥倒是不要乱说，你领来，你要干完呢。”陈光彪说：“家门你就放心了，有曾姐和小芳在，你还怕啥？这不就是做思想工作吗？又不是去背去扛啥，难道她俩没得哪个会说？”高家鹏说：“彪哥这是在损人啊，你是在说曾姐和小芳就一张嘴壳壳啊！”陈光彪说：“我可没这样说呢。你这样说倒是要不得，我们还没出发，你就开始挑拨离间。这样整了，完不成任务，可要算给你背起。在这里，我就先认下七户这个单了，看家门觉得咋样？”陈正强呵呵笑笑说：“干脆我们这个组彪哥来当组长算了，我配合他，反正他对那儿的情况也是熟悉的。”陈光彪说：“算了。那我还是收回刚才说的话，家门已经在怪我夺权了。”李章林说：“人家彪哥说这个是对的。虽然那儿人家是七户，但隔得近。他是在照顾两个女同志，让她们少跑点路。这路又不好走。”赵熊说：“还说彪哥咋会逗小婆娘喜欢，原来是他太会替人家想。”赵家鹏说：“主要是他能做到扬长避短，拿这事来说，既可以让她们少跑点路，又充分发挥她们的能说会道。” 陈正强说：“你再会说么，要人家搬嘛。人家死了心的不搬，你再会说，有啥用？最后整下来，没答应搬的恐怕就我们组最多。”张德伟说：“可以先这样嘛。我觉得拿多的人家给你们组去跑，还真像家鹏说的那样，是一种比较好的安排。”耿世兵说：“先整着嘛，到时整不完，其他组的人整完了来支援你们。分是这样分，也不是就各管各了，我们总体上也是要有分有合的。”陈光彪说：“就是。这十五家人，只要还有一家没整好，无论是支书，还是队长，他们哪个的任务能算完成？”

另外还有五家人和三家人的，耿世兵问张德伟他们组想去跑哪几家。张德伟所在这个组由他带队，李章林和彭家洪配合。听说三家人的有候万发家，张德伟说：“我就捡点便宜嘛，你们支书、主任扛大头，我去跑那三家算了。”

陈光彪嘿嘿笑笑说：“跑这三家人，我估计要跑掉的路，要磨掉的嘴皮子，不会比我们跑这七家人的少。光是那个候万发，恐怕就够整。你说半天，他不答你一句，你法都没一个。”

耿世兵说：“如果队长怕么，由我们组来跑嘛。”

陈光彪说：“支书这种态度是好的，哪里需要哪里搬。但我估计再怎么难，队长也不会怕。而且选这几家，恐怕他就是朝着候万发家选的。”

张德伟的想法真被陈光彪说中了。

张德伟说：“我们是不是把要签的协议和要填的表都准备了，带着去，说通一家就签掉一家？”

陈正强说：“跑一次，估计是一家都说不通的。如果我们跑一次就说通了，那他们肯定早就来报名了。剩下的这些，没个三次五次，恐怕整不好。”

耿世兵拿起手机看了看时间，说：“都四点过了。干脆把表先准备好，今天就不去了。从明天起，准备拿两三天时间来集中整这事。先跑一遍，能多跑的多跑。实在说不通的，再说。估计过个一两天，又要去帮那些要搬的人家搬家了。”

彭家洪说：“如果跑都还没跑完，那些要搬的人家就叫帮他们搬家去了，这剩下的，是不是就不跑了？”

耿世兵说：“肯定还是要先跑这些没决定搬的人家，去做思想工作。那些要搬的人家，实在不行，出点钱，找几个村子里的人来帮他们搬。”

想着候万发，张德伟有些恶心。但想着要去候万发家，张德伟的心里又有些莫名的急切。只是，恶心也好，急切也罢，他看到候万发的那间破屋时，已是第二天的十点过了。

“那堵石包下的墙圈，看到了没？”走到一个山梁上时，李章林用手往山湾对面的一个山梁上指着说。

顺着李章林指的方向，张德伟在对面山梁上看到了倾斜得像要倒下来的悬崖，悬崖下边，又凹出了一小块地。那儿像是有点房屋的影子。只是，这时明晃晃的阳光正照在那悬崖上面，在那块凹进去的地方投射下了一团黑影，看不真切。“看不清。”张德伟说。他手搭额头上，想挡着阳光努力看，但还是没看出个头绪来。

“这杂毛的，住得这么远，害老子们跑！”彭家洪说。

“人家又不是才搬到那儿去的，这个也能怪人家？”张德伟说。

“以前冯正伟活着的时候，也不是住在这儿，而是住在下面村子里的，是冯正伟死掉后，他来了，才搬到这儿来的。”李章林说。

“不搬在这种荒无人烟的地方来，他敢做那些丧德事？”彭家洪说。

“也是说冯家在这里人单力薄了，要不然，他就是搬到天边去，恐怕也早把他按来宰掉了。”李章林说。

要到对面那个山梁，张德伟他们就要先往山湾里走，绕过山湾才能去。而一走进山湾，那狭窄的小路，基本就算不了路，仅是一点地埂而已。或许是因为平日里走的人少的缘故，所以路上的泥土松松的。雪一化，泥土就是稀的，现在走上去，泥泞开始粘起鞋子来。不时，张德伟的鞋子底上便粘了重重的泥泞，走起路来，他一步一挪地，边走边搓鞋子上的泥。越往湾里走，路越稀。倒是再往里走了一段后，那路不稀，却还凌着，滑起来了。

“要我说么，这十一社整个社的人都㞞。如果这个社的人厉害点，哪能有他狂的。不是一家人不姓冯又咋了？再咋的，看在死掉的人身上，这村子里的人也不能放一个外人来这样欺负！”彭家洪跟在张德伟的身后说。

“再是一个村的，毕竟不是一家人。不是一家人，哪个会来承这个头？”李章林走在最后面。

张德伟停下脚步，一只手扶着路上面的地埂，转过身来说：“我觉得老彭说的这个也有道理。如果发现问题的时候，村子里的人有一个带个头，出面收拾他一下，恐怕他也不敢这样了。或者说，就不会造成后面这种后果了。从某方面来说，他的这种恶，也是这里的村人纵容他形成的。”

“要这种说，就不只是十一社的问题，而是我们整个普家河村的问题了。”李章林说。

张德伟已转身继续往前走。他走得极其费力，也极其小心，时不时地，要用手去扶着路上的地埂走，以免被滑了摔倒。听到李章林这话，他的心头咯噔一下，然后毫不思索地说：“还真可以这样说。不但可以这样说，再往大处讲，这就是我们整个大环境的问题。这种败坏道德到如此程度的人，我觉得拿来砍了，也都不足为惜。如果发现一个处理一个，你看还有没有人敢？”

“按说么，当然是这种。”彭家洪说。

“现在哪里还能随随便便就处决一个人，都提倡教育为主了。”李章林说。

张德伟没有再说啥，只是边走边在心里想，这人性的恶，有其个人内心固有的因素，也有外部环境的因素。如果外部环境能够压制住，个人的恶的因素就不会得到表现和张扬；如果外部环境压制不住，甚至纵容起来，让这个人觉得通过恶的行为能获得更多利益或者其他，让这个人恶的目的一步步得逞，可能这个人的恶就会愈演愈烈，最后将恶发挥得淋漓尽致，让人不堪目睹，不忍耳闻，就像候万发这种。这样想着，脚下的路又由凌而稀了。张德伟一步一挪地搓着鞋子上的泥，弯着腰勾着头走起来，待感到鞋子不再沉重，脚下也不再滑了后，抬起头来，已经走出山湾，到了山梁上。

在几棵标杆树树枝下，像遗址一样的墙圈展现在张德伟他们眼前。那几棵标杆树有合抱粗了，只是不多，就五六棵的样子。除了这几棵大些的标杆树，墙圈的周边，没有其他果木，不像别处人家的房屋周围，核桃树、苹果树、梨树、樱桃树什么的都栽上一些。这墙圈的周围，有的只是野生的杂木和野生的茅草。那些杂木上未落的叶和深及人腰的茅草，也是枯枯地在微风中瑟瑟摇晃。因为太阳的照射，到处弥漫起氤氤氲氲的热气。

走至墙圈的前面，看到那墙体原来安楼枕的地方被挖过。楼枕已经被取了，留下一个一个的洞眼。墙圈里，堆了高高的泥土。一些看不清是啥的杂木，手臂般粗地长在了那土堆上。瓦片，残木，树叶，烂口袋，杂七杂八的东西，腐的腐，烂的烂，像粪草一样，堆在那里面，铺在那里面。

要不是穿过墙圈的前面，在墙圈的另一面看到那间低矮的用石棉瓦盖了顶的屋子，在墙圈靠外的这堵墙边码着一堆柴，这儿看去就是一处被人抛弃了一二十年的家园。那间小屋也安得有一扇门，门是木门，似乎曾经还用红色的漆漆过，现在虽然呈现出一种泥土的颜色，但也还隐隐地透着一种变了色的红。只是这木门与那小屋极其不称，似乎把那小屋的一堵墙都要占掉半边，而高处，又差不多顶到那盖下来的石棉瓦了。

木门关着，里面没有一点声音，看去像一间死屋。

“候万发。”李章林向着那木门喊了一声。

这一声喊后，从小屋的墙后面箭一样射出一条黑狗来，“汪汪汪”地咬着扑着。李章林赶紧弯腰作拾石状，那黑狗退了一下，像要躲，但没离开，转了一下身，又接着叫着咬着往张德伟他们扑过来。张德伟和彭家洪也赶紧往地上寻，想找根木棍什么的。但在那地上没寻到称手的东西，张德伟也只能往地上空抓一把，还举起手来做出要往狗砸去的动作，往狗那边跺着脚走了半步远的距离，然后趁狗躲避的过程中，跑到墙边的柴垛上，抽出了三块柴块来。张德伟给彭家洪和李章林一人递了一根柴块，然后举着他手里的那块柴，赶着狗说：“来嘛！你活得不耐烦了么来嘛！”

“难道没有在屋头？”彭家洪说着，放开喉咙喊了一声，“候万发！”

李章林又扯声卖气地喊了两声候万发的名字。

木门“吱呀”一声开了，开得颤颤巍巍，开得摇摇欲坠。木门还没开完，一个身子侧了出来。“哪个？”候万发边往身上披一件绿色的长棉衣，边眯着眼往这边看来，也不知是还没睡醒，还是因为阳光的照射，才让他像看不见这边的人，问，“要整啥子？”

李章林说：“哪个？我们是哪个你认不得啦？”

“死狗，你跑不过去！想死哦！”候万发吼着汪汪叫的狗往这边走来，说，“要整啥子？回家来嘛！”

李章林也没往候万发那屋里走，而是在门旁的一捆苞谷草上坐了下来，说：“整啥子？喊你搬到城里过年去了，你还不搬？”

张德伟轻轻地推了一下木门，像是怕推重了，就推倒了样。木门“咯吱”一声，摇着晃着开了。张德伟探身往里看，这时的阳光，正透过石棉瓦的缝隙，一缕一缕地照射进来。张德伟看到陈光彪说过的那铺在墙边的床铺，说是床铺，其实没有床，只有铺。现在被子被掀起了一角来，可以看到那像用泥浆浸泡过的羊毛毡，中间还破了一个大大的洞。张德伟也看到了几个漆黑的盆和锅，连横一个竖一个摆在那地上的碗，都是漆黑的。在靠右后方的一个墙角，摆有一个盆，盆里，装着一些柴灰和一些没烧透的柴块。盆的周围，支了些石头。那些烧过没烧过的柴块，这儿一块那儿一块地摆着。整个屋里，似乎就没有过路的空间。张德伟一步一试地走进去，站在屋子中，他看到那铺与火盆的中间，又放了一个石头。这石头倒比围着火盆的那些更平整一些，上面放了一个同样漆黑的瓷杯。

“你说你要什么时候搬嘛？”张德伟转身出门来的时候，李章林正在看着候万发问。这时候万发坐在门前的一块石板上，彭家洪跟李章林一起坐在那捆苞谷草上。

侯万发说："搬个死狗鸡巴，我咋搬？"

彭家洪说："要搬的是你，你又不是死狗鸡巴。"

侯万发从长棉衣的包里掏出一个塑料袋来。那棉衣一看就是前些年发的救济服。只是现在这衣服，已到处沾了油渍，看去，在这阳光下已能反光了。侯万发打开塑料袋，里面是叶子烟。他开始慢慢地裹起了那叶子烟来。

张德伟掏出烟来，给侯万发发去，说："来，抽支这个算了。"侯万发抬起头，望了望张德伟，似笑非笑地说："算了嘛，我裹叶子烟算了。"一阵恶心感在张德伟的心里升起。他真想将那递烟的手收回来。只是他还没收回来，说是这样说的侯万发，已经伸手接过了张德伟递着的烟。张德伟赶紧起身，逃也似的去给李章林和彭家洪发烟。张德伟自个儿点上一支，在李章林旁边蹲了下来，憋了又憋后才望着侯万发说："老人家，你家有几个人啊？"

侯万发伸着头，像是没听清张德伟的话，说："人啊？就我一个人嘛！"

张德伟说："就你一个人啊？你没有姑娘儿子吗？"

侯万发说："姑娘儿子？有的嘛，只是都死掉了！"

彭家洪说："你倒是不要乱说，哪个死掉啦？"

侯万发说："嘿，不是死掉的了么！没死掉，现在在哪里？"

张德伟转过头，低声问李章林说："现在他户口上就是他一个人？"

李章林将头搁在双膝上，不紧不慢地说："就是他一个人的了。"

张德伟又问：“他那两个儿子和那个姑娘呢？”

彭家洪说：“那两个儿子么，是招亲去掉的嘛，户口早就迁出去了。就是那个姑娘，还不是迁走掉了。”

张德伟又转过身迎着候万发说：“老人家，你看啊，你住在这里生活不方便。还有这房子，这大冷的天，实在是不好住啊。现在国家在城里修了房子，让你们搬去住，搬到那儿后，再大的风，也刮不进屋里去了，再冷的天，也冷不到哪去了。你住在这样的地方，国家不放心，我们也不放心呢。”

候万发歪着脑壳，吸了一口烟说：“有啥子不放心的？好多人还巴不得我早点死掉呢！”

张德伟说：“咋会呢？哪个会巴不得哪个死掉？你又没有吃哪个的穿哪个的，对于国家，是希望每一个人都吃好穿好过好的，特别是像你们这种老人，国家更是关注得很呢。”

候万发说：“有些人还就像是我吃了他的穿了他的。”

彭家洪说：“鬼老二说你吃他的穿他的了，说你吃他的穿他的，你就真的是吃他的穿他的啦？”

李章林说：“你还是早点搬去了。早点搬去，你就能早点过上城里人的生活，就能多过几天好点的日子。要不是国家发展起来了，有这项扶贫工作，恐怕你这辈子都没进城过日子的机会。”

候万发“啪”地往脚跟前吐了一口痰，又用脚去搓了一搓，说：“算了。我就住这里安逸，免得一天听有些孙子嚼舌根。”

彭家洪嘿嘿笑着说：“你还怕人家嚼舌根啊？住在这儿倒是背静，只是怕你哪天挂掉了，都没人认得！”

候万发说：“人死毬朝天，多大点事？死在这里，还臭不着哪个！”

李章林呵呵笑着说：“你还怕臭着人啊？”

张德伟说：“你老人家还是不要想那么多了，还是搬去了好。你这么大年纪了，搬到城里去，不说别的，就是有个啥大病小痛，也能很快地到医院里去。再过几天，这儿的人全部都搬了，你一个人住在这里，有个啥事，麻烦得很。”

候万发说：“我又不去麻烦哪个。”

张德伟说：“你现在一个人住在这儿，子女些也没有跟着的，我们不放心你老人家啊。你搬到城里后，有个啥事，也好叫个人嘛。”

有人给李章林打电话来了。李章林看了看时间，已十二点过。“可能是叫吃饭了。”李章林说。李章林站起身来接了电话，电话里一个男子问他们要不要去了，菜都做好了。李章林挂了电话，又举起手机，挪了挪位置，对着彭家洪、张德伟和候万发嚓嚓嚓地照了几张照片，说：“一句话，你说要不要搬嘛？”

候万发说：“搬啥子？不搬了。你们看，我一个死都要死的了，路都恨不得走不动了的人，咋搬？”

张德伟说：“咋搬你老人家不用考虑，只要你说要搬，要搬些啥东西，我们来跟你老人家搬就是。”

彭家洪说：“要搬就赶紧决定了。再不搬，以后不要又一天跑村上，来这样那样地说要搬，到时候可是过了这村，就没有这店的了。”

陈晓宇打电话给张德伟说要回老家去过年的时候，张德伟正在帮普家河村十一社村民搬东西。他的肩上正扛着一个口袋，在俯身往山上爬。

“你要啥时候回来？我刚才已经请假了，请了两天，我准备二十八走。”陈晓宇在电话里说。

今天二十六了，腊月二十六，这个张德伟记得清楚得很。这些天来，他们是一天一天数着过的。通过连日来的走访和做工作，又有十三家人同意搬迁了。候万发也同意搬了。为了让这些人家早日搬到祥和家园去，他们不但村上的和工作队的人员，除了曾丽和方芳外，全部来帮着从村子里搬东西到梁子上的路边去，还临时请了一批村里的汉子来跟着搬。搬完一家的东西，安排一个人送走一家。这些天来，打仗似的，除了还记得这日子，都忙得有些晕头转向，不记得要回陈晓宇老家过年这事了。

张德伟往路旁看了一看，将肩上的口袋轻轻放到旁边的地埂上，撮起嘴出了一口粗气说：“还认不得哪时候走得掉呢。”

陈晓宇说：“你到底要不要去的？不要跟我说认得认不得的话。”

张德伟转着头扫了一眼远处的山峦和沟壑，感觉着那有些化了有些没化的雪的寒气，然后低下头看了一眼脚上的泥，说：“要不，你们去算了，今年我就不去了。”

陈晓宇没有再说话，把电话挂了。张德伟将手机举着看了一眼，然后装进了裤兜里，掏出烟来，也顾不了那旁边的地埂上有没有稀泥，那杂草中有没有石头和刺棵，一屁股坐了下去。他缓慢地将烟点燃，吸了一口，抬手抹了一把额头上的汗，这才将目光投向脚下的那些山，那些壑。太阳正值头顶，那些积雪化了的山梁上，若有若无地弥漫着一阵一阵的雾气；那些积雪还在的山坡上、山壑间，望去一阵一阵的耀眼。陈正强扛着一个口袋爬了上来，说：“队长干不起啦？”张德伟收回目光看着陈正强，说：“歇一下。要不要抽支烟再走？”陈正强说他才抽过，难得歇下来，再爬一坡又歇。

张德伟又点燃了一支烟。

在那些山坡上和那些山壑间，张德伟似乎看到了陈晓宇那张冒火的脸。那是他多么不想看到的脸啊！

张德伟松开两指，让还没有抽完的烟头滑落到地上，搓了一脚后，站起身来，双手抱着举着将口袋甩到肩上，又弯腰俯身往山上爬起来。

往山上爬，肩上还扛着东西，腰已经是很疼很痛了；往村里跑，虽然是空手空脚，但一趟一趟地跑下来，小胯是抖的了。二十七这天，搬完一家的东西并装好车后，耿世兵说：“队长干脆跟着送去算了，我看你也是实在搬不动了。”

张德伟愣了一下后说：“没事。我还是跟着在这儿搬算了。慢点就慢点，能搬多少是多少吧。”

张德伟想给陈晓宇打个电话，想趁歇气抽烟的工夫问问陈晓宇准备好了没有。明天就要去了，要提前准备好，别弄得到时候又这样没准备好那样没准备好的。张德伟将手机拿在手里翻着，一口一口地吸着烟。翻上一阵后，举起来，摁亮屏，解开屏锁，点出通话记录，望着陈晓宇的号码，想摁出去，却手指都要碰到拨号键了，又收了回来。

张德伟站起身来，将手机揣进裤兜，双手甩着拍了拍屁股上的泥，准备扛上那个小木柜继续往山上爬。才弯下腰，手刚扶到木柜上还没用力，裤兜里的电话就响了起来。张德伟只好边直身子边掏手机，一看来电显示是陈晓宇打来的。看着陈晓宇的来电，张德伟又想接又怕接。他刚才还想给她打，现在她倒打来了。他真想问问她，要到乐乐外婆家过年去的东西准备好了没有，但他又怕听到陈晓宇再次说出要他跟着去的话。他现在连拒绝的话，都不知道如何说出口了。

张德伟轻轻地“喂”了一声。

“你去不了那儿过年，明天回来送我们去嘛！”陈晓宇说。

张德伟手扶电话，仰头眯眼向西斜的太阳望了一眼，抿了抿嘴唇，想说话，却没说出来，像是憋住不想说样。

“要得不的？”陈晓宇问。

“要是我能回来送你们，我还不跟你们去？”张德伟控制着自己的声音，轻轻地，一字一字地说，“你们坐班车去了！”

“坐班车？这么多东西，又是两个娃娃，你叫我们咋坐？”陈晓宇的声音似乎又失去了控制。

“东西带不了的，少带点算了。”张德伟的话里，带着一种哭腔。他先前还想问陈晓宇这样准备了没有，那样准备了没有，现在，他却要她少带了，真是。

“我看你从此就一直在那里算了，连家都不要回来了！”

陈晓宇说了这句话后，就将电话挂了。张德伟愣了一下，像是想了什么。接着，一弯腰，将那木柜扛到肩上，像是从哪儿突然钻出了一股力气来样，身子虽然倾斜着，但一只手曲举着，扶着那木柜，一只手甩着，夸张地甩着，脚步呼呼，裤脚嚓嚓，像是被鬼追着了样，没命地往山上爬去。

张德伟似乎变成了一具木偶，一具只知道埋头搬东西的木偶。他少了话语，像是随时都在担心着什么。什么重，他就捡什么搬，拼了命地搬。

“队长，不要急，慢慢来，你一个人急也急不了的。”陈光彪说。

几个人坐在梁子上的路边，望着横七竖八地摆在路上的柜子、桌子、瓶瓶罐罐，喝着茶水、抽着烟。

“没得啥急法。现在除了那两家，其他的，今天应该可以全部搬完了。他们明天还有一天的时间可以打整一下，准备后天过年。”耿世兵说。

“队长，这几天还练出来了呢，我看这两天爬山也爬得起了，扛东西也厉害了。”彭家洪说。

“这人还是贱啊，你越心疼他，他就越这样干不成，那样干不成。”陈正强说。

“家门这话，理是在的，只是你现在这样说，就像是在说我们队长了。”陈光彪说。

“是啊。你这明摆着是在说张队长贱嘛。”彭家洪说。

“要这样说也行。哪个不贱？哪个都贱！就像吃东西，现在你嫌这样不好吃，那样不好吃，要像以前那样，肚子饿了找不着吃的时候，啥不好吃？野菜要吃不说，树皮、白泥巴什么的，都要整来吃。就像老辈人说的，只怕不饿，饿了么，板凳脚都只愁啃不动。”陈正强说。

“说去说来，社会将就人啦。要不然，就像这些人家，给他们修好房子叫他们搬到城里去，还弄得像是要求他们他们才搬样。要是以前，这水，你有吃的就吃，没吃的自己该想啥办法自己想；这路更是，宽也好窄也好，再稀再烂，哪个来管？像修这房子，前些年，不被罚款就好的了，还来补助你修？”彭家洪说。

“这个倒是。以前种地还要交公余粮，现在不但啥都不交，倒还要给良种补贴了。那些年，一到交公余粮的时候，我们要这山跑到那山去催。”陈正强说。

“这样说么，以前宰个猪还得交税嘛。”耿世兵说，“也怪，那时候宰猪要交税，喂猪的人多得很；种地要交公余粮，种的也多得很。现在倒是喂猪的人少了，种地的人也少了。”

张德伟坐在一个塑料凳上，靠着一个不知装了什么的蛇皮口袋。他掏出手机来看了看时间，快十一点了。陈晓宇他们应该在路上了吧？张德伟想。张德伟又往口袋上靠了靠，那口袋往后面歪了一下。张德伟以为口袋倒下去了，他转过头看了看，口袋歪过去后，又抵在了另一个横躺着的口袋上，没有倒平。张德伟试着把头也靠上去，这一靠，他就靠出了一个仰卧的姿势来。

“队长这几天被整狠了，整得话都讲不起了。”赵熊说。

“关键是他不但身体被整狠了，心头也急狠了。说得不好听点，为这普家河的事，恐怕他比世兵还要急点。”陈光彪说。

“有啥急法。这些事，你再急也是急不走的。”耿世兵说。

“是啊，路要一步一步地走，饭要一口一口地吃。走了，干起去了。早点整掉，我们还不是要回去准备一下过年。不要弄得他们倒搬进城过年去了，我们却在这家头一样不是一样的。”彭家洪说。

“今天应该可以放老早工了。”陈正强说。

这天确实是放了老早工。最后一辆载得尖尖的货车从彭家梁子开走，签了协议的人家就全部搬完了。剩下的两户人家，耿世兵已向肖书记报告过，肖书记说实在没得办法，那就过了年再说。回到村上吃了晚饭，彭家洪、陈正强，包括李章林他们，都说二十九这天不来了，要去处理一下家里的事，准备好过年。耿世兵没同意，说他们可以来晚一点，来还是要来的，来了，在一起做顿午饭吃，将就张德伟、陈光彪、方芳他们还在村上的，当吃顿团圆饭。他说吃了早饭，大家安安心心回家过年去，村上这几天的值班工作，由他和老陈、老彭、李章林、高家鹏他们来。那时天已是暮色四合，陈光彪说："还是支书考虑得周全。明天我来跟着做饭，做个拿手鱼给你们吃。吃了我做的鱼，说不定你们后天过年的时候，做的鱼就都是我的做法了。还有，要喝酒的，也可以喝上一台酒。"

彭家洪说："喝啥酒了，家头还一样不是一样的，喝了趴着，一样都整不成，这年还要不要过？"

陈光彪说："咋不过？年难过年难过，年年难过年年过，你一天都睡着，这年也照样过！你们来吃了饭，几步就摞回家了，我们还得老远八远地跑呢。"

想着明天可以回家过年，张德伟的心里一阵忧愁。说回家，他的家里现在已经没有人在了。他想是不是又到陈晓宇家老家那儿去？要去，明天黑点晚点，也还是能赶到的。实在不行，起床来就走，不在这儿吃早饭了。张德伟有些犹豫，他不知道自己这样去了，陈晓宇会给他一副什么样的脸色，是会让陈晓宇的心里释怀一些，还是又增堵一些。毕竟他是跟她说过他不能去了的，还让她带着孩子和年货坐车去。要是自己这一去，反倒激起陈晓宇的怒火来，那就起了反作用，让大家都过不好这个年了。这样一想，张德伟又暗自决定回到老家，去陪父亲过。不知道是怎么回事，这些天，他竟然现在才想起自己的父亲来。那天从老家回来，他的脑海里时时会出现父亲那弯腰驼背的样子，会出现父亲那上了霜样的头发。而这几天里，他竟然没再想过了。只是回去陪父亲他也心存犹豫，他担心回自己老家去，让陈晓宇知道了不高兴，说他都有时间去他的老家，怎么不去她的老家，按理，今年是该去她的老家的。

腊月二十九上午，陈光彪真做起鱼来了。鱼是现到村里一户人家的鱼塘里网的。鱼都不大，大都只有半斤，偶有一两条上得了一斤，但陈光彪看着那满满一菜盆的鱼，依然大呼“安逸”。准备工作做好后，他将一个黑色塑料垃圾袋几撕几捋，竟然做成一件围腰围在了胸前。他站在案板前，拿一条鱼提上让李章林给他照相，说都来普家河一年多两年了，这是在这儿第一次做鱼，第一次向大家展示他做鱼的厨艺，照一张留作纪念。

鱼是酸菜鱼。酸菜鱼在大家的心目中已不鲜见，但大家在陈光彪的建议下，先舀了一碗汤喝上了一口后，还是赞叹起来，说太鲜了。于是相继滋滋滋地吹着，喝了起来。“这汤倒真是安逸。整点肉来吃，看咋样。”高家鹏说。陈光彪说：“好，吃起，但愿没有让你们失望。如果有啥，好的嘛，你们拿着去对别人说；不好的呢，就不要拿着出去摆了。不要去丢了我的名声，给我说算了。”

“还不知道彪哥有这手艺！太安逸了！”李章林叫了起来。

“整点酒来喝起嘛。先还说简单吃点，吃了要走的走了，各忙各的去，有这鱼，不整点酒好像对不住彪哥。”耿世兵说。

“整嘛，能整的就整起。我要开车，就不陪你们整了。”张德伟说。

“整得成，整得成。”高家鹏说，“有这个鱼下着，我都整一小杯。”

“哎呀，我太欣慰了嘛。整起，整起。”陈光彪晃动着手，从坐在桌边的人后面探着身子，一手端碗一手举筷，往桌上的鱼盆里边夹着鱼边说，“我也整一坨来吃吃看，达到我的常规水平了没有。”

酒喝了起来，鱼吃了起来，夸陈光彪厨艺的话语，也说了起来。“明年，彪哥干脆来掌厨算了。”彭家洪说。陈光彪说：“老彭，你是不是老晕掉了？你以为我是这种人。人家方芳妈费心费力地做饭给我们吃，你是不是还嫌她老人家做得不好？还有，我也就这鱼做得勉强点，其他的，我哪样都做不成呢。难不成以后叫支书天天买鱼来我们做了吃？如果支书要这样买来天天做了吃，我义务负责做这一道菜，其他的菜还得请方芳妈做。”

“你们倒想得美，天天做鱼吃！”曾丽说，“这鱼又不是天上掉下来的。”

“可以嘛，把伙食费提高就行了。只要想吃，吃啥都行，大家凑钱就是。”耿世兵呵呵地笑着说。

“来，整起，一起整一口，就祝大家春节快乐了。”陈正强将酒碗举在饭桌的上空，说。

“一、二、三，干！”李章林举起碗来，呼道。

“干，我们看你干，不要雷声大雨点小的。”高家鹏指着李章林说。

这酒，大家喝得兴奋，喝得热烈，喝得豪迈，连没喝酒的陈光彪，也跟着激动，跟着呐喊，跟着呕吼三天，只有张德伟，像是适应不了这样的环境，又像是他几辈子没吃过这样好吃的鱼，这样好吃的菜和饭样，在那儿只知道埋头吃。

“队长该整点酒的。不整点酒不好玩。”高家鹏说。

张德伟笑笑，说：“你们整，你们整。我一会儿还要开车，就不陪你们了，改时候再陪你们喝。”

“来嘛，我们又整一口。明年是狗年了，祝大家小狗儿似的，旺旺旺。”彭家洪说。

耿世兵的电话响了起来。耿世兵侧身从他身后的书柜里拿过手机，一看是肖书记打来的电话，先前还兴奋、还畅笑着的脸，一时就平淡了下来，说：“书记，是又有啥事了？”说着，将手里的酒杯送到嘴边喝了一口，然后划拉了一下手机屏幕，接听起了电话。

听说是书记打来的电话，大家的说话声、笑闹声停了下来。“是的，还有那两家。”耿世兵冷冷地说。耿世兵的脸，虽然因为喝了酒有些红，但这时却也是冷冷的，面无表情的。接着，耿世兵似乎被鱼刺卡着了，愣在那儿，嘴张着，却说不出话来。

挂了电话，耿世兵将碗里的酒一仰脖子喝了，又自个儿挪过酒壶来，倒了小半碗。“咋的？”李章林问。耿世兵从桌子上抓起筷子，夹了一颗花生米喂进嘴里，边嚼边缓缓地说：“要叫我们去陪那两家人过年！”彭家洪说：“哪两家？”耿世兵又夹了一颗花生米嚼着，说：“还有哪两家？没有搬掉的那两家了嘛！”

陈正强说：“陪啥陪？人家过年要我们咋陪？”

耿世兵说："要我们趁过年这个机会，去陪着过，好好做他们的工作，争取过了年就让他们搬掉。还说一家人给我们五百块钱的经费，让我们自己决定，觉得买啥适合就买啥带着去。"

要陪这两家人过年，这让大家刚才高涨的氛围，一时像耿世兵脸上的表情样冷了下来。怎么陪？不可能这十来个人分成两帮，一家去几个吧？是一家去一个人还是一家去几个人？一时大家都不说话，都有意无意地看着耿世兵。耿世兵将嘴里的一坨鱼肉吃了，探着身子慢慢地将嘴里的鱼刺吐在了桌子上。张德伟真是佩服了这耿世兵，大家这样看着他，他竟然还这样有心实肠地吃着鱼，像没事儿似的。耿世兵端起酒来，说："喝嘛。不能为了这事，连这酒都不喝了嘛。"

高家鹏说："不喝了。哪还有心肠喝酒？"

耿世兵说："好大点事？来，喝起！要陪么，就陪嘛！你们都回家好好过年去，我一个人去陪。不就是两家人吗？我一个人就能陪了。再有几家人，我还多得在几家吃饭。实在不行，老陈我们俩一个去一家也行。其他的，你们该咋回家过年，还咋回去过。"

陈正强说："一个人去，喝点酒都怕没兴趣。要不，还是两个人去一家。那样，如果人家不给脸，不跟你讲话，还可以有自家人相互说说，相互喝喝。"

耿世兵说："要两个人去也行，章林和家鹏也上就可以了。老彭那儿年纪大些，就不要去了。"

陈光彪说："说实话，我这次倒是不跟你们去陪了。我姨子家从贵州那边过来，约好一起去老岳母家过这个年，前几天就催我了。要不然，我跟着你们去，不说两个人有个相互说话喝酒的，我觉得多去几个更好，更热闹。”

张德伟说：“我跟着去，我就不回去了。”

耿世兵说：“不用。队长你们还是回去过你们的年，我们在这儿陪就是了。我们去了，虽然年夜饭不能跟家里的人吃，但吃了饭还可以回来陪他们的。”

张德伟说：“没事，我就决定在这儿了。这两家没搬走，是你世兵的事，也是我张德伟的事。更主要的是，我现在还正愁找不着过年的地方，这下还找到了着落。在这儿过了年，顺便开始准备一下开会的事，争取收假前能把那个会开了，省得到时候难得组织人。”

张德伟就在普家河过了年。年夜饭，是陪着耿世兵，去山背后一家农户家吃的。初一的时候，他准备回老家去，但耿世兵不让，说都在这儿过了年了，咋都要到他家吃顿饭。盛情难却，他只好答应，想着初二走。但初一晚上，李章林又跑了来，说初二要到他家吃饭，让耿世兵他们一起到他家去喝一台酒。就这样，春节的几天里，因为张德伟在那儿，村上的几个人今天这家叫去吃饭，明天那家叫去吃饭。在这节日里，吃饭都免不了喝酒，无论是中午还是晚上，张德伟几乎是顿顿饭都在喝。他也不推，说喝就喝，而且，每一场他都放开了喝。

每到一家喝酒，张德伟都不是单独的一个客人，耿世兵、李章林、陈正强、高家鹏，包括彭家洪，哪家约，他们都会把村上的其他几个人约上，搞得像是村上的人聚会似的。同时，他们又根据各自情况，约上三五个外出工作或者外出打工，回家来过年的人。于是，每天，张德伟都处在了一种热闹中，这热闹，似乎去除了他独在异乡为异客的孤独。每到一家，他们在相互喝酒的时候，也会向那些在座的外出工作或者外出打工的人摆说张德伟为普家河所做下的事，彭家梁子的水，彭家梁子的路，还有那竹子，成了他们一遍一遍摆说的内容，也成了他们一次又一次敬张德伟喝酒的理由。喝着说着，张德伟也就在一个又一个的场合说起了开会的事。他每次说起，在场的人都积极表示赞成，说现在普家河的基础设施建设到这种程度，开这样一个会，确实是很有必要。有人甚至当场就说，以后有啥事，需要他那儿做的，尽管说。

“开这会，蒋主席还是要请的，还有邹副县长、肖书记、钟乡长他们，最好都请来。只是在收假前开，请他们恐怕不太好。”初二那天在李章林家吃饭喝酒的时候，耿世兵说。

“是不太好。这些领导，说不定大都回老家过年去了，你就是请了，也可能是请不来的。”一个李章林叫大耶，据李章林介绍是在县国土局工作的男子说。

“最好还是收假了再开。”又一个李章林叫老表的四十来岁，在市煤工局工作的男子说。

“等收假了么，你们还不是又要去上班了嘛。”李章林说。

李章林的老表说：“既然要开这会，肯定就只有我们来将就那些领导，不可能让那些领导来将就我们。所以，可以安排在收假后的那天或者第二天来开，最好是第二天，这样，我们无非请两天假而已，为了这普家河的发展，这假我们肯定是愿意请，也乐意请的。”

李章林那大耶说：“对的。只要你们确定了，给我们说，我们来将就你们的安排。”

李章林的一个侄儿子说：“我们倒没问题，你们就是要过了十五才开，我也可以等着。我们请那假，比你们端铁饭碗的好请，跟老总说一声家头有事，就行了。”

耿世兵说：“那就暂时定在收假后的第二天开嘛。”

张德伟说：“收假后的第二天开，确实是最好的选择。这样，普家河这些回来过年要去上班的人，可以请两天假，同时那些领导，也有一天时间先处理一下要处理的事。一般情况，这些领导因为才收假，手头上的事不会太多，能抽出时间来。上班时间一长，他们可能就会因为其他事，不能来参加了。”

于是，开会的时间定在了正月初八这天。他们开始盘点普家河出去工作的人，哪些是回到老家来过年的，遇上了，就说要请他们参加这样一个会。张德伟给蒋主席打了一个电话，相互道起了新春愉快的祝福，知道张德伟这年是在普家河过的后，蒋主席说了一阵疼惜和安慰的话，张德伟将初八开这个会，要请蒋主席参加的话说了，蒋主席也答应了。耿世兵则以短信形式将会议时间和邀请的意思分别发给了肖书记和钟乡长。肖书记回短信说知道了，并交代耿世兵这几天既要忙开会的事，那两户人家的搬迁，也不能放松；至于请邹副县长，还是等收假了再说。钟乡长则说到时根据肖书记的安排，能参加他就参加。

初四这天，他们到村上开始盘点起邀请过的人。大家凑着，李章林记着。答应参加的，外出务工的代表有六人，外出工作的有九人，大学生在读的全部请了，有十八人，高中在读的有十三人，初中和小学在读的，他们是分别邀请了十人。另外还确定了十户建档立卡户代表和五户一般村民代表，确定了村里生猪养殖合作社的负责人和在村里承包房子修的黄忠国。盘点下来，竟然是七八十人的规模了。李章林说：“要不要压缩一下人？这人会不会多了？”张德伟说：“好像不能压缩了。在外面工作的这些，请都请不来，肯定是不能压缩的，他们是越多越好的。另外读书这块的人，也不能压缩。各个阶段都有，那是让他们一步一步往前看的方向，引路人一样的。外出务工的这六人、养猪这个老总和黄忠国，从某种意义上来说，他们是发展普家河的社会力量，肯定是不能少的。”李章林说：“我们这个会议室坐不坐得下？”耿世兵说：“七八十个人，应该是能坐的。实在不行，我们拉到乡政府会议室去开。”张德伟说：“我觉得还是在这村上开，在这儿开，可以将就村里的学生和村民，同时也算邀请相关领导和我们普家河籍在外工作的那些人士来给我们指导工作，来为普家河的发展出谋划策，这样更有意思。桌子不够，我们可以搬些塑料凳子去，学生就让他们坐凳子。说到底，这扶贫工作开展以来，我们做的工作，从效率上来看，大面上的，也就是帮助老百姓些修了点房子，另外就是补了彭家梁子那一片水和路的短板，这短板补起来了，人们的安全住房问题也基本解决了，下一步，我们普家河该如何来发展，真是需要大家来想办法的。在这村里开，可能更能激发他们发表意见和建议的激情。”

于是，又根据名单开始确定讲话的领导和发言的代表。讲话的领导，邹副县长肯定是要讲的，蒋主席肯定是要讲的，肖书记也肯定是要讲的。“要他们讲话，是不是就要考虑替他们拟讲话稿，这是一个问题。”张德伟说。陈正强说：“咋个拟？他们要咋讲，就咋讲了！”张德伟说：“一般情况，像这样请他们讲话，是要帮他们写讲话稿的。”耿世兵说：“算了，先不管，到时候他们需要帮他们写再说，我们只是先确定一下名单。”于是，接着讨论大学、高中、初中以及务工人员、外出工作人员的发言代表，有说这个行的，有说那个行的。最后，确定了首选谁，其次又是谁，说通知了再根据情况定。还确定黄忠国和那个养猪的也要讲讲话。通知人准备发言的事就交给陈正强了。张德伟说：“村上这儿，就请支书讲了。”耿世兵说：“我这儿怕不讲了？”张德伟说：“讲，你这儿都不讲，咋行？”李章林说：“支书和队长都肯定要讲的。”张德伟说：“这样，我来主持，支书做个汇报。汇报内容，是我们这些年来的工作情况，包括取得的成绩，现在存在的问题，以及我们下一步的工作打算什么的。我主持这个会议呢，有个好处，可以在总结的时候，结合我们驻村工作队的情况，谈一下想法，然后做个简单的动员，目的是希望大家为我们普家河的发展，共同努力。”

考虑到像蒋主席这样的人要从城里赶来普家河，所以会议时间确定在下午一点半开始。张德伟还编了一条短信，分别发给几个回家过年的工作队员，要他们提前一天，初六就回到村上。

“接下来，我来拟我的主持词。支书那儿，着手整一下你的工作情况汇报。”张德伟说。

耿世兵说：“可以。我这个简单，反正做了些啥，都是清楚的，我只要拟个大体情况，到时候就可以一样一样地跟他们说了。”

张德伟说：“嗯。最好还是整成稿子，可以请章林那儿帮着你，把内容都打出来，免得到时候整忘掉。还有拟出一个来，也让老陈、老彭他们看看，如果有遗漏掉的，就补充上去。这次，我觉得要把我们的工作全面地汇报一下。要不然，有些人，会以为我们一天是胀干饭的，没做事。而且也只有让他们知道了我们在做事，想做事，那些领导也好，从普家河这儿出去工作的人也好，才会想办法来帮我们。”

耿世兵说：“要得，我们就按队长说的这样来做。”

张德伟住回了村上。这些天，他都是在哪家吃的饭，就在哪家住。现在为了把主持词写好，他便住了回来。吃饭，依然是这家一顿那家一顿地去吃。他原本说自己就在村上随便弄点吃，不去耿世兵家、李章林家吃了，但耿世兵和李章林他们说，村上一样不是一样的，反正这些天家头的菜饭都是现成的，他去吃了要回来就回来了。这样一说，张德伟也就同意了，去了虽然酒还是喝，但因为想着那主持词，他喝得少了些，耿世兵他们也不再劝他多喝。晚上回到村上，他一心扑在了那主持词上。主持词，是总揽这会议全局的一个纲领，他得根据参会人员的情况，进行安排、布置，他得想，谁会大体上讲些什么，有个预计。虽然在办公室工作了多年，还当了办公室的主任，也写过无数会议的主持词，对写主持词的套路可谓熟悉得不能再熟悉，但面对这个会议的主持词，他写得还是有些艰难。他怕挂一漏万。特别是在最后的总结里，他得考虑好这个会所能产生的效果，归纳出一二三点来，更主要的是，得在最后，向所有参会人员发出号召，将能动员的力量动员起来，让普家河的这些人形成一种共识，拧成一股绳，心往一处想，劲往一处使，能出力的出力，能出策的出策；该盘娃娃读书的，都狠命地盘娃娃读书；能带动他人致富的，都用心用情地带动起来。

写着这个主持词的时候，张德伟时而激动得心花怒放，时而又沉闷得抓发拈须。这个即将召开的会议，在他写这主持词的过程中，似乎已经在他的脑海里排练了一遍又一遍。而每排练一遍，他就会兴奋一遍。想象着会上会发生的一些场景，他真是恨不得这会马上就开。他恨不得普家河的人，马上内外合力拧成一根绳，热火朝天地为普家河的发展干起来。

驻村工作队的人已全部来到了村上。布置会场，悬挂标语，摆桌签，一应事宜，初七这天下午便做得差不多了。正在会议室里游来游去地查缺补漏时，李仁芬给张德伟打来电话，说单位上第二天要开会，时间是下午，蒋主席不能来参加普家河的会了，还要叫张德伟和陈光彪也回单位参加。

张德伟说："我这儿哪能走？七八十个人的会，都已经通知了的。麻烦你跟主席说一下，看单位上的那会能不能改个时间？"

李仁芬说："这个肯定不能改，这是组织部那边定的。"

张德伟说："那麻烦你跟主席说一声，我这儿就不参加了。我们这会，他也是认得的，我实在是走不开。"

李仁芬顿了一下，像是有些不情愿地说："要不，你安排一下那儿吧，你最好还是回来。"

张德伟还是没犹豫，斩钉截铁地说："我直接不来了，你帮我向主席解释一下。"

李仁芬说："我跟主席说吧，有啥再跟你联系。"

挂了电话后，李仁芬没再给张德伟打来。张德伟想，蒋主席应该是同意他不回去了。只是这时，他才觉得有点儿不对劲，才觉得李仁芬说的那单位上的会有点别的味道。怎么会是组织部确定的时间呢？这意思，就是组织部那边的人要来开了？想着通话时李仁芬途中的那一顿，似乎有些什么内容在里面，但是是什么呢？难道蒋主席要走？张德伟觉得不可能。蒋主席在这儿干得好好的，从没听见过他要走的话，也没感觉到他要走的任何征兆。想着蒋主席要走这事，张德伟先是有些担心，想蒋主席会不会是因为啥事，被处分了。他将这些年来与蒋主席的相处在脑海里过滤了一遍，便断定蒋主席不会有这方面的问题，就算他以往在县上也任过领导，凭他在科协这些年的为人处事，也不可能有问题。这样一想，张德伟又转担心为高兴了。不是被处分，不是被撤职，那就是被提拔了，被转岗了，就是要到更好的工作岗位去了，这样，无论是去到哪儿，应该都是好事。

张德伟甚至有种想回去的冲动，他觉得他应该回去，送他们主席一下。他甚至想，蒋主席是不是听说他不回去，生气了，所以才没让李仁芬再打电话来叫他？这样一想，他真希望李仁芬再给他打来电话。如果李仁芬再打电话来叫他，那他就决定回去。这儿虽然需要他，但那主持，材料他已经准备好，让陈正强去主持也是行的。这样想着，他甚至都想给李仁芬打电话，说他还是回去开会。

张德伟最终还是没有给李仁芬打电话，他还是决定不去了，他想开了这个会，再去跟蒋主席解释。毕竟，这个会邹副县长、肖书记，更主要的是那么多的学生、村民，包括普家河在外工作的人都要参加，作为驻村工作队第一书记的他，不在场实在是不应该、不恰当。并且开这个会，又是他主张开的。

夜里，蒋主席给张德伟打来了电话。蒋主席在电话里说：“李仁芬说你不回来，我想了想，还是希望你能回来。”这私下的电话里，张德伟也不顾忌啥，说：“主席，是不是不在我们科协当主席了？”蒋主席说：“你想到哪里去了？不是。”张德伟一时有些懵了，想不清组织部来开这会是为啥。张德伟说：“那组织部的来我们单位开会，是要整啥？我以为是主席高升了呢？”蒋主席说：“这个我可以明确跟你说，不是。至于是啥事，我就不说了，你自己想。有一点，就是希望你回来。因为我们单位人少，所以你连光彪也带着回来最好，我们全体人员都参加。这样说吧，你要着手安排一下下面的工作，有可能你要换回来了。”蒋主席这样一说，张德伟立即明白了。蒋主席曾跟他说，他在向组织部部长汇报一个工作的时候，已经口头上提起过他，推荐过他。一时之间，张德伟的心跳加快了速度，那心恨不得都要跳出来了。张德伟说：“我不参加行吗？我想把村上这个会开好。”蒋主席说：“实在不能参加也可以，我可以跟他们解释。只是，按正常情况，你还是参加的好。”张德伟犹豫了一下，说：“好，我想想。如果回来，还不知怎样跟邹副县长和肖书记他们请假呢。”蒋主席说：“如果你不好跟他们请，我可以来帮你请。”张德伟说：“好的。谢谢主席。”蒋主席说：“这事你先不要跟任何人说。”

虽然蒋主席交代张德伟不要跟任何人说，但他还是跟陈光彪说了。陈光彪一听，就说：“回去，你一定要回去。本来我也应该跟你回去的，但这儿你走了我也走了，还是不好，干脆把这儿交给我，你放心回去。”张德伟说：“我老是觉得走了不好，这毕竟是普家河的一件大事。”陈光彪说：“这确实是普家河的一件大事，但单位上的这个会，对你也是一件大事。普家河的这个会，已经准备得差不多了，你不在也能正常召开，而单位上的那会，虽然不能说你不在就不能正常召开，但为了防止出现啥意外，你还是得去参加。”

张德伟最终还是决定回单位去参加会。

陈光彪说：“明天早上，你起床来就去。耿世兵他们这儿，我会跟他们说。”

张德伟张了张嘴，却没有说出话来。

陈光彪又说：“我就说你被蒋主席临时叫回去了，也认不得是啥事。”

张德伟说：“好嘛。反正这儿的会，他们都是清楚的。要咋开，我不在，他们也都认得的。”

张德伟将自己准备好的材料转给陈光彪，拿着那主持词，又这儿那儿地指着说了一些他的想法，要陈光彪转达陈正强。初八早上，张德伟早早地起了床，一会儿他们的卧室，一会儿村委会办公室，这儿一趟那儿一趟地走了几转，像是急着要走，却又担心这样没交代好，那样没交代好样。陈光彪说：“村上这会的事你就不要想了，到时有啥认不得的，我再问你。要想，你就想想你的好事去。在这儿，我就提前祝贺你了。”张德伟说：“还影儿都没一个呢。”陈光彪说：“你这叫水到渠成。肯定没问题的。”

回去的路上，张德伟一直处于兴奋和激动中。他的脑海里，开始产生了种种猜想，他不知道自己是在科协被提拔使用，还是要到其他单位去，抑或是被派到县区去。

再翻过一座坡，就到城边了。张德伟看了一下时间，才十点过几分。张德伟恨不得再加一脚油，先回家去。嗯，这时陈晓宇是不会在家的。这时，他真希望陈晓宇在家，提前把这消息透露一点给她。罢了，还是不说的好，别最后事儿没弄成，又遭她一顿奚落，说自己是想当官想疯了。再说，昨天打电话给她，问她回来了没有，她好声气都没给一个，一来就是："你管我回来没回来呢！"张德伟想向她汇报一下自己的事，就说自己这些天一直在普家河，目的也是想解释一下自己不是不想跟她去那儿过这年，而是实在走不开，还没说完，陈晓宇又冷冷地来一句："敬业得很嘛！让你做个办公室主任，实在是委屈了！"张德伟心头觉得不过意，还嬉笑着说："那你给我个大点的官儿当嘛！"陈晓宇说："你真是想当官想疯了。官儿不大点，我看你是比书记、市长还忙。"

耿世兵的电话打来，张德伟因为正集中注意力避让着从菜市场里出来的一张货车，没及时接听。错过那货车，电话铃声已停了，张德伟刚准备拨回去，耿世兵已接着又拨了过来。"队长到哪里了？"耿世兵着急地问。知道张德伟刚进城后，耿世兵说："队长那儿走得开走不开？能走开的话，麻烦队长先到祥和家园去一趟，我们接着就来。"听耿世兵说话的急样，张德伟就着急地问："咋了？出啥事了？"耿世兵说："候万发不见了，那里的人说好几天没看见他了。"张德伟本能地问："不会是病了在屋里没出来吧？"耿世兵说："没有，都撬开门进去找过了。现在我们正在山背后，快到他老房子这儿了。你先去祥和家园，与常主任他们汇合，这儿找不着了，我们又接着进城来。"张德伟说："好，我这就往祥和家园去。有啥情况，我们再联系。"

往祥和家园开了一段路，张德伟又给耿世兵打过电话，问开会的事他安排好了没有，耿世兵说：“开不成了。原来还想着如果在老房子这儿找着，或者在城里找着了，我们就接着开。他不在老房子这儿，刚才跟常主任联系了，还没找着，我们接着要往城里来了。开会的人，我都叫李章林通知，取消这个会了。”张德伟急了起来，说：“这会不开了？”耿世兵说：“只有改个时候再说了。刚才我还想争取把这个会也开掉，但肖书记问我，是人命重要还是开会重要，已经明确要我们取消这会，要我们全部人员上手，去找候万发。”

挂了电话，张德伟往前探着的身子像山样垮塌下来，抽了筋骨一般靠在椅背上。张德伟的脑海里几乎成了一片空白，倒是候万发那拄着拐杖，弯着腰驼着背的身影，在他的眼前若隐若现地浮动着。